Karin Eger, Sierra Clara

Karin Eger

SIERRA CLARA

Roman

Für Isla

Clara
Luftraum 2008
24 Jahre

Schnee und Kakao

Früher, in Wiesenberg, wenn über Nacht der erste Schnee fiel, dann spürte ich die Veränderung schon, wenn ich morgens aufwachte, obwohl es draußen noch dunkel war und es im Schlafzimmer unserer Wohnung kein Fenster gab, nur einen Lichtschacht. Als hätte sich die weiße Schicht auf die Welt hinter meinen geschlossenen Augen gelegt und von dort alle Dunkelheit vertrieben. Manchmal schlich ich aus dem Zimmer, um meine Mutter nicht zu wecken, rannte aus der Wohnung, die Treppe hoch und aus der Haustüre. Im Schlafanzug und mit bloßen Füßen lief ich in den Vorgarten, mitten in den noch unberührten Winter hinein. Das ganze Dorf war in frischen weißen Puder gepackt.

Die eisige Luft wehte direkt in mein Herz, das Schöne, das Schützende, das meine Mutter und ich in Wiesenberg gefunden hatten, der Jubel über die Wiederkehr dessen, was letztes Jahr schon wiedergekehrt war.

Alles verlangsamte sich, nur das Räumfahrzeug gab Gas. Seine Lichter bewegten sich aus der Dorfmitte auf mich zu. Gesteuert von August, unserem Nachbarn, scharrte die eiserne Schiebeschaufel die Sträßchen entlang. Vor unserem Haus blieb August kurz stehen, schob sein klappriges Fenster zur Seite und rief: »Zieh dir was an, du verrücktes Kind!«

Weil wir August hatten und ein paar andere Frühaufsteher, hatten wir selbst die härtesten Winter immer im Griff. Die Schneewände, die sie bauten, formten mit den Wochen ein anderes Dorf mit noch schmaleren Straßen, die wahre Schluchten waren.

Wenn der Marktplatz für die Weihnachtszeit geschmückt wurde, stiegen die Männer auf die lange Leiter des Feuerwehrautos und verteilten Lichterketten. Die Frauen hielten im Gemeindesaal den Punsch warm. Sobald schließlich der große Tannenbaum und jeder einzelne Laternenmast entlang der Hauptstraße festlich funkelten, versammelten sich alle um den großen Feuerkorb herum und machten Pläne für den Weihnachtsmarkt.

Meine Mutter, Tante Frieda und ich konnten keinen Mann beisteuern, der beim Schmücken half. Aber der Weihnachtsmarkt war ganz unser Ressort. Dort verkauften wir all die Babyschühchen, die Tante Frieda und ich im Laufe des Herbstes gehäkelt hatten.

Häkeln war Tante Friedas Trick, um mir beizubringen, dass man dem Leben in kleinen Handgriffen, Masche für Masche, ein Muster und eine Form gibt. Nebenbei zauberten wir den noch ungeborenen Dorfbewohnern Wärme und entzückende Borten an die Füße.

Wenn meine Mutter von ihrer Arbeit im Gasthaus heimkam, hatte jede von uns einen Schuh fertig, und die beiden Frauen konnten in ihr aufgeregtes Erzählen verfallen. Warum sie dabei einen beruhigenden Melissentee tranken, blieb mir ein Rätsel, denn er zeigte keinerlei Wirkung.

Nicht alle Babyschuhe verblieben im Dorf. Auch die Fremden, die im Gasthaus wohnten, kauften sie uns auf dem Weihnachtsmarkt für sieben Mark das Paar ab. Wir hatten nie genug davon.

»Du musst dich ganz leicht machen«, erklärte ich meiner Freundin Franzi. Es war Anfang März. Wir liefen von der Schule nach Hause. Es hatte lange nicht geschneit, und der Weg, den wir Schulkinder im Laufe der Wintermonate über den Buckel getrampelt hatten, war teuflisch glatt. Unsere Gummisohlen hatten ihn aufpoliert. Die Schneeflächen neben dem Weg hatten eine samten schimmernde Kruste. Wären wir kleine Käfer gewesen, dann wäre diese gleichförmige Oberfläche ein unendliches Universum gewesen. Wir probierten immer wieder, auf dieser Pracht zu laufen, ohne einzukrachen. Hexenschritte machen, nannten wir das.

Franzi versuchte, mit einem Aufschwung ihrer Arme das Gewicht aus ihren Füßen zu hebeln. Drei Schritte weit funktionierte es, doch dann brach sie durch. Dann kam ich dran. Ich huschte wie ein

Insekt über die Oberfläche mit so wenig Kontakt wie möglich. Aber auch meine Stiefel landeten im sulzigen Zeug unten drin. Wir waren beide zu schwer geworden für den Hexenzauber.

Jetzt, im Frühjahr, roch der Schnee nicht mehr nach den eisigen Alpengipfeln, die uns umgaben, ohne dass wir sie sehen konnten, sondern nach aufgetauten Pflanzen. Ich blickte mich um und sah Bäume, die ihre Äste weit ausstreckten, um die Sonnenstrahlen einzufangen. Er sickerte durch mich hindurch, der friedliche Abschied des Winters. Die Zeit nahm wieder Fahrt auf.

Vier Uhr dreißig an einem diesigen mitteldeutschen Morgen. Ich gab mir genau eine Minute Zeit, um aus meinen Träumen aufzutauchen, dem Winter in Wiesenberg. Ich erinnerte mich nicht, dort jemals so gefroren zu haben, wie ich jetzt gleich frieren würde. Ich zwang mich unter der Decke hervor und lieferte meinen müden Körper dem klimatisierten Hotelzimmer aus.

Der Blick aus dem Fenster im obersten Stock rüber zum Flughafen war halb verhangen, so als wäre ich schon in den Wolken. Die Freude aufs Abheben trieb mich ins Bad. Für die warme Dusche blieben mir drei Minuten Zeit. Auch meine anschließende Routine war genau getaktet. Erst die Beine ganz trocken reiben, damit ich schnell und ohne Laufmaschenunfall in die Feinstrumpfhosen schlüpfen konnte. Vielen Dank, liebe Hotelangestellten, für das frische duftende Handtuch! Es war fast, als hätte meine Mutter den Qualitätscheck gemacht.

Jetzt den engen blauen Rock über Beine und Hüften nach oben ziehen und dann nach unten glatt streichen. Die Knie mussten immer bedeckt sein, um die Männer nicht zu Blicken zu verführen. Wo ist die Grenze zwischen einem femininen und einem aufreizenden Auftritt? Meine Mutter hat sie immer im Blut gehabt.

»Willst du wirklich andere Menschen bedienen, so wie ich das jahrelang machen musste, Clara? Willst du nicht lieber Wirtschaft studieren? Da könntest du zu geregelten Zeiten am Schreibtisch sitzen und müsstest keine Schichten schieben, nicht mitten in der Nacht aufstehen und wärst nicht ständig unausgeschlafen.«

Damit begann die Aufzählung künftiger Strapazen, damals, gegen Ende meiner Schulzeit, wenn meine Mutter mal wieder an meiner Sehnsucht nach Höhe und Ferne verzweifelte.

»Niemals werde ich an einem Schreibtisch sitzen, Mama!«

Ich knöpfte die weiße Bluse von unten nach oben zu, ließ den obersten Knopf auf und band mir das Halstuch um. Das dem Logo meiner Fluglinie entliehene Orange leuchtete auf meiner dunklen Haut. Während ich meine schwarzen Locken mit einem Zopfband und Haarnadeln bändigte, sah ich mich wieder als kleines Mädchen in unserem Badezimmer in Wiesenberg stehen.

Es war am Tag unserer Ankunft. Ich zog den Hocker hervor, der unter dem Waschbecken stand. Er brachte mich hoch genug, sodass ich in den runden Spiegel schauen konnte. Stolz ließ ich die Hände über mein Gesicht gleiten. Dann beugte ich den Kopf, schob meine vielen kleinen Locken auseinander und schielte nach oben, um herauszufinden, ob die Haut unter meinen Haaren vielleicht so weiß wäre wie Tante Friedas Haut unter ihren grauen Haarbüscheln. Doch meine Haut dort war so braun wie mein Gesicht.

»Wie Kakao mit Milch und Honig«, so beschrieb meine Mutter immer meine Haut. »So wie Kakao am leckersten ist.«

Clara
Wiesenberg 1990
6 Jahre

Fremde

Anfang September 1990, wenige Wochen nach meinem sechsten Geburtstag, kamen wir im Dorf an. Wir waren mit dem Zug in München losgefahren und dann in einen Bus umgestiegen, wo ich auf Mamas Schoß eingeschlafen war. Als sie mich weckte, wusste ich nicht, welche Wege uns hierhergebracht hatten. Das Dorf war wie ein anderer Planet, losgelöst von der Welt, wie ich sie kannte.

Wir stiegen aus dem Bus und standen auf einem Platz vor einer Kirche. Mama setzte mir meinen kleinen Rucksack auf den Rücken. Sie selbst schulterte den großen Rucksack und nahm mich fest an der Hand, so wie sie mich gestern noch in München an der Hand gehalten hatte, als der Verkehr an uns vorbeigedonnert war. Je lauter in München der Verkehr war, desto fester hielt Mama immer meine Hand. Doch jetzt, nachdem der Bus davongefahren war, hörte ich kein einziges Auto. Warum hielt sie mich so fest? Hatte sie Angst um mich?

Die Häuser waren viel kleiner als in München, selbst die Kirche schien mir wie aus einem Bilderbuch ausgeschnitten. Die Straßen waren schmal, die Gärten dafür weit. Zwischen den Häusern sah ich Ausschnitte von welligen Wiesen. An solchen Wiesen waren wir auch mit dem Zug vorbeigerollt. Immer wieder tauchten Dörfer auf, wie hineingewürfelt in die Mulden, als hätte der liebe Gott Kniffel gespielt.

Meine Mutter hielt einen Zettel in der Hand, auf dem eine Adresse stand. Müde, hungrig und mit hängendem Kopf tappte ich neben ihr her. Sie hatte versprochen, wir würden die Salamibrote essen, sobald wir angekommen wären. Doch jetzt zog sie mich immer weiter, und ich wollte schon nichts mehr sehen von diesem Kleinkinderdorf.

»Rechts abbiegen in den Birkenweg, dann zweite links«, las Mama vor. Sie brauchte beide Hände, um das Stück Papier ruhig zu halten.

Ich solle mich an dem Gurt ihres Rucksacks festhalten, sagte sie. »Nicht loslassen, Clara!«, ermahnte sie mich, als gäbe es hier Schluchten, die mich verschlingen würden, wenn ich nicht irgendetwas an ihr festhielt. Schließlich öffnete sie ein Gartentor, und ich staunte über ihren Mut. »Das muss es sein«, murmelte sie. Wir liefen einen Steinweg entlang, vorbei an Blumen und Sträuchern, auf eine breite Steintreppe zu. Die hölzerne Haustüre öffnete sich wie von allein. Ich hielt den Rucksack meiner Mutter fester. Dann sah ich das große helle Gesicht einer älteren Frau. Sie lachte meiner Mutter entgegen und sagte etwas, was ich nicht verstand. Dann blickte sie zu mir herunter, und ihr Lachen blieb für einen Augenblick stehen, als wäre sie Frau Holle, und ich hätte sie gemalt.

»Ist das Ihre Tochter?«, fragte sie ungläubig, ohne ihren Blick von mir abzuwenden.

»Ja«, sagte meine Mutter und streichelte mir über den Kopf. »Das ist Clara.«

Das große Gesicht der Frau kam auf meine Höhe, und ich sah ihre weiße Kopfhaut durch die flauschigen grauweißen Büschel auf ihrem Kopf.

»Ich bin Tante Frieda«, sagte sie.

Meine Mutter und Tante Frieda redeten schnell und aufgeregt miteinander, und sie hörten von da an nie wieder damit auf.

Tante Frieda stieg mit uns hinunter in den Keller ihres Hauses, wo unsere neue Wohnung lag. Was Mama während der Wohnungsbesichtigung zu Tante Frieda sagte, nahm ich nur bruchstückhaft auf. Ich war mit meinen eigenen Gedanken beschäftigt, die versuchten, sich einen Reim zu machen auf das, was ich hörte.

»Sie wird es nicht leicht haben hier. In München gab es wenigstens noch ein paar Kinder mit dunklerer Haut.«

Ich dachte an die Kinder in München. Keines hatte so ausgesehen wie ich.

»… aber Clara ist ein starkes Mädchen.« Mama hob meine Hand, die sie wieder fest umklammert hielt, über meinen Kopf, als hätte ich einen Preis gewonnen.

Dann kam von Tante Frieda: »Sie spricht aber schon Deutsch?«

»Ja, natürlich. Sie ist nur sehr schüchtern.«

»Mama, ich verhungere!«, beschwerte ich mich. Als ob ich kein Deutsch sprechen würde!

»Magst du vielleicht ein Gulasch essen?« Tante Friedas Kopf kam wieder auf meine Höhe. Gulasch war mit Sicherheit kein deutsches Wort, also schüttelte ich den Kopf. Doch Tante Frieda rief aus: »Ich mach euch beiden jetzt ein warmes Essen.«

Als Tante Frieda nach oben verschwunden war, sagte ich: »Mama, wir haben gar kein Klo.« Ich zappelte, um ihr zu zeigen, wie dringend ich musste.

Mama lachte, öffnete zielsicher die Tür gegenüber der Küche und drückte auf den Lichtschalter im Bad. Ich schlüpfte hinein. Ich musste nicht aufs Klo, aber ich musste in den Spiegel schauen.

In dieser Wohnung würden wir nur ein paar Monate bleiben, erklärte mir meine Mutter. Wir saßen im letzten Tageslicht, das spärlich durch den Schacht fiel, auf dem Doppelbett mit einer ungemütlich glatten braunen Tagesdecke, ich umgeben von meinen kleinen Stofftieren und Bilderbüchern, sie von ein paar Zeitschriften. Alles roch nach der fremden Erde, in die unsere Wohnung halb eingegraben war. Die Spätsommerwärme fand hier nicht herunter.

Mama redete. Sie beschrieb unsere Lage, verglich sie mit der früheren, als sei ihr alles schon lange klar gewesen, alles schon Geschichte. Doch die Art, wie ihre Stimme immer wieder nach oben ausrutschte, verriet mir, dass auch ihr alles unheimlich war.

Das Schlafzimmer lag auf der geschlossenen Seite des Kellers. Der Blick aus dem Fenster fiel auf eine Betonwand in einem Schacht mit Kieselsteinen und Spinnweben. Wir würden uns eine größere, hellere Wohnung suchen. Wir würden auf eine Wiese schauen, vielleicht mit Pferden, sagte Mama.

Später versuchten wir einzuschlafen, und Mama streichelte mich. »Das sind alles ganz liebe Leute hier auf dem Land, Clara. Sie sind nicht so gestresst wie die in der Stadt. Sie haben Zeit, um miteinander zu reden.«

Tante Frieda ließ keinen Zweifel daran, dass sie viel Zeit hatte, um mit meiner Mutter zu reden.

Manchmal unterbrach ich die beiden Frauen laut und forsch: »Ich mag mal wieder Nudeln, nicht immer nur Brot zum Fleisch!« Oder: »Wann darf ich endlich in den Kindergarten?« So wollte ich sie daran erinnern, dass ich Deutsch sprechen konnte. Zunächst redeten sie einfach weiter, über meine Wortmeldungen hinweg, dann waren sie für ein paar Sekunden still, bevor eine kurze Antwort daherkam, manchmal von beiden gleichzeitig: »Morgen gibt's Nudeln, Clara«, oder: »In drei Tagen gehen wir in den Kindergarten. Jetzt iss, komm!«

Tatsächlich kam der Abend, als Tante Frieda sagte: »Clara, heute geht's früh ins Bett. Morgen um Viertel vor acht machen wir uns auf.« Ich sollte meinen Rucksack packen: Hausschuhe, Regenjacke, Wechselhose. Tante Frieda hatte eine Liste im Kindergarten abgeholt. Davon las sie noch eine ganze Reihe von Sachen vor, die ich nicht hatte: ein leeres Heft, eine Sammelmappe für meine Arbeiten, eine Trinkflasche aus Plastik (bitte kein Glas!). Wie sollte ich ohne diese Sachen in den Kindergarten gehen? Ich sank auf dem Boden zusammen. Tante Frieda stellte mich wieder auf die Füße und sagte: »Die Hanna wird das verstehen.«

Dass »die Hanna« die Kindergartenleiterin war, hatte ich schon gelernt. Auch dass Tante Frieda vor die Namen immer ein *der* oder *die* setzte, als handelte es sich um ein Tier – der Wolf, die Schnecke, der Igel. Wenn sie zu mir von meiner Mutter sprach, sagte sie »die

Mama«, und ich machte insgeheim daraus »die Mameise«. Abends im Bett erzählte ich Mama von ihrem neuen Namen. Da kicherte sie und kitzelte mich mit Ameisenfüßen. Sie war aufgeregt wegen des Kindergartens.

Viel zu schnell lief Mama hinter Tante Frieda her die Straße entlang und hielt dabei meine Hand. Immer wieder musste ich in einen Pferdegalopp fallen, um mitzukommen. Ich blickte die schmale Straße hinunter und am Kirchturm hoch. Er ragte weit in den Himmel, hielt uns ein rotes Ziffernblatt mit goldenen Zeigern entgegen und wurde oben von einer grünlichen Zwiebel gekrönt. Ich stellte mir vor, dass der Turm nicht nur die Uhrzeit kannte, sondern mit seinem Glockenschlag zu jeder Stunde auch die Pflichten aufzählte, an die sich jeder Dorfbewohner zu halten hatte. Acht Uhr Kindergarten, Hausschuhe, Wechselhose, Arbeitsmappe, Trinkflasche …

Doch plötzlich war der Kirchturm nicht mehr das Größte an meinem Horizont. Dahinter offenbarte sich etwas noch Mächtigeres. Eine teils gräserne, teils waldige Halbkugel.

»Mama! Schau, der Berg!«, rief ich aufgeregt, so lange, bis sich beide Frauen zu mir umdrehten.

»Das ist der Graskopf, Clara. Da oben leben die Kühe«, erklärte mir Tante Frieda.

Eine Frau mit ganz kurzen schwarzen Haaren holte mich an der Tür ab, durch die Tante Frieda mich schob. Sie wechselte lustig hopsende Worte mit Tante Frieda, und ich verstand, dass das Hanna war. In Hannas runden braunen Augen funkelte eine Freude, als wäre es auch ihr erster Tag. Sie schien genauso aufgeregt wie ich über alles, was in ihrem Kindergarten heute passieren würde. Vielleicht weil es genau das war, was jeden Tag passierte, mit der Ausnahme von meinem Erscheinen. Sie schob mich in den Gruppenraum, und ich fand mich in einem Meer von Gesichtern. Es spülte die Gesichter in Wellen zu uns. Hanna erklärte mehr als einmal, dass ich aus München kam. Daraufhin sagten die Gesichter fröhlich »Hallo« und verteilten sich dann schnell wieder in den Ecken.

In meinem Münchner Kindergarten hatte es viel lärmenden Spaß gegeben und viel Unordnung. Hier dagegen war die Ordnung der Spaß und umgekehrt. Beide regierten gemeinsam in den Räumen, in der Zeit, sogar im Lärm. Es gab einen Frühstücksraum, eine Kuschelecke, einen Bastelraum und eine Tobe-Ecke, wo das Chaos hingehörte.

Ich lernte, wie ein Tag ablief: Morgensingen, freies Spielen, frühstücken, arbeiten, in der Kuschelecke Bücher vorgelesen bekommen und schließlich das Allertollste: Jacken anziehen und rausgehen in den Wald. Ich blieb die ganze Zeit bei Hanna an der Hand.

»Die Clara hat nicht mit uns geredet«, sagte Hanna, als meine Mutter mich abholte. »Aber ich glaube, dass sie morgen reden wird. Oder, Clara?«

Am nächsten Tag war alles anders. Als ich in den Gruppenraum kam, bemerkte ich, wie die Kinderstimmen plötzlich leiser wurden. Ich stand verloren in der Mitte des Raumes, dann ging ich in die Kuschelecke, um mir dort ein Buch anzuschauen. Das Leisesprechen, überlegte ich, gehörte vielleicht in den Morgen so wie später das Singen.

Anders als gestern sah ich jetzt auch Mütter mit in den Gruppenraum hereinkommen. Sie blickten sich um, bis sie mich sahen, schauten mich eine Weile lang an und gingen dann wieder hinaus. Eine der Mütter wurde von ihrer Tochter in meine Richtung gezogen. Dann zeigte das Mädchen direkt auf mich und zog ihre Mutter weiter zu mir heran.

»Bist du die Clara?«, fragte die Mutter.

Ich tat, als hätte ich nichts gehört. Da legte die Frau ihren Arm um ihre Tochter und sagte: »Das ist die Franzi. Sprichst du Deutsch?«

»Besser als du!«, antwortete ich. Franzis Mutter lachte und sah dabei aus wie eine Königin im Bilderbuch, mit blonden gewellten Haaren und einem schönen großen Mund. Dann ging sie davon und ließ mir ihre Franzi da, eine Prinzessin, hell und zart mit blauen Augen. Sie setzte sich neben mich.

»Warum ist deine Haut so braun? Meine Mama sagt, dass deine Mama dich vielleicht adoptiert hat aus einem Land in Afrika.« Im Nu drängelte sich eine ganze Schar von Kindern um uns. Sie riefen durcheinander:

»Mein Papa sagt, dass ihr Papa ein Soldat aus Amerika ist.«

»Meine Mama sagt, ihre Mama war mit denen von der Kirche in Afrika wegen der Wicklungshilfe. So wie die Mutter Teresa.«

Endlich kam mir Hanna zu Hilfe: »Lasst die Clara in Ruhe, Kinder! Euch fragt ja auch keiner, warum ihr eine Brille tragt oder Sommersprossen habt. Die Clara hat eben eine dunklere Haut, das ist doch toll!« Sie setzte sich auf den Boden, und die Kinder bildeten einen Kreis um sie. »Stellt euch mal vor, ihr wärt wie die Clara ganz neu hier. Wer kann sagen, wie er sich da fühlen würde?«, fragte Hanna.

»Ganz allein«, kam aus dem Kinderkreis zurück.

»So als wär man anders als die andern.«

»So als hätte man keine Freunde.«

»Ganz genau«, sagte Hanna. »Um der Clara zu zeigen, dass wir ihre Freunde sind, gehen wir jetzt mit ihr rüber in den Frühstücksraum und feiern Philipps Geburtstag.«

Alle wollten neben mir sitzen. Doch Franzi sagte, sie sei zuallererst meine Freundin gewesen, daher kriegte sie den Platz links neben mir. Rechts saß Philipp vor einem mit Girlanden geschmückten Teller. Alle sangen ein Lied für ihn, und es kam mir vor, als sängen sie es auch ein bisschen für mich: Wie schön, dass du geboren bist, wir hätten dich sonst sehr vermisst.

Bald redete ich mit allen im Kindergarten. Ich nahm sogar etwas von ihrem immer leicht aufgeregten Dialekt an. Doch Hanna legte Wert darauf, dass alle richtiges Deutsch lernten, und ich half ihr, es ihnen beizubringen.

»Der Sebaschtian isch z'kloi. Der kut da it nauf!« Wenn jemand so einen Ausruf tätigte, dann fragte Hanna: »Clara, wie würde man das auf Hochdeutsch sagen?« »Der Sebastian ist zu klein. Der kommt da nicht hoch«, übersetzte ich.

Doch es gab etwas noch viel Wichtigeres, was Hanna uns allen beibrachte. Sie nannte es Selberfühlen. »Denkt mal nach, wie würdet ihr euch fühlen, wenn ...« Dann kam etwas, was gerade einem von uns zugestoßen war: »... eure Mutter im Krankenhaus wäre, so wie die Mutter vom Andreas?« Ich hätte solche Angst, dachte ich und umarmte meine Mutter extra lange, als sie mich abholte.

Doch Selberfühlen bedeutete auch selber wissen, was man wollte und was nicht. »Wer mag heute früher nach draußen?«, fragte Hanna. »Nicht einfach sagen, was alle sagen. Fühlt selber, was ihr wollt.«

Während ich Hanna und den Kindergarten lieben lernte, bahnte sich meine Mutter mit ihrer Mitteilungsfreude einen direkten Weg ins Herz der ganzen Gemeinde. Still stand ich neben ihr und wartete, bis wir weiterlaufen würden, während sie ihren neuen Bekanntschaften erzählte, dass sie aus einem Dorf im Schwarzwald stammte und mit mir aufs Land gezogen sei, damit ich in der Natur aufwachsen würde, so wie sie. Zehn Jahre lang habe sie in München gelebt, doch die Großstadt sei kein Ort für sie und schon gar nicht für ein Kind wie mich.

Die Offenherzigkeit meiner Mutter endete erst, wenn jemand fragte: »Und wo ist der Vater der Kleinen?« Sie machte dann eine wegwerfende Handbewegung und sagte, der lebe weit weg. Schließlich hörten die Leute auf, nach ihm zu fragen. Man mutmaßte wohl, die Sabine wolle ihr Kind vor zu viel Information über seinen Vater schützen. Das Dorf tat, was gute Nachbarn tun: Es half, mich zu schützen.

Meine Mutter hatte Wiesenberg für uns ausgewählt, weil es hier eine offene Stelle in der Alten Post gab, dem Gasthaus gegenüber von Marktplatz und Kirche. Die Alte Post hatte Fremdenzimmer im historischen Hauptgebäude und einige weitere in einem neuen Anbau. Aus ganz Deutschland reisten Urlauber an, von Frühjahr bis Herbst zum Wandern, im Winter zum Skifahren. Die Wirtsleute arbeiteten Tag und Nacht. Meine Mutter hatte das Hotelfach von der Pike auf gelernt und sehr gute Referenzen aus der Landeshauptstadt. Sie wurde dringend gebraucht.

An dem Morgen, bevor meine Mutter das erste Mal zur Arbeit ging, saßen wir an Tante Friedas Esstisch. Es war noch nicht mal ganz hell draußen. Tante Frieda goss Mamas Kaffee und meinen Kinderkaffee mit heißer Milch aus dem Topf auf. Als wir losliefen, fiel mir auf, dass die Luft so früh am Morgen anders roch. So als würde jetzt das echte Landleben losgehen, das jeden Morgen mit einem kühlen Windhauch begann, der vom Graskopf herunterwehte und einen herben Heuduft in sich trug. Das war das Leben, für das man ein starkes Mädchen sein musste, so wie ich es war.

Unterhalb der Schule trennten sich unsere Wege. Mama hatte keine Zeit mehr, um mich zum Kindergarten zu bringen. Sie ging den restlichen Weg mit mir durch: »Den Buckel hoch, an der Schule vorbei, dann an der Hauptstraße entlang, schön innen laufen, Clara, bleib weg vom Randstein, dann gleich in die nächste Straße rechts einbiegen. Das hier ist deine rechte Hand, Clara.«

Aus den Klassenzimmern fiel gelbliches Licht in Vierecken auf den steilen Buckel, an dessen oberem Ende der Eingang zur Schule lag, an dem ich vorbeimusste. Mitten in einem dieser Lichtfelder war ich in den letzten Tagen immer stehen geblieben und hatte zugeschaut, wie die Lehrerin den Reihen von Köpfen, die ich nur von hinten sah, etwas beibrachte. Es dauerte nie lange, dann ging irgendwo eine Hand nach oben. Eines Tages würde ich in einem dieser Klassenzimmer sitzen und hören, was die Lehrerin sagte. Ich würde etwas dazu zu sagen wissen und meine Hand nach oben strecken. Sie würde mich loben für mein gutes Deutsch.

Doch an diesem Morgen war ich so früh dran, dass der Unterricht noch nicht begonnen hatte. Enttäuscht trottete ich weiter. Da überholte mich eine Gruppe von schnatternden Mädchen. Als sie an mir vorbei waren, drehte sich eine von ihnen um und rief: »Schaut mal die!« Dann drehten sie sich alle um, und eine andere sagte: »Ja, das ist die kleine Schwarze, die bei der Frieda wohnt.« Dann drehten sie mir wieder ihre bunten Schulranzen zu und liefen durch die Glastür in die Schule. Aus der anderen Richtung bewegten sich ein paar Jungs auf die Schultür zu. Schnell drehte ich mich um und blickte in Richtung des Kirchturms, damit sie mein Gesicht nicht sahen.

Wenn Tante Frieda und meine Mutter mich am Abend fragten, wie es im Kindergarten gewesen war, antwortete ich gewöhnlich mit einem glücklichen Getänzel, während ich ihnen vom Singen, Basteln, Geschichtenhören und Versteckspielen im Wald vorschwärmte. Doch an diesem Abend führte ich keinen Freudentanz auf.

Mamas Redestrom brach los, sobald sie an Tante Friedas Tisch saß und ihre Teetasse in der Hand hielt. Anstrengend sei es gewesen im Hotel, Hochbetrieb ohne Pause. Und die *Fremden*! Wie unmöglich sie waren! Saßen in der Gaststube und wollten unterhalten werden, während die Zimmer gerichtet werden mussten und das Telefon klingelte. Die hatten einfach zu viel Zeit! Mama hatte den ganzen Tag lang alles gleichzeitig gemacht. Das musste man können im Hotelbetrieb.

»Wie war's im Kindergarten, Clara?«, flocht sie zwischenrein.

Schlimm war es. Alle Kinder hatten, als sie mich anschauten, eine *Schwarze* gesehen, sogar Franzi, und ich hatte an nichts anderes denken können. Es hatte keine andere Farbe mehr an mir gegeben.

»Morgen geh ich wieder um acht!«

Das gefiel meiner Mutter nicht. Tante Frieda bot sich zwar an, mit mir zu frühstücken und mich dann in den Kindergarten zu bringen, doch Mama sagte: »Das fangen wir gar nicht erst an.«

Vor mir der Schulbuckel, in meinem Rücken der Kirchturm, weit und breit kein Baum oder Busch, um dahinter zu verschwinden, trottete ich am nächsten Tag auf die Schule zu. Ich hielt meinen Blick auf den Graskopf gerichtet und sehnte den Moment herbei, wenn ich freie Sicht auf ihn haben würde. Doch dazwischen lag eine wachsende Schar von Kindern. Sie kamen von allen Seiten, es war unmöglich, sich von ihnen wegzudrehen. Sie lachten und riefen sich Dinge zu, die ich nicht verstand.

Als ich neben ein paar größeren Jungs auf der Mitte des Hanges war, überholte mich plötzlich Philipp.

»Schneller, Clara!«, rief er.

Da hörte ich einen der Jungs neben mir sagen: »Clara heißt die? Sieht eher aus wie Ka…«

Weiter kam er nicht. Der Junge, der neben ihm lief, rammte ihm seinen Ellenbogen in die Seite, sodass er einen Schmerzlaut hervorpresste wie im Cowboyfilm, wenn einer von einer Kugel getroffen wird. Da rannte ich los, so schnell ich konnte, und holte Philipp ein, der schon an der Schule vorbei war.

Weder Hanna noch Franzi bekamen ein einziges Wort aus mir heraus. Zur Wand gedreht lag ich in der Kuschelecke und tat, als würde ich ein Buch anschauen. Mein ganzer Körper wollte platzen vor lauter Traurigkeit. Immer wieder ließ ich ein paar Tränen durch meine geschlossenen Augen laufen, weil es mich sonst zerrissen hätte.

Franzi sah, dass ich weinte, und fragte, was los sei, aber ich hatte keine Antwort. So weit draußen war ich aus ihrer Welt, dass ich nicht mal mehr Deutsch sprach. Ich hatte keine Worte für irgendetwas. Nur die anderen hatten Worte. Meine Freunde kannten eine andere Clara, nicht mich. Ich war ein Mädchen, das nur meine Mutter kannte. Aber meine Mutter wollte auch lieber die andere Clara als Tochter haben, nicht mich.

Das halbe Wort mit K bohrte sich in das Dunkel in mir. Es wollte mir sagen, wer ich wirklich war, in dem allergemeinsten Ton, den es gab. Gleichzeitig versuchte Franzi, die Clara zu umarmen, die da lag. Da konnte ich es nicht mehr halten und heulte los. Ich heulte so heftig, dass mir die Luft ausging. Jeder Versuch, Luft zu holen, endete in einem Schluchzen, das jede andere Stimme im Raum übertönte.

Ohne dass auch nur ein Quäntchen Trost in mein verwüstetes Inneres drang, ließ ich mich von Hanna hochnehmen und hing auf ihrer Schulter wie ein nasser Sack. Sie steuerte mit mir in ihr Büro, Franzi lief hinter uns her. Hanna setzte mich in den Sessel neben ihrem Schreibtisch und kniete sich vor mich hin. Es dauerte, aber sie holte es aus mir heraus, das halbe Wort mit K.

Es vergingen ein paar entsetzte Sekunden, bevor Hanna aufsprang, ihre Jacke vom Haken nahm und mit Franzi und mir zur Garderobe marschierte. Dort half sie uns, Jacken und Schuhe anzuziehen, und lief mit uns rüber in die Schule. Als Dreiergespann, mit Hanna an der Spitze, schossen wir durch die Glastüren und mitten hinein in den hallenartigen Gang. Dort steuerte Hanna auf eine der vielen Türen zu und klopfte daran, laut und forsch.

Ein Mann öffnete. Er war kleiner als Hanna und hatte keine Haare. Hanna redete schnell und laut im Dorfdialekt.

»Es ist gleich Fünfminutenpause«, sagte der Mann und blickte auf seine Armbanduhr. Er sah mich an und wollte wissen, wie der Junge ausgesehen habe, der das halbe Wort gesagt hatte. Blond sei er gewesen, sagte ich, ein T-Shirt mit den Deutschlandfarben drauf habe er angehabt.

»Wie groß?«, hakte der Mann nach. Ich hielt meinen Arm über meinen Kopf und zeigte ihm, wie groß.

Dann erklang ein Gong. Franzi und ich wurden auf der Bank an der Garderobe abgesetzt. Von hier aus schauten wir zu, wie Hanna mit dem Mann durch die dritte der vier Klassenzimmertüren ging.

Ehrfürchtig beobachteten wir einige Schulkinder, die zu den Toiletten liefen. Sie sagten »Hallo«, und wir sagten »Hallo« zurück. Fiel ihnen auf, dass meine Haut anders war als Franzis? Es schien, als wären sie eher mit sich selbst beschäftigt, und mit den fünf gezählten Minuten, in denen ihre Klassenzimmertüre sie freigelassen hatte. Zwei Kindergartenmädchen sahen ihnen staunend zu, wie sie sich in ihrer Schule bewegten, so, als gäbe es in einer Schule ganz gewöhnliche Vorgänge, als wäre nicht selbst der Gang zum Klo etwas Bewundernswertes.

Als der Mann mit Hanna wiederkam, kniete er sich vor mich hin, über seiner Nase war jetzt eine Falte: »Wir wissen, wer es war, Clara. Er wird sich überlegen, wie er sich bei dir entschuldigt. Dafür geben wir ihm ein bisschen Zeit.«

Zurück im Kindergarten betraten Franzi und ich Hand in Hand den Frühstücksraum, stolz auf unser Abenteuer. Meine Freunde kamen zu mir und sagten, sie wüssten, wie ich mich gefühlt hatte, als ich weinte.

Als Tante Frieda mich abholte, erfuhr sie von Hanna die ganze Geschichte. »Der soll mir unter die Augen kommen!«, sagte sie.

Wir liefen an der Kirche vorbei zum Bäcker, und Tante Frieda kaufte Hörnchen. Auf dem Heimweg zeigte sie auf die Alte Post und sagte: »Der Mama erzählen wir das gar nicht, Clara. Die regt sich nur auf. Das wär nicht gut.«

Zu Hause machte sie uns Kinderkaffee mit warmer Milch. Wir saßen an ihrem Tisch und tunkten die Hörnchen in unsere Tassen. Draußen hing eine Wolkendecke über den Wiesen und Gärten. Leise zwitschernd und in alle Richtungen offen lag der Nachmittag vor uns. Wir würden später in den Garten gehen. Tante Frieda würde Salat pflanzen, und ich würde auf den Steinplatten mein Hüpfspiel von gestern weiterspielen. Es juckte mich schon in den Füßen.

Wir räumten gerade die Tassen und Teller ins Spülbecken, da läutete es an der Tür. Als Tante Frieda öffnete, versteckte ich mich hinter ihr. »Ist die Clara da?«, hörte ich eine Jungenstimme.

»Was willst du denn von ihr, Florian?«

»Ich will ihr die Blumen da bringen. Den Rest muss ich ihr selber sagen.« Er klang nicht, als wolle er Freundschaft mit mir schließen. Trotzdem kam ich aus meinem Versteck. Ich war neugierig und wollte die Blumen sehen, ein paar grob ausgerupfte Gänseblümchen mit viel Gras dazwischen.

Der Florian trug immer noch das T-Shirt mit den Deutschlandfarben, die in Streifen über seine Brust verliefen. Neben ihm stand der andere Junge, der ihm heute Morgen den Stoß versetzt hatte. Auch er trug dieses T-Shirt. Er war noch größer als Florian, hatte dunkle lockige Haare und ein nettes Lächeln. Florian dagegen hatte ein freches Gesicht, das gar nicht lächeln konnte, sondern nur grinsen. Ich nahm das Blumenbüschel entgegen.

»Kommt rein, ihr zwei«, lud Tante Frieda sie ein. Sie holte ein kleines Wasserglas für die Blumen, ordnete sie darin einigermaßen hübsch und stellte das Glas auf den Tisch. Dann bot sie Florian und seinem Freund ein Malzbier an. Als sie die Flasche auf den Tisch stellte, waren darauf auch die Deutschlandfarben in Streifen abgebildet. Da fiel mir ein, warum: die Fußball-Weltmeisterschaft!

Überall waren in München die Deutschlandfarben aufgetaucht. In Tante Annis Wohnung hatten wir das Endspiel angeschaut. Die deutsche Mannschaft hatte gegen die anderen mit den weiß-blauen T-Shirts mit einem Tor gewonnen. Danach war es in der Stadt so zugegangen, dass Tante Anni uns nicht zur Bahn gehen lassen wollte und ein Taxi rief.

Ich wollte eigentlich mit den beiden Buben nicht sprechen, aber meine Neugierde war wieder zu stark. »Warum habt ihr die Weltmeister-T-Shirts an?«, fragte ich. Die beiden saßen artig am Tisch und tranken ihr Malzbier. Ich kniete auf der gepolsterten Eckbank, um mit ihnen auf Augenhöhe zu sein.

»Weil wir später mal in der Nationalmannschaft spielen werden«, erklärte Florian. »Dann werden wir es sein, die den Titel holen!«

»Vielleicht könntet ihr ja erst mal für Wiesenberg gewinnen und endlich mal die Emmenstädter schlagen«, schlug Tante Frieda vor. »Wolltest du Clara nicht etwas sagen, Florian?«

»Nein!«, rief ich. »Ich will's nicht hören!« Und ich hielt mir die Ohren zu. Ich wollte nicht an das erinnert werden, was heute Morgen passiert war.

»Du, Clara«, sagte der andere Junge, der eindeutig liebere von beiden, als meine Ohren wieder offen waren. »Ich finde, du siehst aus wie die Tochter vom Diego Maradona. Und der ist der größte Fußballer aller Zeiten.«

»Haha!«, lachte der Florian. »Wahrscheinlich siehst du nicht nur so aus wie die Tochter vom Maradona, sondern bist es auch noch. Aber leider hat er ja verloren, gegen uns Deutsche!«

»Vor vier Jahren hat er aber gewonnen gegen die Deutschen und war der beste Spieler in der ganzen WM«, warf der andere Junge ein.

»Der Benedikt hat recht«, sagte Tante Frieda. »Der Maradona ist der Beste. Da muss der Matthäus noch ein paar Jährchen üben.«

Mit ausladendem Schwung, als wäre es eine richtige Halbe, hob Florian sein Malzbierglas an den Mund. Er nahm ein paar große

Schlucke und setzte das Glas mit Nachdruck wieder ab. Dann rieb er sein Kinn mit den Fingerspitzen. »Weißt du was, Clara? Du wirst Fußballerin. Dann spielst du wie der Maradona, aber nicht für die Argentinier, sondern für uns!«

»Das werde ich auch«, sagte ich entschlossen. »Dann schlage ich die Emmenstädter und dich dazu!«

»Von mir aus, schlag mich. Aber dann sind wir quitt«, erklärte Florian und streckte mir seine Hand hin.

»Dann sind wir quitt«, sagte ich und schlug ein.

Das Dunkel

Von nun an gehörte das Dunkel zu mir, und ich war damit immer die eine, gleiche Clara. Von meiner Mutter kam kein Dementi, also war gesetzt, dass ich die Tochter eines großen Fußballspielers war. An der Schule vorbeizugehen war jetzt ein lustiges Abenteuer. »Claradona, Fußballstar!«, sangen die großen Jungs, als wäre ich schon auf dem Platz und sie würden mich anfeuern. Ich grinste, während ich an ihnen vorbeilief.

Ich wollte wissen, wie Fußballspielen geht und wie ein Spieler den anderen schlägt. Aber die Frauen hatten keine Zeit, um mit mir auf den großen Kickplatz zu gehen, wenn dort gespielt wurde. Also machten sie mir abends den Fernseher an und ließen mich Spiele anschauen. Einmal spielte Maradona mit. Seine Mannschaft verlor, und er sah schrecklich wütend aus.

Alle paar Wochen fuhr Tante Frieda mit dem Bus nach Lindau, um ihren Sohn und seine Familie zu besuchen. Dann gab es zwischen ihr und meiner Mutter eine Unterhaltung darüber, wie man das mit mir machen würde.

Wenn es ein Kindergartentag war, brachte mich Franzis Mutter Susie mittags in die Alte Post. Dort bekam ich von Mama in der Gaststube ein Mittagessen serviert. Dann durfte ich mit ihr durch die Hotelzimmer gehen, ihr beim Bettenmachen zuschauen, Kissen glatt streichen und die Blümchen auf den Nachttischen so arrangieren, dass sie nicht alle in dieselbe Richtung schauten, sondern in einem Halbkreis durchs Zimmer, wo die Fremden bald wieder in ihrer Ferienlaune herumlaufen würden. Die Blümchen durften nur nicht nach hinten an die Wand schauen, wo sie niemanden anlächeln konnten.

Am liebsten goss ich die Blumen auf den Balkonen. Wenn man auf der Straße vor dem Hotel stand, sah man sie entlang der beiden übereinanderliegenden Balkongeländer leuchten, rot, orange und rosarot. Doch von der Balkonseite her sah ich nur das Durcheinander ihrer Stängel und Blätter, die immer durstig aussahen. Um die Gießkanne hoch genug zu halten, musste ich einen kleinen Hocker von Kasten zu Kasten tragen. Ich musste aufpassen, dass ich mit der Gießkanne unter die Blätter kam, denn landete das Wasser auf den Blättern, tropfte es nach allen Seiten herunter. Deswegen rief der Pfarrer, der nach seinem Nachmittagskaffee von der Gaststube wieder ins Pfarrhaus zurücklief, zu mir hoch: »Mich brauchst du nicht zu gießen, Clara, ich wachse nicht mehr.«

Nach dem Gießen war der Nachmittag rum, und es gab Abendessen. Weil die Gaststube dann voll war, musste ich in der Küche essen. Ich saß auf einem Stuhl im Eck und hatte meinen Teller auf dem Schoß. Ich weiß nicht, ob die Wirtin mich dort sitzen sah, als sie hereinkam und zu meiner Mutter sagte: »Bitte lass die Clara nicht mehr gießen, Sabine. Sie vertreibt uns noch die Gäste.«

Wenn ich Mama half, die Tische hübsch zu decken oder abzuräumen, dann begegnete auch ich den Fremden. Ich drehte meinen Kopf in ihre Richtung und setzte mein liebstes Lächeln auf. Manche stellten mir Fragen: »Wohnst du hier in Wiesenberg? Wo kommen deine Eltern her?«

Einmal hörte ich, wie eine Frau, die mit ihrem Mann beim Mittagessen in der Gaststube saß, zur Wirtin sagte: »Das ist aber ein fleißiges kleines Mädchen, das Sie da als Hilfe haben. Und so hübsch ist sie. Als käme sie von ganz weit her.« Obwohl es keine Fragen waren, hörte ich deutlich die Fragezeichen am Ende ihrer Sätze.

Die Wirtin war ein ganzes Stück größer als meine Mutter. Sie hatte einen düsteren Blick. Ihre schwarzen Haare wölbten sich auf ihrem Kopf nach oben und gaben noch mal eine Handbreit zu ihrer Turmartigkeit dazu. Sie blickte sich kurz um, wohl um sicherzustellen, dass meine Mutter in der Küche war, und sagte: »Ja, das ist die Kleine von der Sabine. Wir wussten ja, dass sie ein Kind hat, als wir sie eingestellt haben. Aber dass es das Kind von einem Afrikaner ist, das wussten wir nicht.«

Da verschwand ich in der Küche hinter meiner wild wirtschaftenden Mutter und kam nicht mehr hervor.

Der nächste Tag war ein Samstag, und ich musste schon am Morgen mit in die Alte Post. Mama musste mich regelrecht hinter sich herziehen, als wir in unseren gelben Plastikjacken durch den strömenden Regen liefen.

»Die blöde Wirtin weiß nicht, dass der Maradona gar kein Afrikaner ist«, maulte ich leise. »Ich will die Kuh nie wieder sehen!« Den letzten Satz wiederholte ich stoisch im Takt meiner Schritte.

Irgendwann blieb Mama stehen.

»Was redest du da?«

Ich verstummte und trottete weiter, ließ den Satz nur noch in meinen Gedanken laufen. Er schlug dort den Rhythmus zu vergangenen Szenen, in denen meine Mutter im Zorn gefangen neben mir hergelaufen war und fast meine Hand zerquetscht hatte. Zerrte sie mich mit, weil ich ihre Rettung war oder weil sie mich sowieso nicht loswerden würde? »Die Mama regt sich nur auf, das wäre nicht gut«, hatte Tante Frieda zu mir gesagt, als das mit Florian passiert war. Das Dunkel in mir war das Dunkel im Leben meiner Mutter. In ihrem Beisein durfte ich es nicht ansprechen.

Je tiefer der Herbst vorrückte, desto weniger regnete es. Der Wind wehte morgens wieder vom Graskopf herunter, und die Sonne strahlte den ganzen Tag.

Ich malte einen dunklen mächtigen Kopf mit waldigen Haaren, der gegen einen blauen Himmel stand. Tante Frieda erkannte den Graskopf und fragte, warum er so gefährlich aussehe.

»Er ist nicht gefährlich, er ist nur dunkel«, sagte ich.

»Aber da unten, wo die Wiesen sind, da wo die Kühe leben, da ist er gar nicht dunkel«, sagte sie und deutete auf den Tisch unterhalb vom Bild, wo der Berg weitergegangen wäre, wenn das Blatt nicht voll gewesen wäre. Also malte ich den Graskopf noch mal. Diesmal mit grünen Wiesen unterhalb vom Gipfel.

»Wo sind die Kühe?«, fragte Tante Frieda.

Ich versuchte, eine zu malen, aber sie sah aus wie ein dicker Hund mit zwei Bananen auf dem Kopf.

Da zog mir Tante Frieda Jacke und Turnschuhe an, nahm ihren Mantel vom Haken neben der Haustür und sagte: »Komm, Clara, wir gehen Kühe anschauen.«

So kam ich zum ersten Mal auf die andere Seite des Dorfes. Wir liefen am Fußballplatz vorbei und eine Straße nach oben. Wer hier wohnte, der kam aus dem Oberdorf. Die Häuser waren größer als im Unterdorf. Man sah den Graskopf von einer anderen Seite. Am Ende der Straße ging es in einen Feldweg hinein, der auf beiden Seiten von Stacheldraht gesäumt war. Die Wiesen dahinter zogen sich den Hang hinauf und waren fast überall abgefressen. Von Weitem hörten wir schon die Kühe mit ihren Glocken läuten, und wir rochen sie auch.

Plötzlich galoppierten sie auf uns zu, erst nur ein paar wenige, dann die ganze Herde. Sie machten einen Höllenlärm mit ihren Glocken. Ich versteckte mich hinter Tante Frieda und schrie in blanker Panik in ihren Mantel hinein. Doch Tante Frieda blieb ganz ruhig und wartete, bis die wuchtigen Trampeltiere auf der anderen Seite des Stacheldrahtes zum Stehen kamen. Ich staunte, wie sie den Schwung ihres Galoppierens mit ihren schlaksigen Beinen abfingen.

Dann holte mich Tante Frieda hervor.

Die Kühe reckten uns neugierig ihre feuchten Nasen entgegen. Tante Frieda hob mich auf Augenhöhe mit ihnen, während ich vor Verzückung quietschte. Die Frechste, die ganz vorn stand, berührte ich sogar auf dem Flausch zwischen ihren Ohren. Ihr neugieriger Kuhblick war voll von reinster Fröhlichkeit.

In der Mitte des Bildes, das ich am Abend malte, war die große Kuhnase mit den weiten Nasenlöchern zu sehen. Die pechschwarzen Kuhaugen hatten lange Wimpern, links und rechts dahinter wuchsen die Ohren heraus. Gleich unter die Nase malte ich ein Lächeln, das eher mein eigenes war als das der Kuh. Um das Ganze herum zog ich einen dicken Kreis, aus dem zwei dünne lange Beine staksten. Bis auf einen weißen Rand um die Nase malte ich den Kreis braun aus, das gleiche Braun, das ich immer für mein eigenes Gesicht wählte.

Meine Mutter brach in ein glockenhelles Lachen aus, das völlig von ihrem Fremdenstress befreit war, als Tante Frieda ihr am Abend das Bild zeigte. »Das ist Kunst!«, flötete sie. »Kuh-unst!«

Während sie und Tante Frieda ihren Tee tranken und ihr Reden zum üblichen Strudel anschwoll, malte ich noch ein anderes Bild. Als ich fertig war, schob ich es Tante Frieda unter die Nase und sagte: »Schau!« Tante Frieda betrachtete es und rief aus: »Das ist der Sonnenhof!«

»Da will ich hin«, sagte ich.

»Den Hof muss sie gesehen haben, als wir zum Graskopf gegangen sind«, erklärte Tante Frieda meiner Mutter. »Man sieht ihn nur kurz. Das Kind hat ein fotografisches Gedächtnis, Sabine!«

Das Sonnenhof-Bild war knallbunt, Haus und Terrasse verliefen schief und krumm. Entlang des Terrassengeländers wuchs eine üppige Blumenpracht, und dahinter standen drei gelbe Sonnenschirme. Die Sonne trug ein Lachen, das zu erwachsen war, um mein eigenes zu sein.

Meine Mutter klebte das Bild mit Tesafilm über unser Bett und versprach: »An meinem nächsten freien Tag gehen wir zusammen auf den Graskopf. Dann machen wir Rast auf dem Sonnenhof und essen Kuchen.«

An einen freien Tag war aber erst mal nicht zu denken. Warum, das erfuhr ich im Kindergarten. Die Viehscheid rückte heran. Für keine andere Feierlichkeit reisten so viele Fremde an. Das Hotel war ausgebucht bis zum letzten Bett.

Von den Kindern im Kindergarten, die von einem Hof kamen, erfuhr ich, dass sie das letzte Stück mitlaufen würden, wenn die Kühe von den umliegenden Almen ins Dorf getrieben wurden. Philipp machte uns vor, wie er laufen würde. Dabei steckte er seine Daumen hinter die Hosenträger der Lederhose, die er tragen würde, machte ausladende Schritte durch den Raum und blickte von rechts nach links in sein Publikum.

Weil ich noch nie eine Viehscheid gesehen hatte, drehte er eine Extrarunde um mich herum und sagte: »Schau, so laufen wir hinter den Kühen her.« Dann blieb er plötzlich stehen und fragte: »Hast du überhaupt eine Tracht, Clara?«

»Ja, klar«, sagte ich, ohne zu wissen, wovon er sprach.

Als wir abgeholt wurden, verteilte Hanna gelbe Zettel und bat uns, sie zu Hause abzugeben. Ich fragte sie, was auf den Zetteln stand, und sie las mir vor: »Unser Neuzugang Clara König braucht eine Tracht, Größe 122. Wer kann uns eine leihen?«

Am Sonntagmorgen, Mama war schon lange aus dem Haus, putzte Tante Frieda mich heraus. Fast eine Stunde lang kämpfte sie mit meinen Haaren. »So ein Gewusel hat die Welt noch nicht gesehen!«, stöhnte sie vor sich hin, während sie eine Haarsträhne nach der anderen von meinem Kopf pickte und dann deren Anfang und Ende suchte. Schließlich zeigte sie mir mit zwei Spiegeln das unglaubliche Geflecht, das sich um meinen ganzen Hinterkopf legte.

Ich liebte meine strahlend weißen Puffärmel, die silbernen Taler, die auf dem schwarzen Samt meines Leibchens klimperten, den weit ausgestellten grünen Rock und die dunkelrot schimmernde Schürze. An den Füßen trug ich weiße Söckchen und schwarze Schuhe, die ein bisschen zu klein waren, sodass ich meine Zehen krumm machen musste. Als ich endlich Hand in Hand mit den anderen Dorfkindern an der Straße stand, passte ich perfekt in die Reihe. Von Weitem hörten wir schon die Kuhglocken. Je näher sie kamen, desto lauter wurden auch wir.

Dann sah ich eine wunderschön mit Blumen geschmückte Kuh herantrotten, das Kranzrind, wie uns Hanna erklärte. Dahinter veranstaltete eine ganze Parade von Kühen ein ohrenbetäubendes Gebimmel. Den Blick auf die Straße gesenkt ließen sie sich von den Hirten mit ihren Bergstöcken treiben. Aus war es mit ihrer Freiheit.

Alles staute sich auf dem Marktplatz, die ganze Dorfgemeinschaft, alle in der gleichen Tracht, und die Fremden in ihren bunten Dirndln und rot-weiß karierten Hemden. Ich sah meine Mutter, wie sie sich mit zwei Bierkrügen in jeder Hand einen Weg durch die Menge bahnte. Einige Musiker manövrierten ihre großen glänzenden Blechinstrumente zu der Holzbühne vor der Kirche, die für das Fest aufgestellt worden war.

Hanna übergab Franzi und mich Franzis Eltern. Franzis Vater trug eine kantige Brille. Angestrengt blickte er über unsere Köpfe hinweg, so als müsste er etwas ausrechnen und hätte keine Zeit für ein Hallo.

Die Musik posaunte los, und wir setzten uns an einen der aufgeklappten Tische nahe der Bühne. Meine Mutter kam voll beladen, um Franzis Vater und ein paar anderen wichtig dreinschauenden Männern Bier zu bringen. Mit einer Hand setzte sie drei Krüge gleichzeitig auf dem Tisch vor ihnen ab, ohne auch nur einen Tropfen zu verschütten. Da schauten die Männer plötzlich weniger ernst, als hätte die Sabine mit ihrem Bierbringen ein Spiel mit ihnen angefangen. Einer fasste sie um die Taille und krakelte lauthals über den Tisch: »Sapperlot, die hat Übung! So was lernt man nur in München!«

Meine Mutter lächelte ihr Fremdenlächeln, balancierte das Bier in den drei Krügen aus, die sie mit ihrer anderen Hand hielt, und eilte wieder davon.

Tante Frieda fand mich, als ich mit den anderen Kindergartenkindern auf der Wiese neben der Kirche Fangen spielte. Ich hatte meine Schuhe und Socken ausgezogen und war gerade mit Fangen dran. Sogar die Jungs hatten Angst vor mir.

Franzi eilte herbei und erklärte Tante Frieda: »Die Clara kann noch nicht heim. Wir müssen doch noch für das Foto auf die Bühne!« Da hörten wir schon Hanna, wie sie ins Mikrofon sprach. Wir Kindergartenkinder sollten uns vor den Schulkindern auf der Bühne aufreihen.

Die Menge war jetzt ruhiger. Einer der Männer, die an unserem Tisch gesessen hatten, stellte sich mit dem Mikrofon in der Hand vor uns und hielt eine Rede auf die gedrängten Köpfe und Bierkrüge hinab. Zum Schluss machte er mit seinem Arm einen feierlichen Schwenk hinter sich, stellte den Fremden den Nachwuchs des Dorfes vor und bat den Fotografen nach oben.

In die paar Sekunden der Stille hinein, die jetzt folgten, hörte man die Stimme einer Frau aus der ersten Tischreihe, wo die Fremden saßen: »Schau mal, die Dunkle da im Dirndl und ohne Schuhe! Wie ein kleines schwarzes Schaf.« Ich hätte das wohl gar nicht auf mich bezogen, wäre nicht Philipp im nächsten Moment aus der Reihe marschiert, zum Bühnenrand vorgelaufen und hätte zu dem Tisch hinuntergebrüllt: »Das ist doch die Clara! Und du bist selber ein Schaf!«

Uns allen war kein Lachen mehr zu entlocken. Auf dem Foto, das herauskam, spiegelten wir die betretenen Gesichter der Menge wider. Philipp hatte die Frau als Schaf bezeichnet, das war gegen alle Regeln der Freundlichkeit den Fremden gegenüber. Er würde Ärger bekommen.

Tante Frieda hatte mich schon ins Bett geschickt, als Mama nach Hause kam, doch ich lag wach und hörte, wie sie einen Redeanfall bekam. Auf irgendjemanden war sie böse. Vielleicht sogar auf mich.

Ich erinnerte mich an das, was nach dem Foto geschehen war: Tante Frieda holte mich von der Bühne. »Wir müssen noch deine Schuhe suchen, Clara!«, rief sie mir ins Ohr, denn die Blasmusik hatte wieder losgelegt. Doch ich wollte bei Philipp bleiben und ihn vor dem Ärger der Erwachsenen beschützen. Tante Frieda musste mich hinter sich her durch die Menge ziehen, während ich laut protestierte.

Die Feiernden waren inzwischen in wilde Bewegungen geraten. Die einen warfen sich beim Lachen weit nach hinten, die anderen schwenkten ihre Bierkrüge, um dem Nebentisch zuzuprosten. Tante Friedas Hand blieb eisern um meine geschlossen, und ihre Hartnäckigkeit brachte uns vorwärts. Auf der Wiese suchten wir die Schuhe, die man mir so großzügig geliehen hatte, aber sie waren nicht mehr da.

Wir kurvten wieder um die Tische, vorbei an Franzis Vater. Sein Gesicht war hochrot. Sein Lachen konnte ich nur sehen, nicht hören, aber ich erkannte eine dumme Bubenbosheit darin. Wieder kam meine Mutter mit dem Bier. Einer der Männer fasste sie um die Hüfte und zog sie diesmal noch näher heran, sodass das Bier überschwappte. Meine Mutter stellte die Krüge ab und wand sich mit einem wütenden Ruck aus der Umklammerung.

Bei dieser Erinnerung schlüpfte ich aus dem Bett, rannte nach oben und drückte mich auf Mamas Schoß. Sie legte ihre Arme ganz fest um mich, vergrub ihr Gesicht in meinen Haaren und wiegte mich hin und her. »Meine süße Maus. Wenn ich dich nicht hätte«, sagte sie, und ich wusste, es war alles wieder gut. Sie hatte mich ja.

Am nächsten Tag hatte Mama endlich frei und verschlief den Morgen. Ich saß an unserem schmalen Küchentisch, den man aus einem der Schränke herausfahren konnte, und malte Kühe mit Blumen auf dem Kopf. Normalerweise wäre ich hoch zu Tante Frieda gegangen, um Kinderkaffee zu trinken, aber etwas hielt mich davon ab. Eine Ahnung, dass die Ordnung im Haus heute eine andere war als gestern. Als Mama aufstand und mich an dieser Stelle sitzen sah, fragte sie: »Warum gehst du denn nicht hoch, Clara?« Ich zuckte mit den Schultern. Sie öffnete alle Küchenschränke und suchte eine Kaffeemaschine. Um an die Schränke hinter mir heranzukommen, musste sie den Tisch einfahren und mich aufscheuchen. Endlich fand sie eine Maschine, aber Kaffee fand sie nicht. Schließlich setzte sie sich auf den zweiten Stuhl und raufte ihre wilde blonde Mähne.

»Können wir heute auf den Graskopf gehen?«, fragte ich.

Mama schüttelte müde den Kopf. »Mir tun noch alle Knochen weh, Clara.« Daraufhin rannte ich ins Wohnzimmer, warf mich auf die Couch und weinte so laut, dass Tante Frieda runterkam und uns zum Kaffeetrinken hochholte.

Diesmal hörte ich genau zu, was sie redeten. »Die Clara ist ein solcher Wirbelwind. Sie braucht ein paar Regeln und eine starke Hand. Ich kann ihr das nicht geben«, sagte Tante Frieda, und nach einer Weile fügte sie an: »Ich hab's am Herzen, Sabine. Ich sollte mich nicht so aufregen.«

Meine Mutter musste ein gesundes Herz haben, dachte ich, denn sie regte sich andauernd auf. Jetzt schimpfte sie auf die Wirtin, die sie zu lange um ihren freien Tag betrogen hatte und der es nicht in den Kram passte, wenn ich mit ins Hotel kam. »Gestern hat sie dem Philipp die Leviten gelesen, so als wäre es eine Untat von ihm gewesen, für die Clara einzustehen. Zu mir hat die Alte gesagt, meine Tochter wäre eine Halbwilde, die keine Erziehung bekommen hätte.«

»Dein Schimpfen hilft uns jetzt nichts«, stellte Tante Frieda fest. Dann machte sie einen Plan, den meine Mutter nur widerstrebend annahm, denn er beinhaltete, dass sie mit der Wirtin reden und auf ihren freien Tag bestehen musste.

Tante Frieda bot an, mit Susie zu sprechen und sie zu fragen, ob sie mich an den anderen Wochentagen mit nach Hause nehmen könne. Auch das fand meine Mutter nicht gut. »Da steh ich dann in der Schuld bei diesem Werner.«

Tante Frieda sagte, in diesen sauren Apfel müsse sie in Gottes Namen beißen. »Normalerweise haben Kinder halt einen Vater«, schloss sie, und meine Mutter sagte nichts mehr.

Franzi erklärte mir, dass ihr Vater der Chef von der Bank in der Stadt sei, in die wir immer mit dem Bus fuhren, wenn wir mehr als Brot und Milch kaufen mussten. Bevor Franzis Vater abends nach Hause kam, wurde ich von Tante Frieda abgeholt. So konnte ich ohne Angst in Franzis wunderschönem Haus im Oberdorf bleiben und mit ihr und Tobi in dem großen Garten spielen.

Tobi war ein Jagdhund. Susie, Franzis Mutter, erklärte mir, dass er ihrem Mann Werner auf der Jagd half, das Wild zu finden. Wenn wir mittags zur Tür hereinkamen, sprang er uns entgegen und schleckte mir übers Gesicht. Franzi und ich versteckten sein Spielzeug im Garten und ließen ihn suchen. Immer wenn ich mich ins Gras fallen ließ, kam er und setzte sich neben mich, damit ich meine Arme um ihn schlingen und ihn an mich drücken konnte.

Franzis Haus lag an der Straße, die zum Graskopf führte. Es hatte zwei Stockwerke und einen Keller mit Sauna. Das Wohnzimmer war so hoch, dass es über das zweite Stockwerk hinausreichte und man das Dach von innen sah. An den Wänden hingen Geweihe mit Skelettköpfen dran. Es war mir nicht gleich klar, dass es sich dabei um echte tote Tiere handelte. Doch dann sah ich am Treppenaufgang einen ganzen Kopf hängen mit langen, nach hinten geschwungenen

Hörnern. Die schwarze Nase war wie eine Riesenversion von Tobis Nase. Seitlich am Kopf standen Öhrchen heraus. Die Augen waren dunkle Murmeln. Sie starrten auf einen Punkt im Raum, als würden sie dort etwas aus der Leere herauslesen, was wir Menschen nicht sehen konnten.

»Das ist ein alter Steinbock«, erklärte mir Susie. »Der hat ganz weit oben in den Bergen gelebt.«

»Warum hat dein Mann die Tiere totgeschossen?«, wollte ich wissen.

»Damit wir ein Fleisch zum Essen haben«, erklärte mir Susie. Wenn sie mit mir sprach, kam sie auf meine Höhe. Sie hatte genau das Lachen, das ich auf meinem Sonnenhof-Bild der Sonne ins Gesicht gemalt hatte.

Tobi brauchte jeden Nachmittag einen Spaziergang, und wir gingen alle drei mit ihm zu den Kuhwiesen, wo er ein bisschen die Kühe anbellte und dann sein Geschäft machte. Dann hopste er mit seinen langen schlaksigen Beinen über die Wege. Sein Fell leuchtete braunrot wie die Farbe der Blätter an den Bäumen, und seine schwarzen Schlappohren wippten im Takt seiner Schritte.

An einem Freitag im Oktober, an dem die Nachmittagssonne die fernen Grashänge mit einem goldenen Schimmer überzog, sagte Susie: »Kommt, Mädchen, wir gehen mit dem Tobi zum Sonnenhof hoch!«

Um vom Oberdorf zum Sonnenhof zu gelangen, steigt man hinter den Gärten in den Berg ein. Erst läuft man auf einem breiten Schotterweg, dann zweigt man auf einen schmalen, steilen Wurzelpfad ab. Wer bis dahin noch nicht außer Atem ist, der ist es spätestens jetzt.

Susie rief hinter mir her: »Warte auf uns, Clara!« Ich hatte den Tobi an der Leine und sollte ihn auf keinen Fall loslassen, denn er würde sonst dem Wild nachjagen. Doch ich konnte nicht langsamer laufen. Je steiler der Weg wurde, desto mehr Kraft und Schnelligkeit kam aus meinen Beinen. Die Sonne fiel schräg durch die Baumwipfel und zeichnete Lichtinseln auf die Erde. Ich kraxelte ein Stück auf allen vieren. Die dunkle Erde schob sich unter meine Fingernägel.

Der Pfad endete und ich war plötzlich aus dem Wald raus. Vor mir plätscherte ein Bach. Er war von flauschig weichem Moos gesäumt. Ich sprang von Moosbett zu Moosbett über das Wasser und fand mich am unteren Rand einer von Kühen zertrampelten Wiese. Rechts stand ein alter Holzschuppen, an den eine Bank gezimmert war. Tobi setzte sich auf einen Grasfleck und blickte über die Wälder wie ein Herrscher über sein Reich. Wir beide warteten auf Susie und Franzi, die wir abgehängt hatten.

Viele kurvige Trampelpfade führten von hier über die Wiese hinauf zum dunkel verschindelten Sonnenhof.

Mama erzählte ich am Abend nur von den schönen Dingen beim Sonnenhof, vom tiefroten Johannisbeerkuchen mit dem weißen süßen Schnee obendrauf, den uns Benedikt serviert hatte; vom Kuhstall, in den uns Philipp geführt hatte, und in dem die Kühe fehlten, weil sie noch bis zum ersten Schnee auf den Weiden bleiben durften; und vom Gipfel des Graskopfs, der vom Sonnenhof aus gar nicht mehr weit weg war. Selbst mit ihren immer müden Füßen würde sie es schaffen, da raufzugehen, versicherte ich Mama.

Ich malte den Kopf des Berges und seine Schultern, so wie man sie vom Sonnenhof aus sah, und wanderte mit meinen Fingern daran hoch, um ihr zu zeigen, wie schnell das ging: »Tapp, tapp, tapp.«

Benedikt mochte ich, weil er mir aus der blöden Sache mit Florian herausgeholfen hatte. Doch dass er und Philipp beide auf dem Sonnenhof wohnten und so etwas wie Brüder waren, das war mir neu. Mama wusste das natürlich schon, so wie sie über alle Familien im Dorf Bescheid wusste. Sie wusste auch, was ich von Franzi gehört hatte, nämlich dass Benedikts Mutter nicht mehr lebte. Sie kannte auch Daniela schon, Philipps Mutter.

Daniela hatte zottelige bräunliche Haare, die bis über ihren großen Po hinunterfielen. Sie kommandierte Benedikt und Philipp herum und sprach ansonsten nur mit Susie. Ihr Blick streifte mich auf eine grimmige, stumme Art. Ich merkte, dass sie mich anschauen, aber gleichzeitig so tun wollte, als wäre ich nicht da. Während wir Kinder unseren Kuchen aßen, fragte sie Susie: »Wo hat die Sabine denn das Kind her?«

Susie antwortete leise, wohl in der Hoffnung, ich wäre zu sehr mit meinem Kuchen beschäftigt, um sie zu hören: »Sie hat in München in einem großen Hotel gearbeitet. Der Mann wird wohl ein Gast gewesen sein.«

»Weiß man, wo der her war?«

»Amerika wahrscheinlich. War bestimmt ein reicher Mann. Aber hat sich aus dem Staub gemacht.«

Der goldene Herbst ging in eine wetterwendige Zwischensaison über, in der die Fremden nur noch vereinzelt anreisten. Nachdem meine Mutter alle Betten, Polstermöbel und Teppiche im Hotel einer Grundreinigung unterzogen hatte, gaben die Wirtsleute ihr ganze fünf Tage frei.

An ihrem letzten freien Tag, dem Freitag, riss sie sich endlich vom Sofa hoch, packte eine Thermoskanne mit Pfefferminztee, ein paar Salamibrote und Äpfel in meinen kleinen Rucksack, zog eine Jeans und ihre alten Turnschuhe an und stellte sich mit einem »Tadaa« vor mich hin. Ich jauchzte und hüpfte um sie herum, brachte vor Aufregung keinen Bissen meines Frühstücks hinunter und wollte sofort los. Doch Mama bestand darauf, dass ich in aller Ruhe mein Honigbrot aufaß und ein Glas Milch dazu trank.

»Jeden Bissen kauen, Clara. Nicht schlingen!«, ordnete sie an. Also kaute ich übertrieben rhythmisch mit mahlendem Kinn wie eine Kuh, zappelte dabei aber am ganzen Körper.

»Du musst lernen, Sachen langsam zu machen. Du treibst Tante Frieda sonst noch in den Wahnsinn!«

»Ich mach immer alles langsam. Aber ich bin ein Mensch, und Tante Frieda ist eine Schnecke.«

Über diesen Ausspruch verlor sich Mama in einem solchen Gelächter, dass sie nicht merkte, wie ich aufstand und den Rest meines Honigbrots in den Mülleimer unter der Spüle warf. Vielleicht wollte sie es aber auch nicht gesehen haben.

»Gehen wir«, sagte sie.

»Mein Gott, was mach ich nur? Ich sollte mich doch ausruhen. Morgen muss ich mir schon wieder die Hacken wund laufen«, stöhnte Mama. Das erste Stück bis zur Bank unterhalb des Sonnenhofs musste ich sie regelrecht den Berg hochschieben. Sie blieb alle paar Meter stehen, stützte die Hände auf die Knie, ließ den hochroten Kopf hängen und schnaufte.

»Du tankst frische Luft! Das macht dich fit«, wiederholte ich den Spruch, mit dem uns Hanna im Kindergarten immer nach draußen jagte, wenn das Wetter hässlich war.

Je höher wir kamen, desto kühler wurde es. Die Sonne blinzelte nur gelegentlich hinter den Wolken hervor. Doch wir schwitzten trotz der frischen Brise und banden uns die Jacken um den Bauch.

Oberhalb der Kuhwiesen kamen wir in das ausgedehnte Waldstück, das aus der Ferne aussah wie die Schultern unterhalb des Kopfes. Wie verwandelt fiel Mama auf einem flachen Stück Weg plötzlich in einen Hüpfschritt und schaukelte ihre Arme über ihrem Kopf hin und her. Dann warf sie den Kopf in den Nacken, um durch die wedelnden Tannenarme hindurch in den Himmel zu rufen: »Ich bin so froh, dass wir in die Natur gezogen sind! Du nicht auch, Clara?«

Oben angekommen liefen wir Hand in Hand um das Gipfelkreuz und blieben dann andächtig stehen. Nie hätte ich mir vorstellen können, welches Wunderland sich uns hier offenbaren würde. Jenseits endlos vieler, waldiger Hügel, die so perfekt aufgereiht waren wie eine gemalte Theaterkulisse, schwebte eine Kette schneebedeckter Gipfel. Sie reichte in die Tiefe eines Horizonts hinein, der sich weiter spannte, als die Erde in meinem Kinderkopf groß war.

»Schön, die Alpen«, sagte Mama und sank erschöpft auf die Bank am Gipfelkreuz.

Währenddessen passierte mit mir etwas Neues: Ich wurde ruhig. Nicht die Schneckenart von ruhig wie Tante Frieda, sondern so, als würde ich nicht mehr auf der Erde stehen. So als wäre ich die endlose Landschaft selbst und gleichzeitig ein durch die Luft wehender Grashalm. Mama zog mich zu sich, nahm mich auf den Schoß und legte ihre Arme um mich. Das, woran sie unten im Dorf zu tragen hatte, war plötzlich so leicht wie die Luft.

»Die besten Dinge im Leben kosten kein Geld, Clara«, sagte sie. »So wie hier hinaufgehen und diese Landschaft sehen. Das kostet nur Zeit.«

»Wir haben Zeit«, sagte ich.

»Ja«, sagte Mama. »Wir müssen sie nur öfter finden.«

Wir zogen unsere Jacken wieder an, packten Tee, Brote und Äpfel aus und ließen uns mit großem Appetit und eng beieinandersitzend all das schmecken, was wir heraufgetragen hatten. Den kalten Wind spürten wir nicht.

»Die Wirtin ist bestimmt nie hier oben«, sagte ich.

»Nein, die läuft immer nur dem Geld hinterher«, stimmte Mama mir zu.

»Und hat Angst, dass ich ihr die Gäste vertreibe.«

Darüber lachte sie ein Lachen, das nur halb heiter war und halb nervös.

»Wenn sie gewusst hätte, dass ich ein Kind von einem Afrikaner bin, dann hätte sie dich nicht aus München geholt. Stimmt's?« Als das aus mir raus war, drang mir ein Windstoß unter die Jacke, die

Holzbank wurde hart, und das Dorf rückte näher. Ich wusste, ich hätte diese Frage nicht stellen dürfen, denn sie regte meine Mutter auf. Doch hier oben herrschten offenbar andere Gesetze als unten. Mama atmete tief durch und sagte: »Die Wirtin ist noch nie rausgekommen aus der Provinz. Sie hat noch nie jemanden gesehen, der so aussieht wie du. Und was Menschen nicht kennen, das macht ihnen Angst.«

»Du musst ihr sagen, dass der Mann, von dem du mich hast, ein reicher Mann war!«

»Wo hast du denn das her?«

»Das hat Susie Daniela erzählt. Dass er ein Gast in dem Hotel war, in dem du gearbeitet hast. Aus Amerika.«

»Die Leute reden immer, Clara. Was sie nicht wissen, das reimen sie sich zusammen.«

Inzwischen waren wir beide so durchgefroren, dass wir am ganzen Körper zitterten. Mama packte das Brotpapier und die Thermoskanne wieder in den Rucksack. Dann standen wir auf und liefen nach unten in Richtung Sonnenhof.«

Erst war Mama viel zu still, und ich hatte Angst, dass sie diese wunderbare Zeit so schnell nicht wiederfinden würde. Da wuschelte sie mir plötzlich von hinten durch die Haare und sagte: »Meine kleine Halbwilde. Kein bisschen anders will ich dich haben, als du bist!«

Sabine
München 1984
Claras Geburt

Natur

Von ihrem Krankenhausbett aus blickte Sabine auf einen Grünstreifen zwischen den Gebäuden. Ein paar mickrige Birken versuchten, den Anschein einer Parkanlage zu wahren. Ein schnurgerader Schotterweg teilte die Rasenfläche in zwei Hälften.

Warum musste hier alles so kantig sein, so ganz ohne ein bisschen Schönheit, so runtergebrochen auf das Brauchbare, so wie das Wort »Klinik«? Die Leute, die Krankenhäuser bauten, sollten sich mal von denen, die Hotels bauten, beraten lassen. Wenn es im Hotel zum Schloss so trist aussehen würde wie hier, würden sich die Herren Geschäftsleute was anderes suchen, dachte Sabine.

Wie hatte sie diesen Moment herbeigesehnt. Ihr andauerndes Bemühen, es den wichtigen Männern recht und angenehm zu machen, hatte ein Ende. Ab jetzt würde sie nur noch ihr Kind umsorgen und eine junge Mutter sein mit einem Anrecht auf das Kümmern der anderen. Nur noch wenige Stunden und sie würde ihrem neuen Leben in die Augen schauen.

Leider fehlte es an der Romantik, mit der sie sich all das vorgestellt hatte. Natürlich war Fritz nicht da. Sabine überlegte, ob sie das wirklich so sehr störte. Wenn ihn das Kind nicht interessierte, okay, solange er von nun an das Geld heimbringen würde, so wie er es ihrem Vater versprochen hatte.

Vor drei Monaten waren ihre Eltern, Albert und Rosemarie, aus dem Schwarzwald nach München gereist, um Sabine bei der Babyausstattung zu helfen. Fritz hatte sich so gut wie nie gezeigt, war jeden Abend bis spät beim Dreh gewesen, und Sabine hatte ihren Eltern erklärt, dass es beim Film keine festen Arbeitszeiten gab.

Es war gut, dass Fritz jetzt dieses Engagement hatte. Lange hatten sie beide darauf gewartet, dass sich ihr Umzug in die große Stadt endlich ausbezahlen und Fritz' Schauspielkarriere Fahrt aufnehmen werde.

Als ihre Eltern sie in der Pension, in der sie für vier Tage wohnten, zum Frühstück erwarteten, musste Sabine Fritz aus dem Bett zerren.

Zum Glück wusste ihr Vater als pensionierter Schulrektor mit unausgeschlafenen jungen Männern umzugehen. Zunächst fragte er Fritz über seine Arbeit aus und lockte ihn so aus der reservierten Art, mit der er in seiner alten Feldjacke am Frühstückstisch saß, den Rücken gerade gegen die Stuhllehne gepresst. Fritz nannte zunächst nur den Titel des Films. Doch als ihr Vater den Autor, der die Vorlage geschrieben hatte, als ausgezeichneten Schriftsteller lobte, stieg Fritz auf einen lebhaften Austausch über die Tücken der Literaturverfilmung ein.

Rosemarie beobachtete Fritz kritisch, denn sie hatte ihn wohl längst durchschaut. Nicht mal geduscht hatte der Junge, um seine zukünftigen Schwiegereltern zu treffen. Dem vielen Gel in seinen Haaren gelang es nicht, das zu kaschieren.

»Das klingt mir nach einem waghalsigen Unterfangen«, kommentierte Albert das Filmprojekt. »Im katholischen Bayern darf das wahrscheinlich gar nicht ausgestrahlt werden.«

»Zum Glück leben wir ja in einem aufgeklärten Zeitalter«, entgegnete Fritz, und der Schauspieler in ihm kam zur vollen Entfaltung. »Ich weiß schon, was ich tue. Mit einer schwangeren Freundin gehe ich kein Risiko ein.«

Die Art, wie er sprach, als wäre er es gewesen, der in den letzten Jahren für den gemeinsamen Lebensunterhalt gesorgt hatte, ging Sabine mächtig gegen den Strich. Fast wäre sie Fritz über den Mund gefahren. Doch sie besann sich rechtzeitig.

»Das ist eine gute Haltung, Fritz«, pflichtete Albert ihm bei. »Dann wissen Sie sicherlich auch, was in den nächsten drei Monaten zu tun ist, bevor das Kind zur Welt kommt. Aufgeklärtes Zeitalter hin oder her, die Ehe ist immer noch die beste Institution, um Kinder aufzuziehen. In unserer Familie ist es nicht üblich, ein Kind ohne Trauschein auf die Welt zu bringen. Außerdem erwarten wir von Ihnen jetzt einen soliden Lebenswandel, junger Mann. In Zukunft geht die Familie vor. Entsprechend werden wir euch auch unterstützen, wenn ihr Hilfe braucht, um eine größere Wohnung zu bezahlen.«

Fritz war jetzt mit jeder Faser in seiner Rolle, stimmte Albert vollkommen zu und würde selbstverständlich alles tun, damit Frau und Kind abgesichert wären. Sabine triumphierte. Ihr Vater hatte Fritz genau dort hingebracht, wo sie ihn haben wollte.

Es lagen nur noch sieben Minuten zwischen den Wehen. Das las Sabine von der roten Digitalanzeige des Weckers neben ihrem Bett ab. Sie hatte noch von zu Hause aus versucht, Fritz zu erreichen. Doch die Leute in seiner Produktionsfirma hatten keine Ahnung, wo er sich aufhielt. Sabine hatte den Hörer auf die Gabel geknallt und war losgelaufen.

Was würde ihr Mann für ein Vater sein? Sie sprach es gerne aus: mein Mann, und verweilte dann in dem biederen Klang dieser Worte. Sie beschrieben schließlich eine unumstößliche Ordnung, in der jemand für sie da sein würde. Doch gerade glich ihr Vertrauen in Fritz eher diesen Birken da draußen, ein klägliches Etwas, ohne Aussicht auf Wachstum.

Die Schwester kam, stellte sich als Viola vor und duzte Sabine ganz spontan, denn sie waren etwa gleich alt. »Freust du dich?«

»Wie verrückt!«, sagte Sabine, und freute sich vor allem, dass es hier einen lieben Menschen gab. Das herzerwärmende Lächeln von Viola gab ihr endlich das Gefühl, dass es hier darum ging, ein wundervolles Kind zu gebären, und nicht nur darum, einen Vorgang abzuwickeln und dann in den Akten zu vermerken.

»Kommt der Vater auch zur Geburt?«

»Wer weiß, vielleicht schafft er es noch«, sagte sie.

Dann wurde sie in ihrem Bett in den Kreißsaal geschoben.

Nach einer guten Stunde tauchte Fritz auf und spielte den reumütigen Ehemann sehr gut. Er sei bei einem Kollegen gewesen zum Proben. Daraufhin drückte er pflichtbewusst Sabines Hand und ließ sich in einen Stuhl an der Wand fallen, als wäre mit seinem Erscheinen die Geburt vollbracht. Viola reichte Fritz einen grünen Kittel und wies ihn an, sich die Hände zu waschen.

Sabines Mutter hatte vor drei Monaten an Sabines Haar- und Hautzustand, und daran, wie sich ihr Bauch nach oben anstatt nach vorne auswölbte, abgelesen, dass sie eine Tochter bekommen würde. Rosemarie war eine Expertin in diesen Dingen. Sie hatte noch nie falsch gelegen bei ihren Prognosen.

In Engeltal im Schwarzwald kamen viele Kinder zur Welt, und Rosemarie bestimmte das Geschlecht jedes Babys, lange bevor es in die spärliche Bevölkerungszahl des Ortes einfloss. Sie ließ dann ihren Mann wissen: »In sieben Jahren kriegst du noch mal so einen wilden Kerl von den Niemeiers unter deine Fittiche, viel Spaß mit dem.« Albert verdrehte die Augen und widmete sich wieder seinem dicken Schopenhauer-Buch und dem englischen Tee, den Rosemarie ihm an seinen Sessel serviert hatte.

»Schon der Anblick der weiblichen Gestalt lehrt, dass das Weib weder zu großen geistigen noch körperlichen Arbeiten bestimmt ist«, las er vor.

Rosemarie wusste auch, dass Töchter meist ihrem Vater ähnlich sehen. Es war also zu vermuten, dass Sabines Tochter nicht ihre blonde Mähne haben würde, sondern Fritz' dunkle glatte Haare, vielleicht sogar die dunkelblauen Augen mit den strengen buschigen Augenbrauen, die auf seiner kantigen Stirn hervorstanden und sich über seine tiefen Augenhöhlen wölbten. Sabine stellte sich vor, wie sein immer leicht dem Weltgeschehen entrückter Blick ihrer Tochter eine geheimnisvolle Schönheit verleihen würde.

Diese Augen kombiniert mit Fritz' immer gleichmäßiger Blässe sahen so ungewöhnlich aus, dass sich im Münchner Getümmel regelmäßig die Köpfe nach ihm umdrehten – ein Versuch, die harte Zeichnung seiner Züge zu verstehen.

Sabine hatte keinerlei Angst mehr. Als die Presswehen kamen, war sie ganz bei sich, ganz in sich, nahm den Schmerz als Zeichen, dass sie zu allem fähig war. Fritz solle hinter ihr sitzen und ihr den Rücken stützen, sagte Viola. Ein Arzt tauchte vor Sabine auf, da sah sie schon den Kopf. So viele schwarze Haare! Vor Glück spürte sie die nächste Wehe nicht mehr, die den ganzen kleinen Körper heraustrug. Der Arzt durchtrennte die Nabelschnur und nahm das Neugeborene in seine Hände. Von da wanderte es in Violas ausgestreckte Arme. Es war so voll mit Blut, dass es ganz dunkel aussah.

»Eine Tochter!«, rief Viola, und Fritz küsste Sabine auf die Stirn. Sabine beobachtete, wie sie das Wunder, das aus ihr herausgerutscht war, zu einem Waschbecken trug.

»Ist sie gesund?«, fragte Sabine.

»Sie sieht sehr gesund aus«, sagte der Arzt, während er den Körper abtastete. Dann hörte er Herz und Lunge ab.

Er und Viola wechselten leise Worte, während Viola das Baby in eine Decke wickelte.

Das Bündel im Arm, drehte sich der Arzt schließlich zu Sabine und Fritz, die beide den Atem anhielten.

»Sind Sie der Vater?«, fragte er Fritz. Der hielt eine Antwort für überflüssig.

»Hat einer von Ihnen einen Elternteil mit einem dunkleren Hautton?« Weder Sabine noch Fritz verstanden die Frage.

Sabine spürte, dass etwas nicht in Ordnung war. »Was ist mit dem Kind?«, fragte sie panisch.

Der Arzt legte ihr das Baby in die Arme. Die Augen ihrer Tochter waren zu schwarzen Schlitzen geöffnet. Sie lag ganz ruhig da. Ihre Wimpern waren fantastisch dicht. Ihre Haut hatte die Farbe von Milchkaffee. Die pechschwarzen Haare bauschten sich in Löckchen über ihrer Stirn zusammen. Den spitzen Mund erkannte Sabine in der Form als ihren, doch waren die Lippen sehr viel dunkler und ausladend geschwungen, die Nase lag flach am Gesicht und hatte weite Flügel.

Sabine holte das Händchen unter der Decke hervor. Die Kleine spreizte die Finger wie eine Tänzerin. Dann legte Sabine ein Stück des samtig schimmernden Ärmchens frei. »Wo hat sie nur die dunkle Haut her?«, fragte sie laut.

»Es ist möglich, dass negride Züge in einem Erbsprung erst nach einigen Generationen wieder hervorkommen«, sagte der Arzt. »Andererseits …«, fuhr er fort. Bevor er die Worte, die er gedanklich schon geformt hatte, aussprach, fielen sie in eine große hohle Zeitblase, in der alle das Kind betrachteten. »Die Züge sind schon sehr ausgeprägt.«

Wieder Stille. Sabine begann, von innen nach außen zu zittern.

»Wie soll eure wunderschöne Tochter heißen?«, fragte Viola, als wäre auch nur ein Gedanke frei, um darin einen Namen zu finden, der dieser unglaublichen Laune der Natur gerecht würde.

Da sah sich Sabine plötzlich einem Menschen gegenüber, von dem sie geglaubt hatte, dass er für immer in seine ferne Welt zurückgekehrt war. Doch jetzt spürte sie, wie sein Wesen all die Monate präsent gewesen war, ohne Namen und ohne Kontur.

Nach Minuten des Staunens wandte Sabine den Blick von ihrem Kind ab und schaute sich um. Fritz war nicht mehr da. Auch der Arzt war gegangen. Viola spülte das Waschbecken aus und reinigte den Untersuchungstisch.

Allein mit ihrem Kind im Arm spürte Sabine, wie ihr Lebenstraum in sich zusammenfiel. Das hier durfte nicht sein. Warum und wofür strafte sie der liebe Gott? Immer nur sie. Würde ihr Kampf jemals enden?

»Leg sie an die Brust«, sagte Viola, die jetzt zu ihr ans Bett trat. Die Kleine bewegte sich, strampelte, schlug die exotisch geschnittenen Augen auf. Ein leicht verwundertes Lächeln lag in ihren

Augenwinkeln. Ihr süßer Mund öffnete sich, und ihre Lippen machten winzige Bewegungen. Jetzt gab sie auch Töne von sich, erst ganz leise, wie erstaunt über ihre eigene Stimme, dann ein wenig lauter.

Viola half Sabine in eine seitliche Position, in der sie und das Kind entspannt liegen konnten, während es ganz vorsichtig begann, an ihrer Brustwarze zu saugen. Sabine streichelte den Körper und war bezaubert von seiner Schönheit.

Nach einer Weile schlief ihre Tochter ein. »Jetzt kann ich sie anziehen, wenn du willst«, sagte Viola. Aber Sabine wollte ihr Kind noch bei sich behalten. Sie spürte Fritz' Entsetzen und die Sehnsucht nach ihrer Mutter. Vor ihr lag das Ende von allem, was sie vorgehabt hatte, zu sein. Tränen fielen auf die Decke, in die das Kind gewickelt war.

»Bist du vergewaltigt worden?«, fragte Viola vorsichtig.

Sabine schüttelte den Kopf und sagte nur: »Das arme Kind.«

»Sie ist ein glückliches Kind«, widersprach Viola. »Sie hat dich als Mutter bekommen. Manchmal spielt die Natur ihr eigenes Spiel. Manche Seelen wollen einfach in die Welt. Deine Tochter ist eine solche Seele.«

Clara
Luftraum 2008
24 Jahre

Das Gute

Um fünf Uhr morgens gehörte der Flughafen noch den Angestellten. Vereinzelt lagen Passagiere quer über den Stuhlreihen und wollten noch nichts vom Ende der Nacht, die eigentlich keine gewesen war, wissen. Es war mein einziger Sport in diesen Tagen, mit meinem kleinen Rollkoffer durch die leeren Gänge zu rennen und dabei meine Beine zu entfesseln, so wie früher auf dem Fußballplatz. Schon damals hatte es sich angefühlt, als wüssten meine Beine besser als mein Kopf, wo es hinging.

Ich war die Erste meiner heutigen Crew im Briefing Center. Ein Pilot saß über einer Zeitung und blickte mir grüßend entgegen, doch wir stellten schnell fest, dass wir nicht zum selben Flug gehörten. Die Kaffeemaschine war noch kalt. Mit wenigen Handgriffen setzte ich sie in Gang. Der Duft des Kaffeepulvers, als das heiße Wasser hineintropfte, verhieß endlich den offiziellen Tagesanbruch.

»Danke, das wurde wirklich Zeit«, sagte der Pilot und warf ein Lächeln über die Stuhllehne. Ich lächelte zurück. Was für ein armseliger Flugkapitän, der nicht mal eine Kaffeemaschine bedienen kann, dachte ich, und unweigerlich fiel mir wieder meine Mutter ein.

Ihr Urteil über die Lebensfähigkeit der Männer war schon immer vernichtend gewesen: »Mein Vater mag ein schlauer Schulmeister gewesen sein, aber er konnte nicht mal Kartoffeln braten. Jämmerlich verhungert wäre er. Meine Mutter dagegen hätte ihn gar nicht gebraucht. Sie konnte alles, was man können muss, um gut zu leben, einschließlich Geld verdienen.«

Minuten später war meine Crew für den Flug nach Vancouver versammelt. Noch waren wir uns alle fremd. Captain und Purser gaben uns Details über Wetter und Passagiere. Man hatte versucht, die indischen Großfamilien, die von Neu-Delhi durchreisten und die Nacht vermutlich auf Stühlen schlafend verbracht hatten, zusammenzusetzen.

»Wie viele Inder an Bord?«, fragte eine Kollegin.

Der Purser überflog seine Liste, um die Namen fernöstlicher Herkunft herauszufiltern. Doch mittendrin gab er auf und sagte: »Viele.« Dann warf er einen entschuldigenden Blick in meine Richtung. War das womöglich rassistisch gewesen?

»Was ist deine Muttersprache?«, fragte er.

»Bayerisch«, gab ich meine übliche Antwort zurück und erntete ein gelöstes Auflachen der Runde.

Die Schwere meiner Einsamkeit inmitten all der Menschen, die mich nicht kannten, würde sich auflösen, sobald wir oben waren und die Launen des Himmels miteinander teilten. Im Himmel gab es keine Herkunft. Er verteilte seine Schrecksekunden gerecht an alle gleichzeitig.

Als alle an Bord waren, lief ich durch die Reihen, um die Gurte zu überprüfen und mir ein Bild von der Menschenansammlung zu machen, die mir das Schicksal heute zugetragen hatte. Ich freute mich über aufgeregte Kinder, junge, Händchen haltende Pärchen auf ihrer ersten großen Reise und müde Männer, die ihre schwarzäugigen Babys zu mir drehten, damit ich sie bewundern konnte.

»Könnten Sie bitte den Gurt schließen?«, bat ich einen Mann Ende dreißig mit schulterlangen Haaren in weißem Hemd und Designerjeans, der offensichtlich die Ansage verpasst hatte.

»Könnten Sie das nicht für mich tun?«, erwiderte er. Ich kannte den Satz schon, ebenso wie das geübte Augenzwinkern, das er obendrauf setzte. Freundlich bleiben und gleichzeitig mein *Nein* von innen nach außen dringen lassen; wie oft war ich mit meiner Mutter durchgegangen, wie man das am besten anstellt?

Aus dem Augenwinkel sah ich, dass er nicht tat, worum ich ihn gebeten hatte. Am Ende des Gangs gab ich dem Purser einen Wink: »Kannst du K62 noch mal checken?«

Beim Start auf dem Jump Seat befreite ich meine Füße von den Schuhen und streckte sie vor mir aus. Die Kollegin neben mir tat es mir nach. »Gute Idee«, sagte sie und unter dem Nylon freuten sich ihre Zehen.

»Wir sollten eine Schmerzzulage einfordern«, schlug ich vor.

»Wie lange machst du das schon?«, wollte sie wissen.

»Vier Jahre – und du?«, fragte ich zurück und legte mein linkes Ohr frei, damit sie vorbei am Motorenlärm direkt da hineinsprechen konnte

»Nicht ganz zwei. Das ist mein erstes Mal nach Vancouver. Soll eine tolle Stadt sein.«

»Ja, ich bin oft dort«, verriet ich ihr. »Meine Lieblingsstadt.«

»Warum? Was ist so besonders daran?«, wollte sie wissen.

»So viele unterschiedliche Menschen. Alle Hautfarben. Es gibt ewig lange Strände. Du kannst über das Meer in die Berge schauen. Ich bin in den Alpen aufgewachsen. Die Berge ziehen mich magisch an.«

»Hast du etwa in einem Bergdorf gelebt?«

»Ja, genau.«

»Das stell ich mir nicht einfach vor«, sagte sie, und wir blickten aus dem winzigen Fenster in die Mitte einer Wolke.

»Es war einfacher als später in München«, sagte ich. »Mehr Menschen, mehr Ausgrenzung«, versuchte ich zusammenzufassen. Sich hier in langen Erklärungen zu verlieren war unmöglich und meist auch gar nicht nötig.

Sie nickte. »Ich mach das hier noch nicht lange, aber ich kann mir nicht mehr vorstellen, da unten zu bleiben.«

Der weite, von weißem Flausch verhangene Blickwinkel auf das, was am Boden haftete, das Losgelöstsein davon, war einer der Gründe, warum das Umherfliegen süchtig machte. Wir lächelten uns an, dann mussten wir aufstehen und den ersten Getränkeservice starten.

Dass Ordnung die Rettung ist, habe ich bei Hanna und in der Hotelküche der Alten Post gelernt. Wenn meine Kolleginnen das System in der Bordküche oder im Servierwagen nicht so ernst nahmen wie ich, konnte ich mich nicht zurückhalten, sie zu belehren: »Zucker liegt rechts vom Salz. Lass das doch einfach so. Du willst ja nicht beim Getränkeservieren einen versalzenen Kaffee zurücknehmen.«

Bei mir brach das Chaos auf tieferer Ebene aus. Seit meiner Kindheit in Wiesenberg nannte ich es das Dunkel. Seinen Ursprung hatte dieses Dunkel in der Angst meiner Mutter vor dem Urteil der Leute, wenn sie mich sahen. Sie schämte sich nie für mich. Aber sie hatte gelernt, die Scham, die ihr gebührte, in den Gedanken der anderen zu lesen.

Wann immer ich K62 bediente, warf er einen Blick auf seine kostbare Armbanduhr und schloss den Deckel seines Laptops. Mit leicht gehetztem Blick signalisierte er mir, dass er darauf ein paar wichtige Geschäfte laufen hatte. Er sah mich schon in seinem Hotelzimmer am Zielort, triebgesteuert, seinem Reichtum erlegen. Er konnte nichts dafür.

»Da ist dieses Drängen im Mann, Beute zu machen, Frauen zu erobern, ihnen sein Ego aufzudrücken. Er kommt da selbst nicht raus«, hörte ich eine Stimme aus meiner Vergangenheit. Er hatte es wissen müssen, als Mann.

»Wie kommst du da raus?«, hatte ich gefragt.

»Indem ich das Gute in mir frage, was ich tun soll.«

Auch K62 hatte das Gute in sich. Ich brachte ihm auf seine Bitte hin ein Extrakissen. Mit seinem Drängen vermied ich jegliche Berührung. Es wollte mich nur in sein Bild von mir treiben. Wenn er in acht Stunden aus dem Flugzeug steigen würde und mich der aufdringliche Charme, den er versprühte, nicht mehr erreichen konnte, würde er ihn auf die nächste Beute richten. Da war nichts Schäbiges dabei, nicht für ihn. Nur an mir würde der Blick kleben bleiben, mit dem er mich für sein Spiel ausgesucht hatte.

Trotz alldem war mein Glaube, dass es das Gute war, das mich hervorgebracht hatte, schwer zu erschüttern. Irgendwann würde ich Gewissheit haben müssen, wenn ich jemals wieder lieben wollte.

Clara
Wiesenberg
Mitte der 90er
8 bis 11 Jahre

Jäger

Zwar schimpfte ich immer über Tante Frieda und ihre Schneckenzeit, aber natürlich liebte ich sie. Wenn wir gemeinsam auf dem Sofa saßen und Babyschühchen häkelten, hatte ich das Gefühl, dass alles, was im Werden war, seine Zeit bekam.

Nach dem Ziehen in Tante Friedas Hüfte zu urteilen näherte sich ein schneereicher Winter, und davon, dass ich herumzappelte, würden die Babys keine warmen Füße bekommen. Das bändigte meine Ungeduld. Wenn ich anfing, die Schühchen zu zählen und unser Einkommen auf dem Weihnachtsmarkt hochzurechnen, dann lächelte Tante Frieda nur und sagte: »Das wird sich alles ergeben. Häkel erst mal den Schuh fertig, Clara.«

Morgens sah sie mir zu, wie ich meinen roten Lieblingsanorak mit der weiten Kapuze und den bunten Borten anzog, dessen Ärmel immer kürzer wurden. »Mädchen, du wächst zu schnell!«, rief sie aus.

»Ach was!«, sagte ich. Tante Frieda ging alles zu schnell, sogar meine Hausaufgaben, die unendlich lange dauerten.

»Wenn du das so eilig hinschreibst, dann bleibt's ja nicht hängen«, ermahnte sie mich.

»Das hängt schon lang«, versicherte ich ihr. Ich wollte raus auf den Fußballplatz, um noch mit Philipp zu kicken, bevor das lahme Training losging. Den Ball hochwerfen und wieder auffangen, den Ball auf dem Oberschenkel balancieren, um den Ball herumtrippeln. Jedes Mal dachte ich, ich erlebe es nicht, bis uns Ludwig, unser Trainer, endlich Wettläufe machen und aufs Tor schießen ließ.

Ich wollte wissen, wie genau sich der Fuß anfühlen musste, wenn er auf den Ball traf, damit er ins Tor ging. Wenn es mir gelang, ihn reinzuschießen, dann wollte ich es gleich noch mal so machen, musste aber warten, bis die anderen ihren Schuss gemacht hatten.

»Die Clara muss vor allem lernen, dass sie in einem Team spielt. Da kann man nicht immer dran sein«, sagte Ludwig zu Susie, wenn sie Franzi und mich abholte.

Ich würde in der F-Jugend spielen dürfen, hatte mir Ludwig versprochen. Dann würde ich mit den anderen Spielern mit dem Bus in andere Dörfer fahren und gegen andere Mannschaften spielen. Aber das ging erst ab der dritten Klasse. Da musste ich in der Schule noch ganze zwei Klassenzimmertüren weiter. Würde ich das überhaupt jemals erleben?

»Häkel erst mal den Schuh fertig«, hörte ich Tante Frieda sagen. »Alles andere wird sich ergeben.«

Kaum konnte ich Fußballspielen, lernte ich Skifahren. Meine Mutter schickte mich in die Skischule, doch dort lernte ich nur Bremsen. Ich verbrachte einen Nachmittag damit, hinter meinen Freunden herzukurven, die alle mehr Übung hatten als ich. Es dauerte nicht lange, da ließ ich einfach meine Beine machen. Die wussten von ganz alleine, wie sie das Bremsen verhindern konnten. Von da an war ich vorne dabei.

Franzi und ich hatten drei Monate lang jeden Schulnachmittag am Lift verbracht. Wir hatten mit unseren Schulkameraden halsbrecherische Schanzen gebaut, um ein bisschen mehr Spannung in die Strecke zu bringen. Doch jetzt nahmen die grasigen Stellen überhand. Der Hang wurde langsam wieder zur Kuhwiese.

»So, Mädchen. Das ist eure letzte Abfahrt«, sagte Peter, dem der Lift gehörte, bevor er uns den Bügel gab und wir ihn uns unter den Hintern legten, damit er uns nach oben zog. Wir protestierten: »Noch ein Mal nach diesem Mal! Bitte, bitte, Peter!« Doch als wir das nächste Mal unten waren, hängte Peter schon die vorbeifahrenden Bügel ab, um sie einzulagern.

Normalerweise ließ ich meine Skisachen bei Franzi in der Garage, aber weil es der letzte Skitag war, sollte ich warten, bis Franzis Vater kommen würde, damit er mich nach Hause fahren konnte. Susie hatte Ski, Stöcke und Skischuhe schon in die Einfahrt gestellt. Es war dunkel draußen. Die Straßen waren nass vom Schmelzwasser, das von den Wiesen herunterlief, und reflektierten die Autolichter in einem aufgeregten Gefunkel.

Franzis Vater stieg in seinem grauen Anzug aus dem Auto, um einzuladen. Im Licht des Hauseingangs sah ich, dass sein Hemd mit dem steifen Kragen rote Streifen auf seinen Hals gescheuert hatte. Seine Krawatte war viel zu eng geschnürt. Hinter seiner kantigen Brille quollen seine Augen hervor. Allein hinter ihm im Auto zu sitzen war etwas, das möglichst schnell vorbeigehen sollte. Er hatte noch nie mehr als ein *Hallo* für mich aufgebracht. Doch als wir durch das spärlich beleuchtete Dorf fuhren, fragte er plötzlich:

»Na, Clara, du hast sicher großen Hunger. Wer kocht dir denn Abendessen daheim?«

»Tante Frieda«, antwortete ich.

»Deine Mutter ist wohl nie da, oder?«

»Sie arbeitet doch in der Alten Post!«

»Bringt sie denn manchmal einen Freund mit heim?«

»Nein.«

»Kommt nicht manchmal einer zu Besuch?«

»Nein.«

Zum Glück kamen wir vor unserem Haus an, bevor Franzis Vater eine weitere Frage einfallen konnte. Tante Frieda half ihm, meine Sachen auszuladen, dann sagte sie: »Warte noch, Werner«, ging ins Haus und brachte einen Teller mit Apfelkuchen heraus. »Den Teller nehm ich wieder mit, wenn ich das nächste Mal Clara hole.«

Franzis Vater nahm den Kuchen entgegen, nickte zum Dank und stieg wieder ins Auto. Ob ihm der Kuchen als Entgelt für die Fahrt genügte, fragte ich mich. Oder würde er den Teller auch behalten müssen?

Franzi und ich schafften es beide in die F-Jugend und waren die einzigen Mädchen, die mit den Jungs zusammen für richtige Spiele trainiert wurden. Franzi war leicht und flink, und sie hatte enorme Ausdauer, aber ihr fehlte der Kampfgeist. Außerdem ließen ihre Eltern sie nicht aus der Trachtengruppe raus, obwohl sie das Tanzen hasste. An Wochenenden, wenn es irgendwo ein Heimatfest gab, musste sie auftreten und verpasste die Trainingsspiele. Als im Frühjahr unsere erste Spielesaison losging, saß sie meistens als Ersatzspielerin auf der Bank.

Franzi hatte Angst vor den älteren Jungs aus der D-Jugend. Wenn wir in den Bus einstiegen, um zu einem Auswärtsspiel zu fahren, und an ihnen vorbeiliefen, hielt sie sich dicht hinter mir. »Sie reden über uns«, sagte sie zu mir. »Sie sagen, dass wir nicht Fußball spielen können, und dass wir albern aussehen in diesen Hosen.«

»Aber wir können doch spielen, Franzi!«, versicherte ich ihr. »Und wir haben die gleichen Hosen an wie sie.«

Hätte Franzi nicht diese Gedanken geäußert, wäre mir niemals in den Sinn gekommen, dass sich die großen Jungs über uns lustig machen könnten. Zwei von ihnen kannte ich ja gut, Florian und Benedikt. Sie nannten mich immer noch Claradona, und manchmal spornten sie uns an, wenn wir aus dem Bus ausstiegen: »Gebt alles, Mädels!«

Irgendwann in dieser Zeit entwickelte Franzi eine Schwäche für Benedikt. Von der Tafel im Vereinsraum las sie die Auswärtsspiele ab. Wenn Benedikt nicht da war, hatte sie kein großes Interesse daran, zum Sonnenhof hochzugehen. Doch wenn die Möglichkeit bestand, dass er uns den Kuchen bringen würde, war sie schnell überredet, sich mit mir auf den steilen Weg zu machen. Trafen wir Benedikt dann an, sagte sie nie viel, sondern lächelte nur schüchtern, während ich mich mit ihm über die letzten Fußballspiele unterhielt.

Wenn die D-Jugend in Wiesenberg spielte, standen Florians Eltern ganz vorn am Platz. Ihre Armbewegungen und hochroten Köpfe erinnerten an die Aufführung eines Zirkusclowns, der eine Geschichte so übertrieben darstellte, dass selbst Kleinkinder sie kapierten. »Dranbleiben jetzt! Da steht das Tor, Florian! Wo rennst du denn hin?«, schrie sein Vater. Seine Mutter befahl: »Passen, Florian! Rechts ist der Markus frei!« Florian versuchte, es allen recht zu machen und gleichzeitig seine Position als Mittelfeldspieler auszuüben, und verlor darüber den Ball.

Beim Elternabend, so erzählte mir meine Mutter, nahm Ludwig alle Eltern ins Gebet und sagte, sie sollten ihren Kindern nicht vom Spielfeldrand aus Anweisungen zurufen. Das Geschrei von außen lenke die Spieler nur ab. Mama amüsierte sich zwar über die ehrgeizigen Fußballeltern, doch sie war kein Stück besser.

Es war ein Samstagvormittag Anfang Mai auf dem Wiesenberger Fußballplatz. Unsere D-Jugend ging aus dem ersten Heimspiel gegen Emmenstadt als Verlierer hervor. Nach ihnen waren wir dran.

Wir lasen es in ihren Gesichtern: Unsere Gegner sonnten sich in der Sicherheit, dass sie uns Kinder aus dem Hinterland in Grund und Boden kicken würden. Die Emmenstädter waren in Wiesenberg ungeschlagen, denn im beliebtesten Allgäuer Kurort war eine Menge Geld, um die Jugend zu fördern.

Ich war das einzige Mädchen auf dem Platz. Philipp und ich waren die Stürmer. Wir beide wussten, dass wir alle unsere Tricks auspacken mussten.

Philipp ließ sich aus dem Mittelfeld anspielen. In diesem Moment konzentrierte sich die Emmenstädter Verteidigung auf ihn, mich nahmen sie gar nicht als Gefahr wahr. Da spielte Philipp den Ball an mich ab, und ich rannte los, in eine wunderbare Leere vor dem Tor hinein. Bevor in den Emmenstädter Köpfen ankam, was geschah, lagen wir mit 3:0 in Führung.

Ich hörte unter den Zuschauern einen Sturm losbrechen. Die Jungs aus der D-Jugend fielen in einen rhythmischen Sprechgesang: »Cla-ra-do-na«. Als ich die Stimme meiner Mutter heraushörte, wollte ich es erst nicht glauben. Konnte sie sich in der Alten Post freigenommen haben, um das Spiel zu sehen? Sie musste doch Mittagessen servieren! Doch tatsächlich: Ich sah sie in der ersten Reihe, wie sie lauthals jubelte und brüllte: »Zeig's ihnen, Clara!«

Bei unserem nächsten Angriff hörte ich sie: »Pass auf, Clara, da kommt einer! Du musst schneller laufen!« Gleichzeitig ermahnte mich Ludwig: »Abspielen!« Zum Glück erinnerte ich mich an die Geschichte vom Elternabend und hörte auf den Trainer. So rettete ich den Ball vor dem wild hinter mir schnaubenden Emmenstädter, und Philipp schoss kurz vor der Halbzeit das vierte Tor. Wiesenberg war außer sich.

Ludwig gönnte uns keine Pause. Er versammelte uns um sich. »Okay, Freunde, das war nicht schlecht. Gute Teamarbeit. Aber jetzt kommt die Prüfung. Jetzt wissen die andern, womit sie es zu tun haben. Die Verteidigung muss hoch konzentriert arbeiten. Philipp, da brauchen wir dich jetzt. Clara und Andreas, ihr haltet die Gegner vor ihrem Tor beschäftigt. Verstanden?«

Von der ersten Spielminute der zweiten Halbzeit an beherrschte eine neue Energie das Feld. Zwei Verteidiger umkreisten mich ohne Pause. Wenn ich in Ballbesitz kam, ließen sie mich loslaufen. Sie hatten schon bemerkt, dass ich zwar schnell war, aber wenig vorausschauend agierte. Einer von ihnen schaffte es mit gekonnter Beinarbeit, mich aus dem vollen Lauf mit dem Gesicht im Gras landen zu lassen. Doch das machte mich nur entschlossener, wieder den Ball zu holen und sie beschäftigt zu halten. Wir schossen kein Tor mehr, doch der Sieg blieb uns sicher.

Nach dem Abpfiff stürmten die Jungs aus der D-Jugend auf den Platz und trugen uns johlend und singend auf ihren Schultern. Meine Mutter kam gerannt und nahm mich von da oben entgegen.

Sie drückte mich an sich und drehte sich mit mir im Kreis. »Das war phänomenal, Clara!«, rief sie.

In diesem Moment liefen zwei Jungs aus Emmenstadt an uns vorbei. Einer sagte: »Das ist also ihre Mutter.« Dann rief er zu uns rüber: »Was kostet die Nacht, Frau Donna?«

Alle Wiesenberger promenierten gemeinsam in die Alte Post. Die Wirtsleute brachten freie Limo für alle Spieler und Radler für die Eltern und den Trainer. Jeder stieß mit jedem an. Ich war so müde, dass ich auf der Eckbank am Kachelofen lehnte und keinen Mucks mehr machte. Um mich herum erzählte man sich das Spiel.

Mir gegenüber saß Roland, der Vater von Benedikt. Er war ein rundlicher, meist stiller Mann mit einem dunklen wilden Haarschopf, der ihm von allen Seiten ins Gesicht wuchs. »Erzähl du doch mal, Clara«, schlug er vor.

Am liebsten hätte ich ihm die Bilder gemalt, die ich vor Augen hatte: in der Mitte groß der Fußball, der Mittelpunkt meines Universums. Am Horizont das Tor, das in meinem Rausch immer näherkam. Es strahlte wie der Altar in der Kirche und verhieß das höchste Glück, denn sobald ich den Ball reinfliegen sah, war ich im Fußballerhimmel. Alle wurden leise und wollten mich hören, also fasste ich zusammen: »Tore schießen ist das schönste Gefühl auf der Welt!«

Durch das Gelächter der Menge drang die Stimme von Florian. »Du hast uns alle geschlagen, Clara! Du bist die Torschützenkönigin, und wir sind endlich quitt! Ich wusste ja, dass man auf dich setzen kann.« Da wollten alle noch mal mit mir anstoßen.

Nach diesem ersten von mehreren Siegeszügen meiner Mannschaft gegen unsere Altersgenossen aus Emmenstadt wurde mein Spitzname Claradona eine Zeitlang in »Königin Clara« abgewandelt. So kam es, dass ich über meinen Nachnamen nachdachte. Es gab niemanden im Dorf, der so hieß wie ich.

»Hat man dich als Kind auch Königin genannt?«, fragte ich meine Mutter, während sie an einem ihrer freien Montage in unserem Gang kniete und unseren Schuhschrank ausputzte. Sie schüttelte den Kopf und sagte, sie habe als Mädchen nicht König, sondern Odenwald geheißen. Zu dem Namen König sei sie erst durchs Heiraten gekommen.

»Wen hast du geheiratet?«

»Einen Mann namens Fritz König.«

»Ist das mein Vater?«, wollte ich wissen.

»Nein«, sagte Mama. »Ganz sicher nicht.«

»Warum heiß ich dann wie er?«

»Weil ich so heiße«, erklärte sie mir. »Der Nachname ist das Einzige, was ich von Fritz behalten habe. Ihn selbst hab ich zum Teufel gejagt.«

»Hast du meinen Vater auch zum Teufel gejagt oder hat er sich aus dem Staub gemacht?«

»Weder noch«, sagte sie und stöhnte leise vor sich hin. Ich versuchte herauszuhören, ob sie von mir oder dem Durcheinander unserer Schuhe genervt war, dem sie versuchte beizukommen. »Wir haben nicht zusammengepasst.« Dabei hielt sie mir meine Turnschuhe unter die Nase und ging dazu über mir einzubläuen, ich solle aufhören, mit meinen guten Schuhen auf der Straße zu kicken. Ich müsse sonst mit löchrigen Schuhen in die Schule gehen, denn sie könne mir nicht alle paar Wochen neue kaufen.

»Warum habt ihr nicht zusammengepasst?«

»Clara! Du fragst mir ein Loch in den Bauch. Ich kann's dir nicht sagen, es war einfach so.«

Mein letztes Grundschuljahr war angebrochen, und der Herbst trat in seine stürmische Phase. Franzi flüsterte mir in der Schule zu, ich solle am Nachmittag zu ihr kommen, sie müsse mir etwas zeigen, das viel schlimmer sei als der schlimmste Horrorfilm, den ich je gesehen hätte. Ich lachte über ihr zartes Gemüt und sagte, sie wisse ja gar nicht, was für gruselige Filme ich anschauen würde, wenn meine Mutter Spätschicht hatte und Tante Frieda auf der Couch eingeschlafen war. Doch Franzi blieb dabei, dass kein Film so schauderhaft sein konnte wie das, was sie mir zeigen würde. Ich würde es sogar anfassen können, wenn ich mich traute.

Gegen Abend standen wir im Gang von Franzis Haus vor der Tür zur Garage, und Franzi hielt meine Hand. »Mach die Augen zu«, sagte sie. Ich hörte, wie sie die schwere Metalltür aufmachte. In der Garage roch es ekelhaft, irgendwie nach nassem Tobi, aber viel schwerer und feuchter. Je weiter Franzi mit mir lief, desto dicker wurde dieses widerlich Körperliche in der Luft. Noch bevor Franzi mir den Befehl gab, machte ich die Augen auf.

Vor mir hing ein riesiges Tier ohne Haut. Es reichte von der Decke bis zu unseren Knien. Unten war der Stummel, wo dem Tier der Kopf abgeschnitten worden war. Die Rippen des mächtigen Rumpfs waren weit geöffnet, und der ganze Bauch war hohl. Die Beine waren ebenfalls abgeschnitten. Das, was von den Hinterbeinen übrig war, hing zusammengebunden an einem Haken von der Decke.

»Ein Hirsch«, erklärte mir die Franzi im Flüsterton.

»O Gott, der Arme«, war alles, was ich herausbrachte.

Ich stellte mir den Hirsch vor, wie ich ihn schon mal im Wald hatte stolzieren sehen, wie seine langen Beine den Rumpf über das Unterholz hatten schweben lassen, und wie er sein Geweih elegant um die Bäume getragen hatte. Der Schuss von Franzis Vater hatte ihn getroffen, und sein Körper war nur noch ein kraftloses Stück Fleisch. Während wir da so sprachlos nebeneinander in Trauer versanken, wurde das Garagentor von außen geöffnet. Franzis Vater war vom Arbeiten gekommen.

»Na, da staunt ihr wohl, Mädchen! Das war ein kapitaler Zwölfender«, erklärte er. »Der Kopf wird grade präpariert, den könnt ihr bald im Wohnzimmer bewundern, und diese Keule essen wir nächsten Sonntag.« Dabei zeigte er nach oben auf einen der Schenkel. »Das Jagen ist die natürlichste Sache der Welt. Ihr zwei solltet mal mitkommen. Es ist wichtig, mal zu sehen, wie ein Tier erlegt und aufgebrochen wird.«

Franzi und ich trauten uns nicht zu sagen, dass wir ganz und gar nicht sehen wollten, wie ein Tier gebrochen wird. Wir wollten schon mal gar nicht, dass überhaupt ein Tier stirbt.

Tante Frieda und meine Mutter amüsierten sich, als ich ihnen am Abend empört erzählte, was wir gesehen hatten. »Franzis Vater hat überhaupt kein Herz!«, sagte ich.

Beide Frauen wussten noch, wie sie als Kind das erste Mal ein gehäutetes Tier gesehen hatten. Sie erzählten lang und breit von Blut und Knochen und großen Schlachtermessern. Ganz normal, dass einem Mädchen da graute, waren sie sich einig.

Zum Glück brach ein früher und heftiger Winter herein. Der Skilift war schon Mitte November in Betrieb. Über Monate verausgabten Franzi und ich uns draußen am Hang, bis wir abends nur noch umfallen wollten. Das ließ die Erinnerungen an die blutgetränkte Luft in der Garage verblassen.

Ich war jetzt groß genug, um mit meinen Skiern auf der Schulter vom Lift nach Hause zu laufen, so mussten meine Sachen nicht an diesem Unglücksort gelagert werden.

Der Schnee lag noch kniehoch, als die Märzsonne vom Himmel strahlte. Da sagte Franzi eines Morgens in der Schule: »Morgen Abend um sieben gehen wir mit meinem Vater auf die Fuchsjagd. Ansitzen bei Mondschein hat er gesagt. Du sollst dir eine warme Jacke und Strumpfhosen anziehen und darauf achten, dass deine Kleider nicht rascheln. Keine Skisachen.«

Auf nichts hatte ich weniger Lust, aber Franzi lockte mich damit, dass Tobi dabei sein werde und dass der nichts mehr liebte, als auf die Jagd zu gehen. Also zog ich am Abend des nächsten Tages alles an, was ich Warmes und Wollenes in meinem Schrank finden konnte, und lief zu Franzis Haus.

Wir fuhren auf einem Sträßchen um den Graskopf herum und dann auf einem Schotterweg nach oben. Mitten im dunkelsten Wald sagte Franzis Vater: »Ab hier wird gelaufen und nicht mehr gesprochen.« Als wären wir auf der Fahrt nicht schon mucksmäuschenstill gewesen. »Je weniger Geräusche ihr macht, desto mehr Wild sehen wir.« Doch wir sahen nicht mal einander, geschweige denn den Weg vor uns. Franzi und ich folgten dem Geräusch der Schritte ihres Vaters über fest getrampelten Schnee.

Erst als wir oben auf dem Hochsitz waren, hatten wir wieder ein Blickfeld, eine vom Mond beschienene Lichtung. Tobi war unter uns am Hochsitz angebunden. Stocksteif wie eine Statue saß er da, die Ohren spitz aufgestellt, und starrte hinaus übers Schneefeld.

Nur unser Atmen verriet, dass die Zeit verstrich. Sie war gefroren und hart. Während ich zitternd vor Kälte dicht neben Franzi stand, stellte ich mir vor, dass der Fuchs genauso starr am Rand der Lichtung säße wie Tobi. Er war schlau. Er roch den Tobi und uns. Niemals würde er über diese Lichtung laufen.

Bevor ich den Fuchs dann von links kommen sah, hatte Franzis Vater schon sein Gewehr angelegt. Ein paar Sekunden lang sah ich das flauschige Tier noch auf der Schleichjagd nach Mäusen die spitze Nase über den Schnee schieben, in der nächsten gab es schon diesen gewaltigen Knall, der alles in Stücke riss: die Nacht, den Mond und das Vertrauen, dass die Stille in mir ein sicherer Hafen war.

Tobi fing an zu wimmern und zu heulen. Franzis Vater stieg vor uns die Leiter hinunter und drückte mir die Leine von Tobi in die Hand. Der zerrte so aufgeregt an mir, als wir zum toten Fuchs liefen, dass ich immer wieder hinfiel und ihn schließlich loslassen musste. Da griff Franzis Vater nach dem losen Ende der Leine und schlug sie Tobi über den Rücken. Der Arme heulte auf vor Schmerz und Schreck.

Franzis Vater hatte eine Stirnlampe, während er dem Fuchs mit dem Messer den Bauch aufschlitzte. Kurz spürte ich einen stechenden Schmerz zwischen den Rippen und einen Krampf im Magen, als würde mir und nicht dem Fuchs der Bauch aufgeschnitten.

Im Auto drehte Franzis Vater die Heizung ganz hoch. Wir durften Tobi zwischen uns auf der Rückbank halten, denn im Kofferraum lag ja der Fuchs. Franzis Vater wollte wissen, wie uns die Jagd gefallen hatte. »Gut«, sagte Franzi. »Gut«, sagte ich.

»Ihr seid jetzt durchgefroren«, wusste er. »Das kommt vom Stillstehen. Daheim geht's in die Sauna.«

Ich wusste von Franzi, dass man in der Sauna ganz nackt lag. Nach einer Weile war man am ganzen Körper nass geschwitzt. Dann musste man unter die kalte Dusche und anschließend auf einer Liege ruhen. Ich hatte nie verstanden, warum Franzis Eltern sich das antaten.

Doch tatsächlich genossen Franzi und ich, wie unsere Körper die Wärme aufsogen, als wir schließlich in dem hübschen Holzkämmerchen saßen. Wir hatten unsere Handtücher auf der unteren Holzbank ausgebreitet und fragten uns, ob uns auch gleich der Schweiß runterlaufen würde, so wie den Erwachsenen. Franzis Vater kam splitternackt mit der Zeitung unterm Arm herein und stieg an uns vorbei auf die obere Bank. Ich nahm schnell mein Handtuch und wickelte mich darin ein.

»Du brauchst nicht so genant zu sein«, sagte er. »Ich weiß, wie kleine Mädchen aussehen. Oder hast du etwa schon einen Busen? Wär ein bisschen früh. Aber bei dir weiß man ja nicht.«

Ich zog die Beine an und rollte mich ein wie eine Kugel, sodass er nichts mehr von mir sehen konnte und ich nichts mehr von ihm. Ich fand seinen Körper grauenhaft. Eine Kröte in Menschengröße hätte nicht hässlicher sein können. Er schüttelte grinsend den Kopf und schlug seine Zeitung auf.

»Komm, wir gehen duschen«, sagte Franzi. Immer noch in mein Handtuch gehüllt, ging ich hinter ihr her nach draußen. Ich wollte nicht duschen, ich wollte nur heim.

Lange trauerte ich um den Fuchs, doch das war nicht das einzige Gefühl, das zurückblieb. Ich ekelte mich nicht nur vor Franzis Vater, sondern auch vor dem, wie er meinen Körper angesehen hatte. Es war wie eine Abscheu vor mir selbst, und mir selbst konnte ich schließlich nicht aus den Augen bleiben.

Wenn ich nachts neben Mama im Bett lag, dann war es mir, als dürfte ich nicht mehr das Kind, sondern müsste jetzt Frau sein, so wie sie, und als wäre damit diese Scham verbunden. Alle Freude, die bald mit dem Frühling Einzug zu halten versprach, schien unmöglich.

Der April war regnerisch, und auf dem Fußballplatz hatten sich Seen ausgebreitet, die verhinderten, dass das Training losging. Ich war erkältet, und ich war traurig. Im nächsten Herbst würden Franzi und ich in eine Schule in der Stadt gehen müssen, und wir wussten noch nicht, ob wir zusammenbleiben würden. Der Frühling war zu weit weg, aber der Herbst kam zu schnell. Wie konnte das sein?

Es war spät am Abend. Ich lag im Bett und hörte meine Mutter und Tante Frieda oben in der Küche reden. Normalerweise hatte der an- und abschwellende Stimmenbrei, der durch die Wände und Türen zu mir drang, eine beruhigende Wirkung auf mich. Ich schlief ein in dem Wissen, dass Tante Frieda Ordnung in Mamas Leben schaffte. Doch heute gerieten die beiden Frauen in einen Tumult, der nicht aufhören wollte.

Als ich den Kirchturm zwölf Mal schlagen hörte und immer noch keine Ruhe war, schlich ich zur Tür und machte sie gerade weit genug auf, um auf die erste Treppenstufe huschen zu können. Dort kauerte ich mich hin, schlang die Arme um die Knie und versuchte, ganz flach zu atmen, damit ich nicht husten musste.

»Wenn du mich fragst, wird es Gelegenheiten wie diese nicht mehr viele geben«, hörte ich Tante Frieda sagen. »Du bist jetzt siebenunddreißig, hast ein Kind, kein Haus, kein Geld. Wie lange willst du denn noch so weitermachen?«

»So lange, wie du mich nicht vor die Tür setzt.«

»Du weißt doch, dass ich dich niemals vor die Tür setzen würde. Aber ich mache mir Sorgen um euch. Willst du dich in der Alten Post abschuften, bis du nicht mehr kannst? Und was dann? Was soll dann aus der Clara werden?«

Jetzt herrschte Stille, bis meine Mutter wieder ansetzte.

»Ich hätte ja schon gern wieder einen Mann. Aber ich bin doch verdammt noch mal kein Stück Vieh, das man sich zulegt, weil's gerade zu haben ist. Ich will einen Mann, der mein Freund ist, und auch Claras Freund.«

»Ein Mann, der ein Freund ist? Das gibt's nicht, Sabine«, sagte Tante Frieda resolut. »Männer sind Männer, und Frauen sind Frauen. Sie gehören zusammen, damit die Kinder einen festen Platz haben. Schau dir die Daniela an. Sie hat einen Arbeiter genommen, der in der Fabrik ihrer Eltern angestellt ist, weil sie mit ihrem Kind irgendwo unterkommen musste. Jetzt haben sie und der Philipp ein Zuhause, und der Roland hat jemanden, der sich um den Benedikt und um den Sonnenhof kümmert. Alle sind glücklich.«

»Ist die Daniela, bevor sie den Roland geheiratet hat, auch von den Männern behandelt worden, als wäre sie für jeden zu haben?«, wollte Mama wissen.

Tante Frieda machte eine Pause, dann sagte sie: »Die Daniela hat ein weißes Kind, und du hast ein dunkles. Die Leute denken, dass du froh sein musst, noch einen abzukriegen. So ticken sie nun mal, Sabine!«

»Du meinst also, ich soll diesen Blödsinn glauben und den Klaus heiraten, damit die Clara versorgt ist?«

»Stabile Verhältnisse wären das Beste für das Kind, das kannst du glauben oder nicht.«

Am nächsten Tag hatte Mama frei. Sie lag noch im Bett, als ich durch Sturm und Regen aus der Schule kam. Ich legte mich zu ihr. Ich wusste, sie würde die Stille im Raum gleich mit Informationen füllen, da konnte sie noch so müde sein, darauf war Verlass.

Es dauerte nicht lange, dann kam eine Frage: »Soll ich mir einen Mann zulegen, damit wir beide es vielleicht besser haben?«

»Nein!«, rief ich. »Du hast doch schon den Fritz König davonjagen müssen! Und schau dir Susies Mann an, diesen Deppen! Den braucht kein Mensch!«

»Aber die Franzi lebt in einem großen Haus, und ihre Mama muss nicht arbeiten.«

»Die Susie arbeitet noch mehr als du, sie hat nie einen freien Tag! Und schwanger ist sie auch. Hast du ihren Bauch gesehen? Willst du das?«

»Ich fand meinen Bauch toll, als du da drin warst«, sagte sie kichernd und rappelte sie sich aus dem Bett auf. »Komm, wir gehen zum Bäcker, kaufen Brezeln und laufen auf den Graskopf hoch.«

Da ließ ich das wüste Wetter, durch das ich gerade erst gelaufen war, unerwähnt und packte unseren Rucksack.

Die Tannen über uns führten einen irren Tanz auf, so als würden sie wild gestikulierend miteinander ins Gericht gehen. Es regnete nicht mehr, aber die Wolken hingen tief und hatten sich dicht zusammengebraut.

Auf dem Gipfel war es so stürmisch, dass wir uns nicht auf die Bank setzten, sondern unterhalb vom Kreuz in eine windgeschützte Mulde. Die stolzen, noch schneebedeckten Gipfel in der Ferne schienen zu schweben, denn unterhalb von ihnen hatten sich die Wolken zusammengebraut. Ich sank tiefer in meine Kuhle und wusste, die Geschichten, die im Tal passierten, würden uns niemals so beschweren können, dass wir nicht mehr hier hinaufsteigen und ganz frei davon sein konnten.

Und weil ich plötzlich frei davon war, konnte ich Mama von der Sauna erzählen. War es am Ende wirklich lächerlich gewesen, dass ich mich so eingewickelt hatte? Ich war doch nur ein Mädchen! Was war so interessant daran?

»Du hast alles richtig gemacht«, lobte mich meine Mutter. »Das, was du spürst, irgendwo hier«, sie kreiste mit ihrem Zeigefinger großzügig um die Stelle, wo mein Herz saß, »das ist richtig. Und wenn da ein *Nein* ist, dann bleib beim *Nein*. Versprochen?«

»Versprochen«, sagte ich und spürte in das Nein hinein, das tatsächlich in meinem Herzraum saß und das sich so unverrückbar anfühlte wie mein Herz selbst.

»Weißt du, was der Werner manchmal abends macht, wenn er nicht auf die Jagd geht?«, fragte Mama und schoss gleich hinterher: »Er kommt mit dem Bürgermeister, dem Manfred und dem Klaus in die Alte Post. Sie spielen Karten und trinken Schnaps. Wenn sie richtig einen sitzen haben, die vier, dann reden sie erst über ihr Geld und über die großen Hirsche, die sie schießen. Dann fangen sie an, über meinen Busen zu reden und ihn mit dem Busen anderer Frauen zu vergleichen.

Der Klaus ist derjenige, der mit mir anbandeln will. Ihm gehört die Sägerei im Altbach-Tobel. Wenn er nichts getrunken hat, ist er ganz nett, dann traut er sich gar nicht, mit mir zu reden. Aber nach ein paar Gläsern geht's los. Dann zieht er mich immer wieder auf seinen Schoß. Wenn er endlich geht, gibt er mir richtig viel Trinkgeld, als wolle er mich locken, dass ich das nächste Mal länger sitzen bleibe.

Letzte Woche kam er zum Mittagessen in die Post und hat mir erklärt, dass er es ernst meint. Er will mit mir einen Ausflug machen nach Oberstdorf zum Kaffeetrinken. Tante Frieda hat mir zugeredet, ich solle ihm die Chance geben, er sei ein ganz anständiger Mensch.«

»Und was hast du gesagt?«, wollte ich wissen.

»Dass ich es mir überlege.«

Uns beiden war kalt geworden, so regungslos, wie wir da kauerten, also packten wir unsere Sachen ein und liefen los in Richtung Sonnenhof. Kurz bevor wir in die Stube eintraten, fragte ich: »Du, Mama, was ist denn daaa …«, ich machte eine kreisende Bewegung um ihre Herzgegend, »… wenn du an den Klaus denkst?«

Mama schaute kurz gen Himmel. Dann nickte sie vielsagend und gab zu: »Ein klares Nein.«

»Und wenn da ein Nein ist, dann bleib beim Nein!«, wiederholte ich, was sie mir grade eingetrichtert hatte.

Da lachte sie und drückte mich an ihre Brust.

»Versprochen, du Lausmensch.«

In der kleinen Gaststube des Sonnenhofs war die Luft rauchig und dick, angefüllt mit den Gerüchen aus der Küche und den Schwaden, die aus dem Kachelofen kamen, wenn Holz nachgelegt wurde.

Hinter dem hölzernen Tresen, der die Stube von der Küche trennte, stand Benedikt und mischte Apfelschorle. In der Ecke auf der Polsterbank hing lässig Arthur, sein Onkel, die Füße in dicken Wollsocken vor sich ausgestreckt. Eine Tischbreite von ihm entfernt saß Susie. Ihre Beine standen weit auseinander, und ihr Babybauch ragte in den Freiraum vor ihr. Das Tageslicht, das durch die Glaskacheln in den Fensterkreuzen fiel, hatte kaum noch Kraft, aber es war warm und angenehm schummrig.

Arthur war ein lustiger Vogel. Er kümmerte sich um die Kühe vom Sonnenhof und betrieb die Milchwirtschaft. In allem, was er sagte, steckte ein Scherz, den man nicht immer verstehen musste, um zu wissen, dass er da war. Er trug seine dunklen, wild in alle Richtungen wachsenden Haare lang bis über die Schultern. Sein Gesicht war von Bartstoppeln übersät. Seine tägliche Arbeitskleidung bestand aus einem Cowboyhemd und einer schmuddeligen Jeans.

Kaum hatte meine Mutter ihr großes Hallo in alle Richtungen posaunt, hörten wir Philipp von oben die Holztreppe herunterpoltern. Wenn meine Mutter und ich früh genug am Nachmittag in die Stube kamen, so wie heute, dann war vorprogrammiert, dass unser Zusammensein in ausgelassene Würfelpartien übergehen würde.

Meine Mutter setzte sich neben Susie, berührte vorsichtig ihren Bauch und erkundigte sich nach Daniela, die auch einen Babybauch hatte. Im Gegensatz zu Susie ging es ihr aber nicht gut. Sie lag die meiste Zeit im Bett, und wir bekamen sie nie zu Gesicht.

»Sie soll schön liegen bleiben«, warf der Arthur ein. »Jemand muss ja die nächste Generation gesund zur Welt bringen. Ich werde nicht die Kühe melken, bis ich am Stock gehe!«

»Wie wär's, du sorgst für deinen eigenen Nachwuchs, Arthur?«, zog meine Mutter ihn auf.

»Nein, danke. Ich hab ja zum Glück zwei Neffen«, sagte er und deutete auf Benedikt und Philipp. Doch Philipp lehnte lautstark ab. Er würde Fußballer werden, sagte er. Wir alle wussten aber, dass er in der Maschinenfabrik seiner Großeltern arbeiten würde, genannt die Mafog, die im Nachbardorf seit Jahren in die Kuhwiesen hineinwuchs. Roland arbeitete dort und war deshalb so selten daheim.

»Hier oben die Kühe zu melken ist die einzige Aufgabe, die nicht im Wahnsinn enden wird«, philosophierte Arthur. »Niemand außer mir scheint das zu verstehen.«

»Na, wenn das kein Grund ist, deine Gene weiterzugeben, Arthur!«, lachte meine Mutter.

Jetzt wurde er nachdenklich. »Welche Frau würde wollen, dass ein Waldschrat ihre Kinder zeugt?« Der Arthur stellte sich gerne als

Einsiedler hin. Er lebte im Forsthaus etwa einen Kilometer waldeinwärts vom Sonnenhof. »Ich denke, ich überlass das lieber den Bankmanagern«, damit nickte sein Kopf in Richtung von Susies Bauch, »und der Weltfußballelite«, das galt mir. »Auf dass es immer Brot und Spiele geben wird.«

Wir Kinder hatten derweil die Spieleschachtel hinter dem Tresen hervorgeholt, und Arthur rutschte zu uns. Susie musste los, um Franzi von der Tanzprobe abzuholen, und meine Mutter schnappte sich schnell die roten Männchen aus der Schachtel, bevor ein anderer sie ergattern konnte.

Die Schlacht auf dem Spielbrett nahm uns schon nach ein paar Runden völlig gefangen und wühlte allerhand Gefühle auf. Wir waren passionierte Jäger und ängstliche Gejagte, Bündnispartner, Trostspender und schadenfreudige Einzelkämpfer – und in alldem waren wir uns so nah wie nie.

Arthur schickte die roten Figuren meiner Mutter immer wieder auf null zurück, als hätte er es auf niemand anderen abgesehen. Sie konnte nicht verbergen, wie wild sie das machte. »Jetzt zeig ich's euch!«, drohte sie vor dem nächsten Spielauftakt und rollte konzentriert die Würfel in der Hand. Arthur lachte nur hämisch. Doch in kürzester Zeit jagte meine Mutter durch die Felder, warf unsere Figuren nach rechts und links um, jubelte, wenn Arthurs grüne Männchen purzelten, und zog in wenigen Runden drei Männchen in ihre Zielgerade. Das Vierte war schon auf halbem Weg.

»Rache ist süß«, triumphierte sie, ihre Brust geschwellt, als wäre sie im Begriff, die Weltherrschaft zu übernehmen. Wir machten ein paar Versuche, sie zu stoppen, und verbündeten uns sogar mit dem uns allen feindlich gesinnten Arthur, doch ihre Angriffslust trug meine Mutter unbeirrbar zum Sieg.

Arthur haute auf den Tisch. »Unglaublich! Wenn man diese Frau nicht im Zaum hält, dann ist keiner mehr sicher!«

Meine Mutter lachte, bis ihr die Tränen kamen.

»Ich sag's ja«, fuhr Arthur fort. »Die braucht einen Mann, der sie zähmt. Wenn sie bloß nicht so widerspenstig wär.«

»Ja, das hat noch keiner geschafft, mich zu zähmen.« Der Jubel meiner Mutter schien kein Ende zu nehmen.

»Irgendwann …«, Arthur ließ das wie eine schwerwiegende Prophezeiung klingen, »… schafft es einer.« Dabei streckte er seine haarigen Hände in Richtung der Brüste meiner Mutter aus.

Fast eine Stunde später als sonst brachen wir ins Tal auf, kurz bevor es ganz dunkel wurde. Benedikt begleitete uns ein Stück mit der Taschenlampe, damit wir uns auf dem holprigen Grasbuckel nicht die Füße verknacksten. Als er unterhalb vom Wurzelweg umdrehte, versuchte Mama, meine Hand zu fassen, damit wir uns gegenseitig führen konnten, doch ich wollte nicht, dass sie mich berührte.

»Was ist denn los mit dir?«, wollte sie wissen.

»Nichts«, erwiderte ich grimmig.

»Clara!« Sie konnte es nicht hinnehmen, dass ich sie abwies.

»Der Arthur wollte deinen Busen anfassen.«

»Ach wo«, wiegelte sie ab. »Das war doch nur ein Spaß.«

»Ein Spaß? Was ist denn plötzlich mit dem *Nein*?«

»Der Arthur ist ein Freund«, erklärte sie, und erläuterte die Unterschiede zwischen einem Freund und einem Mann, der einem zu nahe trat. Ich ließ ihre zahllosen Worte in den tiefschwarzen Wald fallen und suchte in mir nach meiner eigenen Wahrheit. Doch dort war es ebenso dunkel und undurchsichtig wie um uns herum.

Ein Mann, ein Freund. Diese Wortkombination setzte einen Alarm los in meinen Ohren. Nur eines beruhigte mich: Meine Mutter hatte gesagt, sie wolle einen Mann, der auch ihr Freund sei. Und das war Arthur nicht.

Ringelreihen

An dem Tag, als der Brief vom Schulrektor mit der Post kam, der die Empfehlung für die weiterführende Schule enthielt, rief mich Franzi ganz aufgeregt an. »Wir haben ihn noch nicht aufgemacht, ihr?« Wir vereinbarten, dass wir unsere Briefe öffnen und uns dann, ohne vorher noch mal zu telefonieren, vor der Kirche treffen würden.

Meine Mutter und Tante Frieda waren gemeinsam beim letzten Elterngespräch gewesen und hatten mir schon berichtet, dass der Schulrektor von meiner Eignung für die höhere Schule überzeugt war. Daher überraschte es mich nicht, dass das Wort *Gymnasium* mit der Schreibmaschine in den Vordruck eingefügt worden war.

Als ich mit dem gefalteten Brief in der Hand in Richtung Kirche rannte, war mir trotzdem flau im Magen. Ich betete zum Kirchturm: »Bitte mach, dass die Franzi aufs Gymnasium darf. Bitte mach, dass der Rektor ihre Vier in der letzten Mathearbeit übersehen hat. Da ist es ihr doch so schlecht gegangen, weil sie am Abend die blöde Hirschleber essen musste, die sie nicht verträgt!«

Ich war nass geschwitzt, als ich auf dem Marktplatz ankam. Die Franzi stand schon auf den Kirchentreppen, trippelte auf der Stelle und war mehr Wolke denn je in ihrem hellblauen Kleidchen und mit ihren federleichten Haaren, die wie ein Schein um ihren Kopf lagen.

Als sie mich sah, warf sie ihre Arme in die Luft und rief: »Rate! Rate, Clara!« Da wusste ich schon, was in ihrem Brief stand. Wir würden in der Schule nebeneinandersitzen, bis wir erwachsene Frauen wären! Dann würde sie Tierärztin und ich Lehrerin werden. Wir mussten nur noch durch die Zeit segeln.

Unseren Jubel schickten wir in einem Indianergeheul hinauf zum Kirchturm, während wir uns auf dem Marktplatz an überkreuzten Händen hielten und uns um unsere gemeinsame Achse drehten. Der ganze Himmel drehte sich mit uns.

Zwischen Mama und mir war Arthur zu einem der Themen geworden, die wir nicht anschnitten. Ich wollte gar nicht wissen, wo sie gewesen war, wenn sie nachts nicht heimkam, so wie in der Nacht zum Ostersonntag.

Tante Frieda und ich saßen am Morgen allein in der Küche, schnitten den Hefezopf an und schlugen unsere bunten Eier gegeneinander. Zum ersten Mal in meinem Leben saß meine Mutter nicht mit mir beim Osterfrühstück. Zum ersten Mal forderte sie mich nicht zum Eierkampf heraus und lachte ihr feierliches Lachen, wenn bei meinem Ei die Schale brach.

Nach dem Ostergottesdienst half ich Tante Frieda in der Küche und schälte die Kartoffeln. Im Ofen brutzelte eine Lammkeule. Als Tante Frieda mir auftrug, den Tisch mit vier Tellern zu decken, stellte ich noch immer keine Fragen. Es war mir egal, wer mit uns essen würde.

Schließlich kamen sie mit dem Jeep von Arthur angefahren. Ich merkte sofort, dass meine Mutter aufgedreht war. Mit rollenden Augen ließ sie durchblicken, dass sie große Neuigkeiten hatte.

»Daniela und Roland haben ein Mädchen bekommen!«, frohlockte sie. »Vanessa heißt sie.«

Der Jubel war groß unter den beiden Frauen. Arthur stand derweil ungelenk in der Küche und blinzelte in den Ofen. Offenbar war für ihn die Lammkeule um einiges interessanter als Vanessa. Er schmunzelte vor sich hin und setzte dem Schnattern um das Baby eine männliche Schwingung entgegen. Als er versuchte, mich anzulächeln, während ich die Servietten und das Besteck auf dem Tisch ordnete, stellte ich mich zu beschäftigt, um ihn zu bemerken. Warum verhielten sich die beiden Frauen eigentlich, als hätte dieser haarige Kerl mit seinen wuchtigen Armen in dieser Küche etwas verloren?

In der folgenden Zeit machte meine Mutter immer wieder Andeutungen, dass wir beide bald mal wieder zusammen auf den Graskopf gehen sollten. Ich wusste, was das hieß: Sie wollte raus aus dem Schweigen. Sie wusste nicht, dass mir längst alles klar war. Der Versuch von Arthur, sich meine Aufmerksamkeit zu erschleichen; die Bemerkung von Tante Frieda, dass ich immer zu ihr kommen könne, wo ich doch sowieso schon immer da war; Mamas gespielte Freude, als ich ihr erzählte, dass Franzi und ich auf dieselbe Schule gehen würden, als gäbe es nichts Wichtigeres in ihrem Leben; es war wie eines der Kinderbilder, bei dem man nur die Zahlen in der richtigen Reihenfolge mit Strichen verbinden musste, um den ganzen Heinzelmann zu sehen.

Franzi würde einen Bruder bekommen, das hatten ihre Eltern ihr verraten. Sie zeigte mir den Stubenwagen, in dem er bald liegen würde, hinter weißen Vorhängen mit einem Mützchen auf dem Kopf und einem Schnuller im Mund. »Mein Vater will einen Jäger aus ihm machen«, sagte sie.

»Niemals!«, protestierte ich. »Wir werden einen Fußballer aus ihm machen.« Wir nannten ihn Franz, wie Beckenbauer. Franz würde Tore schießen, keine Tiere.

Als Franzis Vater ihre Mutter ins Krankenhaus fahren musste, weil Franz früher auf die Welt wollte als geplant, brachte er Franzi zu uns zum Übernachten. Tante Frieda kochte Franzi eine heiße Milch mit Honig, damit sie trotz der Aufregung in den Schlaf finden würde.

Franzi lag auf Mamas Platz in unserem Bett und stammelte: »Was, wenn der Franz tot auf die Welt kommt, so wie die Schwester vom Benedikt? Oder wenn die Mama bei der Geburt stirbt, so wie die Mutter vom Benedikt? Oh, mein Gott, Clara, was mach ich dann?«

»Jede Minute kommen über hundert Babys zur Welt«, beruhigte ich sie. »Jetzt grade sind es hundert, und bis wir eingeschlafen noch mal ein paar Hundert. Warum sollte ausgerechnet beim Franz was schiefgehen?«

Noch während ich Franzi von der Welt jenseits von Wiesenberg erzählte, wo die Babys sogar ohne Krankenhäuser zur Welt kamen, schlief sie ein.

Am nächsten Morgen, ganz in der Früh, kam Franzis Vater wieder und sagte, das Baby sei noch sehr klein, aber gesund. Susie würde zwei Wochen mit ihm im Krankenhaus bleiben müssen.

Erst dachte ich, Franzis Vater werde mich mitnehmen, um Franz kennenzulernen, doch er ließ mich neben dem Auto stehen und fuhr mit Franzi davon.

Ich saß mit Tante Frieda am Frühstückstisch. Sie stellte ein Brettchen mit aufgeschnittenem Brot, die Butterdose und ihre Mirabellenmarmelade vor mich hin. Dann goss sie heiße Milch auf den Kinderkaffee in meiner dicken roten Tasse. Unser buntes Frühstück war sonst immer der Anfang eines Tages, an dem ich zwischen lauter hübschen Dingen meinen Platz hatte. Doch jetzt versperrte mir etwas die Sicht auf diese Dinge. Zwischen mir und der Schönheit lag eine große Leere. In ihr machte sich das Gefühl breit, dass Tante Frieda der einzige Mensch war, dem ich wirklich etwas bedeutete. Ich dachte an Franz. War er nicht auch ein bisschen mein Bruder? Würde ich mehr wie Franzis Familie aussehen, hätte Franzi dann ihrem Vater gesagt, dass er mich mitnehmen soll, den Franz kennenlernen?

Wäre ich ein weißes Kind, hätte meine Mutter dann nicht längst einen Mann gefunden, der auch mein Freund wäre?

»Iss doch was, Clara«, bat mich Tante Frieda. In ihrer Stimme schwang das Wissen um meine Einsamkeit mit.

Eine einfache Frage nahm mir alle Freude: Warum?

Warum essen? Warum in die Schule gehen?

Wen außer Tante Frieda interessiert, was ich tue?

Ich lief trotzdem los. In meinem Schulranzen waren heute dieselben Bücher wie gestern. Ich hatte nicht für den Dienstag gepackt. Doch selbst die Wut auf meine eigene Dummheit fehlte an diesem Morgen. Meine Gleichgültigkeit war mir grauenvoll fremd.

Ich lief an der Schule vorbei und auf den Graskopf zu. Dann nahm ich meinen alten Weg bis zum Kindergarten.

»Hanna! Die Clara ist da!«, riefen die Kinder.

Als Hanna mich kommen sah, lief sie gleich in ihr Büro und rief in der Schule an, um mein Fehlen zu entschuldigen. Sie sah mir wohl an, dass ich heute Zuflucht bei ihr nehmen musste. Nur sie konnte Ordnung in mir schaffen, wenn alles wüst und dunkel wurde.

Ich sang die alten Lieder mit, spielte Farbenwürfeln mit den Kindern und las ihnen meine Lieblingsbücher von Elmar vor, dem bunten Elefanten, der nicht zu den andern passte, weil er nicht so eintönig grau war wie sie. Doch trotz der Fülle fröhlicher Tätigkeiten, die um mich herum an- und abschwollen, spürte ich immer noch dieses tiefe Loch in mir. Es ließ mich nicht frei.

Als es Zeit war, die Kinder im Wald spielen zu lassen, schlenderten Hanna und ich zu dem längs aufgeschnittenen Baumstamm, der auf seiner runden Seite am Wegrand lag und als Wippe diente.

»Freust du dich auf die neue Schule?«, wollte sie wissen, als wir nebeneinander hin- und herschwangen.

»Ich bin nur froh, dass die Franzi und ich zusammenbleiben«, sagte ich.

»Du wirst dort auch andere Freunde finden.«

»Weiß nicht«, zweifelte ich. »Wer sieht so aus wie ich?«

»Das Aussehen spielt nur am Anfang eine Rolle, wenn man sich noch nicht kennt. Dann denkt man irgendwas über den anderen, was man mit seinem Aussehen verbindet. Meistens ist das falsch.«

»Bei mir weiß niemand, was er sich denken soll.«

»Dann erzähl ihnen deine Geschichte.«

»Ich hab keine Geschichte.«

Da sagte Hanna nichts mehr, sondern legte nur ihren Arm um meine Schultern und drückte mich.

Franzis kleiner Bruder hieß doch nicht Franz, sondern Gabriel. An einem Samstagvormittag gingen Mama und ich ihn bewundern. Wir saßen auf dem großen Ledersofa in Franzis Wohnzimmer und hielten abwechselnd Gabriels winzigen Körper in den Armen.

Seit ich das erste Mal hier gesessen hatte, unter den Hörnern der toten Tiere, war mir gewesen, als würde der Raum in einem ängstlichen Stillstand verharren. Doch jetzt drehten sich plötzlich Menschen und Dinge aufgeregt und wie erlöst um dieses zarte neue Leben. Susie saß dicht neben uns und zeigte uns, wie wir Gabriels Köpfchen halten mussten, damit es nicht nach hinten kippen würde. Sie zog immer wieder die Flauschdecke zurecht, in die er gewickelt war, damit er nur keine kalten Füßchen kriegte. Sie wachte über jedes einzelne kleine Ereignis, das um Gabriel herum geschah, jedes Lüftchen, das von den Fenstern her wehte.

Als Franzis Vater aus der Garage auftauchte, fragte er uns: »Was sagt ihr zu meinem Sohn?«

»Er ist wunderschön«, sagte meine Mutter und streichelte dabei Gabriels Wange, »so zierlich und fein.«

»Habt ihr die hohe Stirn gesehen und das ausgeprägte Kinn? Das wird ein sehr schlauer junger Mann«, prophezeite Franzis Vater. »Und schaut mal, die starken Beine. Der wird mit mir auf die Berge steigen, den Gämsen hinterher.« Dabei zog er eines von Gabriels krummen Beinchen unter der Decke hervor.

Wir nickten und deckten das Bein schnell wieder zu.

Auf unserem Rückweg lief Mama im Laufschritt die Straße hinunter, denn sie musste in der Alten Post das Mittagessen servieren. Ich blieb neben ihr und versuchte, sie mir vorzustellen, als ich so frisch geboren war wie Gabriel, ihr Halten, Zudecken und Staunen über meine Existenz. Wie sehr mein Leben seither daran hing, dass sie mich bewachte!

Ich sah ihr nicht ähnlich, so wie Gabriel seinen Eltern ähnlichsah. Nur den Schwung meiner Oberlippe hätte ich von ihr, sagte sie immer.

»Hast du mich eigentlich haben wollen damals?«, rief ich zu ihr hinüber.

Da machte sie langsamer und sagte: »Natürlich! Ich hab alles dafür getan, dich zu bekommen.« Wie beiläufig schlüpften ihre Worte zwischen ihre Atemzüge und Schritte. »Du warst wie eine Prinzessin aus Tausendundeine Nacht.«

Hat mein Vater so ausgesehen wie ich?, wollte ich weiterfragen. Doch diese Frage war wie einbetoniert, tief in all die vergangenen Jahre, zusammen mit jeder Vorstellung, die ich je gewagt hatte, mir von ihm zu machen.

»Hast du gehört, was der Ronaldo jetzt macht?« Das rief mir Benedikt zu, als er am Nachmittag auf dem Marktplatz an mir vorbeilief. Das ganze Dorf half, um den Maibaum aufzustellen und die Maifeier vorzubereiten.

Ich war damit beschäftigt, mit Hanna und den Kindergartenkindern bunte Bänder in die umliegenden Zäune zu flechten. Die Jungs der Landjugend bauten die Bühne auf.

»Du meinst den Brasilianer, der in der WM auf der Bank bleiben musste?«

»Genau. Ein holländischer Verein hat Millionen für ihn bezahlt. Da schießt er jetzt so viele Tore, wie noch nie einer geschossen hat!«

Die Fußballweltmeisterschaft im letzten Jahr war eine große Enttäuschung gewesen. Deutschland schied schon im Viertelfinale aus, Argentinien noch früher. Maradona hatte gar nicht erst spielen dürfen, weil er Drogen genommen hatte. Meine Freunde waren seither so taktvoll, mich nicht mehr Claradona zu nennen.

Doch Benedikt hatte nach dem Viertelfinale nicht aufgehört, die WM zu verfolgen. Er begeisterte sich plötzlich für die Brasilianer und wartete ungeduldig, dass ein junger Spieler namens Ronaldo endlich ins Spiel geholt würde.

Benedikts Fußballkameraden interessierten sich nicht für irgendeine andere als die deutsche Mannschaft, also schaute er das Endspiel mit mir bei Tante Frieda an.

»Holt endlich den Ronaldo rein!«, rief er immer wieder. Doch das Spiel blieb leidenschaftslos, und die Entscheidung fiel erst im Elfmeterschießen für die Brasilianer.

»Ronaldo wird in der nächsten WM alle plattmachen! Weißt du, wie alt der ist?« Um mich das zu fragen, hatte sich Benedikt wieder vom Bühnenbau davongeschlichen.

»Keine Ahnung«, gab ich zu.

»Jedenfalls zu jung, um dein Vater zu sein. Dabei sieht er dir viel ähnlicher als der Maradona.«

Auf dem Heimweg vom Marktplatz spürte ich einen ungeduldigen Auftrieb in allen meinen Gliedern. Am liebsten wäre ich direkt auf den Fußballplatz gerannt, um zu trainieren. Es überfiel mich eine quälende Neugierde. Ich musste sehen, wie Ronaldo aussah!

»Suchst du was?«, wollte Tante Frieda wissen, als ich im Blitzverfahren durch die Fernsehzeitschriften im Wohnzimmer blätterte, wo es immer ein paar Seiten über Fußball gab. Doch es waren nur deutsche Spieler abgebildet.

Ich wetzte wieder zur Tür und ließ Tante Frieda ein »Ich muss noch mal weg« als Antwort da.

Benedikt wohnte zu weit weg, zu ihm konnte ich nicht laufen, um mir die *Kicker*-Hefte anzuschauen, die er abonniert hatte. Aber Florians Haus war auf unserer Seite des Dorfes. Ich kürzte ab durch die Wiesen und rannte die ganze Strecke.

»Spinnst du jetzt auch schon mit diesem Ronaldo?«, wollte Florian wissen. In seinem Zimmer kämmten wir Stapel um Stapel seine Fußballhefte durch, bis endlich das gesuchte Gesicht vor uns auf dem Boden lag, gerade mal so groß wie ein Passbild.

Ronaldo sah nicht wesentlich älter aus als Benedikt, und tatsächlich sah er mir ähnlich: schwarze Haare, die sicher so wild wie meine gewesen wären, hätte er sie nicht kurz geschoren. Seine Haut hatte den gleichen Farbton wie meine. Die wohlgerundete Nasenspitze zeigte leicht nach oben, flankiert von weiten Nasenflügeln. Die vollen Lippen öffneten sich schwungvoll über einer Zahnspange. Ronaldos Augen unter den dichten Brauen waren pechschwarz und nach außen verschmitzt und schmal. Sein Blick war der eines Freundes, der eines Siegers!

»Nimm's mit«, bot Florian mir an. »Wer weiß, vielleicht ist er ja dein großer Bruder.«

Ich kam zu spät zum Abendessen. Mama saß schon am Tisch, und natürlich schimpfte sie mit mir. »Und nur wegen des Fußballhefts bist du aus dem Haus gerannt wie von einer Tarantel gestochen? Tante Frieda musste das Essen wieder vom Herd nehmen! Du weißt doch, dass sie sich nicht ärgern darf!«

Der Himmel war mehr weiß als blau am ersten Mai, die Sonne schien keinen verlässlichen Auftritt zu planen, und der Wind hatte ganz eigene Ideen von einem lustigen Maifest. Er wirbelte die bunten Bänder oben auf dem Maibaum und in den Zäunen durcheinander. Immer wieder lösten sich ein paar, sausten um die Häuser und knüllten sich dann in den Straßengräben zu schmutzigen Häufchen zusammen.

Auch in meinem Kopf wehten die losen Enden umher. Ich hörte noch Hanna, wie sie sagte, es spiele keine Rolle, wie man aussehe. Aber für mich war das Aussehen das Wichtigste an Ronaldo.

Dann kam mir meine Mutter in den Sinn, wie sie mich gestern Abend ermahnt hatte, als ich traurig im Bett lag, das Fußballheft mit der Ronaldo-Seite nach oben neben meinem Kopfkissen. Ich solle mich selbst nicht so wichtig nehmen. Es könne nicht immer alles nach meinem Kopf gehen.

»Mag sein, dass du dir vorstellst, dass wir für immer hier bei Tante Frieda wohnen und ich für immer niemand anderes als deine Mama bin und ansonsten bloß meine Arbeit tue. Aber ich hab auch nur ein Leben und muss schauen, dass ich was draus mache. Und schau dir Tante Frieda an, was sie mit dir mitmacht. *Sie* sollte dir leidtun, nicht du selbst.«

Mama hatte nicht kapiert, dass es mir egal war, was sie tat. Alles, wonach ich mich sehnte, war, nur einen einzigen Menschen zu kennen, der so aussah wie Ronaldo und ich. War das etwa das Gefühl, das ich nicht haben sollte, weil ich dabei nicht an sie und Tante Frieda dachte, sondern nur an mich selbst?

Als ich am Tag der Maifeier auf dem Marktplatz ankam, schaute ich mich in dem Gewimmel nach Franzi um, doch sie stand nicht mit den anderen Trachtenmädchen hinter der Bühne.

Von allen Seiten strömten die Dorfbewohner herbei und versammelten sich um den Maibaum. Ein Stück abseits brachten sich die Musiker in Stellung. Philipp stand plötzlich in Lederhosen und Trachtenhemd neben mir und fragte mich, ob wir nach dem Tanz auf den Fußballplatz gehen würden. »Klar«, sagte ich. »Hast du was zum Umziehen dabei?« Er nickte.

»Die Franzi wird wohl auch was haben«, sagte ich.

Dann sah ich sie. Das Auto ihres Vaters war auf den Parkplatz neben der Kirche gerollt, und sie saß auf der Rückbank. Ich rannte los, aber als ich ihren Vater sah, wie er um das Auto herum zur hinteren Türe ging, blieb ich wieder stehen.

Franzi wollte offenbar nicht aussteigen, und ihr Vater redete auf sie ein. Schließlich fasste er sie am Arm und zerrte sie raus. Jetzt kamen die beiden näher, und ich sah Franzis Gesicht. Es war feuerrot, ihre Züge waren leblos und ihre Augen geschwollen, als hätte sie die ganze Nacht geweint.

»Franzi«, rief ich, so laut ich konnte. Doch dann fing das Akkordeon an zu spielen, und Franzi ging in ihrer Tracht in der Tanzgruppe auf.

Jungs und Mädchen hielten sich an den Händen und liefen zur Musik die Bühne hoch. Es war eine kaum zu ertragende Melodie, in der sich immer die gleichen Töne wiederholten. Die Pärchen marschierten im Kreis, drehten sich Händchen haltend um ihre Achse, klatschten die Hände gegeneinander und stampften im Takt auf den Holzboden. Die Jungs hielten die Mädchen an den Fingern einer Hand und ließen sie Pirouetten drehen, dann fielen sie ins Schuhplatteln, während die Mädchen hinter ihnen den Rhythmus klatschten.

Es schien, als würde Franzis Lustlosigkeit auf alle abfärben. Sie vollzog die einzelnen Bewegungen wie ein Roboter, während ihr Gesicht eine klare Meldung machte: Alles total scheiße.

Als sie endlich mit ihrem Tanzpartner von der Bühne promeniert war, rannte ich los. »Was ist denn nur los, Franzi?«, rief ich ihr entgegen.

Sie drehte sich weg von mir und sagte nur: »Komm!« Dann lief sie vor mir her hinter die Kirche. Als wir außer Sichtweite waren, drehte sie sich zu mir um und sagte: »Ich darf nicht aufs Gymnasium.«

Ich starrte sie ungläubig an.

»Mein Vater sagt, ich würde das sowieso nicht schaffen. Er sagt, ich will da nur hin, weil du gehst. Aber du wirst das auch nicht schaffen, sagt er. Mädchen müssten nicht studieren. Außerdem bräuchte mich die Mama jetzt im Haus, da könne ich nicht ständig meine Nase in ein Schulbuch stecken.«

Sie fing an zu weinen. »Der Gabriel, der darf später mal aufs Gymnasium«, presste sie hervor.

»Hat dein Vater das gesagt?«, wollte ich wissen.

»Nein, aber das ist doch klar. Dieser Zwerg mit seiner dämlichen hohen Stirn!«

Um uns herum versank alles in der sinnleeren Vorstellung des Dorfes von unserem Leben: ein braves Ringelreihen, in dem Franzi das tat, was ihre Mutter tat, nämlich in der hinteren Reihe stehen und in Eintönigkeit versinken, während die Männer vorn ihre Brust schwellten und sich auf die Schenkel schlugen.

»Gehst du mit mir weg?«, fragte Franzi und wischte sich mit ihrer dunkelroten Trachtenschürze die Nase ab.

»Wohin denn?«

»Weg halt.«

»Jetzt?«

»Ja, wann sonst?«

Wir schauten uns an, dann liefen wir los. Zuerst zu Franzis Haus, denn sie konnte schlecht in Dirndl und Trachtenschuhen über alle Berge gehen. In ihrem Zimmer zog sie sich Jeans und T-Shirt an. Anschließend stopften wir eine Decke, einen Laib Brot, ein paar Äpfel und eine Flasche Wasser in Franzis Rucksack.

Abwechselnd den Rucksack tragend stiegen wir zum Sonnenhof hinauf. Doch hier oben spürten wir unweigerlich noch den Griff des Dorfes. Hier würden sie uns finden und in ihr Bild von uns zurückholen.

Vom Sonnenhof aus führte ein Weg am Graskopf entlang, dann hinunter in ein Flusstal. Der Weg wurde zum Sträßchen und führte mitten in die Alpen hinein. Wir beschlossen, bis in die Schweiz zu laufen und dort auf einem Bergbauernhof zu arbeiten. Die Schweiz, das wussten wir, war dort, wo die Gipfel am dichtesten gedrängt waren.

Je weiter wir kamen, desto spannender wurde die Welt. Alles hier war freundlich und windstill. Das Licht fiel in weichen Wellen übers Land. Wir erzählten uns Geschichten aus unserem zukünftigen Leben unter diesem freien weiten Himmel, auf diesem großen Erdball, auf den wir gerade hinausliefen.

»Eines Tages geh ich nach Brasilien«, sagte ich. »Da werde ich Fußballtrainerin, nur für Mädchen!«

»Wart mal, und was wird aus mir?«, wollte Franzi wissen.

»Du kommst mit. Tierärztinnen brauchen sie da auch.«

»Gibt es dort auch blonde Leute?«

»Dort gibt es alle möglichen Leute«, versicherte ich ihr. »Überall auf der Welt gibt es alle möglichen Leute, nur in Wiesenberg nicht.«

Wir liefen auf einem Teersträßchen, das sich durch Wiesen hinauf- und wieder hinunterwand, dann durch ein Wäldchen an einem Fluss entlang, in dem Diamanten glitzerten. Schließlich führte der Weg an einer Reihe kleiner, halb verfallener Höfe vorbei, die dem Ortsschild nach zu einem Dorf namens Rengen gehörten, von dem wir noch nie gehört hatten. Es musste schon in der Schweiz liegen. Wie hatten wir so einfach in die Schweiz laufen können, ohne dass uns Grenzbeamte anhielten? Abseits der großen Straßen gebe es halt keinen Grenzübergang, so erklärte das Franzi.

In der Ferne hörten wir Blasmusik. Die Schweizer feierten offenbar auch das Maifest. Um nicht auf Menschen zu treffen, drehten wir ab und liefen wieder auf einem Waldpfad einen Berg hinauf. Es wurde steil und sehr anstrengend, aber wir waren ja schließlich mitten in den Alpen. Wir würden auch bald klettern müssen, kündigte ich an.

»Ich kann nicht mehr«, jammerte Franzi schon bald. Dann klappte sie mitten auf dem Waldboden einfach ein und krümmte sich auf der Seite liegend zusammen wie eine kleine Raupe mit eingezogenem Kopf.

»Ich will wieder heim!«, lamentierte sie.

»Willst du zurück zu deinem Vater?«

»Nein, ich will zu meiner Mutter!«

»Die hat doch jetzt den Gabriel. Und meine hat den Arthur. Meine sagt, ich bin schuld, dass sie nichts gemacht hat aus ihrem Leben. Ich geh bestimmt nicht zurück.«

Wir setzten uns auf den Waldboden, lehnten uns gegen den nächsten Baum und holten Brot, Wasser und Äpfel aus unserem Rucksack. Sobald sie etwas im Magen hatte, wurde Franzis Stimmung besser. »Auf diesem Berg hier findet uns keiner«, sagte sie.

Da hörten wir plötzlich das Wimmern eines Tieres, das, je näher es kam, immer vertrauter klang. Es kam aus der Richtung, aus der wir gekommen waren. Wir standen auf. Jemand lief hinter einem Hund her auf uns zu. Der Hund zerrte wie verrückt an seiner Leine.

»Tobi!«, riefen wir aufgeregt. Der riss sich los und raste wie ein Torpedo auf uns zu, während seine Ohren und die Leine hinter ihm herflogen.

»Da seid ihr ja! Wo lauft ihr denn rum?«, rief Philipp und war ganz außer Atem. Tobi sprang aufgeregt an uns hoch und schleckte uns über die Nasen.

Franzi und ich plapperten durcheinander und erzählten Philipp von unserem Fußmarsch in die Ferne.

»Und warum habt ihr mich nicht mitgenommen?«, wollte er wissen. »Ich steh am Fußballplatz, warte stundenlang und denk mir, da stimmt doch was nicht!«

»Warum hast du den Tobi dabei?«, wollte ich wissen.

»Ich bin ins Oberdorf gelaufen, um euch zu suchen«, erklärte Philipp, und rang dabei nach Luft.

»Der Tobi war im Garten angebunden. Ich musste nur seine Leine in die Hand nehmen, da ist er los, hinter euch her.«

Wir ließen Philipp erst mal verschnaufen. Schließlich fragte er: »Wo wollt ihr hin, in die Schweiz?«

Wir nickten.

»Das ist aber schon ’ne Ecke«, stellte er fest.

»Aber schau dir doch den Berg an, Philipp!«, rief ich und deutete den steilen Hang hinauf, der vor uns lag. »Das muss einer von den ganz hohen sein, wo obendrauf noch Schnee liegt.«

Aber Philipp lachte nur. »Träum weiter, Clara. Das hier ist der Graskopf.«

Wie konnte das sein? Franzi und ich waren doch stundenlang gewandert und hatten alles, was wir kannten, hinter uns gelassen!

Philipp klärte uns auf, dass wir weitläufig um den Graskopf herumgelaufen waren, und wären wir auf unserer Strecke geblieben und nicht nach oben abgedreht, dann wären wir längst wieder im Dorf gelandet. Dass wir von einem Ort namens Rengen noch nie gehört hatten, lag daran, dass die Grenze zum Landkreis Lindau quer über den Graskopf verlief und wir bisher nur in unserem eigenen Landkreis herumgekommen waren.

Franzi und ich blickten uns ungläubig an. Alles hier roch doch anders und schimmerte anders im Sonnenlicht als drüben in Wiesenberg. Dieses Land hier fühlte sich an, als wäre es meilenweit entfernt vom Einerlei im Dorf! Oder gab es diese Schönheit am Ende auch bei uns und wir hatten sie nur noch nie gesehen, weil wir nie mit den Augen von Reisenden schauten?

Gerade besprachen wir, ob wir einen anderen Tag wählen sollten, um in die Schweiz zu gelangen – denn bestimmt war es besser, früh am Morgen loszulaufen, um es vor Einbruch der Dunkelheit über die Grenze zu schaffen –, da wurde Tobi plötzlich unruhig und begann zu winseln. Der Philipp hatte die Leine fest um seine Hand gewickelt, und Tobi zog ihn daran fast den Berg hoch.

Lange bevor wir sie sahen, witterte Tobi eine Gestalt, die auf uns zukam. Im Gegenlicht sahen wir erst nur ihre Silhouette. Etwas stimmte nicht mit ihrem Gang.

Als das Mädchen näher kam, sahen wir, dass sie bei jedem Schritt ihre Füße ganz vorsichtig aufsetzte, so als müsste sie erst testen, ob der Boden sie halten würde. Ihr rechter Arm klammerte sich an den weißen Stoff ihrer Tracht oberhalb ihrer Brust. Die Puffärmel saßen nicht mehr dort, wo sie hingehörten. In ihren hellbraunen Haaren hatten sich welke Blätter und Ästchen verfangen. Ihr Gesicht war schmutzig. Es war nicht die leiseste Spur von *Hallo* darin zu lesen, während sie an uns vorüberwankte. Wir rochen den säuerlich scharfen Dunst von Schnaps, den wir von den Dorffesten kannten, wenn spätabends die Runden geschmissen wurden.

»Brauchst du Hilfe?«, fragte Philipp das Mädchen, doch ihr Kopf gab uns ein langsames, aber deutliches Nein nach hinten zurück. Als sie sich ein Stück entfernt hatte, sagte er: »Die ist ja total neben der Kappe.«

In der anschließenden Stille starrte Tobi wieder den Hang hoch, und mein Herz klopfte wie wild.

»Ich will heim«, sagte Franzi.

»Gehen wir über den Gipfel«, schlug der Philipp vor. »Das ist der kürzeste Weg.«

»Nein!«, rief die Franzi. »Da oben ist etwas Schreckliches! Hast du nicht ihren Blick gesehen?« Doch Tobi war wild entschlossen, so schnell wie möglich den Weg hinaufzulaufen.

Nach einem kurzen Marsch hörten wir Stimmen, die in einem bedepperten Singsang durch den Wald schallten, als gäbe es da oben ein Kasperltheater. Drei Männer kamen im Schaukelgang auf uns zu, und obwohl es unwahrscheinlich schien, dass ausgewachsene Männer diesen kindischen Lärm produzierten, waren sie es doch. Als sie uns sahen, verstummte ihr Getöse. Tobi knurrte auf seine bedrohlichste Art.

Die Männer trugen Lederhosen. Die Kniestrümpfe hingen ihnen in dicken dreckigen Würsten über den Knöcheln. Wir gingen auf die Seite, um sie vorbeizulassen, und ich half Philipp, Tobis Leine festzuhalten. Der rastete fast aus, als einer der Männer sich direkt auf uns zubewegte und uns mit zusammengekniffenen Augen musterte.

»Kinder!«, rief der Mann aus. »Drei Kinder und ein Monster!« Seine Zunge hatte Mühe, die Konsonanten aneinanderzureihen. Sein aufgequollenes Gesicht hatte die Augen eines Fisches, und diese kamen mir jetzt immer näher.

»Neeee«, johlte er. »Das ist gar kein Kind! Das ist Michael Jackson! Schaut euch das an!«

Ich hob gerade die Hand, um ihn wegzustoßen, da legte Tobi los. Er bekam den Schuh des Mannes zu fassen und riss an ihm, ganz so wie an dem Fuchsschwanz, den wir ihm immer vor die Nase hielten, um ihn wild zu machen. Sein Knurren war aber jetzt noch mörderischer. Beim Versuch, den Hund abzuschütteln, fiel der Mann nach hinten und landete mit voller Wucht auf dem Boden.

Da sah Tobi seine Chance. Mit dem rasenden Zorn einer Bestie riss er sich los und stürzte sich dem Mann auf den Hals. Der konnte gerade noch rechtzeitig seine Arme hochreißen und sich schützen, sonst hätte Tobi ihm wohl die Kehle aufgerissen.

Einer der beiden anderen zog grölend und wankend an seinem Freund, um ihn wieder in den Stand zu hieven. Da schnappte ich mir wieder die Leine. Philipp kam mir zu Hilfe, und gemeinsam gelang es uns, Tobi wegzuziehen. Franzi war schon losgerannt und rief uns von oben zu: »Kommt doch endlich!«

»Der Hund gehört erschossen!«, brüllte der Mann hinter uns her.

In mir kochte das Blut. Meine Wut war so mächtig, dass sie mich vollkommen beherrschte. »*Du* gehörst erschossen, du Scheißkerl!«, hörte ich mich durch den Wald brüllen.

Dass es uns gelang, bis zum Gipfel des Graskopfs durchzurennen, grenzte an ein Wunder. Oben am Kreuz brachen wir alle drei zusammen und rangen nach Luft. Auch Tobi warf sich erschöpft auf ein Stück Gras, starrte dabei aber immer noch in den Wald zurück.

»Sollten wir nicht die Polizei rufen?«, fragte ich. »Diese Männer haben dem Mädchen wehgetan. Sie müssen bestraft werden!«

Aber Philipp winkte ab. »Sie werden sagen, dass das Mädchen ja nicht hätte mitgehen müssen. Und den ganzen Alkohol hätte sie auch nicht trinken müssen. Selber schuld, werden sie sagen. Am besten erzählen wir niemandem davon, sonst kriegt sie noch mehr Ärger.« Mit einer Geisterstimme fügte er an: »Meine Mutter ist auch vergewaltigt worden. Dann hat sie mich gekriegt. Wenn ich meinen Vater jemals zu fassen kriege, dann bring ich ihn um.«

»Woher weißt du das?«, fragte Franzi.

»Das erzählt sie allen ihren Freundinnen, seit ich denken kann. Sie sagt, ihre Eltern haben sie gezwungen, den Roland zu heiraten, als Strafe.« Obwohl die Sonne noch über den Schweizer Bergen stand und von dort auf uns runterschien, und die Luft in abendlicher Stille um den Graskopf lag, wurde mir eiskalt.

Vergewaltigen war offenbar nicht nur etwas, was mit manchen Frauen passierte, sondern auch etwas, was man ihnen unterstellte. Es war ein Dunkel, das man niemals ansprach. Daniela hatte diesen ausgehöhlten Blick, der überall und nirgends landete. Sie war immer genervt, immer sauer auf irgendwas. Ich kannte sie lange genug, um zu wissen, dass dem nicht beizukommen war.

Zum Glück hatte meine Mutter das nicht.

»Ich weiß was«, sagte Philipp plötzlich, und er war wieder ganz der Spinner, den wir kannten. »Clara, du bist die Ureinwohnerin. Die Franzi und ich, wir sind deine einzigen Freunde unter den Bleichgesichtern. Der Tobi ist unser Drache, der uns beschützt und gegen den Feind verteidigt. Wir drei müssen uns vor den bösen Mächten retten, die dein Land stehlen und uns aus dem Weg räumen wollen. Wir müssen aus den dunklen Wäldern fort, in denen diese habgierige Bande wohnt, und Verstärkung finden. Und da müssen wir hin.«

Er schwenkte seinen ausgestreckten Arm über das glasklare Alpenpanorama und machte eine theatralische Pause, bevor er anfügte: »Sierra Clara.«

Ehrfürchtig sprachen Franzi und ich das nach. Da lag unsere Zukunft, erhaben über allem, weit und klar wie der Horizont.

In den folgenden Monaten gaben wir nur noch vor, unser Dorfleben zu leben, doch in Wahrheit befanden wir uns im Krieg. Wir waren dem Grauen begegnet und hatten ihm den Kampf angesagt. Wir folgten dem Instinkt von Tobi, der die Weisheit der Wälder besaß. Er führte uns zu den Spuren unserer Feinde: einer Feuerstelle mit herumliegenden Bierdosen und Fußabdrücken ihrer Begleittiere, doppelköpfigen Schlangenwesen. Wir fanden Landkarten, die sie mit Stöcken in die Erde gemalt hatten, mit markierten Stellen, an denen sie uns auflauern würden.

Manchmal saßen wir mit dem Fernglas, das Franzi aus Werners Jagdrucksack ausgeliehen hatte, auf dem Gipfel des Graskopfs und spähten übers Land auf der Suche nach Hinweisen auf das, was die Schurken im Schilde führten. Wenn irgendwo Rauch aufstieg, lasen wir darin Signale, die sich unsere Widersacher zusandten: »Brauchen Verstärkung im Süden« oder »Kinder planen Flucht am Freitag«.

Manchmal erspähten wir verdächtige Fahrzeuge, die Käfige voller Bestien geladen hatten, und verfolgten sie mit dem Fernglas, um herauszufinden, wo unsere Feinde ihre Kriegstiere sammelten.

Wir planten sorgfältig für den Tag, an dem wir loslaufen würden. An einer entlegenen Stelle im Wald vergruben wir Nudeln, Dosengemüse, Streichhölzer, warme Socken und zwei große Messer zur Verteidigung. Philipp klaute sogar eine Flasche Obstbrand aus der Speisekammer vom Sonnenhof, damit wir im Notfall Wunden würden versorgen können.

Den Tag unseres Aufbruchs mussten wir immer wieder verschieben. Erst ging Franzi mit ihrer Familie für zwei Wochen nach

Südtirol in Urlaub. Dann bat mich meine Mutter, ihr in der Küche der Alten Post zu helfen, weil die Küchenhilfe ausgefallen war. Die Wirtin bezahlte mir vier Mark auf die Stunde, das Geld würde ich gut gebrauchen können. Wir wählten den letzten Sonntag der Sommerferien, um aufzubrechen.

Am Freitag stand ich nach dem Mittagessen in der Küche der Alten Post und spritzte Töpfe aus. Da hörte ich plötzlich Hannas Stimme in der Gaststube. Ich ließ alles stehen und liegen, um sie zu begrüßen und von den fantastischen Reisen zu hören, von denen sie gerade zurückgekehrt war. Doch dann sah ich sie mit meiner Mutter raus auf die Terrasse gehen. Die beiden Frauen setzten sich an einen Tisch. Hanna sah nicht aus, als würde sie vom Himalaya erzählen. Sie sprach in einer ähnlich eindringlichen Art zu meiner Mutter wie früher, wenn sie uns Kindern das Selberfühlen erklärt hatte. So als erläuterte sie etwas, was meine Mutter eigentlich schon wusste.

Als Mama wieder in die Küche kam, sagte sie nur: »Wischst du noch den Boden, Clara?«

Zum Abendessen saß sie seit Langem mal wieder mit Tante Frieda und mir am Tisch, und wir gingen gemeinsam schlafen.

»Am Montag hab ich frei«, sagte sie, bevor sie das Licht ausmachte. »Wollen wir auf den Graskopf gehen?«

Am Samstag trafen wir uns auf dem Fußballplatz, Franzi, Philipp und ich. Philipp stand im Tor, und ich schoss ihm lustlos ein paar Bälle entgegen. Er war nicht zufrieden mit mir und schrie: »Jetzt schieß doch mal richtig!«

Da stand plötzlich Benedikt hinterm Tor. »Mach du weiter«, rief ich ihm zu und kickte ihm den Ball hin.

Ich setzte mich zu Franzi auf die Bank, um endgültig mit ihr zu klären, ob wir in einem Spiel waren oder ob wir tatsächlich abhauen würden. Doch Franzi hatte diesen entlegenen Blick, den ich nur allzu gut kannte. Ihr Kinn war leicht erhoben, ihr Mund damenhaft spitz. Sie hatte die Beine übereinandergeschlagen und die Arme lässig daraufgelegt. Ihre Finger spielten nervös mit dem Zopfband, das sie sich aus den Haaren gezogen hatte. Sie hatte sich in das unnahbare Mädchen verwandelt, von dem sie glaubte, dass es Benedikt gefalle. Doch der schien sie gar nicht zu sehen.

»Komm, Clara, zeig mal, wie viel vom Ronaldo du in dir hast«, rief der Benedikt zu mir herüber. Ich schüttelte den Kopf. Ich wollte nichts wissen von dem, was in mir steckte.

Was hatte ich zu Hanna gesagt? »Ich habe keine Geschichte.« Hanna, da war ich mir sicher, hatte sich dieses Problems angenommen. Bei der Unterredung der beiden Frauen in der Alten Post hatte sie meine Mutter davon überzeugt, dass sie das Geheimnis meiner Herkunft lüften müsse. Warum sonst suchte Mama nun das Gespräch mit mir?

Aber vielleicht wollte ich gar nicht, dass Mama auspackte. Es gab ja bestimmt einen Grund, warum sie, was immer mich in die Welt gebracht hatte, bis heute für sich behalten hatte. Wenn wir beide davon wüssten, dann würden wir vielleicht nie wieder glücklich sein können, so glücklich wie auf dem Graskopf im Schein des Alpenhorizonts oder wenn wir aus der größten Schweinerei in der Alten Post wieder eine feine Hotelküche herauspolierten. Was hatte ich nur getan?

Als ich aus meiner Verzweiflung hochschaute, stand plötzlich Benedikt vor mir mit dem Ball unterm Arm. Er nahm meine Hand und zog mich auf die Füße. »Jetzt komm schon, du müder Kicker.«

Irgendwie schaffte er es, die alte Clara aus mir herauszuholen. Er trippelte im Strafraum herum und forderte mich heraus, ihm den Ball abzujagen. Mein Kampfgeist erwachte, und ich vergaß alles, einschließlich Franzi auf der Bank.

Gelang es Benedikt oder mir, einen Zweikampf zu gewinnen und den Ball aufs Tor zu schießen, dann galt es für Philipp, ihn zu halten. Doch immer öfter versemmelte Philipp aus reiner Erschöpfung.

Benedikt ließ mich einen Gleichstand der Tore herstellen, um meinen Siegeswillen anzufachen, dann ging er wieder in Führung und rief: »Jetzt hast du verloren!«

»Wart mal ab! Wer hat hier das Ronaldoblut, du oder ich?«, konterte ich.

Wir spielten uns in einen Rausch außerhalb aller Regeln. Mittendrin stellte ich Benedikt ein Bein. Er fiel ins Gras über den Ball, drehte sich auf den Rücken und zog an meinem T-Shirt, sodass auch ich hinfiel, frontal auf ihn drauf.

Bei meinem nächsten Schuss aufs Tor sah ich aus dem Augenwinkel, dass Franzi nicht mehr auf der Bank saß. Ich sah sie die Straße hinauflaufen in Richtung Oberdorf. Da rannte ich los, hinter ihr her.

»Franzi, warte!«, rief ich. »Ich muss dir was sagen!«

Sie drehte sich nicht um, bis ich genau hinter ihr war. Dann traf mich ihr strenger Blick. »Lass mich in Ruhe!«, sagte sie.

»Nein! Du musst mir zuhören. Meine Mutter will am Montag was mit mir bereden. Es ist wirklich wichtig. Wir müssen unseren Aufbruch in die Schweiz verschieben!«

»Du willst nur hierbleiben, weil du in Benedikt verliebt bist«, sagte sie eiskalt.

»So ein Quatsch! *Du* bist in Benedikt verliebt!«

»Ach! Wer hat denn da grade mit ihm im Gras gelegen? Schämst du dich eigentlich nicht? Kennst du irgendein anderes Mädchen, das so was machen würde?«

»Wir haben doch nur Fußball gespielt! Bist du jetzt total blöd im Kopf?«

»Im Gegenteil«, erwiderte Franzi von oben herab, als wäre ich ein Häufchen Straßenstaub. »Ich bin jetzt schlauer im Kopf. Ich weiß jetzt, dass mein Vater recht hat. Aus dir kann kein anständiger Mensch werden. Du hast keinen Vater. Deine Mutter stellt den

Männern nach. Ich will nicht mehr mit dir weggehen, sonst ende ich noch so wie du oder so wie das Mädchen im Wald.«

Dann drehte sie sich um, lief davon und ließ mich da stehen in meiner wertlosen Existenz, die in dem Dorf, in dem sie zu Hause war, nichts verloren hatte. Hier lebten die anständigen Menschen. Meine Mutter dagegen war »geendet«, und auch ich würde enden.

Der Schmerz, mit dem ich nach Hause ging, sollte mich nie wieder ganz freigeben, und das Etikett, das Franzi mir verpasst hatte, blieb an meiner Seele haften: ein Kind aus ungeordneten Verhältnissen, aus dem nichts werden kann.

Sabine

München 1984

Claras Geburt

Schuld

Jemand schob Sabines Bett aus dem Kreißsaal in ihr Zimmer auf der Station. Sie machte die Augen nicht auf und ließ sich in den dunklen Schutzraum hinuntersinken, unter der Oberfläche ihrer gewitterartig hin und her blitzenden Gedanken. Dort unten herrschten Ruhe und eine gnädige Leere. Doch die Ruhe währte nicht lange.

Plötzlich war sie die junge Sabine, servierte Wildbraten mit Knödel und Rotkohl in der Traube in Engeltal im Schwarzwald. Sie eilte voll beladen hin und her: noch eine Runde Bier, ein Kännchen Kaffee, eine Extraportion Sahne auf den Kuchen. Wäre es möglich, noch ein paar Servietten zu bekommen, und dann die Rechnung, bitte getrennt, aber die Getränke alle zusammen. Alles lief wie am Schnürchen, niemand musste lange warten. Sabine hatte die Gastronomie mit der Muttermilch aufgesogen. Rosemarie hatte Gäste bewirtet, noch bevor sie lesen und schreiben konnte, so erzählte man sich im Dorf über ihre Mutter.

Dann saß da Richard am Tisch. Seit der Schule waren sie in derselben Clique gewesen. Richard war der Sohn des Bauunternehmers am Ort. Er hatte als Erster ein eigenes Auto gehabt. Sein Vater saß ihm gegenüber. Hans Meisner war Stammgast in der Traube, kam oft mit Kunden zum Mittagessen. Aber jetzt saßen Vater und Sohn alleine da. Sie waren mit nichts zufrieden, was Sabine ihnen brachte, und verfolgten sie mit Beschwerden, als sie von ihrem Tisch in Richtung des Zapfhahns hinter dem Tresen eilte.

Sabine kam zurück, bot ein Bier aufs Haus an, aber die beiden blickten sie nur voller Abscheu an. Da schaute sie an sich hinunter. Sie hatte keine Kleider am Leib. Sie versuchte, das Tablett mit zwei Pils vor ihrer Brust zu tragen, um sich vor den Blicken zu schützen, doch sie hatte auch unten herum nichts an. Ihre Scham war unerträglich. Sie wollte sich in der Küche hinter dem Herd verstecken, aber von überallher kamen die Rufe nach ihr.

Als sie das nächste Mal an den Tisch von Richard und seinem Vater kam, saß da nicht mehr Richard, sondern Fritz. Der erzählte Richards Vater, dass Sabine gegen ein Trinkgeld mit den Männern, die sie bediente, ins Bett ginge.

Richards Vater sagte zu ihr: »Du gehörst ins Gefängnis!«

Ein scheppernder, metallener Lärm, wie eine schwere Tür, die ins Schloss fällt, holte Sabine in den Wachzustand zurück. Es war tiefe Nacht. Sie sah die Kante des Fensters im Mondschein und erinnerte sich an die dünnen Birken davor, an den schmalen Weg, der alles zerschnitt in zwei Hälften, das Vorher und das Nachher.

Ihr Kind – wo hatten sie es hingebracht?

Sie hörte eine Stimme aus ihrem Traum nachklingen. Es war Richard. Sein Ton war bar aller Hoffnung. Alle waren im Nachher, und dort würde es niemals wieder hell werden. Er sagte: »Du warst es. Du hast gesagt, dass es ein Wettrennen sei, bevor wir in die Autos gestiegen sind. Und du hast diesen Fritz angeschleppt. Der hat dich runtergezogen, und uns mit.«

Die Gewalt dieser Lügen nahm Sabine den Atem, fünf Jahre zu spät. Warum hatte sie das damals auf sich sitzen lassen? Es war, als wäre sie mit allen Sinnen wieder in diesem Gespräch. Sie antwortete Richard mit wenigen, gut gewählten Worten: »Wir alle haben gesoffen und gekifft, lange bevor Fritz dazukam. Wir alle sind schuld, nicht nur ich!«

Leider war sie kein Mensch der wenigen Worte. Nur wenn sie mitten in der Nacht aufwachte, so wie jetzt, schnitten ihre Gedanken geradewegs in die Lage ihres Lebens. Sie wusste, was Lüge und was Wahrheit war. Aber sie war unfähig, diese Klarheit für andere verständlich zu machen. In dem Moment, wo sie den Mund aufmachte, versank die Welt in viel zu viel Gerede.

Sabine hatte Fritz im Camouflage in Freiburg aufgerissen. Immer wieder näherten sie sich einander auf der Tanzfläche. Er war anders als die Dorfjugend aus Engeltal. Schwarze lange Zotteln und ein bodenlanger schwarzer Mantel, so sahen die Leute in London aus, aber nicht im Schwarzwald. Er tanzte in wohldosierten Schweifschritten, so wie sie in London tanzten, glaubte Sabine. Der ausgelassene Discotaumel der Landkinder kam ihr plötzlich albern vor.

»Du weißt, dass du tolle Beine hast, stimmt's?« Das war das Erste, was er zu ihr sagte. Sabines Markenzeichen waren kurze schwarze Lederröcke und Netzstrumpfhosen. Als sie sich mit einer Zigarette zwischen den Lippen am Rand der Tanzfläche auf einen Barhocker setzte, gab er ihr Feuer.

Er erzählte ausgiebig von sich, so als wolle er die Ereignislosigkeit füllen, die er in Sabines Leben vermutete. Schauspieler war er von Beruf. Das machte ihn umso interessanter. Doch Sabine war es nicht gewohnt, so lange still zu sein, daher ging sie nach gerauchter Zigarette zu ihren Leuten zurück. Fritz folgte ihr.

Im Sommer fuhren alle nach der Disco an den Baggersee, um den dröhnenden Kopf mit einem Tauchbad zu kurieren, und dann am Strand zu schlafen. Als Sabine Fritz das erste Mal mitnahm, schwammen sie nackt nebeneinander und krochen dann zusammen in einen Schlafsack.

Es stellte sich heraus, dass Fritz nicht aus London kam, sondern aus Hinterzarten. Seine Schauspielkarriere hatte geendet, als er elf Jahre alt war, nachdem der Südwestrundfunk die Serie *Die Schwarzwaldfamilie* abgesetzt hatte. Doch er ging jetzt in Freiburg in die Schauspielschule und hatte große Pläne.

Sabines Freunde begannen, sie mit einem alten Volkslied zu verfolgen: Sabinchen war ein Frauenzimmer, gar hold und tugendhaft. Sie diente treu und redlich immer bei ihrer Dienstherrschaft. Da kam aus Hinterzarten ein junger Mann daher, der wollte so gerne Sabinchen besitzen und war ein Schauspieler.

Jeder wusste, wie das Lied endete: Der Schauspieler, der im Original ein Schuhmacher ist, schneidet dem Sabinchen die Kehle durch, weil sie ihm kein Geld mehr geben will.

Es kam der Winter, und Fritz kam zum Skifahren nach Engeltal. Nun sahen auch andere im Dorf ihren Fritz, und ihre Eltern hörten von ihm. Ihr Vater fragte sie nach »diesem hageren Kerl, der aussieht wie ein Rauschgiftsüchtiger«. Was er für Absichten hätte.

Es war eine Samstagnacht im Februar, für brave Bürger Sonntagmorgen, zwischen drei und vier. Seit so viel Schnee lag, hatten sie ein neues Ritual nach der Disco. Sie trafen sich an einem der Skihänge und stapften mit ein paar Flaschen Hochprozentigem den Berg hoch. Oben tranken sie. Danach sausten sie auf Bobs und Plastiktüten die Pisten runter und konnten den Wirbel ihrer Sinne nicht mehr von der Geschwindigkeit ihrer Körper unterscheiden.

Sabine und Fritz waren im ersten Auto, das am Skilift ankam. Sie krochen von der überladenen Rückbank und streckten ihre Glieder. Gegen die Kälte rauchten sie einen Joint. »Wo die andern wohl bleiben? Die waren doch grade noch hinter uns!«, fragten sie sich.

In der Ferne hörten sie plötzlich Sirenen. Da sprangen sie alle wieder ins Auto und fuhren los. Nach unerträglich vielen Kurven sahen sie blaue und rote Lichter hektisch durch die Nacht schneiden. Sie landeten mitten im Lärm der Sirenen. Richards Auto lag auf dem Dach quer über der Straße und war auf der Längsseite völlig eingedrückt. Überall rannten weiß gekleidete Leute herum. Zwischen ihnen hindurch sahen sie Bahren. Auf den Bahren lagen leblose Glieder. Die Polizei sperrte gerade ab und drängte sie mit Handzeichen, umzudrehen.

»Das sind unsere Freunde!«, riefen sie aus dem Fenster. Ein Polizist schrieb ihr Nummernschild auf, ließ sich alle Ausweise geben und ging zu seinem Wagen. Nach einer Weile kam er mit den Papieren zurück und sagte: »Fahrt heim. Aber vorsichtig, es ist glatt.« Er ließ den Fahrer nicht blasen. Sie alle waren gestraft genug.

Steffi war tot. Sie hatte auf Haralds Schoß gesessen und ihn damit vor dem Schlimmsten bewahrt. Marcos Hirn war beschädigt, er würde nie wieder richtig sprechen können. Noch zwei andere mussten für Wochen ins Krankhaus. Am unversehrtesten war Richard, der gefahren war. Er wurde schon am nächsten Tag aus dem Krankenhaus entlassen. Doch in seinem Blut waren eins Komma eins Promille festgestellt worden. Er kam ins Gefängnis.

Die erste Zeit in der Traube war nicht so schlimm. Viele Bekannte kamen bei Sabine vorbei, um die Geschichte zu hören, und sie konnte in einem fort davon erzählen. Zunächst sagte keiner, was er wirklich dachte.

Als Richards Vater sie ansprach, saß er allein am Tisch: »Was hat dein rauschgiftsüchtiger Freund dem Richard nur gegeben, dass der sich vergessen hat?«

Entsetzt lief Sabine in die Küche, schlug die Hände vors Gesicht und schluchzte so heftig, dass die Wirtin das Bedienen übernehmen musste. Sabine solle sich zusammenreißen und Bier zapfen.

Sobald sie wieder in seinem Blickfeld auftauchte, brüllte Richards Vater in ihre Richtung: »Wisst ihr eigentlich, wie viele Leben ihr für immer zerstört habt? Ihr findet das wohl auch noch cool! Drogenpack! Anständige Leute in die Sucht treiben!«

Am Abend telefonierte Sabine mit Fritz und sagte: »Ich muss hier raus! Hier will ich nicht mehr leben. Nie mehr.«

Wieder schepperte das schwere, metallene Geräusch durch die dünnen Wände. Eine Tür fiel hektisch ins Schloss, Schritte wummerten irgendwo unter ihr. Wieder hing ein Leben an einem seidenen Faden, pumpte ein Herz mit letztem Willen das Blut durch einen regungslosen Körper, und ein Bett rollte damit übers Linoleum.

Manchmal rannten sie auch mit einem Neugeborenen aus dem Kreißsaal durch die Gänge. Sabines Mutter hatte ein Jahr, bevor Sabine auf die Welt kam, ein totes Kind geboren. Es war das dritte gewesen, ein Junge, so wie ihre Eltern sich das gewünscht hatten.

Dann war sie gekommen, ein Mädchen. Sehr lebendig sei sie gewesen, sagte ihre Mutter immer. Das Leben in ihr war immer schon ein sehr entschlossenes gewesen.

Der braune Körper ihrer Tochter fiel ihr ein. Ob das Kind gespürt hatte, wie fremd sie ihr war? Manche Babys sterben, weil die Mutter sie nicht lieben kann. Das hatte sie in einer Zeitschrift gelesen. Sabine schoss auf die Füße hoch und tappte in ihrem Nachthemd aus dem Zimmer auf den Gang. Dort lief sie erst nach rechts, bis der Gang vor einer Wand endete. Ihr Herz begann zu rasen, als wäre sie gegen ihre eigene Blockade gelaufen. Schnell ging sie in die andere Richtung, bis sie endlich vor einer großen Scheibe stand, durch die sie die Wagen der Neugeborenen sehen konnte.

Leise wie ein Geist öffnete Sabine die Tür und schlich im Halbdunkel von Bettchen zu Bettchen. Die Babys lagen vom Lichtschein abgeschirmt. Wenn sie nahe heranging, konnte sie die Schilder mit den Vor- und Nachnamen lesen. Endlich fand sie das eine, auf dem nichts als »König« stand.

Sabine beugte sich zu ihrem Kind hinunter. Es hatte die Augen leicht geöffnet. Langsam begann es, unter der Decke die Beine anzuziehen und wieder auszustrecken. Da war es, das Leben. Schon als es noch in ihrem Bauch gewesen war, hatte Sabine gespürt, dass ihr Kind Bewegung liebte. Die winzigen dunklen Händchen wippten auf und ab, so als würde die Kleine nach ihr suchen. Sabine hob sie heraus.

»Langsam, meine Liebe!« Eine Schwester war hereingekommen. Sie sprach leise, aber resolut. »Sie können nicht einfach Ihr Kind holen! Wir bringen die Säuglinge in zwei Stunden zum Stillen.«

Doch Sabine drückte ihr Baby fest an die Brust. »Ich will sie ja nur halten«, sagte sie.

»Das geht nicht«, sagte die Schwester unnachgiebig. »Nicht zur Schlafenszeit.«

»Ich muss wissen, ob es ihr gut geht, verstehen Sie?«, erklärte Sabine. »Ich muss das fühlen.«

»Na, dann kommen Sie halt mit«, sagte die Schwester gnädig. »Sie können in Gottes Namen Ihr Kind eine Weile halten. Vielleicht fällt Ihnen dabei ja ein Name ein.« Sie nahm das Schild aus seinem Rahmen und wies Sabine die Tür. Dann ging sie vor ihr her in eines der Untersuchungszimmer und deutete auf einen Stuhl.

Sabines Tochter hatte großen Appetit, mehr als Sabine stillen konnte. Jede ihrer Regungen, jedes Rollen ihrer Augen, jedes Zucken ihrer Füßchen wollte sagen: Ich bin keine Schuld, ich bin ein Segen. Die großen dunklen Augen wurden wieder zu schmalen, schwarzen Schlitzen, und es fiel ein tiefer Frieden über das zarte Gesicht. Sabine legte ihren kleinen Finger in die winzige Hand, und diese schloss sich wie eine Knospe. »Die Natur spielt ihr eigenes Spiel«, hörte Sabine Violas Worte. Die Natur war etwas Wundersames.

Dort, wo Sabine herkam, hatte die Natur sehr wenig Spielraum. Es existierte eine Schublade für das, was man ihr nachsagen würde, und sie war mit hässlichen Worten beschriftet. *Flittchen* war nur eines davon. Alles, was hinter ihr lag, war falsch gewesen. Keine Sekunde hatte sie Fritz für fähig gehalten, eine Familie zu ernähren. Die Ehe, auf der ihre Eltern bestanden hatten, war weit entfernt davon, ihr Sicherheit zu geben. Ihr Kind war ihre einzige wahre Sehnsucht gewesen.

Hier lag es nun, und alle Sicherheit, die es hatte, war sie, seine Mutter. Sie beide waren allein mit der Wahrheit.

Für den Bruchteil einer Sekunde ließ Sabine eine Erinnerung an die Begegnung mit dem Vater ihres Kindes zu. Das Gefühl, ein Fenster zu öffnen und in eine sternenklare Nacht zu blicken, in eine große Weite. Ein Teil ihrer Tochter würde immer in dieser Freiheit zu Hause sein.

Die Schwester kam eiligen Schrittes zurück in den Raum. Sie setzte sich an den Schreibtisch, nahm einen Stift und schaute Sabine erwartungsvoll an.

»Sie heißt Clara«, sagte Sabine. »Clara mit C!«

»Clara mit C«, wiederholte die Schwester überdeutlich, als hätte sie es mit einer geistig Verwirrten zu tun, und beschriftete das Schildchen.

An Sabines drittem Tag im Krankenhaus kam eine Schwester ins Zimmer und sagte: »Frau König, da ist ein Anruf für Sie auf dem Stationsapparat.« Sie lief vor ihr her in den Raum, wo das Telefon stand. Alles sträubte sich in Sabine, den Hörer in die Hand zu nehmen, der neben der Gabel lag. Sie hielt die Muschel eine Handbreit vom Ohr weg, um dem Geschützfeuer, das da herauskommen würde, besser ausweichen zu können.

»Hast du mir irgendetwas zu sagen, bevor ich die Scheidung einreiche?« Fritz' Stimme war rau und brüchig.

»Ja, hab ich«, sagte Sabine. »Dass ich sehr unglücklich war mit dir. Die Scheidung ist sicher besser für uns.«

»Na, dann …«, sagte Fritz kalt und fügte noch an: »Von deinem Vater soll ich dir sagen, du sollst dich mit dem Kind nicht in Engeltal blicken lassen.«

»Das hatte ich nicht vor.«

Obwohl Sabine mit nichts anderem gerechnet hatte, streckte dieser Schlag sie fast nieder. Das Blut pulsierte heiß in ihrem Kopf wie in einem Dampfkessel. Da tat Fritz ihr plötzlich leid. Er musste wirklich gelitten haben in den vergangenen Tagen. Sie hörte das an der Art, wie er sich an einem abgebrühten Tonfall versuchte. Sabine führte an, dass sie sich wohl noch sehen würden, denn sie müsste ja in drei Tagen in die Wohnung zurück.

»Du kannst kommen und deine Sachen holen, wenn ich nicht da bin«, sagte er. »Ich will dich nicht sehen. Ich will auch nicht wissen, mit wem du gevögelt hast in deinen Nachtschichten, bevor du zu mir ins Bett gekommen bist.«

»Und was ist mit dem Geld, das ich in die Miete und in die Kaution gesteckt hab?«

»Welches Geld?«

Wie hatte er ihr nur leidtun können! Der Hörer landete scheppernd auf der Gabel.

»Weißt du schon, wie es bei dir weitergeht?«, hörte Sabine Viola fragen. Sie lag zum Fenster gedreht in ihrem Bett und hatte keine Antwort.

»Ich weiß, wo du erst mal hinkannst. Dort findest du auch Hilfe in rechtlichen Dingen«, sagte Viola.

»Welche rechtlichen Dinge?«, fragte Sabine mutlos, wurde dann aber doch hellhörig und drehte sich zu Viola um. Die zeigte ihr einen Zettel mit einer Adresse darauf.

»Merk dir die Straße und Hausnummer, ich kann dir den Zettel nicht geben. Das ist ein Frauenhaus. Wo es ist, muss geheim bleiben, weil manche Männer ihre Frauen verfolgen.«

»Das tut meiner sicher nicht«, sagte Sabine und las Straße und Hausnummer ab.

»Wenn ihr dort ankommt, du und Clara, dann frag nach Barbara und sag ihr, dass ich dich geschickt habe.«

Am Tag ihrer Entlassung brachte Viola Sabine ein Tragetuch und band ihr das Baby um. So ein Säugling brauche die Nähe und Wärme der Mutter, erklärte sie. Als Sabine ihr erzählte, dass ihre Mutter ihr davon abgeraten hatte, ihr Kind auf diese Weise zu verwöhnen, sagte Viola: »Gut, dass deine Mutter sich jetzt raushält.«

Sabine lief die Schleißheimer Straße hinunter. Erst vor einer knappen Woche war sie in die andere Richtung gelaufen, den großen Bauch tragend, in dem sie ein kleines Mädchen vermutete, das aussah wie Fritz, vielleicht sogar ein bisschen wie sie selbst. Über drei Jahre hatte der liebe Gott gewartet, bis er endlich dazu geholfen hatte, dass sie schwanger wurde. Sie wäre jetzt noch kinderlos, hätte ihr der Himmel nicht ein Wunder geschickt.

In der Hinterhofwohnung, in der sie mit Fritz gelebt hatte, legte Sabine Clara ins Bett. Dann holte sie den Kinderwagen aus der Ecke, den ihre Eltern spendiert hatten. Ihr Vater hatte sich im Fachgeschäft ausgiebig beraten lassen. Der Wagen würde sich Claras Bedürfnissen anpassen. Er hatte sogar schon einen Wintersack, obwohl erst August war.

Erstaunlich, was alles in das große Netz passte, das zwischen den Rädern gespannt war: die komplette Babygarderobe, das große Windelpaket und ein Sortiment an Babyfläschchen. Den restlichen Platz füllte Sabine mit ihren eigenen Sachen auf. Schließlich stand alles fahrbereit an der Tür. Clara schlief zu fest, um sie gleich wieder umzubinden, also kochte Sabine einen Tee und setzte sich damit an den eingesauten Küchentisch.

In zahllosen Bierflaschen badeten Zigarettenstummel. Immer ließ Fritz den letzten Schluck übrig, um lässig seine Kippen zu versenken, während er Vorträge über die verbohrte Gesellschaft hielt oder wild in seinem Drehbuch rumschmierte.

Er konnte sie gar nicht aus dieser Wohnung werfen, sie waren ja beide als Mieter eingetragen. Trotzdem musste sie gehen. Hier würde unausweichlich der Moment kommen, in dem sie Fritz die Wahrheit über Claras Herkunft erzählen müsste. Sabine sah schon, wie das, was er daraus machen würde, seine Reise nach Engeltal antrat. Dort entwickelten Geschichten ein Eigenleben, das unkontrollierbar war. Man hatte keine andere Wahl, als davonzulaufen.

Neben den Flaschen lagen lose Blätter auf dem Tisch, die Kopie des Drehbuchs, das Fritz für seine Rolle lernen musste. Wie seltsam er reagiert hatte, als sie ihn aufgefordert hatte, ihr doch mal etwas daraus vorzulesen: »Das ist eine unschöne Geschichte. Die würde dich nur durcheinanderbringen.«

Sabine hatte sich einfach ein paar Seiten vom Stapel geschnappt. Doch sie hatte Fritz das Papier schnell wieder hingeschmissen: »Oh mein Gott, und da spielst du mit!«

»Ich hab dich gewarnt«, hatte Fritz gesagt. Dann hatte er referiert über das Schattendasein homosexueller Männer, die auf den Strich gehen müssten, um über die Runden zu kommen, weil sie von der Gesellschaft ausgestoßen würden. Endlich sollte dieses Tabuthema ins Fernsehen kommen. »Es gibt alle möglichen Sorten von Menschen, Sabine, das ist ganz natürlich. Nicht natürlich ist, dass es Leute gibt, die das nicht sehen wollen, so wie du. Das ist krank.«

Die Natur. Sie spielt ihr Spiel. Fritz findet das gut, wenn es um seinen Film geht, kombinierte Sabine. Fritz findet das aber alles andere als gut, wenn es um mich und Clara geht. Sie drehte das Blatt um, nahm Fritz' Rotstift und bemühte sich, trotz ihrer Wut nur wenige Worte zu schreiben:

»Lieber Fritz, es gibt alle möglichen Sorten von Menschen. Die Natur will das so, und wir leben zum Glück in einem aufgeklärten Zeitalter. Leider bist du ein Schauspieler, der nur so tut, als würde er das verstehen. Du bist krank, nicht ich!«

Clara
Luftraum 2008
24 Jahre

Spiegelbilder

»Das könnte man sich im Hotelbetrieb nie erlauben«, sagte meine Mutter, als ich ihr einmal erzählte, dass ich mich während eines Langstreckenflugs eine Zeit lang in eine Koje legen durfte, um die Beine auszustrecken und einfach mal Ruhe zu haben.

»Du kannst das nicht vergleichen«, erklärte ich ihr. »Eure Gäste sitzen nicht zehn Stunden am Stück vor euch, so wie bei uns in der Kabine. Das geht nicht ohne Pause.«

Während ich für ein paar wunderbare Minuten ein bisschen Wärme unter der Decke tankte, saßen unter mir über zweihundertfünfzig Menschen erstaunlich friedlich auf engstem Raum.

Ältere Kolleginnen, die noch die Zeit erlebt hatten, als es keine Bildschirme an jedem Sitz gab, erzählten oft, dass sich die Passagiere früher einander vorgestellt und sich unterhalten hatten. Heute lagen ihre Ohren hinter Kopfhörern, und ihre Augen klebten an den Geschichten, die sich vor ihnen auf den Schirmen abspielten. Seither wurden auch wir aus der Crew nur noch am Rande wahrgenommen. Ich hatte wenig Probleme damit, auf Unterhaltungen zu verzichten.

Meine in mich gekehrte Art hätte ich von meinem Vater, erzählte mir meine Mutter damals, als sie ihr Schweigen über meine Herkunft endlich brach. »Er ist so still neben mir hergelaufen, wie du oft neben mir herläufst.«

Sie hatte ihn auf einem Ausgehabend mit Anni kennengelernt, ihrer besten Freundin. Annis Begleiter hatte den Mann mitgebracht, der sich Chris nannte.

Nach einem schönen Dinner ging man zum Tanzen. Mama und Chris verliebten sich und verbrachten den Großteil der Nacht miteinander. Mein Vater ließ mich als Andenken da. Meine Eltern sahen sich nie wieder, denn mein Vater flog wieder über den großen Ozean zurück in seine Heimat und ging in der Endlosigkeit Kanadas verloren.

Seit Mamas Erzählung lebte dieses Bild von ihm in mir: »Groß. Ein paar Schattierungen dunkler als du. Ganz gerade hat er sich gehalten, so wie Sportler sich halten. So wie du. Seine Augen haben fast immer gelacht. So wie deine.«

Er hieß Christopher Clark und war Flugzeugingenieur von Beruf. Ich wollte immer mehr von ihm hören, doch Mama hatte nur wenige Stunden mit ihm verbracht. »Er weiß nicht, dass es dich gibt.« Damit schloss sie das Thema und stürzte mich in eine Welle von Unglauben.

Etwas in mir widersprach ihr vehement. Mir war, als wüsste mein Vater nicht nur von mir, sondern als wäre er sogar mal dagewesen. Ich kannte ihn, war einmal vertraut mit ihm gewesen, seinem Körper und seinem Wesen. Franzi konnte nie mit Jungs scherzen so wie ich. Sie konnte nie mit der Art umgehen, in der sie in Spaß und Rivalität verkleidet ihre Gefühle mitteilten. Jemand musste mir beigebracht haben, mich darauf einzulassen.

Doch immer, wenn ich von nun an meinen Vater erwähnte, nahm das Reden meiner Mutter eine andere Richtung an. Die Strömungen unserer Gegenwart spülten mit all ihren Wirbeln über ihn hinweg. Mama ließ die Geschichte von ihr und Chris in der dunklen Tiefe ihrer Vergangenheit einfach immer älter und kälter werden.

Genau in dieser Tiefe und Leere lag meine Sehnsucht nach der Wahrheit. Sie strahlte aus der überirdischen Gleichmäßigkeit des Schnees, sie schimmerte in der Weite des Himmels am fernsten Horizont. Die Leere lag auch manchmal auf meinen eigenen Gesichtszügen, wenn ich in den Spiegel sah. Ich sah sie in der Farbe meiner Haut. Da war Leben, Zauber, aber gleichzeitig ein unerträgliches Nicht-Sein, wie der Unterdruck über den Tragflächen, der das Flugzeug auf seiner Höhe hält.

Wenn meine Mutter mir als Kind ansah, dass ich traurig war, weil ich nirgends dazupasste, dann trichterte sie mir ein: »Denk nicht immer daran, dass du anders aussiehst, Clara. Die Leute gewöhnen sich daran, und dann spielt es keine Rolle mehr.«

It doesn't matter. Hier oben in der Luft, wo das Ingenieurswissen meines Vaters waltete, fiel ich oft in seine Sprache. Inzwischen wusste er von mir. Doch er dachte wohl genau das von dem Durcheinander, das meine Existenz war: It doesn't matter.

Er stellte sich bestimmt nicht mal mein Gesicht vor. Deswegen war ich hier in seiner Sphäre, und ich würde nicht unten bleiben, bis er mich endlich sehen würde.

Bevor wir im Jahr 1990 nach Wiesenberg kamen, hatte meine Mutter in München im Hotel zum Schloss an der Rezeption gearbeitet. Dort hatte sie Menschen aus der ganzen Welt bedient, wichtige und reiche Männer, die auf dem ganzen Globus zu Hause waren, so erzählte man sich im Dorf. Einige Wiesenberger sahen mich von dieser Aura der Weltläufigkeit umgeben. Manche sahen aber auch das unzüchtige Leben, das meine Mutter womöglich geführt hatte.

Was fand sich in den Spuren meiner Erinnerung? Wer war Sabine König damals in München gewesen?

Unser Wohnhaus mit der endlosen Treppe nach oben. Die Hin-und-Her-Treppe nannte ich sie, weil wir darauf ständig die Richtung wechselten. Das Licht ging immer von alleine aus, dann standen wir mitten im Treppenhaus im Dunkeln. Mit weit nach oben gestreckten Armen tastete ich den Rauputz an der Wand ab, um einen Lichtschalter zu finden. »Bloß keine Türklingel drücken, Clara«, rief meine Mutter von unten. Sie trug eine Einkaufstüte und ermahnte mich ständig, ich solle nicht so rennen, ihr lieber helfen. Ich rannte viele Stufen zu ihr nach unten, kramte die Milchpackung aus der Tüte, trug sie wie ein Baby im Arm und versuchte, mich zu bewegen wie eine Mutter, langsam und vorsichtig. Doch bald wollte das Baby, dass ich mit ihm hüpfte, die Stufen runter, rauf, runter, rauf, bis entweder das Licht wieder ausging oder wir vor unserer Wohnungstür standen.

Unser morgendlicher Weg zur Bahnstation, wenn Mama meine Hand zu fest hielt, weil überall Verkehr war. Ich durfte keinen Meter von ihr weichen. »Ein Kind wie du gehört aufs Land«, sagte sie. »Da würdest du Auslauf kriegen.« Ich kannte »das Land« von den Fotos, auf denen sie als Kind zu sehen war. Alle Leute hatten helle Haut, so wie sie. Keiner sah so aus wie ich, und ich ahnte, dass wir deswegen nicht dort wohnten.

Im Kindergarten gehörte ich zu den Tageskindern, die ein Mittagessen bekamen. Der Nachmittag war lang, und die meisten meiner Freunde nicht mehr da. Oft wartete ich im Ankleideraum mit meinen Schuhen an den Füßen, bis ich abgeholt wurde. Ich drückte meine Daumen, bis sie weiß waren, dass mich nicht die Frau namens Elvira abholen würde, sondern Kai.

Kai war zwar schon groß, aber er war eigentlich ein Kind wie ich. Wir beide liefen durch die Straßen bis zum Schloss. Dort machten wir Wettrennen über den Rasen. Dann liefen wir um das Schloss herum, und Kai erzählte mir von den Prinzessinnen, die einmal darin gewohnt hatten. Sie hatten Zofen gehabt und sich nicht mal selber die Haare kämmen müssen.

Kai war auch bei mir, wenn Mama Nachtschicht hatte und ich nicht bei Tante Anni bleiben konnte, weil auch sie Nachtschicht hatte. Vor dem Einschlafen erzählte er mir von einer Prinzessin namens Clarissa, die dunkle Haut hatte so wie ich. Ihre Zofe war ein Mann mit Sommersprossen, und nur er wusste, wie man mit dem Kamm durch ihre zotteligen Haare kam. Er sagte einen Zauberspruch, und es ging fast wie von allein.

Der Zauberspruch funktionierte auch, wenn man von anderen Kindern geärgert wurde. Dann musste man ihn nicht mal aussprechen, sondern nur denken, und das Böse löste sich auf, so wie die Knoten in den Haaren. Ich hörte es zwar, aber es tat mir nicht weh, weil ich eine geheime Prinzessin war, und in meinem Schloss gab es das Böse nicht.

Am Morgen war Kai weg und eine schlafende Mama lag im Bett. Kai holte mich ab und brachte mich in den Kindergarten. Er ließ mich auf dem Gehsteig frei laufen, weil ich schon sehr gut verstand, wo die Straße anfing und dass ich davon wegbleiben musste.

Wenn mich die Frau namens Elvira vom Kindergarten abholte, dann brachte sie mich in ihre Wohnung. Dort gab es drei Kinder, deren Haare so schwarz waren wie meine. Es gab ein Kinderzimmer mit drei Betten.

Bianca, das kleine Mädchen, hatte ein hohes Fieber gehabt und konnte seither nicht mehr viel sehen, nur noch Licht und Schatten. Bianca weinte, wenn ihre großen Brüder und ich zu wild tobten. Wenn sie zu laut weinte, dann kam Elvira ins Zimmer und die Jungs kriegten Ohrfeigen. Mich packte sie so fest am Arm, dass ich schrie. Manchmal schüttelte sie mich.

Wenn endlich meine Mutter kam, war ich längst auf der Couch eingeschlafen, und sie weckte mich mit einem Kuss auf die Stirn. Auf dem Heimweg in der Bahn machte ich mich auf ihrem Schoß ganz klein und rund, sodass sie mich mit ihren Armen einwickeln konnte.

»Irgendwann ziehen wir aufs Land«, sagte sie, und wenn sie vergaß, es zu sagen, dann sagte ich es. Da kam ein Lachen in ihre Augen und wischte einen sonnengelben Augenblick lang die Müdigkeit weg. Doch schon war Mama wieder still, blickte in die Scheibe und betrachtete ihr eigenes Gesicht, das sich darin spiegelte. Sie wusste, dass wir wohl nie aufs Land ziehen würden. Ich streichelte mit meiner dunklen Hand ihre helle Spiegelung, bis sie sagte: »München ist auch schön.«

Es war Zeit, wieder unter der Decke hervorzukommen und nach unten in die Kabine zu steigen. Kurz bevor ich mit dem ersten Fuß wieder auf der Höhe der Passagiere landete, blickte ich schnell nach links in einen kleinen Spiegel, um zu prüfen, ob die Haare einigermaßen am Kopf lagen und das Make-up nicht unter den Augen hing.

Kurz sah ich die Spiegelung meiner Mutter nach einem langen Arbeitstag. Ihr helles Gesicht, wie es im Bahnfenster auf dem dunklen Hintergrund lag. Ich mochte das Offene in ihrem Blick, mit dem sie in die Umnachtung schaute, die ihr ganzes Leben umgab. Immer sah Mama etwas, für das sie am nächsten Morgen wieder aufstehen, mich mit viel mehr Sätzen als nötig zum Anziehen antreiben, an der Hand nehmen und mit mir die Hin-und-Her-Treppe nach unten in den verrückten Verkehr laufen würde. Während sie meine Hand drückte, stellte sie sich vermutlich vor, wie sie mich eines Tages auf Wiesen freilassen würde, Wiesen, wie es sie im Schwarzwald gab.

Sah sie in mir auch manchmal die Tochter, die sie Clara genannt hatte, aber vor einem ungeklärten Hintergrund aufzog?

Als ich mit ausgeruhten Beinen wieder in die Kabine trat, kam mir der Gedanke, dass alle meine Passagiere eine Vergangenheit hatten, die sie nicht durchblicken konnten. Während sie sich durch die Szenen auf ihren Bildschirmen von den ungelösten Episoden ihres Lebens ablenken ließen, brachte ich ihnen meine Ordnung und Fürsorge an den Platz. Ich bot ihnen die Möglichkeit, sich selbst einen Wunsch zu erfüllen, zu nehmen, was greifbar war, während sie mitten in der tiefen Nacht Tausende von Kilometern über einem rätselhaften Ozean schwebten.

Dann ging am Horizont eine knallrote Sonne auf.

Clara
Wiesenberg
Ende der 90er
11 bis 15 Jahre

Das Vergessen

Als ich das erste Mal in mein neues Klassenzimmer ging, fühlte ich mich sicher. Ich hatte jetzt genug Information. Sollte eine Frage nach meinem Vater gestellt werden, dann konnte ich erklären, dass er ein Flugzeugingenieur aus Kanada war. Hier im Umland gab es weit und breit keinen Flughafen. Klar, dass er nie in unserer Gegend auftauchte.

Doch es dauerte Wochen, bis mich überhaupt jemand etwas fragte. Meine Stille wurde zu meinem Winkel, in dem ich mich verkroch. Niemand traute sich, eine Tür zu mir zu öffnen. Nur die Lehrer bemühten sich, mich zum Sprechen zu bringen. Sie richteten Fragen an mich. Während ich antwortete, war es mucksmäuschenstill in der Klasse. Alle wollten mein Deutsch hören. Ich hielt mich kurz. Die Lehrer nickten und sagten »M-hm«, dann ließen sie mich wieder in Ruhe. Jedes meiner Worte hing tonnenschwer über meinem Kopf.

Die Ankündigung meiner Mutter, dass wir ins Forsthaus umziehen würden, kam nicht überraschend, weder für mich noch für Tante Frieda. Neue Mieter waren schnell gefunden. Meine Mutter und ich räumten alle Schränke aus und verteilten unsere Sachen auf Müllsäcke, ein paar Kartons und unsere alten Rucksäcke. Dann putzten wir die halbe Nacht.

Schließlich setzte ich mich erschöpft auf die Couch. Ich drehte mich um und sah mein Spiegelbild in der Scheibe. Meine Gesichtszüge verschwammen mit der Nacht. Es war, als blickte ich meiner Angst erst ins Gesicht und dann über sie hinaus in eine Zukunft, die sich meistern ließe.

Arthur holte uns am nächsten Morgen mit seinem Jeep ab. »Ihr seid ja ärmer als ich«, sagte er und stellte fest, dass er nur einmal würde fahren müssen, um uns mit unserem ganzen Besitz umzusiedeln.

Tante Frieda nahm mir das Versprechen ab, dass ich jeden Tag nach der Schule zum Mittagessen zu ihr kommen würde. »Du brauchst was Nahrhaftes, so schnell wie du wächst.« Sie schien meinem neuen Stiefvater nicht zuzutrauen, genügend Essen für mich auf den Tisch zu bringen.

Mama liebte das Forsthaus. Von außen sah es klein, alt und verwachsen aus, doch drinnen sei es ein Palast, sagte sie. Mein Zimmer lag gleich neben dem Eingang hinter einer verglasten Doppeltüre. Arthur hatte das Zimmer für mich eingerichtet. Der uralte Bettrahmen, den er einem alten Bauern abgekauft hatte, war mit Blumenschnitzereien am Kopfende verziert.

»Die Landmenschen früher waren klein«, erklärte er. »Dass eine Elfjährige schon eins fünfzig groß ist, das hat der Erbauer dieses Jugendbetts damals nicht vorgesehen. Also mach mal langsam mit dem Wachsen, sonst müssen wir dir bald ein neues Bett bauen.«

»Ich kann nicht einfach mit dem Wachsen aufhören, ich bin ein Stadtmensch«, entgegnete ich ihm.

Die ausgetretenen Bretter des Holzbodens hatten offene Zwischenräume. Darunter lag das Zuhause von Wühlmäusen und wer weiß welchen anderen Waldwesen.

Um in Wohnzimmer und Küche zu gelangen, musste man die Holztreppe hochsteigen. Das Wohnzimmer war um einen Kachelofen herumgezimmert. Eine Couch und ein paar urige Ohrensessel waren vor einem Fernseher gruppiert. Beim Anblick des modernen Fernsehgeräts fand ich Arthur plötzlich weniger kauzig.

Zur Schlafstätte von Arthur und meiner Mutter ging es eine weitere Holztreppe nach oben, die sehr steil und schmal war. Dort oben war man direkt unterm Dach und konnte nur in der Mitte des Raumes aufrecht gehen.

Ich lief von oben wieder nach unten in mein Zimmer. Zwischen meiner Mutter und mir würde all dieser offene Raum sein, in dem Arthur daheim war. Wer immer ins Haus kam oder von drinnen nach draußen ging, konnte in mein Zimmer schauen. Ich sah mein Innerstes plötzlich außerhalb von mir und hatte Angst vor den Blicken, die sich darauf richten würden.

Am nächsten Morgen fuhr Arthur meine Mutter und mich mit dem Jeep durch den noch nachtfeuchten Wald ins Dorf. Um zehn vor sieben fuhr der Schulbus vom Marktplatz ab. Ich hatte kaum geschlafen in meinem Jugendbett, hatte nur aus dem Fenster geschaut in das schwarze Dickicht hinein, in dem die Nachtvögel unergründliche Botschaften hin- und herriefen. Ich hatte das Getier unter mir trapsen hören. Unheimlich war das, aber auch spannend. Wie sich all die Kreaturen um mich herum in dieser Menschenleere auskannten, die hier herrschte!

Meine Mutter hatte endlich einen Mann so wie Susie. Würde jetzt etwas Ordentliches aus mir werden können? War ich in stabilen Verhältnissen?

Meine Mutter saß vorn neben Arthur und redete in einem fort. Sie sinnierte über den kommenden Winter. Sie sei ja gespannt, ob wir überhaupt jeden Tag ins Dorf gelangen würden oder ob es uns womöglich einschneien würde.

»Dann gebe ich euch ein paar Schneeschuhe«, sagte Arthur. »Ein bisschen Frühsport schadet nicht.«

»Was sagst du dazu, Clara?«, warf meine Mutter eine Frage in Richtung Rücksitz. »Hallo, Clara, bist du wach?«

»Ja«, gab ich träge nach vorn zurück.

»Warum gibst du deiner Tochter nicht was von deiner Redseligkeit ab?«, fragte Arthur meine Mutter, woraufhin sie lachte und sagte, die brauche sie selber, und ich sei ein hoffnungsloser Fall.

»Clara, wir beide werden uns verstehen«, sagte Arthur, und es steckte natürlich ein Scherz darin.

Im Bus setzte sich Philipp neben mich und sah so unausgeschlafen aus, wie ich mich fühlte. »Werner gehört zu den Bleichgesichtern. Hast du das gewusst?«, fragte er.

»Was? Du meinst, dass er im Wald Frauen vergewaltigt?«

»Vielleicht. Jedenfalls hat er Franzi und Susie ganz und gar in der Gewalt. Gestern war Susie bei meiner Mutter auf dem Sonnenhof, und ich hab sie weinen hören. Sie hatte einen großen blauen Fleck, hier …« Philipp kreiste mit dem Finger um seine rechte Wange und Schläfe.

Mir wurde heiß und kalt. Die besoffenen Männer im Wald fielen mir ein. Der eine mit seiner Halbglatze, wie er auf mich zukam und seinen wässrigen Fischblick in mich bohrte. Er hätte tatsächlich in seinem Alltag ein Bankbeamter sein können. Dann sah ich Franzis Vater Werner, wie ich ihn auf den Festen erlebte. Die Angst, die meine Mutter dann vor ihm hatte. Ich stellte mir vor, wie er in Rage geriet, so wie dieser Typ, als Tobi ihn zu Fall gebracht hatte.

»O Gott, Philipp, wir müssen Franzi da rausholen!«

Philipp stimmte mir zu.

Beim Aussteigen aus dem Bus beobachtete ich Franzi von hinten, wie sie ihren Schulrucksack lässig über eine Schulter schwang. Mit leicht erhobenem Kinn wartete sie vor dem Bus, bis sich ihre Freundinnen um sie versammelt hatten. Plötzlich drehte sie sich zu mir, als hätte sie meinen Blick gespürt. Ich lächelte sie an, doch ihr Gesicht versteinerte sich. Ihr Vater schaute aus ihren Augen.

Tobi war am Gartenzaun angebunden und lag wie ein nasser Sack im Gras, als Philipp und ich am Nachmittag auf Franzis Haus zuliefen. Er schaute uns seltsam gelangweilt entgegen. Erst als ich seinen

Namen rief, sprang er auf seine vier Füße und bellte ein freudiges Hallo.

Wir klingelten an der Haustüre. Das Haus klang leer, so leer wie der Blick in Tobis Augen. Dann hörten wir Gabriel schreien und Susies sonnige Stimme: »Ich komm ja schon.«

Sie öffnete die Türe mit Gabriel auf dem Arm. Er lachte, als er uns erkannte. Er hatte Susies große braune Augen, die uns fröhlich musterten. Philipp und ich kitzelten ihm seinen runden Bauch. Da sah ich die angeschwollene Stelle in Susies Gesicht. Die Verfärbung hatte sie mit Schminke übermalt.

»Wir wollten fragen, ob Franzi mit uns auf den Fußballplatz kommt«, sagte ich.

»Kommt rein«, forderte Susie uns auf.

Sie ließ uns ins Wohnzimmer und legte Gabriel in seinen Stubenwagen, wo wir ihn mit seinen bunten Stofftierchen beschäftigten. Susie ging die Treppe hoch. Ich lauschte in die Richtung von Franzis Zimmer und hörte die beiden leise reden. Dann kam Susie wieder herunter und sagte: »Die Franzi muss Hausaufgaben machen.«

Da fing Gabriel an zu quengeln. Susie nahm ihn aus dem Wagen und summte ihm ein Liedchen vor, das leicht wie Seifenblasen voller Schöne-Welt-Bilder dahinschwebte.

»Dürfen wir zu ihr hoch?«, fragte Philipp.

»Natürlich«, sagte Susie, während sie Gabriel über die Wange strich. Doch als wir halb die Treppe oben waren, ging Franzis Zimmertüre auf. »Geht alleine Fußballspielen«, schrie sie. »Ich hab keine Zeit!«

Wir drehten um und schlichen aus dem Haus. Tobi schlug mit seinem Schwanz ins Gras, als wir an ihm vorbeiliefen. Verzweifelt ging ich zu ihm hin und umarmte ihn. Was war nur los mit seinen Augen?

Franzis Schule lag neben meiner Schule. Das Grenzland war selbst in der Pause immer menschenleer, niemand lief über die Rasenkuppe von einem Schulhof in den anderen, obwohl ein schmaler Weg darüber führte. Auf einem flachen Stück, gut sichtbar von allen Seiten, stand ein großer Stein, der eine Sitzfläche bot. Dort setzte ich mich drauf. Falls Franzi mit mir reden wollte, würde sie mich sehen.

Doch statt Franzi kam Benedikt, der auch auf Franzis Schule ging. Ich rückte nicht zur Seite, denn ich wollte nicht, dass er sich zu mir setzte. Franzi würde nur wütend werden, falls sie uns zusammen sah.

Benedikt fragte, warum ich immer allein sei, ob sich Philipp nicht um mich kümmern würde.

»Ich brauche keinen Kümmerer«, sagte ich.

Trotzdem kam Benedikt am nächsten Tag wieder. Als ich bemerkte, wie ein paar Mädchen aus meiner Klasse uns beobachteten, ließ ich ihn doch neben mir sitzen. Er gab mir die neueste Torbilanz von Ronaldo. Hätte der in den letzten Monaten nicht ein Knieproblem gehabt, dann hätte er noch mehr Tore geschossen, erfuhr ich.

Zu den Mitschülerinnen, die bewundernd zu uns herüberschauten, während wir durch Benedikts Fußballheft blätterten, gehörte ein Mädchen namens Yvonne. Wenn wir im Sportunterricht nach der Größe aufgestellt wurden, stand ich ganz vorn in der Reihe, und Yvonne stand links neben mir. »Die Clara hat nur höhere Haare«, beschwerte sie sich bei der Lehrerin. »Ich bin viel größer!« Doch alle wussten, dass sie nur Spaß machte. Sie lachte über Sachen, die zunächst niemand lustig fand, aber wenn Yvonne sie aus dem Strom der langweiligen Dinge herausfischte und dazu ihr glockenhelles Kichern erklingen ließ, dann waren sie plötzlich so lustig, dass man sich kugeln wollte.

Die Biologielehrerin, die sich verquatschte und sagte, dass die Blüten von den Bienen betäubt statt bestäubt wurden; das

Worträtsel in unserem Englischbuch, in dessen Buchstabendurcheinander sich so skurrile Wörter wie trullix fanden, für die Yvonne dann irgendeine Verwendung fand; und manchmal einfach nur die verquere Art, wie sie sich mit ihrem Schuh in den X-Beinen ihres Stuhls verfangen hatte.

Wenn Silke, während sie eine Gleichung an der Tafel löste, an die Zweien kleine Schwänzchen und an die Einsen kleine Öhrchen schlang, fand Yvonne das wunderschön, meldete sich für die nächste Tafelaufgabe und versuchte, ihre Zahlen ebenso zu verschnörkeln. Damit machte sie die Mathestunde für uns alle zum fröhlichen Malwettbewerb. Wer einen Menschen wie Yvonne in seinem Leben hatte, der konnte niemals in Traurigkeit versinken, dachte ich.

Eines Tages machte sie einen Witz über mich. Es war im Physikunterricht. In unserem Buch war ein Cartoon abgebildet, in dem ein Mann einen Schraubenzieher in eine Steckdose steckte und von einem Stromschlag durchzischt wurde. Seine Haare standen in wilden Spiralen in alle Richtungen von seinem Kopf ab. Yvonne fand das Bild unendlich komisch. »Clara, hast du da deine Frisur her?«, fragte sie laut in den Klassenraum hinein, in dem sofort erwartungsvolle Stille eintrat.

»Nein, die hatte ich schon immer, meine Haare würden bei einem Stromschlag wahrscheinlich glatt werden«, erwiderte ich. Da lachte Yvonne auf ihre quietschigste Art.

In der Fünfminutenpause kam sie zu mir und fragte mich, ob sie mir mal lauter kleine Zöpfchen flechten dürfe, so wie die Denise bei der Bill Cosby Show sie hatte. Sie brachte mir sogar am nächsten Tag ein *Bravo*-Heft mit, um mir ein Bild von dem unglaublichen Flechtwerk zu zeigen, von dem sie sprach.

In der folgenden Zeit lichtete sich der Nebel in meinem Leben, und ich konnte wieder offenen Himmel sehen. Bald würde Yvonne mir winzige Zöpfe flechten, und wir würden miteinander lachen, so wie ich früher mit Franzi gelacht hatte.

Es war in der letzten Woche vor den Herbstferien. Ich stand mit Yvonne und ein paar anderen Mädchen in der großen Pause in einem Kreis auf dem Schulhof, da spürte ich plötzlich einen Blick auf mir ruhen. Als ich mich in die Richtung des großen Steins drehte, sah ich Franzi dort stehen. »Ich muss kurz …«, sagte ich zu den anderen. Franzi machte ihren Mund spitz und ihre Augen schmal, als würde sie etwas ausrechnen, während sie mich näherkommen ließ.

»Wie geht's dir?«, fragte ich.

»Mir geht's gut«, sagte sie, »aber der Tobi ist krank. Mein Vater will ihn erschießen, weil er nichts mehr taugt als Jagdhund.«

»Waaas? Nein! Das darf er nicht! Sag, dass das nicht wahr ist, Franzi!«, flehte ich.

»Der Tierarzt sagt, er kann noch ein paar Jahre leben. Er wird halt irgendwann nur noch rumliegen. Er ist dement wie ein alter Mann. Mein Vater sagt, ein Jagdhund, der nicht zum Jagen gehen kann, hat ein trauriges Dasein, von dem man ihn erlösen muss.«

»So ein Blödsinn! Man kann doch nicht einfach jemanden erschießen, nur weil er alt ist!«

»Wenn du und Philipp Tobi retten wollt, dann müsst ihr ihn wegholen«, sagte Franzi. »Und zwar bald.« Damit drehte sie sich um und lief auf ihren Schulhof zurück.

Verschwitzt und außer Atem kamen Philipp und ich am Nachmittag in Franzis Garten an. Wir schlossen das Gartentürchen hinter uns und liefen gleich zu Tobi, knieten vor ihm nieder und kneteten seine Schlappohren. Mit seiner kalten Nase verteilte er Küsse auf unseren Gesichtern. Er dürfe so alt werden, wie er wolle, versprachen wir ihm.

Tobi, das war klar, wusste immer noch alles über die Natur, nur über die Menschen wusste er nichts mehr. Etwas an den Menschen hatte ihn ins Vergessen getrieben. Doch so wie er jetzt gegen das Licht blinzelte, sich auf den Rücken drehte und seinen Hals nach oben reckte, damit wir ihn dort kraulen konnten, wo er es am liebsten mochte, so würde er immer wieder aufs Neue feststellen, dass wir seine Freunde waren.

Susie kam aus dem Haus und begrüßte uns. »Die Franzi ist leider nicht da«, sagte sie. »Sie hat Tanzprobe.« Dann kam sie näher und sagte: »Bestimmt hat euch Franzi erzählt, dass Tobi krank ist.«

»Stimmt es, dass er erschossen werden soll?«, fragte ich.

»Ach wo, niemals! Da hat sie aber schwer übertrieben. Wir werden ihn füttern, bis er von selber stirbt.«

»Wir würden ihn gerne mitnehmen und für ihn sorgen«, sagte ich. »Es geht ihm besser, wenn er näher am Wald sein darf.«

»Nein, das will ich euren Eltern nicht antun«, sagte Susie. »Außerdem gehört der Tobi zu uns. Ihr könnt ihn ja besuchen kommen.«

Es blieb uns nichts anderes übrig, als wieder zu gehen. Frustriert liefen wir zum Sonnenhof hoch. Dort setzten wir uns in die Stube, packten unsere Hausaufgaben aus und zerkauten jeder das Ende eines Bleistifts. Es gab keine Wahrheit mehr. Das, was Franzi uns erzählte, das, was Susie uns versicherte, das, was wir wussten, und das, was wir ahnten – nichts passte zusammen.

Plötzlich haute Philipp auf den Tisch und sagte: »Wir entführen den Tobi und gehen mit ihm in die Sierra Clara!«

In dem Moment kam Arthur zur Tür herein. »Regenwetterstimmung?«, fragte er. »Ist doch so schön draußen.«

»Scheiß auf schön draußen«, sagte Philipp und verknotete mit starrem Blick die Riemen seines Schulrucksacks.

Arthur blickte mich an. »Clara, sag du, was los ist.«

»Der Tobi …«, begann ich, kam aber nicht weiter, weil die ganze verschworene, verknotete Situation zu klobig und schwer war, um durch meine Kehle zu kommen.

»Der Tobi hat Demenz.« Arthur wusste es bereits.

»Wir wollen ihn vom Werner wegholen«, erklärte ihm Philipp, »bevor er ihm noch die Kugel gibt.«

Ich vergrub mein Gesicht in meinen Armen auf dem Tisch und schluchzte. Ich wurde einfach die Vorstellung nicht los, dass Tobi und der Steinbock mit ihren glasigen Augen Dinge gesehen hatten, die niemand sehen sollte, dass Tobi Angst hatte und dass ihn deshalb das Vergessen heimsuchte.

»Hier rumsitzen und heulen bringt dem armen Tobi nichts«, sagte Arthur. »Kommt mit!«

Draußen vor dem Stall öffnete er die Türen seines Jeeps und ließ uns nach hinten hineinklettern. Wir fuhren zur Alten Post und parkten direkt auf dem Gehsteig davor. Ich weinte immer noch.

»Wartet hier, ich hol die Sabine«, sagte Arthur.

Es dauerte eine Ewigkeit, bis meine Mutter aus der Alten Post kam. Sie stieg auf den Beifahrersitz und wandte sich zu mir um.

»Clara, du musst doch nicht in Verzweiflung versinken wegen eines alten kranken Hundes!«, legte sie los. »Hunde haben nun mal eine kurze Lebenserwartung. Wenn sie ein schönes Leben hatten so wie der Tobi, dann kann man sie getrost in den Hundehimmel gehen lassen.«

»Der Tobi will aber leben!« Der Kloß in meinem Hals platzte, und es fühlte sich an, als würde er in Flammen aufgehen. Das ganze lodernde Elend brannte überall in mir, und ich konnte es nur noch hinausschreien: »Die lassen ihn im Garten angebunden und warten, dass er stirbt! Wahrscheinlich haut der Werner auch noch auf ihn drauf mit der Hundeleine, so wie er es auf der Jagd gemacht hat! Weil jeder ihm dienen soll, und wenn er das nicht tut, dann wird er verprügelt. Oder erschossen.«

Meine Mutter und Arthur schauten sich an und dabei auch ihrer eigenen Ratlosigkeit ins Gesicht.

»Der Werner verprügelt auch die Susie«, fügte Philipp an. Sein Ton war ruhig und sachlich. Das hatte deutlich mehr Effekt als mein Lamentieren.

»Das stimmt«, sagte Arthur.

Meine Mutter schaute ihn entsetzt an.

»Weißt du das sicher, Arthur? Wenn nicht, dann sprich es nicht aus.«

»Ich weiß das sicher«, sagte er.

»Woher?«

Arthur zuckte nur mit den Schultern und sagte: »Wir fahren hin.«

»Ich muss Abendessen servieren«, warf meine Mutter ein.

»Ist das Abendessen wichtiger als deine Tochter? Sie braucht dich jetzt!«

Arthur ließ den Motor an und fuhr los.

Auf halbem Weg ins Oberdorf fing meine Mutter an, leise mit ihm zu reden: »Wenn du den Werner mit Vorwürfen konfrontierst, dann kriegt das nur die Susie hinterher ab. Ich kenn mich aus, ich hab immerhin eine Zeit lang im Münchner Frauenhaus gelebt.«

»Ich zeig ihn an, dieses Schwein!« Das war das erste Mal, dass ich sah, wie Arthur aus der Ruhe kam. Philipp und ich lauschten gebannt. Es lag offenbar mehr in der Luft als das, was wir ausgesprochen hatten.

Es war Viertel vor sechs. Ein Bankangestellter ist ein menschliches Uhrwerk, daher wussten wir, dass Franzis Vater gerade vom Arbeiten nach Hause gekommen war. Mit noch zugeknöpftem Hemdkragen öffnete er uns die Tür und erfasste mit zusammengekniffenen Augen, wer da alles stand. Er sagte nicht mal Hallo, straffte nur die Schultern und verschränkte die Arme vor der Brust.

Tobi kam aus dem Haus, um Philipp und mich zu begrüßen, doch Franzis Vater pfiff ihn streng zurück. Als Tobi nicht reagierte, packte er ihn an der Haut auf seinem Nacken und zerrte ihn ins Haus. Der Tobi jaulte herzzerreißend. Dann hörten wir Franzi, wie sie ihn tröstete.

»Die Kinder möchten gerne den Tobi zu sich nehmen«, sagte Arthur. »Er kann eh nicht mehr auf die Jagd gehen, und wir finden, dass er ein gutes Leben verdient hat auf seine alten Tage.«

»Wie bitte? Was lässt euch glauben, dass ihr einfach unseren Hund holen könnt?« Obwohl Franzis Vater seine Krawatte schon abgelegt hatte, standen die Adern an seinen Schläfen heraus.

»Wir bieten euch nur an, ihn zu uns zu nehmen«, schlug meine Mutter einen friedlichen Ton an. »Ihr habt ja genug Arbeit mit dem Baby.«

»Franzi, komm mal raus!«, rief jetzt ihr Vater ins Haus.

Franzi tauchte auf und mit ihr wieder Tobi. Philipp nahm ihn am Halsband und führte ihn zu seinem Platz am Zaun, wo seine Leine angebunden war, machte ihn dort fest und blieb bei ihm sitzen.

»Hast du deinen Freunden erzählt, dass es dem Tobi bei uns nicht gut geht?«

Franzi schüttelte den Kopf. »Ich seh die beiden doch gar nicht mehr.« Sie hielt den Blick gesenkt.

»Ist das der Dank dafür, dass wir uns jahrelang um die Clara gekümmert haben?«, giftete Franzis Vater. »Da hilft man einer kleinen Bedienung aus dem Schlamassel, damit ihr Kind nicht auf der Straße steht, und was hat man davon? Dass die Göre einem schlecht nachredet und Lügen verbreitet!«

»Wer verbreitet hier Lügen?« Ich kannte die Stimme von Arthur nicht wieder. Sie war tief, laut und bedrohlich. »Darin bist du ja wohl der Meister, Werner!«

»Worauf willst du hinaus?«

Dass meine Mutter und ich uns entschieden gegen den Vorwurf von Werner zur Wehr setzten, ging in dem Getöse der Männer unter.

Jetzt erschien Susie mit Gabriel auf dem Arm in der Tür und schrie gegen das an, was da herausgebrochen war. »Hört auf zu streiten! Seid ihr völlig von Sinnen? Werner, lass sie den Tobi mitnehmen. Ich bin froh, wenn ich mich nicht mehr um ihn kümmern muss, ich hab wahrlich genug Arbeit.«

Arthur brüllte Franzis Vater ins Gesicht: »Erinnerst du dich nicht mehr, was du auf der Viehscheid über die Sabine gesagt hast? Warst du mal wieder zu betrunken?« Er lief zwei Schritte auf Franzis Vater zu. Meine Mutter ergriff seine Hand und versuchte, ihn zurückzuziehen, doch Arthur riss sich los.

Susie drückte Franzi Gabriel in den Arm und sagte: »Geh rein mit ihm!«

»Dass sie sich für ein Trinkgeld jedem auf den Schoß setzt?« Franzis Vater zischte leise, als wolle er vermeiden, dass wir Kinder hörten, wie er Arthur seine Schande vorrechnete. »Was meinst du denn, wo das Kind herkommt, Arthur? In München in einem *Hotel zu arbeiten* hat eben seine Risiken.«

In diesem Moment brach der Sturm aus Arthur heraus. Er stürzte auf Franzis Vater los und fasste ihn mit beiden Händen am Hemdkragen, der sofort aufriss. Die Frauen zogen ihn rechts und links mit aller Kraft von Werner weg. Der drehte sich um und rannte ins Haus.

»Ich ruf die Polizei«, hörten wir ihn schreien.

Susie schlug schnell die Tür von innen zu.

Meine Mutter zog Arthur am Arm zum Gartentor.

»Komm jetzt, Arthur, bevor ein Unglück passiert!«

Philipp saß immer noch bei Tobi und redete beruhigend auf ihn ein. Ich stand wie gelähmt irgendwo inmitten des verwüsteten Stückchens Erde, wo gerade noch der Lärm getobt hatte, der Hass, die Schmach. »Wir gehen nicht ohne den Tobi, Mama!«, rief ich verzweifelt.

Da ging die Haustüre wieder auf, und Franzis Vater stand da. Er hielt ein Gewehr in den Händen. Langsam hob er es an, legte es an seiner hochroten Wange an und schob mit dem Daumen den kleinen Hebel nach vorn, der oberhalb vom Abzug saß, so wie er es gemacht hatte, bevor er den Fuchs erschossen hatte. Er zielte mit dem Lauf auf Arthur.

»Wenn ihr nicht augenblicklich alle von meinem Grundstück verschwunden seid, dann werdet ihr das bereuen!«

Alle waren still wie die Gräber, aber da war etwas anderes als Stille, was wir erzeugten. Es war das Grauen, das nach der Wut kommt. Als hätten wir aller guten Zeit ein Ende gesetzt.

Ausgerechnet jetzt fand Arthur seine Ruhe wieder. Er ging zum Zaun und band Tobi los, nahm Philipp sanft am Arm und zog ihn hoch. Dann ging er mit Tobi an der Leine in Richtung Gartentor. »Gehen wir«, sagte er. »Der Mann hat den Verstand verloren.«

Im Auto ließ sich Tobi mit einem langen Atemzug auf meinen Schoß sinken. Als Arthur in Richtung Forsthaus abbiegen wollte, rief meine Mutter: »Ich muss doch wieder in die Post!« Da drehte Arthur um und fuhr ins Unterdorf. »Bestimmt wird Werner jetzt alles tun, damit die Wirtsleute mich rauswerfen«, prophezeite meine Mutter. »Seine Bank hat ihnen das Geld für den Anbau geliehen. Der hat sie ganz in der Hand.« Ihre Stimme zitterte tief und unheilvoll. Das, was sich vor Franzis Haus entladen hatte, würde nicht dortbleiben. Die Menschen im Dorf waren zu eng miteinander verbunden. Wenn es Streit gab, dann zog es den einen in die eine und den anderen in die andere Richtung. Meine Mutter kannte diese Dynamik nur zu gut.

In der folgenden Zeit kauten sie und Arthur das, was geschehen war, immer wieder durch. Dabei erfuhr ich von der bereits seit

Jahren schwelenden Rivalität zwischen Arthur und Werner. Arthur war einer der wenigen Menschen im Dorf, die ihr Geld nicht auf Werners Bank liegen oder einen Kredit bei ihm aufgenommen hatten. Auch er war ein Jäger, doch es wäre ihm nie eingefallen, sich Köpfe an die Wand zu hängen. Werner lasse mit seinen Trophäen nur eine Mannesstärke heraushängen, die ihm körperlich fehle, sagte er. Dazu kam, dass ausgerechnet Arthur die Liebe meiner Mutter gewonnen hatte. Andere Männer hatten um sie geworben, darunter der beste Kumpel von Werner.

In den Herbstferien fuhr Arthur mit mir in einen Jagdladen in der Stadt. Dort kauften wir Tobi einen Korb und eine Fressschüssel. Den Korb stellten wir neben mein Bett. Von dort starrte Tobi in die Spalten zwischen den Bodenbrettern, weil er die Mäuse und Maulwürfe darunter witterte. Wenn ich mit ihm nach oben ging, um mit Arthur zu Abend zu essen, legte er sich wie eine Schneckennudel in meinen Lieblingssessel. Nach dem Essen und Aufräumen ging ich zu ihm. Da tauchte die Erinnerung aus den Tiefen seiner Sinne auf, und er schleckte meine Hände.

Wenn Arthur und ich miteinander redeten, dann meistens über Tobi. Oft lachten wir darüber, wie er damisch durch den Raum lief, nicht mehr zu seinem Platz zurückfand und sich verstört hinsetzte, bis wir ihn wieder dorthin führten, wo er die vertrauten Gerüche vorfand.

Arthur liebte es, wenn nach den Nachrichten ein Krimi im Fernsehen lief. Dann schenkte er sich ein Bier ein und ließ mich wissen, welcher Detektiv heute dran war. Meist erklärte er die alten Hasen für unfähig und löste den Fall selbst. Nur der Matula, ein junger, fuchsartiger Mann, war schlauer als er.

»Jetzt musst du dich aber beeilen mit der Aufklärung, Arthur, sonst muss noch ein weiteres armes Opfer dran glauben«, mahnte ich ihn.

»Ich bin halt nur ein einfacher Mann, der im Wald wohnt, da, wo die Welt noch in Ordnung ist«, sagte Arthur dann.

Ich kraulte Tobi unter seinen Schlappohren und war froh, dass zwischen uns und der Welt der Wald lag. Hier musste man nichts lösen. Man musste auch nicht schlauer sein als andere. Hier konnte man mit Tobi einfach nur am Leben sein.

Als der Herbst langsam in den Winter überging, war meiner Mutter immer noch nicht gekündigt worden. Noch war Wandersaison und die Alte Post voll belegt. Arthur und ich versuchten, sie zu beruhigen. »Jetzt bist du schon fünf Jahre dort, die werden dich nicht einfach so rauswerfen.« Doch sie sagte: »Wenn ihr wüsstet, wie die Stimmung da ist! Die Wirtin redet kaum noch mit mir.«

Dann kam die Zwischensaison, in der es zu kalt war zum Wandern, aber noch kein Schnee lag zum Skifahren. Meine Mutter bekam ihre übliche Woche Urlaub und sollte dann wiederkommen, um die Zimmer für die Wintermonate fertig zu machen. Doch zwei Tage bevor sie wieder zum Arbeiten gehen sollte, wurde sie krank.

In der Nacht hörte ich Arthur mehrmals die obere Treppe herunterlaufen und wieder nach oben steigen. Ich hörte ihn leise reden, nur ihn, meine Mutter war still. Da stand ich auf und ging nach oben. Der Arthur legte ihr kalte Wickel um die Beine. »Sie hat Fieber«, sagte er.

Am nächsten Morgen rief er den Arzt an und erklärte mir anschließend: »Es geht eine Grippe um. Ich muss Medizin in der Stadt holen.« Er brachte mich mit dem Jeep in die Schule und sagte, ich solle mir keine zu großen Sorgen machen, die Sabine sei eine starke Natur. Während ich in der Schule saß, kamen die Sorgen aber doch. Meine Mutter war in eine Stille gefallen, in der nicht nur sie, sondern auch ich vollkommen verloren war.

Als Yvonne wissen wollte, warum heute wieder so ein Tag sei, an dem man meinen konnte, ich spräche kein Deutsch, erzählte ich ihr von der Krankheit.

»Bei mir war die ganze Familie krank in den Herbstferien«, beruhigte sie mich. »Das ist nach einer Woche vorbei.«

Nach dem Mittagessen bei Tante Frieda ging ich erst mal mit Tobi in den Wald. Jedes Mal, wenn er von einem Baum weg- und auf den nächsten zulief, wedelte er vergnügt mit seinem langen dünnen Schwanz. Den alten Baum hatte er schon vergessen, und er freute sich, dass da ein neuer war, den er beschnuppern und ein Stück weit umkreisen konnte. Etwas bewog ihn, an einer bestimmten Stelle sein Bein zu heben. Dabei dachte er sich wahrscheinlich: Dieser Baum ist eine wunderbar runde Sache. Jeder Baum war sein Lieblingsbaum. Manche Menschen laufen genau so durchs Leben, dachte ich. Yvonne zum Beispiel. Sie sah immer nur, was Lustiges vor ihr lag. Was vorbei war, war vorbei.

Auch meine Mutter war meist ein glücklicher Mensch, weil sie Gewesenes vergessen konnte. Dennoch schien es mir, als sei ihr Vergessen nur gespielt. Manchmal erzählte sie von ihrem Heimatdorf, von ihren Eltern und Geschwistern. Kleine Dinge führten ihre Gedanken in alte Zeiten zurück, Gänseblümchen im November, ein im Wald entdeckter Pilz, ein Hefeteig, der sein Volumen über Nacht verzigfacht hatte. Dann murmelte sie etwas wie »das würde meiner Mutter gefallen«.

Der Kontakt mit all den Menschen, mit denen sie aufgewachsen war, war abgebrochen. Denn da war ich, und mein Aussehen erzählte von einer Sache, die niemand guthieß. Mama war nicht dement wie Tobi. Sie musste traurig sein über das, was sie verloren hatte.

Ich lief zurück ins Forsthaus und geradewegs die beiden Treppen nach oben. Tobi lief hinter mir her und kämpfte sich mit seinen steifen Hinterbeinen die steile Treppe nach oben, die unters Dach führte. Mama hatte die Suppe nicht gegessen, die ihr Arthur hingestellt hatte. Ich sah ihren buschigen hellen Haarschopf auf dem Kissen liegen. Graue Haare mischten sich vom Ansatz aus in das Blond.

Neulich hatte Arthur vom Sonnenhof erzählt, die ganze Familie habe schlaflose Nächte wegen Vanessa. Mama sagte: »Gott sei Dank bin ich zu alt, um mir so einen Schreihals zuzulegen.« Ich hätte als Baby so gut wie nie geschrien, erzählte sie. Ich sei eben ein Glücksfall gewesen.

Sie würde niemals ein Kind haben, das blond, hellhäutig und redefreudig war. Sie würde immer nur mich haben, die dunkle stille Clara, die sie einen Glücksfall nannte.

Mama drehte sich ein winziges Stück in meine Richtung, als ich mich aufs Bett setzte. Tobi reckte ihr die Nase entgegen, und sie streichelte ihm mit ihrer schweren Hand über den Kopf.

»Irgendwann geh ich weg. Dann hast du keinen Ärger mehr wegen mir«, sagte ich zu ihr und war mir nicht mal sicher, ob sie mich hören konnte. Doch sie schüttelte den Kopf und sagte leise: »Dann steh ich nie wieder auf. Ohne dich wäre mein halbes Leben eine Lüge gewesen.«

»Aber du wirst aus der Alten Post rausgeworfen wegen mir!«

»Na und? Die Wirtin ist eine böse Frau. Ich will nicht für sie arbeiten. Solche Menschen wie den Werner und die Wirtin, die brauchen wir nicht, Clara. Wir haben sie noch nie gebraucht. Ich werde wieder gesund. Du musst mich nur schlafen lassen.«

Am nächsten Tag in der Schule nahm ich wieder am fröhlichen Schwatzen teil. Yvonne lief neben mir her in die Pause und erzählte mir, wie sehr sie sich auf die Skisaison freue. Sie werde wieder Rennen fahren für ihren Verein und ein paar Medaillen holen. »Du solltest auch mitmachen. Kannst du Skifahren? Sieht sicher toll aus, die dunkle Clara im weißen Schnee.«

»Natürlich kann ich Skifahren!«, sagte ich.

»Dann spreche ich gleich mit unserem Trainer, der nimmt dich sicher in unser Team auf.« Draußen im Hof zeigte Yvonne auf den Platz am Stein und sagte: »Da ist wieder dein Prinz. Schick ist er heute.«

Benedikt trug seine neue Schildkappe. Er und Philipp hatten beide diese Mützen, die sie Baseballcaps nannten, aus einem Katalog bestellt und sahen damit aus wie Amerikaner. Benedikt winkte mir mit dem neuesten *Kicker*-Heft, und Yvonne blieb neben mir, als ich zu ihm hinübersteuerte.

Zusammen mit Benedikt schauten wir uns einen Bericht über Ronaldo an, der in Holland zum Torschützenkönig der gesamten Saison gekürt worden war. »Dreißig Tore! Das ist der Rekord!«, rief er. Ich blätterte durch den Artikel und war fasziniert von Ronaldo. Wie stolz er seine Hautfarbe trug, und wie alle seine weißen Teamkollegen mit ihm feierten!

Was genau die Wirtin Böses über meine Mutter und mich zu sagen hatte, wusste ich nicht, doch es war klar, dass es um das ging, was Ronaldo und mich von ihr und dem Dorf unterschied. Auch wenn er sechsundfünfzig Tore in einer Saison schießen konnte, sollte ein Ronaldo unter seinesgleichen bleiben und nicht in die Welt der hellen Leute eindringen. Doch hier war ich, neben Benedikt und Yvonne, meinen Freunden, die mich bewunderten. Solche Leute wie die Wirtin, die brauchte ich nicht.

Ein paar Tage später kam ich von Tante Frieda heim und fand Mama im ganzen Haus nicht. Ich nahm Tobis Leine vom Haken an der Wand, machte sie an ihm fest und musste ihn damit vor die Tür ziehen. Erst dann fiel ihm ein, dass Spazierengehen das Aufregendste in seinem Leben war. Wir nahmen den schmalen, kurvigen Weg zum Sonnenhof. Von den Bergen wehte kühle klare Luft. Sie roch nach Schnee.

Schon durchs Fenster sah ich, dass in der Stube des Sonnenhofs eine Menge los war. Der Ofen qualmte, und fröhliches Schwatzen drang nach draußen. Meine Mutter war nicht zu überhören. Ihre Stimme war pures Glück in meinen Adern.

Sie saß an den Ofen gelehnt mit einer Decke um ihre Schultern und einer Teetasse in der Hand. Sie strahlte bis in die Fingerspitzen.

Philipp kam mir entgegen und übernahm es, Tobi auf seinen Platz auf der Eckbank zu heben, von wo aus er so gerne in die Runde blickte. Benedikt lief hinterm Tresen mit Vanessa auf dem Arm hin und her und ließ sie immer wieder nach oben hopsen. Dabei verwandelte sich ihr ernster Blick in ein vorsichtiges Lächeln, das aber gleich wieder verschwand.

Daniela rührte in der Küche bei offener Türe in der großen gusseisernen Pfanne. Es roch nach Kartoffeln und Käse. Auch in Danielas Bewegungen zeigte sich dieser Anflug von Übermut. Es war, als hätten sie alle Schnaps getrunken.

Dann erfuhr ich von meiner Mutter, was sie für Pläne geschmiedet hatten. »Nächstes Frühjahr bauen wir den Sonnenhof zu einer richtigen Ausflugsalm aus. Arthur und Roland bauen ein paar mehr Schaukeln im Hof. Die Daniela und ich setzen eine komplette Speisekarte auf, und ihr Kinder müsst am Wochenende bedienen. Denn dann wird es rundgehen.«

»Und was ist mit deiner Arbeit in der Alten Post?«, wollte ich wissen.

»Sie haben, während ich krank war, Anita eingestellt. Das Mädchen hat keinerlei Ausbildung und keine Ahnung, wie man ein Hotel führt. Da wird die Wirtin wieder alles selber machen müssen. Aber das wird mich nicht mehr interessieren.« Der Besitzer der Alpe am Skihang hatte ihr für die kommende Saison einen Job in Aussicht gestellt. Auch er wollte sein Angebot ausbauen. Meine Mutter würde ihm dabei helfen und so die Zeit bis zum Frühjahr überbrücken. Sie war tatsächlich wie betrunken, aber nicht von Schnaps oder Bier, sondern von dem Freiraum, der da plötzlich in ihr Leben strömte.

»Willkommen in der Gastronomie, Clara!«, rief Benedikt über den Tresen. »Wir werden denen im Dorf mal zeigen, was Hochbetrieb ist.«

Auf dem Weihnachtsmarkt teilte sich der Kreis, der um den Feuerkorb herumstand, in zwei Hälften, die Abstand voneinander hielten. Die Wirtin kaufte kein Gehäkeltes von Tante Frieda, denn da stand ja ich hinter dem Biertisch und nahm das Geld ein.

Jeden Tag stapfte ich mit Tobi durch den verschneiten Wald. Ich sog die eiskalte Schneeluft ein, ließ mich auf einer Lichtung rückwärts in das wunderbare Pulver fallen, und Tobi schleckte mir in einem Anfall von Überschwang übers Gesicht. Wir beide liebten den Schnee und sanken in ihn hinein, so wie wir in die Zeit sanken, um ihr eine Form abzugewinnen, in der sie bleiben würde.

Abends im Bett streckte ich meine Zehen und berührte die untere Holzwand meines Jugendbetts in der Hoffnung, dass sie noch nicht näher gekommen sei. Ich hörte Tobis Atem zu. Mir war, als wäre ich über sein Vergessen mit meinem Vater verbunden. Tobis Vergessen war mein Segen.

Höhenluft

Das Jahr, in dem ich zwölf Jahre alt wurde, war das Jahr, in dem sich in meiner Vorstellung ein Raum für meine Zukunft formte. Dieser Raum lag immer über mir. Wenn ich im Tal war, dann lag er auf den Berggipfeln, und wenn ich dort oben war, dann lag er im Himmel.

In den Skigebieten, in die wir mit dem Skiverein zum Trainieren oder für Slalomrennen fuhren, gab es Gondeln und Sessellifte, die uns hoch hinauf brachten auf die Alpengipfel. Ich liebte schon die Auffahrten, in denen ich viele Meter über dem Boden baumelte. Oben angekommen, war ich aufgeladen mit Höhenluft und Aufregung. Ich blickte in die schneeweißen Berge und wusste mich mittendrin in der Sierra Clara. Dann ging es nur noch darum, hinunterzurasen, möglichst schnell wieder nach oben zu kommen und zu spüren, wie die Höhe unter meiner Haut kribbelte.

Der Schnee war bereits unter der Kraft der Frühjahrssonne auf vereinzelte Flecken zusammengeschmolzen, als ich mit Benedikt, Philipp und Tobi zum ersten Mal in diesem Jahr oben auf dem Graskopf saß. Da sauste plötzlich Philipps Zeigefinger schräg nach oben auf einen weißen Dampfstreifen, den ein Flugzeug quer über den Himmel malte. »Wo das wohl herkommt?«

»Amerika«, sagte Benedikt.

»Und wo fliegt es hin?«, wollte ich wissen.

»Afrika.«

»Dann sehen die Leute da drin vielleicht so aus wie ich«, spekulierte ich.

»Natürlich«, versicherte mir Benedikt. »Sogar der Pilot.«

»Und mein Vater hat den Antrieb gebaut«, rief ich voller Stolz und mit dem Kopf im Nacken in den Luftraum über uns. Nichts wollte ich sehnsüchtiger als da hinauf.

»Wir sollten alle mal in den Urlaub fliegen«, fantasierte Philipp.

Allerdings war da die Alm, die wir schon bald eröffnen würden. Trotzdem ließen wir Kinder nicht mehr locker, und tatsächlich versprachen uns die Erwachsenen, den Urlaub wahrzumachen, wenn der Sonnenhof in den nächsten Monaten gut laufen würde. Um unsere Flüge zu bezahlen, müsse aber erst mal Geld in die Kassen.

Gemeinsam mit Arthur bauten wir neue Schilder aus Holz, die den Berg hinaufführten. Das erste stand beim Einstieg in den Wanderweg:

Sonnenhof-Alm
1290 Meter ü. M.
Bewirtung Di–So 12–18 Uhr
Aufstieg 45 Min.

Dann gab es Richtungsweiser bei dreißig und bei fünfzehn Minuten. Roland ließ im Büro der Mafog Handzettel mit einem Foto vom Sonnenhof und den Öffnungszeiten ausdrucken, die wir in den Geschäften im Dorf und im Umland verteilten.

Zunächst kamen die Leute aus dem Dorf, die nicht mit den Wirtsleuten befreundet waren oder beim Werner Geld geliehen hatten. Der Pfarrer kam eines Samstagmittags zum Spätzle-Essen und gab uns seinen Segen. Hanna kam mit der Nachmittagsgruppe aus dem Kindergarten. Die Kinder hatten einen Riesenspaß und brachten am Wochenende ihre Eltern und Geschwister mit. Dann scherten sich immer weniger Leute darum, ob es anderen passte, dass sie auf dem Sonnenhof das gute Essen und die Aussicht genossen.

»Bremst die Werbetrommel, Kinder! Die Frauen kommen nicht mehr hinterher mit der Produktion!«, empfing uns Arthur eines Tages, als wir aus der Schule kamen. Denn sobald die Urlaubssaison losging, waren wir alle im Dauereinsatz.

Wenn wir mit voll beladenen Tabletts von der Terrasse in die Stube eilten und wieder zurück, tapste Vanessa in ihrer ewig weinerlichen Laune hinter uns her. Doch wir hatten immer weniger Zeit, um sie auf den Arm zu nehmen.

An meinem zwölften Geburtstag Mitte August bestanden Philipp und Benedikt darauf, dass ich den ganzen Nachmittag an einem der Biertische sitzen und Kuchen essen sollte. Doch dort wurde mir schnell langweilig, und ich beschloss, Vanessa so viel herumzutragen, wie sie wollte, um sie einfach mal glücklich zu sehen. Am Abend war ich genauso müde, als hätte ich bedient, und Daniela fand, Vanessa sei noch anstrengender als sonst. »Jetzt hast du sie ganz verwöhnt«, sagte sie zu mir.

Es war noch nicht mal die Hälfte der Sommerferien vorbei, da waren wir völlig erschöpft. Eines Abends, als wir in der Stube zusammensaßen und die Reste des Kartoffelsalats aufaßen, sagte Arthur zu Roland: »Morgen gehen wir zum Reisebüro. Ich finde, die Kinder haben sich den Urlaub verdient.«

Mama und ich brachten am Abend vor unserer Abreise Tobi zu Tante Frieda. Es fiel mir nicht leicht, ihn zurückzulassen. Wir würden so weit weg von ihm sein. Ein noch unvorstellbares Abenteuer würde zwischen ihm und uns liegen: eine Reise hoch über die Sierra Clara hinweg.

Meine Mutter erzählt bis heute die Geschichte, wie ich auf dem Flughafen in München immer wieder verloren ging, weil ich einfach stehen blieb. Ich wurde nicht fertig mit dem Einsaugen dessen, was um mich herum geschah. Da war die unendliche Tiefe dieses Raumes, in dem die ganze Menschheit in einem großen Wechsel schien, im Zurücklassen eines alten und Finden eines neuen Ortes. Tafeln klapperten weit über unseren Köpfen hektisch durch immer neue Ansagen. Ich musste jeden einzelnen Zielort ablesen, die Zeit des Abflugs, das Gate, an dem man an Bord ging. Hier bildete es sich ab, das unergründliche Wunder dieses Vorbeifliegens von Begegnungen.

Eine andere Tafel verriet mir, wo die Menschen herkamen. Städtenamen aus einer märchenhaft entlegenen Welt: Havanna, Kairo, Porto. Vor meinem inneren Auge sah ich Strecken über die Weltkarte verlaufen, deren Überwindung an Magie grenzte. Ich sah Männer, Frauen und Kinder, die diese Strecken geflogen waren. Waren es Chinesen oder Japaner, Araber oder Südamerikaner, Afrikaner oder Amerikaner? Um sie lag ein In-der-Ferne-Sein, Frei-von-Heimat-Sein, das mich so faszinierte, dass ich meinen Blick auf sie heftete und mich nicht mehr losreißen konnte.

Während ich aus meiner eigenen Reisegruppe herausstach wie Ronaldo aus dem Team der Holländer, hätte ich in diese bunte Ansammlung um uns herum einfach optisch einfließen können.

Das musste sie sein, die Welt meines Vaters. Eines Tages würde ich in ihrer Mitte sein. Doch meine Mutter ließ mich nicht aus ihren Fängen, war vielmehr dazu übergegangen, mich energisch immer wieder an der Hand zu packen und mitzuziehen. Das Gepäck war eingecheckt, und wir mussten zum Gate.

Die beiden Fensterplätze hatten wir schon vor Tagen ausgewürfelt, und ich hatte verloren. So saß ich neben Philipp, der mich zwar hinausschauen ließ, sich aber beschwerte, dass ich ihm keinen Platz zum Atmen ließ.

Beim Start sahen wir München von oben, die langen Wohnblöcke in ihrer deutschen Ordnung, dazwischen die Straßenschluchten, in deren Tiefe die Autos herumrutschten. Was wir sahen, war von seiner Geräuschkulisse abgetrennt. Es legte sich der verheißungsvolle Motorenlärm des Flugzeugs darüber. Wie auf dem Fußballplatz, wenn ich ins Rennen kam, verschmolz ich mit dem ewigen Vorwärts der Welt und versank in einer Strömung des Glücks.

Ich schaute meine Mutter an, die auf der anderen Seite des Gangs saß. Auch sie lächelte still und selig vor sich hin, als wäre sie plötzlich vollkommen frei von dem Verlangen, ständig mit Hunderten von

Worten dagegen anreden zu müssen, was im Kopf anderer Menschen vorging. Bestimmt dachte auch sie an meinen Vater.

Ich ließ meinen Blick durch den Innenraum wandern, in dem wir unterwegs waren. Eine der Stewardessen hatte einen ähnlichen Hautton wie ich. Ich hörte sie fließend auf Deutsch und Englisch mit den Passagieren sprechen. Ihr Umgang mit den Fluggästen erinnerte mich an Hanna im Kindergarten. Sie erfand ein kleines Zuhause fern vom Zuhause ihrer Schützlinge. Wenn jemand um Zucker, Milch oder Cola bat, schnellte ihre Hand sofort zielgenau an die richtige Stelle in ihrem Servierwagen, um das Gewünschte in einem eleganten Bogen über die Köpfe zu reichen.

Es dauerte nicht lange, da wurde mir klar, was in meinen Sternen stand.

Tobi war über zwei Jahre lang mein Ruhepol, der meiner Sehnsucht nach dem Vorwärts und der Ferne die Ungeduld nahm. Auf unserem täglichen Gang vom Forsthaus zum Sonnenhof entdeckte er den gesamten Wegesrand mit seinen Gräsern, Baumstämmen und Mauselöchern immer wieder neu, und wir kamen nur im Schneckentempo voran. Dann wünschte ich mir, dass er einfach vergessen würde zu sterben. Doch das schien das Einzige, was er nicht vergessen konnte.

Zu Weihnachten 1997, ich war dreizehn Jahre alt, zimmerte mir Arthur ein neues Bett aus Birkenholz. Das antike Jugendbett verbrannten wir in der Neujahrsnacht in unserem Silvesterfeuer.

Ein paar Wochen darauf hörte Tobi auf zu essen. Wenn ich ihm eine Schüssel hinstellte, zuckte es kurz in seinem Schwanz, doch kaum stieg der Duft der Fleischbrocken in seine Nase, drehte er den Kopf weg. Er kringelte sich nicht mehr in seinen Korb, sondern kroch unter mein Bett und legte sich ganz flach auf die Seite. So starb er, während ich in der Schule war.

Arthur wartete, bis ich heimkam, dann grub er Tobi ein Grab ein Stück den Berg hinauf vom Forsthaus. Gemeinsam beerdigten wir unseren Freund. Tobi war das schlagende Herz zwischen uns beiden gewesen, das aus uns, die wir uns anfangs nicht fremder hätten sein können, eine Art Familie gemacht hatte. Jetzt war zwischen uns wieder eine offene Stelle.

Meine Mutter kam plötzlich auf die Idee, einen Vorhang für meine Zimmertüre zu nähen, den ich von innen zuziehen konnte. »Du kommst in ein Alter, in dem man einen Rückzugsort braucht«, sagte sie. Tatsächlich entwickelte ich eine tiefe Verbundenheit mit dem Alleinsein. Türe zu, und mein Kopf hatte Luft zum Sortieren: Wo war im Leben der anderen mein Platz?

Philipp saß schon seit einer Weile nicht mehr neben mir im Bus. Er setzte sich ins hinterste Eck mit einem Zeichenblock auf den Knien und malte mystische Wesen ähnlich denen, die wir uns in unserer Geschichte von der Sierra Clara vorgestellt hatten. Vereinzelt gab es gutmütige Gestalten mit hundeähnlichen Zügen. Das Hauptthema jedoch war die Bosheit, grauenvolle Drachen mit langen Hälsen, Schlitzaugen und gespaltenen Zungen stiegen aus Flammen auf. Vom Bus aus ging Philipp nicht gleich in die Schule, sondern traf ein paar andere Jungs hinter dem Fahrradabstellplatz zum Rauchen. Wenn sie anschließend ins Klassenzimmer kamen, umwehte sie ein männlicher Kneipendunst. Philipp träumte immer noch von Ausbruch, doch ich kam in seinen Träumen nicht mehr vor.

Es gab keinen Jungen in meinem Alter, den ich für stärker hielt als mich selbst. Es waren die älteren Jungs, die das Selbstbewusstsein herausforderten, das meine Mutter mir eintrichterte. Die Überlegenheit, die sie ausstrahlten, wenn sie in Gruppen herumstanden, weckte eine bohrende Neugierde in mir. Dieses Mysterium ihres Körpers, ihrer lässigen Haltung, ihrer Art zu reden, als gäbe es nichts, worüber sie nicht längst Bescheid wüssten, all das war ebenso spannend wie unheilvoll.

Yvonne war ein Hingucker mit ihren langen braunen Haaren und ihrem Puppengesicht. Aber wenn wir an einer Gruppe von Oberstuflern vorbeiliefen, dann wanderten deren Blicke meine Beine hoch, bis zu meiner Oberweite, die ich mit weiten Jacken zu kaschieren versuchte. Dann hörten wir einen leisen Pfiff, und aus dem Gemurmel ihrer witzelnden Stimmen drang er hervor, der Name, der mir anhaftete: African Queen. Eine harmlose Bemerkung, weder böse noch laut genug, um deswegen zum Schulrektor zu gehen.

»Sie bewundern dich«, sagte Yvonne.

»Sie veralbern mich«, sagte ich.

Benedikt und ich hatten der Fußballweltmeisterschaft 1998 lange entgegengefiebert. Gemeinsam schauten wir im Vereinsheim die Spiele an. Wir zitterten und fielen uns bei einem nur einigermaßen ordentlichen Spielausgang in die Arme.

Doch im Viertelfinale wurde die deutsche Mannschaft von den Kroaten nach Hause geschickt. Alle fielen in Trauer und Wut. Nur Benedikt und ich wussten, was falsch gelaufen war. Das Tempo in dieser WM entsprang einer neuen Trickkiste. Junge Spieler wie Ronaldo bedienten sich daraus, während die Deutschen auf eine Erfahrung gebaut hatten, deren Zeit abgelaufen war. Die Brasilianer dagegen konnten gar nicht verlieren, nicht mit »El Fenómeno«.

Arthur war kein Fußballfan, aber er ließ uns auf seinem Fernseher die weiteren Spiele anschauen. Kein Spieler war so schnell wie Ronaldo, keiner steuerte seine Beinarbeit so blitzartig, als könnte er Sekundenbruchteile in die Zukunft schauen. Kein anderer wetzte im Zweikampf mit einer solchen Siegessicherheit um die Gegenspieler herum. Sie alle wirkten wie statische Objekte gegen ihn.

Wenn ich ihm zusah, konnte ich nicht stillsitzen. Sobald er im gegnerischen Strafraum seinen Durchbruch startete, sprang ich auf und wollte in ihn hineinkriechen, um in seinem rennenden, tanzenden Körper zu sein. Benedikt mutmaßte eine telepathische

Verbindung zwischen mir und meinem Bruder. Manchmal klopfte er mir auf die Schulter und sagte: »Gut gemacht!«

Benedikt hatte seinen Realschulabschluss gemacht und einen Ausbildungsplatz bei der Mafog bekommen. Ab September würde er den Beruf des Werkzeugmachers erlernen. Es hatte Diskussionen gegeben. Warum konnte er nicht einfach im Sonnenhof eine Lehre machen, hatte er seinen Vater gefragt. Wir könnten ja den Betrieb zum Hotel ausbauen, dann wäre mehr Geld verdient. Doch Roland führte immer wieder an, dass ein Handwerksberuf die sicherste Grundlage sei.

»Eine sichere Grundlage für lebenslange Sklaverei«, sagte Benedikt. Dann fügte er sich.

Wenn meine Mutter und ich abends vom Sonnenhof zum Forsthaus liefen, lag die Nacht schon in der Luft, und aus dem Wald krochen die Schatten einer verwachsenen Welt, in der Pflanzen und Getier ihre Lebensregeln unter sich ausmachten. Kein Schulbuch wusste, wie sie ihr Miteinander verhandelten. Ebenso wenig wussten meine Schulbücher über die Gefühle der Menschen. Hier war meine Mutter eine Quelle der Erkenntnisse für mich.

Es war wieder so ein Nachmittag gewesen, an dem die dreijährige Vanessa keine Ruhe in ihrem Sandkasten gefunden hatte. Wir hatten ihr eine leere Flasche in die Hand gedrückt mit dem Auftrag, sie in die Küche zu bringen. Sie lief damit erst mal stolz zu ihrer Mutter, doch Daniela drehte sich weg und ging ihrer Arbeit nach.

Später fanden wir Vanessa in ihrem Bett. Dort lag sie in ihrem hübschesten Kleidchen von Karstadt, gekämmt und geflochten, von einem Berg von Stofftieren umgeben, bis ihr Vater nach Hause kam. Dann sprang sie auf und rannte in seine Arme.

Ich hätte Vanessa darum beneiden können, dass sie einen Vater hatte, dessen Glücksstern sie war. Dennoch hätte ich nie mit ihr tauschen wollen. Das Bild, wie der kleine Engel dastand und seiner

Mutter hinterherblickte, der immer etwas anderes wichtiger war als sie, brach mir das Herz.

»Daniela hat selbst zu viel Schlimmes erlebt als Mädchen«, teilte meine Mutter ihr Wissen aus dem Frauenhaus mit mir. »Sie kann ihre Tochter nicht richtig lieben.«

Bis wir am Forsthaus ankamen, sagte sie mindestens ein Mal: »Das Leben, das wir hier haben, Clara, das habe ich mir immer erträumt. Ich hab alles getan, damit wir einmal so glücklich sein würden. Wir müssen dankbar sein, jeden Tag.«

Niederlage

Es war der Tag des Endspiels, ein Freitag Mitte Juli. Als Philipp und ich aus der Schule kamen, ließ uns meine Mutter keine Ruhe zum Mittagessen. Wir sollten gleich alle gelben Schirme aus dem Schuppen holen, denn die Sonne brannte vom Himmel. Die nördlichen Bundesländer hatten schon Ferien und überfluteten die Gegend. Um zwei Uhr bogen sich die Bierbänke unter all den Hinterteilen. Eltern wollten schnell ihre Kinder mit Wienerle und Kuchen abfüttern, um sie dann auf den Spielplatz zu schicken und sich ihrer Radlerlaune hinzugeben.

Sie redeten in dieser hochdeutsch arroganten Art, als würden sie mir ein amtliches Vorgehen erklären, wenn sie mir ihre Bestellungen gaben. Doch ich wusste, dass schon nach ein paar Radlern das Wichtige in ihren Stimmen dem Lauten weichen würde. Dann wollten sie nur noch so schnell wie möglich so viel Bier wie möglich haben. Die Quittungen würden sich auf den Tischen stapeln und die Geldscheine in den Kassenfächern zu Bündeln anhäufen. Es war ein Nachmittag, wie wir ihn hoffentlich diesen Sommer noch oft erleben würden, schließlich wollten wir im September wieder nach Spanien fliegen.

Daniela und meine Mutter mussten so viel Essen anrichten, dass sie mit dem Geschirrspülen nicht mehr hinterherkamen. »Wo steckt nur der Arthur?«, fragten wir uns gegenseitig im Vorbeieilen. Die Kühe standen doch im grünen Gras oberhalb vom Sonnenhof und machten keine Arbeit. Bestimmt war er wieder mit seinem Jeep unterwegs, um Besorgungen zu machen, von denen niemand wusste, wozu sie jetzt gut sein sollten.

Hinter meinem Lächeln, mit dem ich die Gäste sanft und verständnisvoll stimmte, drehten sich alle meine Gedanken um Ronaldo. Hoffentlich ruhte er sich gut aus in seinem Hotelzimmer in Paris. Im Halbfinale gegen die Niederlande hatte er die Brasilianer in Führung gebracht, aber er war nicht gut drauf gewesen. Irgendwas hatte seine Angriffslust gebremst. Wenn die Kamera auf ihn zoomte, sah ich statt des üblichen Kampfgeistes eine leise Qual in seinen Augen. »Ronaldo, was ist los mit dir?«, schrie ich ihn an, damit er aus dieser Unglücksblase rauskommen würde, in der er gefangen schien.

»Er will sich nur schonen fürs Endspiel«, tröstete mich Benedikt, als ich verzweifelt die Hände vors Gesicht hielt, um mich vor dem Anblick eines Ronaldo zu schützen, dem die Tricks ausgingen. »Vertrau ihm. Er macht das schon.« Tatsächlich gewannen die Brasilianer das Spiel und standen jetzt wenige Stunden vor dem Finale.

Du machst das schon, du machst das schon … So schickte ich Ronaldo den Mut, den ich sammelte, wenn ich nicht gerade servierte oder blitzschnell auf meinen Block kritzeln musste: 3 kl. Apfelsaftschorle, 2 gr. Radler, 3 Wienerle, 1 Kartoffelsalat, 2 Käseteller.

Dann, ohne Vorwarnung, fuhr mir die Angst in die Glieder. Was, wenn ihm etwas wehtat? Wenn er rennen wollte, aber einfach nicht konnte? Was, wenn ich jetzt was vergessen hatte? War da nicht noch ein Apfelstrudel gewünscht worden? Oder hatte ich den schon gebracht? Die wilden Hieroglyphen auf dem Block waren nicht zu entziffern.

»Ihr seid ja ganz schön im Stress. Braucht ihr Hilfe?« Ein Junge, etwa fünfzehn, mit dem brüchigen Schnorren eines Halbwüchsigen aus dem Norden, saß auf der Kante einer der Bierbänke und lehnte sich weit heraus, damit ich ihn im Vorbeigehen hörte. Ich hatte keine Zeit für ihn. Doch als ich das nächste Mal aus der Küche kam, quatschte er mich wieder an: »Hello, young lady!«

»Brauchst dich nicht abzumühen, ich spreche Deutsch!«, ließ ich ihm vor die Füße fallen, lieferte ganz hinten auf der Terrasse drei Bier ab und kam dann wieder auf ihn zu. »Ja, wir brauchen Hilfe. Kannst du Geschirr spülen?«

»Klar! Gegen ein Radler tu ich alles.«

Er hatte ein nettes Lachen und eine interessante große Nase. Ansonsten erinnerte er an Philipp in seinem schlaksigen Körper, der noch mit dem Mannwerden haderte. Sein Nacken war krumm, die Arme zu lang.

»Okay, komm mit«, sagte ich kurz entschlossen.

Während wir in die Küche liefen, sagte er: »Deinen Namen hab ich schon herausgefunden, Clara. Ich bin Henning. Meine Eltern sitzen da drüben. Die sollten das mit dem Radler nicht sehen.«

Ich nickte verständnisvoll.

»Der Henning hier möchte Geschirr spülen«, rief ich über den Tresen. Die Frauen blickten auf und waren hocherfreut über den hilfsbereiten jungen Mann. Daniela drückte ihm einen Spüllappen in die Hand und zeigte auf das Becken, in dem schon das Spülwasser wartete.

Als ich wieder hinauslief, kam Benedikt gerade rein.

»Was willst du denn mit dem?«, fragte er.

»Ein Tauschgeschäft. Schau, er spült!«, erklärte ich stolz.

Benedikts Blick verdüsterte sich, und er balancierte sein Tablett mit leeren Biergläsern auf unsere neue Küchenkraft zu, elegant und koordiniert, als würde er einen Ball ins Netz trippeln.

Roland kam spät für einen Freitagnachmittag, er hatte Überstunden machen müssen. Ich sah ihn aus dem Augenwinkel unten am Spielplatz stehen, der vor Kindern wimmelte, die Hände auf den Hüften. Seine Arbeitshose hing schwer unter seinem Bauch, sein Hemd war verschwitzt.

Beim nächsten Servieren sah ich ihn mit Philipp sprechen, der gerade einen Tisch abräumte. Philipp schüttelte den Kopf und deutete auf mich. Als Roland auf mich zukam, hatte er blanke Panik in den Augen. Ich ließ alles stehen und liegen.

»Wo ist die Vanessa?«, rief er schon von Weitem.

»Ist sie vielleicht im Bett?«, fragte ich.

»Nein, ich war schon drinnen. Im Haus ist sie nicht.«

Da sah ich Benedikt, meine Mutter und Daniela aus der Küche rennen, aufgescheucht von Philipp. Sie liefen planlos in alle Richtungen davon. Wir suchten Vanessa im Stall, auf den Wiesen ums Haus herum, unter jedem Busch. Einige der Gäste kamen uns mit Ferngläsern zu Hilfe und suchten den Waldrand ab.

»Jemand muss sie mitgenommen haben«, hörte ich Roland verzweifelt rufen.

Meine Mutter und ich begegneten uns vor dem Schuppen. Roland hatte darin schon geschaut, aber wir wussten nicht, was wir sonst tun sollten, als noch mal hineinzugehen. Meiner Mutter stand der Schweiß im Gesicht. Ihre Schürze roch nach Zwiebeln und Wurstwasser. »Wir müssen die Polizei rufen«, sagte sie leise.

»Sie muss doch irgendwo sein«, versuchte ich, uns beide zu beruhigen.

»Es gibt Männer, die nehmen kleine Mädchen mit, Clara. Wenn das passiert ist, dann werden wir alle unseres Lebens nicht mehr froh.«

Da rollte der Jeep von Arthur unterhalb von uns aus dem Wald. Meine Mutter nahm ihn in Empfang. Sie konnte böse werden, das wusste ich. Doch wie böse, das erlebte ich erst jetzt. Sie sprach mit Arthur, als gehörte er zum allerniedrigsten Gesindel, das ihr je unter die Augen gekommen war. Ihre Stimme ließ mich eine scheußliche Wirklichkeit spüren, eine, in der sich Menschen, die sich lieben sollten, gegenseitig Schmerzen zufügen. Arthur lief wortlos von ihr weg und den Hang hinauf, dorthin, wo sein Bruder herumlief und den Namen seiner Tochter rief.

Meine Mutter verschwand im Haus, vermutlich um die Polizei zu rufen, da sah ich in der Ferne eine Gruppe von Kindern mit einem Hund aus dem Wald kommen. Der Hund hing an einer Leine. Die Leine wurde von einem kleinen Mädchen in einem violetten Kleidchen gehalten.

»Da ist die Vanessa!«, rief ich, so laut ich konnte, in alle Richtungen. »Das Kind ist hier«, halfen mir einige der Gäste, die Meldung in einer Lautstärke durch die Luft zu schicken, die all diejenigen, die über die Hänge kreisten, hören konnten.

Erst waren alle überglücklich. Vanessa war doch »nur mit dem süßen Hund spazieren gegangen«, erklärte sie. Doch dann brach vor dem Schuppen der Streit los. Roland warf Arthur vor, er würde die Frauen und Kinder mit der Last des Betriebs und Vanessa alleine lassen. Arthur erklärte daraufhin, er sei unterwegs gewesen in Sachen der Kreissägenreparatur. Es sei eben auch wichtig, dass er sich um sein Werkzeug kümmere. Mit hitzigem Blick auf Daniela fügte er an: »Manche Leute scheren sich halt nicht um ihre eigenen Kinder!«

Daniela anzugreifen war nie eine gute Idee, denn daraus gingen immer Verletzte hervor. Es schien manchmal, als würde sie nur auf eine Gelegenheit warten, den anderen wie Geschosse um die Ohren zu jagen, was sie von ihnen hielt. Das war im Falle vom Arthur »ein nutzloser Lügenbeutel, der nur sein Vergnügen im Kopf hat«.

»Jetzt mach mal langsam, Daniela«, versuchte meine Mutter, den Frieden wiederherzustellen, aber Daniela war in Fahrt und teilte weiter aus. Es sei ja nicht ihre Idee gewesen, hier eine Wirtschaft aufzuziehen, ihr sei das alles nur aufgehalst worden. Die Männer seien ja nie da, und Benedikt tue, als wäre er hier der Chef, aber wenn dann etwas schieflaufe, sei er ganz weit weg.

Es wurde immer wirrer, immer schmerzlicher. Wir alle wurden immer kleiner, einschließlich Vanessa, die wie ein Schluck Wasser auf dem Boden saß und versuchte, unter der Sturmflut wegzutauchen. Benedikt pflückte sie schließlich auf und lief mit ihr auf dem Arm in Richtung Küche. Ich lief hinterher. Zu meinem Erstaunen werkelte dort immer noch Henning. Er hatte alles gespült, selbst die leeren Töpfe und Schüsseln. Gerade war er dabei, die Herdplatten zu säubern.

»Mann, Henning, du bist klasse«, sagte ich.

»Kannst gehen, nimm dir dein Radler«, befahl ihm Benedikt in harschem Ton und deutete auf den Radlerkasten unter dem Tresen. Ich konnte nicht glauben, was um mich herum ausgebrochen war. Als wäre alles nur Schau gewesen, der ganze Familienbetrieb, die ganze Gastfreundlichkeit.

Der Henning ging am Radlerkasten vorbei in Richtung Tür, ohne ihn auch nur anzuschauen.

»Tut mir echt leid. Ich hoffe, du kommst wieder«, versuchte ich den Rausschmiss von Benedikt wiedergutzumachen.

»Vielleicht«, sagte Henning. Dann wandte er sich an Benedikt, der sich gerade ein Bier zapfte, und sagte: »Keine Angst, ich nehm dir deine Braut schon nicht weg«, und lief raus.

In einer wutgeladenen Aktion kippte Benedikt sein Bier in den Abfluss, nahm Vanessa vom Tresen, auf dem er sie abgesetzt hatte, und lief mit ihr auf dem Arm die Treppe hoch zu den Schlafzimmern. Da packte auch mich der Zorn. Ich lief ihm nach und schrie nach oben: »Du bist genauso krank im Kopf wie alle andern!«

Meine Mutter kam zur Tür herein und war am ganzen Körper stumm, nichts lebte mehr so recht an ihr. »Clara, kannst du auf der Terrasse nach dem Rechten sehen?«

Ich lief nach draußen. Es waren noch drei Tische besetzt. Die Gäste unterhielten sich leise und vorsichtig. Ich ging von Tisch zu Tisch, bedankte mich für die Geduld, versicherte denen, die fragten, dass alles wieder in Ordnung sei, das Kind gefunden, seine Eltern beruhigt, und nahm Bestellungen für die letzte Runde auf.

Meine Mutter, Roland und ich räumten auf. Von den anderen gab es keine Spur mehr. Vanessa kam irgendwann wieder hereingeschlichen und wollte von ihrem Vater herumgetragen werden. »Wir machen das schon, Roland«, sagte meine Mutter zu ihm und nahm ihm den Putzlappen ab.

Als wir rundum klar Schiff gemacht hatten, war es acht. Mama öffnete die Kasse, entnahm erst alle Scheine und legte sie auf den Tisch, dann alle Münzen. Dann holte sie ihr großes Buch aus der Schublade und setzte sich darüber. Gewissenhaft nahm sie jedes einzelne Markstück in die Hand, um es zu zählen und aufzuschreiben.

Ich setzte mich neben sie und fing an zu weinen. Sie streichelte mir über den Rücken und sagte: »Das wird alles wieder. Manchmal brennen eben die Sicherungen durch.«

»Ich weiß«, sagte ich. Dann beschwor ich sie eindringlich: »Mama, ich muss das Endspiel sehen. Ich muss!«

Meine Mutter überlegte eine Weile. Arthur konnten wir nicht mehr fragen, ob er auf seinen Freitagabendkrimi verzichten würde, nicht nach den heutigen Angriffen auf ihn. Schließlich stand Mama auf und ging zum Telefon, das im Hausgang unter der Treppe stand. Ich erkannte an ihrer Stimme, mit wem sie sprach. Es war der Klang meiner Kindheit, ein wortreiches, selbstverständliches Füreinanderdasein. Nach ein paar herzlichen Abschiedsworten hörte ich, wie sie die Treppe hochging und an Benedikts Tür klopfte.

Tante Frieda stellte uns eine Schüssel mit Erdnussflips auf den Wohnzimmertisch. Dann drückte sie jedem von uns eine Flasche Malzbier in die eine und ein ausgespültes Senfglas in die andere Hand. Wir sollten bloß schauen, dass wir gleich nach dem Spiel wieder loslaufen würden. Wir könnten ja nicht nach Mitternacht durch den Wald steigen.

Das Fernsehbild wanderte über die leuchtenden Gesichter der brasilianischen Fans in ihren knallgelben Shirts. Wir erfuhren vom Kommentator, dass die Brasilianer einen schweren Tag gehabt hatten. Es war durchgedrungen, dass Ronaldo nicht spielen würde, weil er krank sei. Benedikt und ich blickten uns verzweifelt an.

Dann kam die erlösende Meldung, dass El Fenómeno unmittelbar vor dem Spiel wieder aufgestellt worden war. Während die

Brasilianer ihre Hymne sangen, wirkten die Fans euphorisch und siegessicher, doch in den Gesichtern ihres Teams lag Anspannung. Ronaldo sah eingefallen aus. Mein Herz klopfte wie ein Pressluft-hammer.

Schon kurz nach dem Anpfiff wurden wir Zeugen einer endlosen Serie stolpernder Stürze und verzweifelter Gesten, in denen sich Ronaldo und seine Kameraden den Kopf herunterreißen wollten. All die wilden Ausrufe und Armaufschwünge, die Benedikt und ich auf das Spielfeld herunterließen, der Hoffnungsschimmer in der zweiten Halbzeit, das Beschwören von Ronaldos wundersamen Fähigkeiten, die doch locker den Ausgleich hätten schaffen können, halfen nichts.

Tante Frieda saß hilflos auf einem Stuhl hinter uns, mit Sicherheitsabstand zu unserer tobenden Verzweiflung, und sagte nur immer wieder beschwichtigend: »Beruhigt euch, Kinder. Es ist doch nur ein Spiel!«

Doch es war nicht nur ein Spiel. Es war das Ende. Während der größte Fußballspieler aller Zeiten weinend vor unseren Augen zusammensackte, geschlagen von den hellhäutigen Menschen, die sowieso schon den Rest der Welt regierten, wurde klar, dass die Leidenschaft verloren hatte. Die Welt war so blutleer wie sie uns verkauft wurde, so wie der Beruf des Werkzeugmachers, der die Zukunft von Benedikt in der Zange hielt.

Die Straßenlaternen im Oberdorf waren schon ausgegangen. Als wir im Wald ankamen, war es so duster, dass wir nicht mal den Weg vor uns sehen konnten. Ich lief dem Geräusch von Benedikts Schuhen auf dem Schotter hinterher. Problemlos fand er den Einstieg in den Wurzelweg. Er streckte die Hand nach hinten aus, um mich zu führen. Da lag plötzlich ein Gedanke zwischen seiner Haut und meiner. Henning hatte ihn dort platziert.

Meine Augen waren blind wie die Nacht. Benedikts Hand hielt meine fest umschlossen, während er einen halben Schritt vor mir herlief, sodass meine Füße seinen Bewegungen folgten und die griffigen Stellen auf den Wurzeln fanden. Ich wollte plötzlich diesen Weg in die Ewigkeit ausdehnen, über das Forsthaus und den Sonnenhof hinaus, in die Sierra Clara hinein, und dort mit Benedikt meinen Traum von der Ferne wiederfinden.

Schließlich waren wir oben am Holzschuppen angelangt und hörten den Bach über sein Steinbett plätschern. Benedikt ließ meine Hand los und sprang hinüber. Das Moos machte bei seinem Aufkommen ein Geräusch wie ein vollgesaugter Schwamm. Er ging zur Seite, um meinem Sprung Platz zu machen. Dabei sagte er: »Pass auf. Ist rutschig.«

Ich hatte den Sprung schon tausendmal gemacht, aber es gab einfach keine Balance mehr in meinem Kopf. Ohne Benedikts Hand war ich so tapsig wie ein frisch geborenes Kalb. Mein Fuß rutschte ab, und ich landete auf Händen und Knien im Wasser.

Der Schreck und der Schmerz, die komplette Idiotie des Fallens und das furchtbar kalte Wasser, das sich zwischen meiner Jeans und meiner Haut sammelte, waren wie eine Fortsetzung von Ronaldos Verlieren vor den Augen der ganzen Welt. Platsch. Ein großer Reinfall.

»Warum hat er nicht gewinnen können? Er ist Welten besser als der Zidane! Jetzt geht alles den Bach runter!«, schrie ich.

Benedikt zog mich aus dem Wasser.

»Was geht den Bach runter?«, wollte er wissen.

»Alles!«

Vor der Bank am Schuppen sank ich ins feuchte Gras. Benedikt sank neben mich. Das Mondlicht zeichnete seine Silhouette vor meine Augen. Doch sie verschwamm in meiner Tränenflut. Mir war, als würde nie wieder Tag werden.

»Was hat Tante Frieda gesagt? Fußball ist doch nur ein Spiel«, tröstete mich Benedikt.

»Ja, für euch vielleicht. Natürlich ist euch das egal, euch weißen Menschen, ob Ronaldo gebrochen ist!«

»Mir ist es nicht egal.« Er streifte mir die feuchten Haare aus dem Gesicht und wischte mir ein paar Tränen ab, während er im Schneidersitz vor mir saß. »Aber du bist nicht Ronaldo. Du bist nicht gebrochen, nur weil du in den Bach gefallen bist.«

»Nein, das war ich schon vorher.«

»Was redest du da? Du hast doch mich.«

Ohne dass ich es kommen sah, kam er mir ganz nah und küsste mich. »Du bist das schönste Mädchen weit und breit«, sagte er. In seiner Stimme zitterte etwas unter der Oberfläche. »Das hat sogar der dämliche Henning erkannt.«

Dann lagen wir beide im Gras und sein Gesicht schwebte über mir. Ich spürte seinen Oberkörper auf meiner Seite, und es war, als würde ich dieses Gefühl schon kennen, als wäre mir dieser Druck seiner Brust schon vertraut. Das hier war der Benedikt, so wie er lange schon bei mir war, nur viel näher. Er nahm meiner Traurigkeit die Wucht. Es dauerte nicht lange, dann wurde ich ruhig.

»Willst du immer noch Stewardess werden und deinen Vater finden?«, fragte er.

»Sobald ich mit der Schule fertig bin.«

»Was soll dann aus deiner Mutter werden?«

»Sie hat ja den Arthur.«

»Den wird sie irgendwann durchschauen.«

»Hast du ihn etwa durchschaut?«

»Schon lange.« Er streichelte mein Gesicht, ein bisschen so, wie er es oft mit Vanessa machte.

»Willst du nicht auch irgendwann mal weg?«, fragte ich ihn.

»Niemals«, sagte er. »Ich bin auf dem Sonnenhof geboren, und dort sterbe ich auch. Die Daniela wird mich nicht los. Deshalb wird *sie* irgendwann gehen.«

»Und die Vanessa?«

»Die wird sie nicht mitnehmen.«

Jetzt drehte er sich auf den Rücken und zog mich in seine Armbeuge. Eine Wolke hatte sich vor den Mond geschoben, und wir schauten in einen pechschwarzen Himmel. Benedikts T-Shirt war klamm von der Nacht, und ich atmete seinen Körpergeruch ein. Ich mochte jedes kleinste Stück von ihm.

»Wenn du schon alles weißt wie so ein Hellseher, dann sag mir, ob der Ronaldo wieder in der WM spielen wird«, forderte ich ihn auf.

Benedikt dachte nicht lange nach. »Ich glaub, er hat sein Knie komplett ruiniert.« Es klang, als wüsste er das schon seit dem Abpfiff, und hatte mich damit nur verschont. »Er hätte nicht spielen dürfen heute.«

Da schoss ich in die Höhe, als hätte er nicht Ronaldo, sondern mir die Kraft abgesprochen, aus der Asche aufzustehen. »Er wird wieder spielen!«, rief ich aus. »Er wird sogar gewinnen!«

»Ich weiß, wie schwer das für dich ist, Clara, aber verabschiede dich vom Ronaldo. Seine Zeit ist vorbei. Es kommt ein anderer.«

»Was wetten wir?«, peitschte ich ihm entgegen.

Benedikt stand jetzt vor mir. Er streckte mir eine Hand hin. »Wenn Ronaldo in der nächsten WM wieder ins Endspiel kommt und die Brasilianer gewinnen, dann bring ich dich persönlich nach München, damit du Stewardess werden kannst. Wenn nicht, dann bleibst du hier und wir verloben uns, und zwar an deinem achtzehnten Geburtstag im August 2002.«

»Haha! Niemals!«, lachte ich.

»Traust du dich nicht zu wetten? Dann glaubst du nicht wirklich an ihn!«

»Ich glaube an ihn!«

»Dann schlag ein!«

Und ich schlug ein.

Oberhalb vom Schuppen trennten sich unsere Wege. Benedikt musste nach rechts in Richtung Sonnenhof, ich musste nach links auf das Forsthaus zu.

»Soll ich dich hochbringen?«, fragte er.

»Ach was! Ich kann ja wohl allein laufen.«

»Pass auf, da sind überall Löcher im Boden von den Kühen«, warnte er mich.

»Ich weiß. Ich bin doch kein Kalb.«

Als ich die quietschende Holztür zum Forsthaus öffnete, kam die Stimme meiner Mutter von oben: »Clara, da bist du ja! Ich wollte schon loslaufen und dich suchen.«

»Ich bin heil. Geh ins Bett, Mama!«, rief ich zurück.

»Hat Ronaldo gewonnen?«

»Nein. Er hat verloren. Die blöden Franzosen sind Weltmeister.«

Jetzt stand meine Mutter oben an der Treppe und schaute herunter zu mir, während ich die Schuhe auszog. »Das nächste Mal gewinnt er«, sagte sie. »Schlaf gut, meine Süße.«

In der nächsten Saison unserer Almwirtschaft wurde alles schwieriger. Wenn Benedikt unter der Woche bei der Mafog arbeitete, blieb Arthur zwar in der Nähe, hatte aber die Angewohnheit, sich selbst zum Gast zu machen. Er vertiefte sich an einem der Tische in ein Gespräch und ließ sich von uns ein Bier bringen. Das nannte er »sich um die Gäste kümmern«.

Philipp machte den Mofa-Führerschein und kaufte sich ein altes Klapperding, das er zum Sonnenhof heraufschieben musste, weil der Motor mit den Steigungen überfordert war. Außerhalb unserer Öffnungszeiten war er damit immer unterwegs.

Auch ich ertrug den Familienbetrieb nur noch, um Geld zu verdienen für die Freiheiten, für die ich jetzt lebte. Ich übernachtete am Wochenende bei Yvonne. Über ihre zwei älteren Brüder hatten wir Zugang zum Turmkeller. Das war die Kneipe der Grunge-Szene. In schwarze Fetzen gehüllt bewegte man sich durch die Dunkelheit, ihren Krach und ihre Kälte, als wäre man einer von vielen blinden Würmern unter der Erde, die umeinander krochen, aber nicht recht aufeinander eingingen. Zuerst fand ich das unerträglich. Dann lernte ich, mich der aussichtslosen Verwirrung zu ergeben, die ich mit allen hier teilte.

Yvonne und ich kauften uns Kleider auf dem Flohmarkt und kamen jetzt betont schäbig und spärlich bedeckt daher. Es gefiel mir, zu demonstrieren, dass ich gar nicht erst versuchte, zum normalen Volk zu gehören.

»Werden eigentlich deine Beine immer länger oder deine Röcke immer kürzer?«, fragte Benedikt, als ich am Sonntagmittag unausgeschlafen auf dem Sonnenhof aufkreuzte. »Da können wir ja jetzt eine Mark auf den Bierpreis draufschlagen für unser Pin-up-Girl.«

Die Zärtlichkeit, mit der er mich über Ronaldos Niederlage hinweggetröstet hatte, war in Stichelei umgeschlagen und in ein besitzergreifendes Auge über mich. Ich empfand das als veraltetes Männergehabe und begann, seine Aufmerksamkeit energisch abzuwehren. Die Art, wie man sich im Turmkeller nicht umeinander scherte, lag mir mehr. Da musste man sich schon mal nicht fragen, ob die Gefühle, die einer zeigte, nur die Laune einer mondbeschienenen Sommernacht gewesen waren.

Der Schnee kam von Jahr zu Jahr später. Es war Ende November 1999, und es gab noch keine Spur von ihm. Die Wandersaison war wieder lukrativ gewesen, und wir hatten schon zwei Jahre kein Geld mehr für Urlaub ausgegeben, konnten also gut einfach mal Pause machen. Meine Mutter würde erst wieder in der Skihütte arbeiten, wenn die Lifte liefen. Doch der Skibetrieb schien in weiter Ferne zu liegen.

Untätigkeit ließ sich mit dem Wesen meiner Mutter nicht vereinbaren, weder ihre eigene noch die der anderen. Ständig versuchte sie, Arthur zu einer sinnvollen Arbeit am Haus anzutreiben, denn das würde bald zusammenfallen, wenn er seine Faulenzerei noch weitertriebe.

Mich sprach sie plötzlich auf meine Noten an und wollte meine Schulhefte sehen. Sie hielt mir Vorträge über Männer und Alkohol. Irgendwann würde ich in ein Auto einsteigen und mein Leben in die Hände eines betrunkenen Deppen geben, prophezeite sie. Dann könne man nur noch für mich beten.

Ich machte es wie Arthur. Um ihrem ständigen Kreisen um Tod und Teufel zu entrinnen, schaute ich auf den Krimi, der gerade im Fernsehen lief. Übergangslos bewegte ich mich von den Abgründen, die meine Mutter heraufbeschwor, in diejenigen, die sich dort auftaten. Die Leute tranken, schrien sich an, zogen allein und verletzt durch die Straßen. Auf der Suche nach einem Rest Lebenssinn und einem Zeichen menschlicher Wärme ließen sich die Frauen mit den falschen Männern ein, die mit den niedrigsten Trieben.

Der heutige Vertreter dieser Spezies war besonders gut besetzt. Sein Gesicht war kantig und eingefallen, seine Augenbrauen und die weit in die Backen hineinwachsenden Schläfen waren buschig und ungepflegt, die schwarzen Haare strähnig. Er saß an einer Bar und trank einen Whiskey. Seine glasigen, dunkel umrandeten Augen beobachteten im Spiegel ein junges blondes Mädchen, das vor einem Weinglas saß und traurig aus dem Fenster stierte.

Wahrscheinlich weil Arthur und ich beide so gebannt in das Gesicht dieses Mannes starrten, war meine Mutter endlich still und kam aus der Ecke hinter dem Esstisch hervor, wo sie in einer Schublade Besteck sortiert hatte. Sie stand hinter uns, als sie einen Schrei ausstieß, der derart schrill durch unsere Anspannung schnitt, dass

Arthur und ich ebenfalls aufschrien und uns entsetzt nach ihr umdrehten. Mama presste beide Hände auf den Mund. Darunter wollte ein weiterer Schrei hervorkommen, doch sie hielt ihn zurück. Schließlich ließ sie die Hände sinken und hauchte mit eingefrorener Miene über unsere Köpfe hinweg: »Da bist du ja, du Scheißkerl!«

Während sie aufs Sofa sank, ließ sie den Typen nicht mehr aus den Augen. »Das gibt's doch nicht!«, wiederholte sie mehrfach.

»Was ist denn bloß, Mama?«

»Das ist Fritz! Fritz König. Dass der sich noch nicht zu Tode gekokst hat!«

Von da an lag endgültig Unfriede auf dem Forsthaus. Wo bisher noch Tobis freundlicher Geist gespukt und für das Gefühl von Ewigkeit und erlösendem Vergessen gesorgt hatte, waren Gespenster aus der Vergangenheit eingezogen. Meine Mutter konnte nicht mehr an ihrer Nähmaschine sitzen und Tischtücher für die Sonnenhof-Terrasse nähen oder stundenlang in der Küche neue Kuchenrezepte ausprobieren. Sie hatte einfach keine Ruhe mehr.

Das schnurlose Telefon, das Arthur vor Kurzem angeschafft hatte, wurde zu ihrem ständigen Begleiter. In endlosen Gesprächen, die sie oben in ihrem Bett unterm Dach führte, sprudelte der Schmerz aus ihr heraus. Ich fühlte mich in die Zeiten zurückversetzt, als ich nachts heimlich auf der Treppe in Tante Friedas Haus gesessen und versucht hatte, aus ihrem aufgeregten Wortgewirr einen Sinn zu filtern.

Einmal lief Mama abends zum Schuppen, wo sie ihre Einmachgläser lagerte. Sie ließ das Telefon neben der Haustüre liegen und vergaß es dort. Sein nervtötendes Gedudel genau vor meinem Zimmer riss mich in den Morgenstunden aus dem Schlaf. Um es abzustellen, stand ich auf und ging dran.

»Bist du das, Clara?«, fragte die aufgeregte Stimme einer Frau. »Hier ist deine Tante Anni aus München«, und sie ließ einen

Redefluss in mein Ohr strömen, wie ich ihn sonst nur von meiner Mutter kannte. Wie gerne sie mich wiedersehen würde, flötete sie. Ich müsse ja eine umwerfend hübsche junge Frau geworden sein.

»Weiß nicht«, sagte ich müde und völlig überfordert von ihrem schwallartigen Eindringen in meinen Kopf. »Willst du meine Mutter sprechen?« Die stand inzwischen schon in ihrem Nachthemd vor mir. Ihre zerrauften Haare erzählten die abstruse Geschichte einer weiteren schlaflosen Nacht.

War der Turmkeller bisher eine Gegenwelt zu meinem Leben auf den Höhen über Wiesenberg gewesen, so wurde er jetzt zu seinem Abbild. Überall wandelten Kellerleichen. Sie tauchten nicht nur aus der Geschichte meiner Mutter auf, sondern blickten auch aus dem Gesicht von Arthur, dessen Teilanwesenheit an einen Zombi erinnerte. Tagsüber verschwand er stundenlang. Sein Jeep stand vor dem Haus. Meine Mutter fragte mich, ob ich Arthur beim Herauflaufen nach der Schule gesehen hätte, als würde er einfach so im Wald herumwandern.

»Er wird im Kuhstall sein«, sagte ich.

»Den ganzen Tag?«, fragte sie ungläubig, und ich zuckte mit den Schultern.

Am Spätnachmittag schnappte sich Mama die Schlüssel vom Jeep und bat mich mitzukommen. Wir fuhren zum Sonnenhof. Die Sonne war schon hinterm Berg. Es brannte kein Feuer in der Stube. Mama rief erst nach Daniela, dann nach Vanessa die Treppe hoch, aber das Haus blieb still. Schließlich gingen wir gemeinsam in den Stall. Die Kühe standen mit schaukelnden Köpfen vor ihrer Wasserrinne. Der penetrante Gestank von Mist, der immer in Arthurs Kleidern hing, stieg uns in die Nasen. Aber kein Arthur weit und breit.

Wir fuhren wieder nach unten, diesmal in Richtung Dorf. Da kam uns ein Auto entgegen. Es war der silberne Audi von Susie. Mama zog ganz nach rechts und Susie ganz nach links. Die beiden Frauen hatten seit Jahren nicht mehr miteinander gesprochen, aber wir alle wussten, dass Susie noch Danielas Freundin war. Susie blickte kurz zu uns herüber und winkte. Wir winkten zurück. Hinten drin sahen wir zwei Kindersitze. In einem saß Gabriel, im anderen Vanessa.

Stumm lenkte Mama den Jeep ins Dorf.

Tante Friedas Küche war warm und hell erleuchtet. Ein Gulasch kochte auf dem Herd, und ich sog den vertrauten Duft ihrer sorgsamen Routine ein, der beständigen Wahrung ihres Wohlergehens, das sie augenblicklich auf alle ausweitete, die über ihre Schwelle traten.

Sie drückte mich an ihre Brust und sah gleich in den Augen meiner Mutter, dass Tee oder Malzbier die düsteren Schwaden nicht würden wegspülen können. Während ich Teller und Besteck aus dem Schrank holte und für uns drei den Tisch deckte, ging Tante Frieda ins Wohnzimmer und holte Weingläser hinter den feinen Glastüren ihres Spinds hervor. Auch mir schenkte sie ein Glas ein und sagte: »Ihr seid ja beide leichenblass!«

Tatsächlich vertrieb der Rotwein die Gespenster, die uns aus dem kalten Wald gefolgt waren.

Nach dem Essen saßen wir auf der Couch im Wohnzimmer und bestaunten Tante Friedas Häkelsortiment für den Weihnachtsmarkt. Ich holte meine Häkelnadeln aus dem Schrank, um in die Zeiten zurückzukehren, als sich Masche für Masche eine Zukunft anfertigen ließ, Schuh für Schuh. Doch kaum hatte ich begonnen, fiel mir auf, dass sich in Mamas Gesicht wieder diese Falten eingegraben hatten. Das, was in ihrem Schicksal nicht umzustricken war, hatte sie wieder ereilt. Die Zukunft lag in Unordnung, und sie trug keine Babyschuhe.

Während Mama sich an ihrem dritten Glas Wein festhielt, erwähnte sie den verschwundenen Arthur. Tante Frieda hob beide Hände in die Luft, schob damit alles, was so schwer darin hing, in den Wind und sagte: »Diese Männer! Heirate den Arthur, dann gehört dir wenigstens was. Und hör auf, dich für andere aufzuarbeiten!« Dann schenkte sie meiner Mutter noch mal nach. Mir drückte sie die Häkelnadeln wieder in die Hand.

»Ich hab immer für die Männer geschuftet!«, legte Mama los. »Jahrelang hab ich die Miete für Fritz beigeschafft, hab Doppelschichten gearbeitet, damit er in seine Vorsprechrunden gehen konnte und sich nicht ums Geldverdienen kümmern musste. Nichts hatte ich von meinem eigenen Leben! Alles, was ich wollte, war, dass er sich als Dank auch mal um mich und das Kind kümmert. Aber er war nichts als ein Blutsauger, durch und durch!«

»Hast du Fritz denn damals verraten, dass du dich in einen anderen verliebt hast?«, fragte ich.

Mama schüttelte den Kopf. »Dem war doch alles egal.«

Das Telefon läutete, und es war klar, wer da anrief. Jemand, der sein Auto vermisste.

Mama sprach ruhig mit Arthur. Sie habe zu viel Wein getrunken, um jetzt noch heimzufahren, sagte sie. »Wir sehen uns morgen. Falls du dann zu Hause bist.«

Ich sah Arthurs Gesicht vor mir, den genervten Zug, den es immer annahm, wenn jemand in diesem strengen Ton mit ihm sprach, die Augen in Richtung Himmel gedreht, die Mundwinkel unter seinem fusseligen Bart in Richtung Erde fallend. Dabei beäugte er manchmal gelangweilt den Busen meiner Mutter, so wie er sich an einem Krimiabend, wenn er eh schon alles wusste, genüsslich sein Bier reinzog und den depperten Detektiven bei der Arbeit zusah.

Dann sah ich das Gesicht von Fritz, so wie ich es aus dem Fernsehen kannte, eine Fassade wie aus Beton gegossen, als gäbe es zwischen dem, was seine Augen aus ihren tiefen Höhlen heraus abschätzten, und seinen fiesen Absichten nicht mal das leiseste Gefühl. Wie kurzsichtig musste man sein, um dem hinterherzulaufen?

Tante Frieda und ich ließen Mama reden, bis sich das Wettern in ihrem Erzählstrom in Müdigkeit auflöste. Währenddessen häkelte ich einen einzelnen Babyschuh mit blauen und hellgrünen Ringeln und mit knallroten Borten.

»Wie für ein Indianerkind«, sagte Tante Frieda.

»Nein«, sagte ich, »ein Überraschungskind.«

Sabine

München 1984

Claras erstes Lebensjahr

Königinnen

Vor dem Hotel zum Schloss in München winkte ein Page die Taxis herbei. Er stand im Trockenen und im warmen Licht, das von der Lobby durch die großen Glasfronten nach draußen fiel. Die Drehtür stand nicht still, immer wieder entließ sie Männer in Mänteln und mit Aktentaschen unterm Arm in den überdachten Eingangsbereich, wo ihre Koffer schon unter den goldfarbenen Bögen eines Gepäckwagens warteten. Taxifahrer sprangen aus dem Wagen und öffneten den Kofferraum. Der Page trat mit dem Griff der hinteren Tür in der Hand zügig rückwärts, um aus dem Weg zu sein. Die bemantelten Gestalten duckten sich mit gequälten Mienen auf die Rücksitze. Im Geiste waren sie bei den Dingen, die auf dieser Welt wichtig und in ihren Köpfen in Registern angelegt waren. Der Aufenthalt im Hotel gehörte nicht dazu, er hatte nur auf angemessenem Niveau zu funktionieren.

Alles wurde getan, um den Leistungsträgern der Weltwirtschaft die frühmorgendliche Abreise so komfortabel wie möglich zu machen. Sie waren vom Regen abgeschirmt, mussten das Gewicht ihres Gepäcks nicht vom Boden heben, mussten nicht warten, denn die Taxis standen jetzt Schlange, um sie in ihren beheizten Innenraum aufzunehmen.

Sabine beobachtete die Hektik der Abreisewelle, während sie im morgendlichen Novembergrau durch den Regen auf das Hotel zum Schloss zulief. Je weiter sie sich dem hell erleuchteten Hoteleingang näherte, desto mehr freute sie sich darauf, in diese Scheinwelt zu treten, in der es zuging wie in vorigen Jahrhunderten, mit Herren und Bediensteten. Die einen stolzierten standesbewusst, die anderen eilten devot unter gewölbten Decken hin und her und hielten die Wohlstandsmaschine am Laufen.

Mit dem Betreten dieser Ordnung verwandelte sich die Sabine, für die jeder Tag in heilloser Ungewissheit begann, in die routinierte und akkurate Hotelfachkraft. Hier konnte man ihr nichts nachsagen. Im Personalraum arrangierte sie ihren Busen, um ein Dirndldekolleté nach Maß zu erzeugen. Nicht zu bieder, aber auch keinesfalls ordinär.

»Denk immer dran, wir beide sind die Königinnen vom Schloss. Ohne uns läuft hier gar nichts.« Das war immer Annis Ausspruch, wenn sie schnell im Personalraum eine Zigarette miteinander rauchten, um ein bisschen was von ihrem eigenen Leben zu spüren, das es vor den Gästen nicht zu geben hatte.

Sabine merkte schon, wie es spannte in ihrer Brust. In wenigen Stunden würde sie zur Bahn und zurück zu Clara hetzen müssen. Barbara hatte ihr eingetrichtert, dass ihr Arbeitgeber ihr eine Stillpause zugestehen müsse, ansonsten werde sie die Gewerkschaft mobilisieren.

Sabines Eltern hatten immer nur abfällig über Gewerkschaften gesprochen, die würden nur die Wirtschaft behindern, die schließlich für den Wohlstand sorge. Wieder der Wohlstand, dieses Heil aller Menschen. Ihrer war es nicht. Was Sabine alles gelernt hatte in den vergangenen drei Monaten, stellte ihr früheres Weltbild auf den Kopf.

»Morgen, Sabinchen!« Der Chef kam herein, da hatte sie längst die Übergabe mit dem Nachtschichtleiter hinter sich. »Was steht heute an?«, wollte er wissen. Doch als sie mit ihm das Buch durchgehen wollte, in dem die noch auszubuchenden und neu zu erwartenden Gäste gelistet waren, da winkte er ab und sagte: »Jaja, du machst das schon.« Dann verschwand er in seinem Büro, wo er Kaffee trinken und eine Zigarette rauchen würde.

Sabine saß an dem langen Tisch gegenüber der Küchenzeile, dort, wo die Mittagssonne durch die kleinen Fenster hereinfiel. Clara lag an ihrer Brust. Sie habe viel geschlafen, sagte Barbara, dann habe sie herumgetragen werden wollen, aber geschrien habe sie nicht. Sabine ließ ein paar Momente des Friedens durch ihre Nervenbahnen tanzen wie Staubteilchen durchs Sonnenlicht.

Nicht lange und sie würde das Frauenhaus verlassen müssen. Jetzt wo sie nicht mehr mithelfen konnte, weil sie wieder im Hotel arbeiten musste, ließ es sich nicht mehr rechtfertigen, dass sie den wertvollen Platz belegte.

Trotzdem hatte Barbara gesagt, sie solle erst mal hineinfinden in ihren Alltag, dann würden sie gemeinsam nach einer Wohnlösung suchen und – viel schwieriger noch – nach einer Betreuung für Clara.

»Am Montag, wenn du frei hast, gehst du zum Sozialamt«, ordnete Barbara an, während sie ein Zweijähriges vom Boden rettete, weil ein Fünfjähriger hinter ihm her war, der mit dem Föhn um sich schoss. »Amina, die Kinder müssen raus!«, rief sie den Gang hinunter. Amina half gerne mit den Kindern, aber allein durfte sie nicht vor die Tür, denn hinter ihr war ihr Vater her, womöglich mit echten, scharfen Waffen.

»Du fehlst hier«, sagte Barbara zu Sabine.

Clara war eingeschlafen und sah aus, als könne nichts auf der Welt ihre tiefe innere Ruhe erschüttern.

Die Frauen, die von Rage und Tötungsfantasien verfolgt wurden, waren hier sicher. Doch irgendwann würden sie wieder gehen müssen und lernen, mit der Angst zu überleben. Dagegen schien Sabines Schicksal harmlos. Sie würde nur unter vernichtenden Blicken überleben müssen.

Als sich Sabine am Montag auf den Weg machte, sagte Barbara: »Das Sozialamt muss dir den Mehrbedarf zusprechen, den du als Alleinerziehende hast. Die werden erst mal deinen Mann heranziehen wollen, denn das ist der registrierte Vater. Er wird sich einen Anwalt nehmen müssen, um die Vaterschaft abzulehnen. Wenn er das nicht tut, bleibt er unterhaltspflichtig.«

»Was passiert, wenn geklärt ist, dass er nicht der Vater ist?«

»Dann hast du zwei Möglichkeiten. Entweder gibst du den Namen des richtigen Vaters an, und man wird versuchen, ihn in seinem Heimatland ausfindig zu machen. Oder du sagst, du kennst seinen Namen nicht. Damit muss sich das Amt dann abfinden.«

Sabine sah dem trägen alten Beamten seine Gedanken an: Die heutigen Frauen glauben, alles gehe ohne Mann, und dann sitzen sie hier und wissen nicht, wie.

Sabine erklärte ihm, dass ihr Mann zwar nicht der Vater ihres Kindes sei, sie ihn aber zahlen lassen wolle, weil er ihr viel Geld schulde. Sie nannte Fritz' Namen und Wohnort.

Dafür sei er gar nicht zuständig, erklärte der Beamte. Unterhalt werde über das Jugendamt eingeklagt. Doch er wolle den Fall gerne weiterreichen. »Sie sind ja hier, um Hilfe zu beantragen, nehme ich an.« Sabine nickte.

Der Beamte schob ihr ein Formular hin, das sie ausfüllen sollte. Während sie damit beschäftigt war, ging er an den langen Blechschrank mit den Hängeregistern im hinteren Teil des Raumes. Als er wiederkam, sagte er: »Ihren Mann habe ich grade in unseren Akten gefunden. Von dem können Sie nichts erwarten. Er hat Sozialhilfe beantragt. In seinem Beruf tut er sich offenbar schwer.«

Es war eine unruhige Nacht gewesen. Sabine hatte auf der Küchenbank schlafen müssen, weil ihnen die Betten ausgingen. Clara hatte im Kinderwagen keine Ruhe gegeben, bis Sabine sie auf der schmalen Bank auf ihren Bauch gelegt hatte. Vor lauter Angst, Clara könnte auf den Boden fallen, hatte sie gar nicht geschlafen. Am Morgen musste sie ihr wimmerndes, fieberndes Baby in aller Hektik zurücklassen, um nicht zu spät zur Arbeit zu erscheinen.

Im Hotel zählte sie die Stunden und Minuten bis zu ihrer Pause. Sie saß am Schreibtisch, abgeschirmt vom Tresen, und sortierte

Belege, als sie eine vertraute Männerstimme hörte, die sich an ihre Kollegin richtete, und fragte: »Ist Sabine da?«

»Was willst du?«, fragte Sabine, noch bevor sie hervorkam und sich Fritz' stechendem Blick aussetzte. Doch der kam heute wie weichgespült unter seinen mächtigen Brauen hervor. Um seine Mundwinkel schlich eine Versöhnlichkeit, wie er sie bisher noch nie geschauspielert hatte.

»Mit dir reden«, sagte er.

Völlig außer Atem hörte Sabine schon auf der Treppe das Schreien ihres Kindes aus dem anderen Getöse heraus. Clara lag im Kinderwagen in der Küche. Niemand war bei ihr. Noch immer hatte das Kind keinen Appetit, und sein Köpfchen war zu warm. Sabine kochte einen Tee, füllte ihn in ein Fläschchen und suchte ihr Hab und Gut zusammen. Später würde sie anrufen, um zu erklären, warum sie fort war. Vielleicht erwartete das aber auch niemand. So wie man hier strandete, so spülte es einen wieder weg, außerhalb jeder Planbarkeit.

Sie traf Fritz vor der S-Bahn-Station auf dem Weg zum Hotel. Er übernahm den Wagen.

»Spätestens in zwei Stunden musst du ihre Windel wechseln«, wies Sabine ihn an. »Wenn sie unruhig wird, dann nimm sie auf den Arm. Gib ihr den Tee hier. Pass auf, dass ihr nicht kalt wird. Wenn das Fieber schlimmer wird, dann geh mit ihr sofort ins Krankenhaus!«

All das sei doch klar, entgegnete Fritz. Gar kein Problem. Sie solle sich beruhigen und losgehen zum Arbeiten.

Als Sabine am Abend mit einem ängstlichen Druck im Magen ihre alte Wohnung betrat, lag ihre Tochter im Arm eines fremden Mannes. Er saß auf einem modern gemusterten neuen Sessel unter dem

Küchenfenster. Claras kleiner Körper lag ganz entspannt in seiner Armbeuge.

Besorgt legte Sabine ihre Hand auf Claras Köpfchen. Die Temperatur hatte sich normalisiert. Da streckte Clara die Ärmchen nach ihr aus, öffnete die Lippen und machte freudige Laute.

Fritz stand am Herd und rührte in einem Topf. Es roch nach Linsensuppe. Alles war sauber und aufgeräumt. Keine Zigarettenstummel oder Bierflaschen lagen herum.

Der Mann am Fenster war blutjung, feingliedrig und vorsichtig in seinen Bewegungen. Er hatte samtig schimmernde rotbraune Haare und lang bewimperte grüne Augen.

»Eure Tochter ist ein wahrer Engel«, sagte er.

Nachdem Sabine Clara gestillt hatte, nahm der Mann ihr das Kind wieder ab, legte es sich über die Schulter und wippte mit ihm durch den Raum. Dabei klopfte er Clara sanft auf den Rücken und achtete darauf, dass ihr Blick immer wieder ihre Mutter fand. Da strahlten Claras Augen auf, und ihr entzückender Mund formte das erste Lächeln.

Drei Erwachsene und ein zunehmend lebhaftes Kind in einer winzigen Wohnung – es war erstaunlich, wie lange das gut ging. Das war nur dem schönen jungen Mann zu verdanken, der alles, was Clara betraf, hingebungsvoll zelebrierte, einschließlich des Friedens zwischen allen Parteien. Wenn Sabine aus dem Hotel kam, nahm sie ein rundum versorgtes, glucksendes Baby entgegen.

Manchmal kam es trotzdem zu Unstimmigkeiten zwischen den Männern. Sabine beobachtete, wie Fritz seine scharfe Art der Diskussion, die jede Gegenrede ins Lächerliche zog, auf seinen Freund anwandte. Es gab schließlich nur einen, der das Zeitalter verstand, in dem man sich befand.

Doch Fritz hatte jetzt einen Partner, der ihm mit einer Aura begegnete, in der es um Größeres ging als die Banalitäten, um die er streiten wollte. Es ging um Familie und Zukunft. Und Fritz wollte seinen Freund glücklich machen, ohne in eine teure Adoption verwickelt zu werden. Also hatte er auf das zurückgegriffen, was praktischerweise schon da war: ein Kind. Ein wahrer Engel.

Fritz' Rechnung ging sogar noch weiter. Er überzeugte Sabine, dass sie als Eheleute weiterhin als getrennt gelten sollten. Sabine sollte sich einen anderen offiziellen Wohnsitz zulegen. Anni erklärte sich bereit, ihre Adresse zur Verfügung zu stellen. So bekam Fritz weiter Wohngeld vom Staat. Sein junger Freund bekam Sabines Betreuungsgeld. Zu alledem kam Sabines Gehalt sehr gelegen, wenn man sich einen Kasten Bier oder ein paar Brathähnchen leisten wollte. So ließ Fritz sich Familie und Zukunft gefallen.

Eines Abends, kurz vor Weihnachten, kam Fritz mit dem Vertrag für eine Rolle nach Hause. Diesmal war es eine Fernsehserie, etwas Dauerhaftes, kein waghalsiges Unterfangen wie das letzte, sondern etwas im bayerischen Unterhaltungsprogramm gern Gesehenes.

Fritz würde einen Mann darstellen, der sich mit kriminellen Hintergedanken über die leicht zu verführende junge Tochter in eine betuchte Familie einschleicht. Die etwas langatmig geratene, wöchentlich ausgestrahlte heile Welt sollte mit ihm wieder ein bisschen realitätsnäher werden. Fritz hatte mit seiner Interpretation von Hinterlist beim Vorsprechen eine Punktlandung hingelegt.

Er brachte ein Festmahl aus Back- und Wurstwaren heim. Dazu eine Flasche Cognac und ein paar Päckchen der Medizin, die ihm die schauspielerische Energie verschaffen würde, um mit der neuen Rolle groß rauszukommen, so erklärte er.

Sein Freund nahm die Päckchen aus Fritz' Hemdtasche und machte Anstalten, sie im Abguss zu entsorgen. Clara brauche Stabilität für ihre Entwicklung, erläuterte er Fritz eindringlich, keinen koksenden Vater. Außerdem müsse man jetzt schon Geld zur Seite legen, um bald eine gute Betreuung bezahlen zu können, denn er selbst wollte im neuen Jahr das Studium wieder aufnehmen, das er unterbrochen hatte. »Wir können uns deine Drogen nicht leisten, Fritz!«

»Jetzt mal langsam«, entgegnete Fritz gereizt. »Ihr beide glaubt doch nicht ernsthaft, dass ich mein sauer verdientes Geld für das Kind von irgendeinem schwarzen Pagen ausgebe, mit dem sich meine Frau vergnügt hat. Das geht jetzt dann doch zu weit!«

Sabine hatte viel gelernt. Sie verhielt sich ruhig. Doch als Fritz nicht aufhörte, Beleidigungen in ihre Richtung zu brüllen, stand sie auf und suchte ihre und Claras Sachen zusammen. Da hatte sie immer noch die Hoffnung, dass sich Fritz' Rage gleich wieder legen würde. Stattdessen platzte ein Geschwür nach dem anderen auf. Fritz schleuderte Sabine all das Verachtungswürdige ihres Treibens ins Gesicht, die Schmach der Unzucht, Überbleibsel aus einem längst vergangenen Zeitalter.

Schließlich sickerte in seinen Suff, dass Sabine im Begriff war, die Wohnung zu verlassen. Als er ihr das Kind entreißen wollte, hielt sein Freund ihn fest. Eine übermenschliche Kraft steckte in seinen zarten Armen.

Danach kam blanke Panik auf. Die schreiende Clara wurde hastig in eine Decke gewickelt und ihrer Mutter auf die Hüfte gesetzt. Die rannte ohne Jacke, den Kinderwagen hektisch manövrierend, aus dem Haus. Zum Glück erwischte sie die letzte Bahn vor Mitternacht. Die Schiebetüren schlossen sich, und Sabine sank in eine Plastikschale. Zum ersten Mal wurde ihr bewusst, dass sich ihr Schicksal von dem der Frauen im Frauenhaus nicht sehr unterschied. Sie alle versuchten, in einem gefühlsleeren Raum, regiert von Alkohol, Schikane und Lust, eine Rettungsinsel zu finden, gehalten nur von den Rechten der Ärmsten. Sie alle wunderten sich darüber wenig, denn irgendwann in ihrer Geschichte hatten sie etwas Unzüchtiges getan. Selbst Amina hatte zugegen, dass sie von Liebe träumte, dem ganzen Programm, einschließlich dem Teil, an dem man nichts anhat. Selber schuld.

Ins Frauenhaus wollte Sabine niemals zurück. Die Szene mit Fritz hatte etwas Verborgenes in ihr zu neuem Leben erweckt. Ein Stück der Freiheitsliebe, die Clara umgab. Mit einem Lächeln küsste sie ihr erschöpftes Baby auf die vom Schweiß feuchte Stirn.

Anni hatte ihre Tochter noch nie gesehen. Sie wusste zwar, dass Sabine und Fritz sich nach Claras Geburt getrennt hatten, aber warum, das wusste sie nicht. Schon beim ersten Anblick würde sie sehen, wer Claras Vater war. Das mochte Sabines Ende sein oder auch nicht, sie hatte keine Wahl.

Clara

Vancouver 2008

24 Jahre

Fantasy

Das fleißige Bienchen, das meiner Mutter in den Genen steckt, kann eine erstaunliche Verwandlung durchlaufen, sobald sie elegant gekleidet ist. Sie kommt dann so authentisch rüber, als wäre die feine Welt ihr natürliches Habitat. Wo immer sich in München die Gelegenheit ergab, schlüpfte sie in das Weltstadtflair und schäkerte mit der großen Freiheit. So fiel es mir nie schwer, sie mir vorzustellen, an dem Abend, als sie meinem Vater begegnete.

Das Romantischste, das sie von dieser Begegnung erzählte, war, dass er sich über ihre albernen Witze schlapp lachte und umgekehrt. Zwei Menschen, deren Herkunft und Lebensumstände nicht unterschiedlicher hätten sein können, teilten den gleichen Sinn für Humor miteinander. Sie verstanden die Nuancen, auf die der Lachnerv des anderen reagierte.

Die Geschichte dieses Abends hatte ich über die Jahre mühselig aus meiner Mutter herausgefragt. Die Lücken, die blieben, füllte meine Fantasie auf. Wie es dazu kam, dass meine Eltern ein Kind gezeugt hatten, darauf gab es für mich nur eine Antwort.

Ich sah meine Mutter vor mir an jenem regnerischen Novemberabend mit Anni unter den Hofgartenarkaden in München. Zwei Herren sollten gleich mit dem Taxi ankommen und sie in den Dinnerclub ausführen. Meine Mutter war angenehm aufgeregt, während sie mit Anni im Trockenen wartete, weit genug von der Straße und den hastig vorbeispritzenden Autos entfernt. Sie würde flirten dürfen, was das Zeug hält. Einen verkopften Ingenieur aus Kanada aus der Reserve zu locken, allein dafür würde sie hundertfünfzig Mark von Annis Freund Eberhard bekommen. Das Geld, um sich ein feines dunkelblaues Kleid und schwarze Stiefel mit hohem Absatz vom Verleih zu holen, kam noch obendrauf. Den kurz geschnittenen, schwingenden Wollmantel, unter dem ihre schönen Beine die Blicke auf sich zogen, hatte sie von Anni geliehen.

Sabine war wütend auf Fritz, denn jetzt musste sie sich auch noch an ihrem Feierabend ums Geldverdienen kümmern, damit sie beide nicht am Hungertuch nagen mussten. Er brachte immer noch keinen Pfennig nach Hause. Ihr Frust machte sie umso entschlossener, einfach mal Spaß zu haben. Seit ihren Freiburger Zeiten hatte sie sich nicht mehr durch die Nacht treiben lassen.

Anni gab ihr letzte Anweisungen im Marschbefehl: »Sorg dafür, dass Christopher locker wird. Er soll ruhig viel trinken. Du darfst reden, so viel du willst, muss halt auf Englisch sein. Offenbar ist Christopher ein ruhiger Typ. Solche Männer mögen es, wenn ihre Begleitung immer was zu sagen weiß. Ich hab dich ja nicht umsonst ausgewählt für dieses hohe Amt heute.«

Meine Mutter machte sich keine Sorgen. Zwar war sie ein Neuling im Begleitgeschäft, aber reden konnte sie, und Englisch sprach sie jeden Tag im Hotel.

»Allerdings darf er morgen auf keinen Fall einen Kater haben, das täte den Verhandlungen nicht gut«, fuhr Anni fort. »Eberhard will ihn um zwölf im Bett wissen, gut angewärmt für eine Geschäftsbeziehung, in der man sich auch im Privaten schätzt und vertraut. Verstehst du?«

»Also bitte, Anni, blöde Frage. Ich erlebe solche Eberhards und ihre Manöver jeden Tag.«

Da hielt das Taxi vor ihnen, und zwei Männer stiegen aus. Einer trug Mantel und Hut, der andere eine sportliche Winterjacke und Jeans. Anni hatte angekündigt, dass der Amerikaner dunkelhäutig sei, aber das war untertrieben. Sabines Klient für diesen Abend war eindeutig ein richtiger Schwarzer. Den Mann namens Eberhard erkannte meine Mutter als Stammgast im Hotel. Über ihn wurde erzählt, dass er als armer Bauernsohn irgendwo im bayerischen Hinterland einen Reparaturbetrieb für Flugzeuge aufgebaut hatte. Vor einigen Jahren hatte er begonnen, eigene Motoren zu fertigen. In München traf er sich mit großen Flugzeugherstellern, um seine

Erfindungen an den Mann zu bringen. In seinem Gesicht dominierten die stahlblauen Augen. Tiefe Denkkerben rangelten munter mit Lachfalten. Er wusste genau, wie man im großen Stil Sympathien einfängt.

Der Gast aus Winnipeg würde als Chefingenieur darüber entscheiden, ob sein Arbeitgeber, Kanadas größter Flugzeughersteller, für die Modernisierung der kanadischen zivilen Luftflotte Eberhards Antriebstechnologie kaufen würde. Ein positives Ergebnis der morgigen Verhandlungen würde Eberhards Firma in eine Führungsrolle auf seinem Markt katapultieren. Es würde nicht einfach sein, denn das Prädikat »German Engineering« verlangte einen stolzen Aufpreis gegenüber der Konkurrenz aus den USA.

Eberhard machte viel Aufhebens darum, sie alle einander vorzustellen, nannte dabei aber nur Vornamen. Über Christopher fügte er hinzu, dass er in der kanadischen Provinz Manitoba lebe, ursprünglich aber aus Chicago stamme.

Christopher sagte daraufhin mit sehr amerikanischem Akzent: »Just call me Chris.«

Als Eberhard Annis Arm nahm, um mit ihr vorauszugehen, folgten Sabine und Chris der Paarordnung. Der hochgewachsene Mann neben Sabine wirkte still wie das Auge eines Wirbelsturms. Alles wurde lauter um ihn herum, der Verkehr auf der Hofgartenstraße, das Regenrauschen auf dem Platz, der Hall ihrer Schritte unter den Arkaden. All das Fremdländische, das er ausstrahlte, brachte Sabines Redestrom erst mal zum Erliegen. Bis sie beide gleichzeitig zu sprechen begannen. Sabine fragte Chris, wie ihm München gefalle, und Chris fragte Sabine, ob sie hier geboren sei.

»You first«, sagte er lachend. Da erzählte Sabine, dass sie auf dem Land im Black Forest aufgewachsen war. Sie ließ ein paar idyllische Bilder ihrer Kindheit aufsteigen. Wenn sie ihren Begleiter anblickte, sah sie, dass sich sein lässiges Lächeln in seinem ganzen Gesicht ausbreitete, von den tiefschwarzen exotischen Augen über die glatte hohe Stirn und die breite flache Nase bis zu den vollen Lippen.

Chris sagte, der Regen in München fühle sich für ihn heimatlich an. In Chicago regne es quasi immer. Daher war er gerne nach Winnipeg gezogen. Allerdings sei es da im Winter so kalt, dass man nicht vor die Tür gehen könne. »Keine frische Luft und kein Sonnenlicht den ganzen Tag! Es ist sogar zu kalt, um ein Fenster aufzumachen«, schilderte er sein Dilemma. Dabei würde er bei Gott nicht aussehen als hätten seine Ahnen zu wenig Sonnenlicht abgekriegt.

Sabine fiel in ihr ansteckendes Lachen. Im Sommer sei es sicher praktisch, immer einen Sonnenschutz auf der Haut zu haben, sagte sie. Sie selbst verbrenne sofort in der Sonne, so als wären ihre Vorfahren gar nicht erst aus den Höhlen herausgekommen. Jetzt lachte Chris so laut, dass sich Eberhard und Anni nach ihnen umdrehten und sich dann zufrieden anblickten.

Als sie alle im Dinnerclub saßen, machten Anni und Eberhard noch immer keine Anstalten, in die Unterhaltung des Gastes aus Kanada mit der schnatternden Sabine einzusteigen.

Irgendwann machte Anni Handzeichen in Sabines Richtung, sie solle mal aufs Klo mitkommen.

»Pass auf«, begann Anni, als sie vor den Waschbecken standen und ihr Make-up im Spiegel überprüften. Während sie mit links ihre Frisur zurechtzupfte, holte sie mit rechts eine Zigarette aus ihrer Handtasche. »Eberhard hat mir vorhin erzählt, dass Chris verheiratet ist und zwei Kinder hat. Er möchte nicht, dass zwischen euch was läuft, was Chris später bereuen könnte. Okay?« Damit zündete sie die Zigarette an.

»Ich dachte, es sei sowieso klar, dass nichts läuft.«

»Ja, aber es könnte ja sein, dass du dich dazu hinreißen lässt«, sagte Anni.

Sabine schüttelte entsetzt den Kopf. »Niemals, Anni!«

»Bis jetzt machst du das richtig gut«, lobte Anni sie, dann inhalierte sie tief und entsorgte die Zigarette im Waschbecken. »Halt! Und ich?« Sabine versuchte, einen Zug für sich zu retten, bevor der Stumpen den Abfluss hinunterrutschte, aber Anni klopfte ihr auf die Finger. »Nein, du nicht. Chris raucht nicht. Da kannst du nicht nach Tabak stinken.« Damit stöckelte sie aus der Damentoilette und Sabine hinterher, durch das Lichtergefunkel der Kronleuchter, dicht vorbei an den eleganten Stuhllehnen mit den spärlich bekleideten Damenrücken.

Die Wände waren mit Spiegeln gepflastert. Darin sah man all die Lichter noch mal, und das seltsam uniforme Lächeln der Damen sah man von vorn. Wie viele von ihnen wohl bezahlt wurden, um hier zu sein, fragte sich Sabine. Fast schien ihr Chris der einzig erträgliche Mensch weit und breit. Was er wohl von der Scharade hielt, in die er hier geraten war? All dieser künstliche Prunk, das passte doch gar nicht zu ihm. Was hatte sich Eberhard dabei nur gedacht?

Mit jeder Flasche Wein, die zu ihrem Tisch wanderte, wurde klarer, was sich Eberhard gedacht hatte. Chris amüsierte sich immer besser, und Eberhard schaute immer siegessicherer drein. In seiner Karriere als Weltmann hatte er eines gelernt: Weibliche Gesellschaft als Eisbrecher und ein paar Drinks als Schmierstoff waren die beste Vorbereitung auf große Geschäfte.

Chris und Sabine wurden von den Nebentischen her missbilligend beobachtet. Ein hübsches blondes Mädchen mit einem schwarzen Mann? Der musste ja schwerreich sein, lag als Mutmaßung auf ihren Mienen. Die beiden machten sich einen Spaß daraus und gaben sich als langjähriges Paar, indem er seine Hand auf ihren Rücken legte und sie seinen Arm streichelte.

Als sie den Dinnerclub verließen, um in die Tanzbar Blue Moon zu gehen, hing Sabine an Chris' Arm, und sie ließ sich von ihm um die Tische lenken, um nicht anzustoßen. Man stieg zu viert ins nächste Taxi.

Sabine saß hinten in der Mitte zwischen Anni und Chris. In einer Kurve ließ sie den Kopf mit der Fliehkraft auf Chris' Schulter fallen. Die Blockaden in ihrem Leben lösten sich auf, alles schien weit offen, alles schien möglich, wenn nicht sogar unmittelbar vor ihr zu liegen in den schwimmenden Lichtern der Münchner Nacht – Liebe, Reichtum und Kinder.

Auf der Tanzfläche im Blue Moon schwebte Sabine wie eine Feder, getragen vom Saxofon und von Chris' Bewegungen. Sie sah sich vor einem weit geöffneten Fenster, durch das Licht in ihr Inneres fiel. Nichts ersehnte sie mehr, als einfach hinüberzuwehen in das Leben dieses fremdartigen Mannes. Seine Sprache, seine Stimme, die gesammelte Erotik seines Wesens waren wie von einem anderen Stern. Er drückte sie enger an sich, und Sabine ließ sich in die Tiefen fallen, die aufklafften, wo dereinst Boden unter ihren Füßen gewesen war.

Unfähig, Sabines Aufmerksamkeit auf andere Art zu gewinnen, tanzte Anni, geführt von Eberhard, an ihr vorbei und sang ihr ins Ohr: »Sabinchen! Zeit zum Heimgehen! Du hast es geschafft!«

Es hatte aufgehört zu regnen, und der neue Tag schimmerte zwischen den Hauswänden durch. Ein Stück die Straße hinunter winkte Eberhard ein Taxi herbei und bot Chris an, einzusteigen. Aber der sagte: »No, thank you.« Er brauche jetzt frische Luft.

Als Sabine auch ablehnte, hielt Eberhard Anni die Taxitür auf. Es folgten herzliche Handschläge, dann duckte sich Eberhard auf die Rückbank neben Anni, und das Taxi fuhr davon.

Besorgt warf Chris einen Blick auf Sabines hohe Absätze und äußerte Bedenken, ob sie mit diesen Stiefeln besonders weit kommen werde. Aber sie erklärte ihm, dass ihr Körper an nichts besser gewohnt sei, als daran, zu laufen, egal in welchen Schuhen. Also liefen sie nebeneinanderher in die Münchner Altstadt hinein.

Sabine bemerkte, dass Chris Mühe hatte, sein Tempo zu zügeln. Sie fragte ihn, ob er ein Läufer sei. Er sagte, er sei Fußballspieler, und fügte an: »Schnelle Bewegung macht mich glücklich.« Und weil er nie lange über sich selbst redete, fragte er gleich: »Was macht *dich* glücklich?«

Sabine war überfragt.

»Come on!«, bestand Chris auf einer Antwort. »Da muss es etwas geben.«

Da sagte Sabine, wenn ihr ein Gast im Hotel ein Lächeln schenke, dann habe sie einen glücklichen Moment.

»Here you go«, jubelte Chris. »Es gibt also doch etwas. Du musst diesen Moment nur jeden Tag finden, dann hast du ein großartiges Leben.«

So einfach war das mit dem Glück?

Sabine dachte an ihr Leben mit Fritz, spürte die Taubheit, in der sie ihre Tage verbrachte, die lähmende Armut, und schon erzählte sie Chris, dass ihr Freund es war, der sie unglücklich machte. Sie erzählte, wie erfolglos er als Filmschauspieler war und wie er seine Zeit vergammelte.

Chris erklärte ihr, dass so eine Schauspielerkarriere sich oft über viele Jahre entwickeln müsse. Das könne schon noch werden, wenn ihr Freund an sich selbst glaube. Dann wollte er den Namen ihres Freundes wissen, vielleicht würde er ihn ja eines Tages auf der Leinwand sehen.

Sabine lachte. »Fritz König«, verriet sie. »Den wirst du aber in Kanada nie auf der Leinwand sehen.«

»You never know«, lachte Chris.

Dann nahm er sie an der Hand und verflocht Finger mit Finger. Alles fühlte sich ganz natürlich an, die Berührung ihrer Hände, ihr rhythmisches Schuhklappern, Chris' gebremstes Tempo. Schließlich blieb er unter einem spärlich beleuchteten Schild stehen: Gasthof Klostersteige.

»This is my hotel«, sagte er und holte einen klobigen Schlüssel aus seiner Jacke.

Weil es das einzige Mittel gegen die Angst war, jetzt von ihm verlassen zu werden, und Sabine schon den ganzen Abend wissen wollte, wie sich seine fantastischen Lippen anfühlten, küsste sie ihn. Chris zog sich erst zurück, aber dann nahm er sie in die Arme und erwiderte den Kuss. So vieles lag in den Augenblicken, als sich seine Finger wieder um ihre legten, er die Türe aufschloss und sie mit hineinnahm in das steinkalte Treppenhaus der Klostersteige: der Sog einer Übereinkunft, die pure Freude auf den Körper des andern und eine Befreiung von Grenzen, die von überall herkamen, nur nicht aus ihnen selbst.

Wenige Stunden später endete die Geschichte meiner Eltern schon wieder. Doch in meiner Fantasie gibt es eine Rücklauftaste, und ich kann sie immer wieder abspielen. Sie ist mein in filmreife Szenen gefasster Glaube an die Liebe.

Mein gewohnter Platz war ein altes Mäuerchen abseits eines belebten Abschnitts von Kitsilano Beach. Dort saß ich und ließ meinen Blick wandern, zunächst übers Meer, dann die Berge hinauf, die sich mit fein gepuderten Spitzen schmückten, dann in die Glaswüste von Vancouver hinein.

Wie so häufig, wenn ich weit weg war von den schlichten Fakten meines Lebens, erträumte ich mir die Romanze meiner Eltern. Mein Glaube an die eine, große Antwort war besonders stark, wenn mein unruhiger Geist frisch gezähmt war, so wie nach der Yogaklasse, die gerade hinter mir lag.

»Wo warst du überall auf diesem Planeten, seit ich dich das letzte Mal gesehen habe?«, hatte mich Samee, mein Yogalehrer, gefragt.

»Frankfurt, Singapur, zurück nach Frankfurt und wieder hierher.«

»Oh, du Glückliche!«, hatte Samee geschwärmt. »Eines Tages werde ich mit dir den Horizont überqueren.«

Dabei war er es, der mich auf die wundersamsten Reisen mitnahm, die höchsten, die tiefsten und die weitläufigsten, und das auf den wenigen Quadratmetern des Yogastudios. Nur er konnte mich restlos von der Schwerkraft befreien. Wenn ich zu Beginn der Sitzung seiner samtigen Stimme mit dem orientalischen Akzent in die Tiefenmeditation folgte, war ich frei von mir selbst und eins mit dem Universum.

Jetzt sah ich mich hier am Strand zwischen den Extremen sitzen: der entlegenen Schönheit des Gebirgszugs, in deren Anblick ich mich von oben so oft schon verloren hatte, und dem Chaos aus Lebenskonzepten, das Vancouver war, dem Nebeneinander von Routine und Umbruch, Kampf und Erlösung. München mit seinen statischen Sitten war unerträglich für mich geworden, seit ich das hier kannte.

Hätte meine Mutter mich da sitzen sehen, dann hätte sie gesagt: »Siehst du, Clara, jetzt bist du ganz allein.« Doch ich war das Gegenteil davon. Ich war ganz im Fluss des Lebens mit seiner sich pausenlos neu mischenden Beschaffenheit. Ich wollte ihr sagen: Das was uns seit vierundzwanzig Jahren definiert, dich und mich, unsere unterschiedlichen Hautfarben, ist nur ein optisches Phänomen. Jeder Mensch ist ein Partikel im Fluss, der alle Farben reflektiert.

Meinem Vater wollte ich sagen: Ich habe diese eine Chance ergriffen, die ihr mir gegeben habt, um in die Welt zu kommen. Siehst du nicht, was für ein Wunder das ist? Fragst du dich manchmal, was du verpasst, wenn du mich verdrängst?

In dieser Nacht schlief ich nicht gut. Es lag eine nervöse Erwartungshaltung unter meinen Traumfragmenten, als wäre Schlaf das Letzte, was meine Seele brauchte. Sie schien eher nach neuem Terrain zu verlangen.

Der Flug nach Frankfurt würde erst um zwei Uhr nachmittags starten. Dennoch war ich schon in den Morgenstunden am

Flughafen und hielt mich in der Mitarbeiterzentrale meiner Fluglinie auf. Dort fand ich mich vor dem Informationsbrett wieder und sah mir die Jobangebote an. Es war die Stelle eines Service-Supervisors ausgeschrieben, hier in Vancouver. Ich scannte durch die Voraussetzungen, die man mitbringen sollte, drei Sprachen, Abitur, fundierte Erfahrung im Umgang mit Passagieren.

Da drehte ich mich auf dem Absatz um, lief geradewegs zum Personalbüro und bekam auch gleich einen Termin mit der Chefin. Ich solle meine Bewerbung per E-Mail schicken, wenn ich zu Hause sei, trug sie mir auf. Sollte es so weit kommen, dass sie mir ein Angebot machten, dann würden sie mit der Einwanderungsbehörde kooperieren, damit ich schnellstmöglich eine Arbeitsgenehmigung erhielte.

Langsam, Clara, ermahnte ich mich selbst. Du hast eine Mutter, deren einziges Kind du bist. Willst du sie wirklich zurücklassen und deine Zelte jenseits des großen Ozeans aufschlagen!

Ich lief zu den Gates in der internationalen Abflughalle. Dort fiel die Sonne durch die Panoramafenster, und ich hatte freie Sicht auf die Start- und Landebahnen, den Abschied und das Ankommen Hunderter von Menschen. Viele kamen zu Besuch oder waren auf der Durchreise. Aber ich hatte auch schon einige Passagiere gehabt, die mir erzählt hatten, dass sie in Kanada bleiben würden, um Raum zu gewinnen und Neuland zu erschließen.

Ich sinnierte in den offenen Himmel jenseits des Verkehrs auf der Asphaltwüste und versetzte mich in die kleine Clara oben auf dem Graskopf zurück. Ich hatte kein Flugzeug gebraucht und keinen Samee, um mich frei von jeglicher Schwerkraft zu fühlen. Doch dann hatte sich Jahr für Jahr eine immer größere Last auf meinen Schultern niedergelassen. Sobald ich irgendwo zu lange blieb, wurde sie mir zu schwer. Würde ich jemals sesshaft werden können?

Plötzlich sah ich aus dem Augenwinkel, wie ein junger Mann auf mich zukam. Er lief zügig in einem eleganten Slalom um die

Stuhlreihen, und wir blickten einander ins Gesicht. Seine Augen leuchteten auf.

»Clara? Das gibt's doch nicht!«

»Philipp? Wo kommst du denn her?«, fragte ich ihn voll ungläubigen Staunens. Er bewegte sich in einem lässigen, fast tanzenden Wiegeschritt und war genauso gekleidet, wie ich ihn in Erinnerung hatte, in gepflegter Rebellen-Mode mit Schirmmütze, weiten Hosen und einem Kapuzenshirt, das in Schnitt und Aufdruck dem neuesten Street-Movement folgte. Wir fielen uns in die Arme und schüttelten immer wieder den Kopf darüber, wie klein doch die Welt war.

»Schau uns beide an, wie viel wir herumfliegen«, sagte Philipp. »Wir mussten uns ja irgendwann auf einem Flughafen begegnen.«

»Du bist also nicht bei der Mafog gelandet?«, fragte ich.

»Um Himmels willen, nein!«, rief er aus.

Wir liefen zum nächsten Coffeeshop, um einen Espresso zu trinken. Ich erfuhr, dass Philipp in Berlin und London Modedesign studiert hatte. Noch im Studium hatte er seine eigene Modelinie entworfen. Derzeit reiste er in der Welt herum, um Vertriebspartner zu finden.

Philipp zeigte auf seinen schicken Hoodie und lenkte meine Aufmerksamkeit auf das Motiv. Ich sah eine schauderhafte Illustration von Drachenköpfen, die aus Flammen aufstiegen. Aus ihnen heraus ragte ein Krieger, halb Mann, halb Roboter, der mit Schwertern gegen die schaurigen Köpfe ins Gefecht zog.

»Du erinnerst dich doch an die Sierra Clara? Aus unseren Fantasien von damals habe ich die Motive entwickelt. Die jungen Leute stehen da total drauf«, erklärte er mir, als wäre er mit seinen fünfundzwanzig Jahren der Jugend schon entwachsen, die sich nach dieser melodramatischen Gegenüberstellung von Gut und Böse sehnte.

Er redete ohne Punkt und Komma, und ich bewunderte seine Ideen und seinen Unternehmergeist. Gleichzeitig hatte ich seine Geschichte vor Augen: Er war das Ergebnis einer Gewalttat seines

Vaters gegen seine Mutter, Daniela. Philipps innerer Kampf gegen das Böse würde niemals enden. Ich suchte in seinen Zeichnungen nach dem Glauben an die Liebe, der mich am Leben hielt.

»Leider muss ich los, mein Flug nach London boardet gleich«, sagte er nach viel zu kurzer Zeit.

»Warte mal«, hielt ich ihn auf. »Hat dieser Typ, der da gegen die bösen Mächte wütet, überhaupt eine Chance? Ich würde niemals in diesen Sumpf laufen, mit keinem Schwert der Welt, das wäre mir viel zu gefährlich.«

»Jeder kämpft seinen eigenen Kampf mit seinen eigenen Waffen«, erklärte Philipp. »Der Sumpf versucht überall zu regieren. Deshalb sind meine Motive so gefragt. Wir mögen zwar damals nicht weit gekommen sein auf unserer Wanderung in die Sierra Clara, aber unser Weg ging woanders weiter. Er hört nie auf.«

»Philipp, du spinnst ein bisschen«, sagte ich und drückte ihn zum Abschied. »Aber du bist immer noch mein Held!«

Er lachte und wandte sich zum Gehen.

»Hast du übrigens gehört, dass Benedikt den Sonnenhof verkaufen will?«, rief er mir noch zu, während er in seiner coolen Rapper-Art rückwärts auf sein Gate zulief.

»Wie bitte? Das glaube ich niemals!«, rief ich zurück.

»Doch, das hat mir meine Schwester erzählt.«

»Niemals!« Laut widersprechend lief ich hinter ihm her. »Benedikt hat geschworen, dass er den Hof nie verlassen wird!«

»Ich weiß«, rief Philipp, jetzt im Dauerlauf. »Irgendwas muss passiert sein.« Dann kam er doch noch mal zurück, kramte aus der Tasche seines Hoodies eine Visitenkarte mit seiner E-Mail-Adresse und Handynummer. »Lass uns in Kontakt bleiben, vielleicht findet einer von uns was raus.«

Ich nahm die Karte und ließ ich ihn laufen, mit derselben Wendigkeit, mit der wir früher unsere Gegner auf dem Fußballplatz ausgetrickst hatten. Als das Gedränge vor den Gates ihn verschluckt hatte, tippte ich auf meinem Handy meiner Mutter eine Nachricht und erzählte ihr von Philipps Neuigkeiten.

»Bitte ruf Tante Frieda an und frag sie, was auf dem Sonnenhof los ist. Ich lande in zwölf Stunden in Frankfurt, dann können wir telefonieren.«

Auf diesem Flug hoben meine Gedanken nicht mit mir ab, sondern blieben am Boden. Ein Teil blieb in Vancouver, in einer Zukunft, die ich dort haben könnte, ein Teil kreiste um den Sonnenhof, die unauflösliche Verbindung, die Benedikt immer zu diesem Ort gehabt hatte. Er und Tante Frieda waren mein Beweis, dass es etwas gab, das unverrückbar war. Es hatte Zeiten gegeben, da wollte auch ich zu einem Ort gehören. Doch dann hatte die Überzeugung gewonnen, dass das Unverrückbare ohne mich besser dran sein würde.

Jetzt flog ich um den Globus auf den Fersen dessen, was mich jeden Tag ein bisschen glücklich machte. Die Formel meines Vaters für ein großartiges Leben war immer eine gute Entschuldigung, um bloß nicht zu landen.

Clara
Wiesenberg
Jahrtausendwende
15 Jahre

Triebe

Oben unterm Dach im Forsthaus brach manchmal der Krieg aus. Meine Mutter sammelte Arthurs dreckige Wäsche ein und fragte ihn dabei, ob er eigentlich seine Unterhosen nicht mal selbst vom Boden auflesen könne. Sie sei es müde, sein Dienstmädchen zu sein.

»In meinem Haus kann ich meine Unterhosen liegen lassen, wo ich will«, schrie er. Da ließ meine Mutter alles fallen, ging nach unten ins Wohnzimmer und schlief in der nächsten Nacht auf der Couch. Jeden Morgen betete ich um den Schnee, damit Mama endlich auf die Skialpe zum Arbeiten gehen könnte.

An einem Freitagnachmittag stieg ich auf den Graskopf hoch, um zu schauen, ob sich die erlösende weiße Zudecke endlich über die Berge näherte. Die Luft war klar, und das majestätische Gebirge am Horizont verhieß unendliche Freiheit. Über den Gipfeln und Ozeanen schweben, im bunten Menschenmeer den Erdball umrunden, nur das Universum über mir; diese Sehnsucht saß mir wie ein Felsen im Herzen. Es musste wieder gut werden zwischen Mama und Arthur, sonst würde ich sie niemals alleine lassen können.

Der Schnee würde dieses Jahr nicht mehr kommen, so viel hatte ich gesehen. Ich musste die Sache anders angehen.

Als ich zum Sonnenhof hinunterlief, rollte gerade das Auto von Roland herauf. Ich war noch auf dem Hang, als ich ihn und Benedikt aussteigen sah. Sie kamen vom Arbeiten.

Benedikt trug nur ein Hemd über seinen dunkelblauen Arbeitshosen, als würde der Winter ihn nicht betreffen. Seine kräftigen Oberarme zeichneten sich unter dem Stoff ab. Die dunklen Haare fielen ihm in Wellen auf die Schultern. Er redete nicht mehr viel, hielt seine Gefühle hinter der täglich frischen Rasur verborgen. Die Arbeit in der Fabrik mit dem kantigen Metall schliff nach und nach seinen Überschwang ab.

Ich machte mich mit Winken und Rufen bemerkbar. Da kam er mir entgegen.

»Warst du allein oben auf dem Berg?«, fragte er.

»Ja, ich musste nachdenken.«

»Und was kam dabei heraus?«

»Dass ich mit dir reden muss.«

»Okay, leg los, ich muss ins Training«, drängte er.

»Du hast einmal gesagt, dass du den Arthur durchschaut hättest. Was sollte das bedeuten?«

»Warum willst du das ausgerechnet jetzt wissen?«

»Meine Mutter und er sind total zerstritten. Ich weiß nicht mehr, was ich machen soll.«

»Du bist die Letzte, die irgendetwas retten kann, Clara. Deine Mutter wird mit dem Arthur nie glücklich werden.«

»Sie war doch glücklich! Ist noch gar nicht so lange her.«

»Ja, weil sie keine Ahnung hatte. Aber das wird nicht mehr lange gehen, dann fliegen sie auf.«

»Wer fliegt auf?«

»Der Arthur und seine Nebenfrau.«

Ich fiel zurück in den Berg, setzte mich auf meine Fersen und schlug die Hände vors Gesicht. Das würde ich niemals geradebiegen können. »O Gott, arme Mama!«, stöhnte ich in meine Hände.

»Komm morgen Abend wieder«, sagte Benedikt. »Dann gehen wir ein Stück spazieren. Ich zeig dir was.«

Ausgerechnet an diesem Abend besserte sich die Stimmung zwischen meiner Mutter und Arthur. Er schälte Kartoffeln für den Eintopf, den sie kochte. Arthur sagte, es sei allein die Freizeit, die meine Mutter so organisationswütig mache und so erpicht darauf, jeden an die Arbeit zu stellen. Nur weil sie ihre Gasthausenergie sonst nirgends loswürde.

Meine Mutter sagte, er solle aufpassen, es hätten sich schon mal Menschen zu Tode geschält. In den Sticheleien der beiden versteckte sich eine Möglichkeit der Versöhnung. Doch jetzt war ich es, die im Groll gefangen war.

»Deine Tochter spricht aber schon Deutsch, Sabine?«, brachte der Arthur den alten Witz auf und versuchte damit, an bessere Zeiten anzuknüpfen. Er deckte den Tisch und zündete sogar eine Kerze an.

Du mieser alter Lügenbeutel, dachte ich. Da fiel mir ein, wann er zuletzt so betitelt worden war, damals im Streit um Vanessas Verschwinden. Die rasende Daniela hatte es ihm an den Kopf geworfen.

In dem Moment, als bei mir der Groschen fiel, trug meine Mutter gerade die schmutzigen Teller zum Spülbecken, ihre Bewegungen sicher und flott. Im Handumdrehen hatte sie die Küche blitzblank poliert. Arthur saß derweil schon vorm Fernseher.

»Krisensitzung, jaja«, spöttelte Yvonne, als ich sie anrief, um ihr zu erklären, dass ich am Samstagabend nicht mit in den Turmkeller gehen konnte, weil ich mich mit Benedikt treffen müsse, um eine brenzlige Familienangelegenheit zu besprechen. Obwohl sie mich meist nach kürzester Zeit irgendwo stehen ließ, ging sie nicht gerne ohne mich aus. Sie genoss es, sich mit dem Rätsel meiner Hautfarbe zu schmücken. Wenn jemand sie fragte, wo meine Familie herkäme, dann sagte sie »Vater unklara« und lachte ihr Glockenlachen.

Ich sagte meiner Mutter, dass ich Benedikt besuchen würde und dass sie nicht auf mich warten solle, wir würden vielleicht eine Nachtwanderung machen.

»Passt auf euch auf!«, sagte sie.

Benedikt wartete an genau der Stelle im Hang, wo wir gestern gestanden hatten. Für Anfang Dezember war es ein viel zu lauer

Abend. Die Luft hing feucht und unbeweglich über dem Tal. Sie roch immer noch kein bisschen nach Schnee.

Er hatte einen Rucksack auf dem Rücken und lief voraus, nicht in Richtung Gipfel, sondern seitlich am Berg entlang auf einem Wildpfad, auf dem man nur hintereinander gehen konnte. Die Dunkelheit schloss sich dichter und dichter um uns. Ein paar umgestürzte Bäume lagen über dem Weg. Benedikt hatte jetzt eine Taschenlampe in der Hand und leuchtete damit vor uns in den Wald, damit wir über die Stämme steigen konnten.

Schließlich blieb er stehen, nahm meinen Arm und zog mich neben sich. Er hob seine Lampe so weit an, dass sie auf eine Lichtung zeigte. Ich sah einen Teich, der von allerhand langem Gras durchwachsen war. Jemand hatte Stämme ausgelegt, auf denen wir jetzt über den Sumpf balancierten und ein Stück um den Teich herumgingen. Dann standen wir auf bemoostem Waldboden, der sich leicht schräg nach unten zum Teich hinneigte.

Der Benedikt leuchtete auf eine Feuerstelle. »Hier ist es«, sagte er. »Das Paradies der Liebenden.«

Während er mit herumliegenden Ästen ein Feuer machte, setzte ich mich im Schneidersitz auf den Schlafsack, den er aus seinem Rucksack gezogen und ausgebreitet hatte.

»Hier trifft sich also der Arthur mit der Daniela?«

»Das war wohl nicht schwer zu erraten, dass es die Daniela ist«, sagte Benedikt. »Nur im Sommer treffen sie sich hier. Jetzt im Winter schließen sie sich im Schlafzimmer ein, während mein Vater beim Arbeiten und die Vanessa bei der Susie ist.«

»Ist die Vanessa etwa das Kind vom Arthur?«

»Wer weiß.«

»Und dein Vater hat keine Ahnung?«

»So wenig wie deine Mutter. Ich weiß das nur, weil ich der Daniela mal nachgeschlichen bin.«

Das Feuer flackerte auf, und Benedikt setzte sich zu mir. Die Baumschatten jagten mir einen Schauder über den Rücken. Nur langsam breitete sich die Wärme von unten nach oben auf mir aus. Trotzdem hörte ich nicht auf zu zittern. Hätte meine Mutter nicht mal einen ehrlichen Mann treffen können? Ich wollte sofort zurück ins Forsthaus und sie nie wieder alleinlassen. Doch als ich aufstand, zog mich Benedikt wieder hinunter.

»Weglaufen bringt nichts«, sagte er. »Man muss versuchen, zu verstehen, warum das alles passiert.«

»Was gibt's da zu verstehen? Die beiden sind einfach falsch!«

»Sie sind Menschen. Wie du und ich.«

»Ich bin kein solcher Mensch.«

»Hast du schon mal Sex gehabt?« Diese Frage kam wie ein Knüppel aus dem Hinterhalt. »Oder wünschst du dir manchmal heimlich, mit jemandem zu schlafen, obwohl das nicht richtig wäre?«

Ich ging darauf nicht ein.

»Überleg dir das, denn darin liegt die ganze Antwort. Auch darauf, warum du auf der Welt bist. Menschen haben Sex, kreuz und quer, das dient der Arterhaltung.«

Während er sprach, zuckte das Licht der Flammen über sein Gesicht. Seine Worte fielen hinter mich in die Finsternis und kreisten mich von dort aus ein.

Diesmal stand ich mit ganzer Entschlossenheit auf, drehte mich um und wollte loslaufen, aber Benedikt erwischte wieder meine Hand und zog mich hinunter. »Ich tu dir doch nichts«, sagte er dabei.

»Doch, du machst mir Angst!«, erwiderte ich.

Da stand er schließlich auf, löschte mit den Schuhsohlen das Feuer, und wir liefen los in Richtung Sonnenhof.

Keine der Vorbereitungen für die Feiertage fühlte sich so an wie in früheren Jahren. Das Lichtergefunkel um den Marktplatz verbreitete nicht mal annähernd den gewohnten Zauber. Auch fehlte die Notwendigkeit, große Holzscheite für ein wärmendes Feuer im Feuerkorb zu entzünden. Es fehlte das weiche, reine Polster, das sich im Winter um die Dinge legen musste, um ihren Fortgang zu verlangsamen.

Arthur schwänzte jegliche gemeinsame Aktivität. Er schien regelrecht zu warten, bis meine Mutter und ich aus dem Haus waren. Dass wir sein Auto nahmen, um in die Stadt zu fahren oder Tante Frieda zu besuchen, schien ihm nichts auszumachen. Für seine Unternehmungen brauchte er kein Auto.

Mama war jetzt immer eine Frequenz höher aufgedreht als sonst, als wollte sie etwas übertönen, das versuchte, sich Gehör zu verschaffen. Ich half ihr dabei, indem ich mehr redete, mehr Vorfreude fälschte, und ihr so wenig wie möglich von der Seite wich. Mit unseren Gesprächen hielten wir uns meist an der Oberfläche auf, denn darunter lag nichts als vermintes Grenzland zu einer ungewissen Zukunft.

Eines Abends saßen wir im Auto auf dem Rückweg vom Supermarkt in der Stadt. Es war kurz nach fünf und schon stockdunkel. Der Nieselregen auf der Windschutzscheibe, das Geräusch des Scheibenwischergummis, der darüber schrubbte, ohne Durchsicht zu schaffen, der ungeduldige Verkehr, all das war hoffnungslos unweihnachtlich. Wir ergaben uns dem Unabänderlichen, fielen in seinen Rhythmus und ließen uns von unseren quietschenden, abgefahrenen Reifen von Kreuzung zu Kreuzung tragen.

»Triffst du dich eigentlich noch mit dem Benedikt?«, wollte meine Mutter wissen. Da war mir sofort klar, dass für sie das Terrain, das wir vermieden hatten, nicht das gleiche war wie für mich. Es lag wunderbar weit von den wahren Minen entfernt.

»Schon langer nicht mehr. Warum?«

»Nur so. Mütter sind neugierig.«

»Das ist okay«, sagte ich. »Solange Mütter nicht anfangen, Geschichten zu sehen, wo es keine gibt.«

»Gibt es keinen Jungen, der dich interessiert?«

»Nee.«

»Komm schon, Clara! Ich war doch auch mal fünfzehn.«

»Und wie kommst du ausgerechnet auf den Benedikt?«

»Weil du immer ausweichst, wenn ich ihn nur erwähne.«

»Tu ich das?«

Mama nickte. »Sagst du mir, bevor es ernst wird? Wir sollten da über ein paar Dinge reden.«

»Kannst dich entspannen.«

»Ich wäre ganz froh, wenn es der Benedikt wäre«, fuhr sie fort. »Jemand, dem du was bedeutest. Das erste Mal kann so danebengehen.«

»Hältst du mich eigentlich für blöd?«

»Das hat mit Blödheit nichts zu tun. Leider braucht es ein paar ungute Erfahrungen, um zu merken, wenn ein Mann dir weismachen will, dass du etwas willst, was du nicht willst.«

»Die Einzige, die mir etwas weismachen will, bist du, Mama. Schau lieber nach dir selbst. Dein Leben ist der größere Salat.«

Mama lachte. »Ja, das war schon immer so«, sagte sie.

Damit verließen wir das Gebiet wieder, das sie unbedingt hatte ausleuchten müssen. Jetzt war wenigstens dort Ruhe.

Es war der Nachmittag vor Heiligabend. Ich saß mit Arthur vorm Fernseher. Meine Mutter backte mit großem Aufwand eine Schwarzwälder Kirschtorte, die wir am ersten Weihnachtsfeiertag mit zu Tante Frieda nehmen würden.

Heute Abend würden wir zum Sonnenhof hochlaufen, in der Stube vor dem Christbaum ein paar Weihnachtslieder singen und Vanessa zuschauen, wie sie ihre Geschenke auspackte. Für uns große Kinder war schon letztes Jahr nichts mehr eingepackt worden.

Wir bekamen neue Skistöcke, die schon lange im Schuppen standen, oder Kuverts mit Geld.

Aber ich hatte ein Geschenk für Benedikt. Es steckte in meiner Hosentasche, eingerollt in Geschenkpapier. Ich hatte es in einer Schachtel voll mit Kleinkram im Spielzeugladen entdeckt. Benedikt würde es auspacken und meine Antwort daraus lesen.

Aber gab es überhaupt etwas, worauf ich antworten musste? Hatte er mir zu verstehen gegeben, dass er mit mir schlafen wollte, oder bildete ich mir das nur ein? Hatte am Ende meine Mutter diese Idee in mich hineingefragt?

Da gab es plötzlich eine Vorstellung von ihm und mir auf diesem Moosbett am Teich, so als hätte ich nicht nach Hause gehen wollen, als wäre ich geblieben und hätte, was immer er meinte, als er sagte »Ich tu dir nichts«, geschehen lassen.

Auf dem Bildschirm flimmerte der Weihnachtsfilm. Kinder sangen und tanzten fröhlich durch ein von Kerzen hell erleuchtetes Haus, während die Erwachsenen Holz hackten und Essen zubereiteten. Jedes dieser Kinder hatte nur einen Grund für sein Dasein, den gleichen, den ich hatte.

»Überleg dir das«, hörte ich Benedikt predigen.

Ein großer Bedarf an Gemeinschaft und Frieden war spürbar in der Sonnenhof-Stube. Wir tranken Wein und wurden lustig. Die rechtmäßigen Paare küssten sich feierlich. Vanessa schlief auf Rolands Schoß ein, ihre Ärmchen lagen um seinen Hals, und er rieb ihr den Rücken. Heute wurde sie nicht von Daniela ins Bett geschickt. Ihr Vater durfte sie verwöhnen, solange er wollte.

Zu später Stunde holte ich mein Geschenk aus der Hosentasche und reichte es Benedikt über den Tisch. »Für mich?«, fragte er erstaunt.

»Ist mir so in die Hände gefallen«, sagte ich und schaute ihm zu, wie er den kleinen Fußballanhänger auswickelte, in die Luft hielt und vor seiner Nase drehen ließ.

Da entdeckte er die brasilianische Flagge in der Mitte des Balls, blickte mir tief in die Augen und sagte: »Noch ist nichts entschieden.«

»Was habt ihr denn für Geheimnisse?«, wollte Philipp wissen.

»Nur eine kleine Wette«, sagte Benedikt und schmunzelte.

»Geht's um die WM 2002?«

»Ja, und noch ein bisschen mehr.«

Es ging um meine Freiheit. Mit dem kleinen Ball hatte ich sie ihm unter die Nase gerieben. Doch er ließ mich wissen: Wir sind noch mitten im Spiel.

Die Jahrtausendwende kam, und es gab immer noch keine Spur von Schnee. Im Dorf ging eine hässliche Grippe um. »Wenn der Boden im Winter nicht gefriert, dann blühen die Keime«, sagte Tante Frieda. Meine Mutter und ich verbrachten den Silvesterabend bei ihr, während Arthur krank zu Hause im Bett lag und für seine Sünden büßte.

Nach dem Essen tranken wir Sekt im Wohnzimmer. »Willst du nicht den zweiten bunten Babyschuh häkeln?«, fragte Tante Frieda, doch ich schüttelte den Kopf und sagte: »Ein andermal.« Nichts hatte derzeit einen zweiten Fuß, den ich hätte behäkeln können.

Rechtzeitig um Mitternacht standen Mama und ich auf dem Marktplatz, um das Feuerwerk zu bestaunen, und dem ganzen Dorf ein gutes neues Jahr, Jahrzehnt und Jahrhundert zu wünschen. Ich schaute mich nach Franzi um, doch ich sah nur ihre Eltern. Sie waren nicht wie alle anderen in ihre Skijacken eingepackt, sondern trugen lange Lodenmäntel nach der neuesten Landmode. Sie hielten Abstand zur Menge und vergaben behandschuhte Händedrücke.

Damit waren sie die Einzigen, die sich an die Regeln des Grippeschutzes hielten.

Wir anderen warfen den Vorsatz, das Verbreiten der Viren nicht zu beschleunigen, über den Haufen. In einer nicht enden wollenden Parade schlangen alte Bekannte ihre Arme um uns und wir um sie.

Benedikt erkannte ich am Druck seiner Rippen auf meiner Brust, bevor ich überhaupt sein Gesicht sah. Es war das gleiche Gefühl wie damals am Bach, als wären wir uns in unseren Köpfen fremder als in unseren Körpern. Er lachte mich an und zeigte mir seinen Schlüsselbund. Daran hing mein Weihnachtsgeschenk.

»Immer bei mir«, sagte er, und das Symbol meiner Freiheit verwandelte sich vor meinen Augen in etwas Neues: in die Möglichkeit meiner Freiwilligkeit.

Am zweiten Januar saß Arthur wieder am Frühstückstisch, aß sein Rührei und trank den Schwarztee, den meine Mutter ihm mit viel Honig gesüßt hatte. Ich füllte gerade Tee in eine Thermoskanne für die Bergwanderung, auf die mich Benedikt eingeladen hatte, da beugte sich Arthur weit nach vorn, sodass er durch das Küchenfenster in den Himmel hochschauen konnte, und sagte: »Es kommt Schnee.«

Mama und ich liefen aufgeregt nach draußen. Der Himmel sah aus, als hätte er von Tante Frieda ein weißes Häkelkleid bekommen. Wie feine Maschen zogen sich die Wolken bis zum Graskopf. Die Luft war frisch und trocken. Es lag Rettung in ihr.

Das Auto vom Roland fuhr vors Haus, und Benedikt stieg aus. Während ich hineinlief, um meine Jacke und meinen Rucksack zu holen, mahnte meine Mutter: »Geht nicht so weit, das Wetter schlägt um.«

»Wir gehen nur auf die Riescher Alm«, sagte Benedikt. »Der Schnee kommt erst morgen.«

Wir fuhren tief in die Alpen. Erst wand sich die Straße nach unten zum großen See, dann wieder ein Stück nach oben. Schließlich bogen wir auf einen Schotterweg ein und rollten langsam bis zu einem Parkplatz, auf dem nicht ein einziges Auto stand. Doch Benedikt sagte, er habe in der Alm angerufen, und sie hätten ihm zugesagt, uns für eine Rast hineinzulassen.

Dennoch erschien es mir eigenartig, an einem Tag, an dem alle Welt hinter Fensterscheiben saß und den Schnee kommen sah, auf einen Berg hinaufzulaufen. Ich musste erst mal durch mein Unbehagen hindurchwandern, bevor sich meine übliche Bewegungsfreude einstellte.

»Hast du vor, mir wieder Angst zu machen?«, fragte ich Benedikt, der heute hinter mir lief, statt vor mir wie sonst.

»Nein, das mach ich nicht mehr«, sagte er. »Das war blöd.«

»Das war superblöd!«, bestätigte ich.

»Männer machen Frauen Angst, damit sie dann bei ihnen Schutz suchen«, erklärte er mir.

»Und warum schleifen Männer Frauen auf die Berge?«

»Damit sie aus dem Haus kommen«, sagte er. »Ich verspreche dir, dass du da oben durchdrehen wirst vor Glück.«

Natürlich behielt er recht. Nach einem etwa einstündigen Aufstieg durch den Wald breitete sich eine in kugeligen Grasbuckeln dahinfließende Hochebene vor uns aus. Darin eingebettet lag die Alm. Jemand hatte sie vor Jahrhunderten mit rohem Stein und Holz dort hineingepflanzt. Aus dem schmalen Kamin stieg Rauch auf und setzte ein Zeichen der Bewohnbarkeit vor der mächtigen steinernen Kulisse der Alpenspitzen.

Hätten wir getan, was Benedikt meiner Mutter versprochen hatte, wären wir gleich eingekehrt und dann wieder hinuntergelaufen. Aber der Berggipfel, der vor uns lag, war von einer solchen Verheißung umgeben, dass wir nicht mal innehielten, sondern durch die Ebene auf ihn zuliefen.

Was uns so greifbar erschienen war, entfernte sich im Laufe unserer Wanderung immer weiter. Wenn wir kurz pausierten, beschwerte sofort die Müdigkeit unsere Glieder.

Stunden später standen wir vor dem letzten steilen Stück zum Gipfel, nahmen all unsere verbleibenden Kräfte zusammen und stürzten uns in den Klettersteig, der in die Felsen führte. Er war stellenweise nur so breit wie ein Fuß und verlief an schwindelerregenden Abgründen entlang. Durch meine Blutbahnen pumpte eine Euphorie wie früher beim Toreschießen. Wir hielten ein halsbrecherisches Tempo, bis wir oben am Kreuz standen.

Der Blick ins Hochgebirge erschlug mich fast mit seiner rohen Menschenfeindlichkeit. Die Schneeluft blies uns ins Gesicht. Hier hatte sie nicht den Geschmack von Rettung so wie unten im Tal, sondern den von Triumph.

Benedikt legte einen Arm um meine Schultern.

»Glücklich?«, fragte er.

»Ganz und gar«, sagte ich.

Wir waren angekommen, wo es nicht weitergehen musste.

Als unsere Körper auszukühlen begannen, hielten wir uns aneinander fest. Der Benedikt schob seine Hände unter meine Jacke. Ich vergrub mein Gesicht in seinem Halstuch. Bald fingen wir an zu zittern. Wir mussten wieder los, nur um nicht einzufrieren.

Erst waren es nur ein paar fröhlich tanzende Flocken, die auf uns runterkamen, als wir uns in Richtung Abstieg drehten. Wir blinzelten ihnen dankbar entgegen. Dann blies ein gigantischer Windstoß heran. Die Alpen zeigten ihre Zähne.

»Nichts wie runter«, sagte Benedikt.

Es gab keine Sicht mehr, nicht mal bis zu unseren Füßen, so dicht sauste der Schnee um den Berg. Benedikt ging jetzt vor mir und blickte an den steilen Passagen besorgt zurück, hielt sich am Felsen fest und streckte eine Hand aus. Wenn ich nah genug war, um sie zu greifen, zog er mich heran und wischte mir den Schnee aus dem Gesicht.

Völlig am Ende kamen wir unten am Waldrand an. Dort erwartete uns die einbrechende Dämmerung. Benedikt ließ sich mit dem Rücken gegen einen Baum fallen. »Lass uns hierbleiben«, schlug er vor. »Ich mach ein Feuer. Wir trinken deinen Tee und schlafen unter unseren Jacken.«

Ich holte die Thermoskanne aus meinem Rucksack. Im Schnee knieend tranken wir den lauwarmen Tee aus dem Deckel. Es lockte der Gedanke, mich einfach weiter sinken zu lassen und mich nicht mehr zu rühren, bis das Tageslicht zurückkommen würde. Doch dann stellte ich mir meine Mutter im Forsthaus vor. Diese Nacht würde die reinste Folter für sie werden. Womöglich würden wir erfrieren, dann hätte sie mich für immer verloren. Also sprang ich auf und zog auch Benedikt wieder auf die Füße.

Als wir an der Alm ankamen, spürten wir unsere Hände, Füße und Nasen nicht mehr. Sie mussten erfroren sein, und wir würden ohne sie leben müssen. Wir waren nass bis auf die Haut.

Der Mann, der uns öffnete, rief aus: »Ihr verrückten Kinder! Seid ihr des Todes?« Ein anderer Mann brachte einen Berg von Decken und Kleidern. Auf der Bank am Kachelofen zogen wir uns aus und schlüpften in viel zu große Trainingsanzüge.

Einer der beiden Männer brachte eine Schüssel mit warmem Wasser, in das wir unsere Füße tauchten. Wir jammerten beide vor Schmerz, als sie auftauten. Der jüngere Mann legte uns Decken um die Schultern, während wir gegenseitig unsere Hände kneteten, um das Leben in sie zurückzuholen.

»Hoffentlich habt ihr wenigstens was gelernt«, sagte der ältere Mann. »Heute kommt ihr nicht mehr weiter. Morgen wird die Straße geräumt, dann könnt ihr runterlaufen. Ihr könnt in der Mansarde schlafen.«

Ich rief im Forsthaus an. Meine Mutter war augenblicklich am Apparat. »Ich bin fast gestorben vor Angst!«, sagte sie, und klang nichts als erleichtert.

Die beiden Männer servierten uns in der Stube in eingeschliffener Teamarbeit Kartoffeln, Sauerkraut und kalten Braten.

»Lebt ihr hier das ganze Jahr?«, fragte Benedikt.

»Ja«, sagte Franz, der Ältere von beiden. »Uns zieht nichts ins Tal. Oder, Max?«

»Nichts«, bestätigte Max. Dann blickte er mir ins Gesicht und fragte kopfschüttelnd, als könne er keine Minute länger mit dieser Frage leben: »Wie in Herrgotts Namen kommt denn ein Mohr ins Alpenland?«

Benedikt legte mir einen Arm um die Schultern und erklärte: »Die neuzeitliche Völkerwanderung. Ab jetzt mischt sich der Mohr mit den Alpenländern, dann werden wir alle ein bisschen dunkler. Schadet uns nicht.«

Da schenkte Franz uns einen Rotwein ein, erhob sein Glas und toastete: »Auf die Völkerwanderung, die hereingeschneit ist! Nichts ist stärker als eine gesunde Mischung.«

Die strohgefüllte Matratze in dem Stauraum unterm Dach, die uns die Männer als Schlafstätte überließen, war schmal und hart. Der Max gab uns zwei Schlafsäcke. Einen legten wir unter und einen über uns. Dann wurde es warm, wir waren allein, unsere müden Körper wollten ineinander kriechen, aber schlafen wollten sie nicht.

Als Benedikt mir mein Oberteil über den Kopf zog, warf es mich einen Moment lang zurück in die Sauna bei Franzi, und ich sah mich schutzlos vor ihrem Vater sitzen. Doch in den Augen von Benedikt lag nichts von Werners Jägerblick. Vielmehr waren sie voll regungsloser Bewunderung, und ich musste seine Hand auf meine Brust legen, weil er sich nicht traute, mich zu berühren.

Benedikts Vorsicht war wie Balsam auf all den kleinen Verletzungen, die Blicke, wie der von Franzis Vater, auf meinem Körper hinterlassen hatten. Es schien mir sogar, als würden ein paar Narben, die ich von meiner Mutter geerbt hatte, einer heilsamen Behandlung unterzogen. Hatte sie je einen Mann wie Benedikt gefunden? War es am Ende mein Vater gewesen, und sie hatte ihn gleich wieder verloren?

Die Straße zum Sonnenhof war frisch geräumt, als wir am nächsten Tag hinauffuhren. Zum Glück war hier die Gemeinde zuständig. Zum Forsthaus kamen wir noch nicht, denn dort musste Arthur mit seinem Traktor selbst ran.

Meine Mutter empfing uns am Eingang zur Stube und drückte uns beide ausgiebig an sich, so als wären wir jahrelang fortgewesen. Vanessa stand hinter ihr und schalt uns: »Im Januar auf einen Berg hochzusteigen! Was habt ihr euch denn bloß gedacht?« Unverkennbar war das ein Echo des allgemeinen Schimpfens über uns. Es war dumm gewesen, aber zugleich ein gewaltiges Abenteuer, und ich war so glücklich, dass ich glaubte, auf Wolken zu laufen, als ich mit Mama zum Forsthaus hinunterstapfte, knietief im frischen Schnee.

Mama stellte Fragen über Fragen, bis sie unausweichlich zu der einen gelangte, wo wir denn geschlafen hätten. »Zusammen auf der Matratze also. Unter einer Decke etwa?«

»Hör auf, Mama! Nichts ist passiert, okay?«

Da blieb sie stehen und schaute mich direkt an, bis ich ihrem Blick nicht mehr standhielt. »So gut wie nichts ist passiert«, korrigierte ich, damit sie endlich Ruhe gab.

Zwei Tage später fuhr sie mit mir zum Frauenarzt.

Ich konnte ihr nicht erklären, dass das, was mit Benedikt und mir passierte, nicht auf die kleinen Tabletten reduziert werden konnte, die mir verschrieben wurden. Das Rätsel, das wir erschlossen, wenn er seine Hand unter meine Haare schob und meinen Hals freilegte, das, was ich sah, wenn seine nackte Schulter vor mir lag oder die dünne Haut seines Bauchs mit dem Flaum darauf, das konnte nichts mit dem zu tun haben, was bei Vanessas Zeugung geschehen war.

Dennoch genossen Benedikt und ich die Freiheit, die uns die Tatsache verschaffte, dass ich von nun an jeden Morgen eine Pille schluckte. Abends, wenn er aus dem Training kam, holte er mich im Forsthaus ab, und wir liefen zum Sonnenhof. Dort gingen wir durch die Hintertüre und schlichen die Treppe hoch in sein Zimmer. Obwohl das ganze Haus davon wusste, behielten wir die Heimlichkeit bei. Sie mochten es wissen, aber verstehen würden sie es nicht.

Ich hörte auf damit, gruftige Popstars zu imitieren. Yvonne suchte sich neue Freundinnen für den Turmkeller. In ihrem Erzählen davon steckten zahllose Anspielungen, die mich daran erinnern sollten, was ich alles verpasste, weil ich einen Freund hatte, der auf einer Alm wohnte, in einer Fabrik arbeitete und Fußball spielte. Von dieser Art Landbevölkerung sah sie sich Epochen entfernt. Ihr zu erklären, dass Benedikt belesener war als alle anderen Jungs, die ich kannte, dass sich in seinem Zimmer Bücher über die ersten Menschen stapelten und dass er Kindern das Fußballspielen beibrachte, weil er sie fit fürs Leben machen wollte, war aussichtslos.

Auch Philipp hielt sich fern von uns. Er hatte jetzt ein Skateboard und blieb damit in der Stadt. Seine Klamotten waren fünf Nummern zu groß, und Daniela beschwerte sich, dass ihre Waschmaschine schon mit einem seiner Kapuzenpullis so voll war, dass nicht mal mehr ein Spüllappen reinpasste.

Einen noch größeren Bogen um alles Dorfgeschehen machte Franzi. Vom Bus aus sah ich sie morgens in Lederjacke und Röhrenjeans an der Straße stehen, die blonden Haare hüftlang und glatt geföhnt. Sie stieg in ein halb verrottetes altes Auto ein, das aus einem Nachbardorf angefahren kam. Es saß ein Mann am Steuer mit Tätowierungen am Hals, der viel zu alt war für sie. Die beiden küssten sich, dann steckte sich Franzi eine Zigarette in den Mund, und der Mann zündete sie an. Ich sah kein Gefühl unter ihrer dicken Make-up-Schicht.

Im Mai lagen Schnee, Sturm und Regen hinter uns, und es brach ein himmlischer Sommer an. Benedikt und ich liefen in den Wald zu dem Moosbett am Teich, befestigten den Pfad übers Feuchtgebiet und legten mit Steinen die Feuerstelle neu an. Arthur und Daniela sollten sehen, dass der Platz belegt war.

Meine Mutter wusste ihren Frust über den kurzen, wenig lukrativen Winter in neue Ziele zu verwandeln. Sie überzeugte uns alle, dass wir mit einem erweiterten Programm für den Sonnenhof eine bessere Auslastung haben würden. Wenn wir zu unseren Lokalspezialitäten auch Pizza und ein paar moderne Salatplatten anbieten würden, dann würden mehr Einheimische und junge Leute kommen, auch außerhalb der Wochenenden und der Ferien. Eine Pizza war schnell und günstig herzustellen und man konnte zehn Mark für eine verlangen.

Um unser neues Konzept unter die Leute zu bringen, setzten wir Anzeigen in die Gemeindeblätter im Umkreis. Darin bewarben wir den Sonnenhof als »die beliebte Ausflugsalm zum gesunden Genießen. Vom Brunch bis zum abendlichen Einkehren, die Sonnenhof-Familie freut sich darauf, Sie zu verwöhnen!« Darunter war ein Gruppenfoto abgebildet, auf dem wir alle unsere sonnigsten Gesichter machten.

Jeder von uns hatte seine Aufgaben, sogar Vanessa. Meine Mutter war es, die den Überblick behielt und die Schnittstellen managte. Mit ihren Antriebsparolen schmierte sie die Abläufe. Weil sie Spaß hatte, ging es mir gut. Weil es mir und Vanessa gut ging, war Benedikt glücklich, und das Foto in unserer Werbung schien nicht mehr ganz so gestellt.

Es war Ende Juni, und der Samstagabend auf der Sonnenhof-Terrasse zog sich wie gewohnt in die Länge. Die sinkende Sonne färbte die Weite über dem Tal in zartem Rosa ein. An einigen Tischen hatten sich Trinkkreise eingesessen. Für sie lag über der lauen Abendluft eine Krone von freier Zeit wie der Schaum auf dem Bier, und die wollte ausgekostet werden bis zum letzten Schluck. Ich war zwar müde, aber auch stolz, dass es uns gelungen war, Leute aus der Gegend zu Stammgästen zu machen.

Beim Tischeabwischen sah ich den Audi von Susie herauffahren. Sie parkte unmittelbar vor dem Eingang zur Stube. Als sie ausstieg, fiel mir auf, dass sie eine viel zu warme Jacke trug. Sie vermied es, in meine Richtung zu schauen. Gabriel stieg aus der hinteren Türe und rannte gleich in Richtung Spielplatz.

Susie verschwand schnurstracks im Haus. In ihren geduckten Bewegungen zuckte die nackte Angst. Als ich über die Terrasse hineinging, war sie offenbar schon mit Daniela nach oben gegangen.

Mama wischte gerade über die Arbeitsflächen. Ich las Unheil aus ihren Stirnfalten.

»Was ist los mit der Susie?«, fragte ich.

»Der Werner …«, stöhnte sie. Den Rest vom Satz überließ sie meiner Kombinationsgabe.

Wir machten weiter, bis alle Gäste ins Tal losgewandert waren, die Küche sauber, der Kassenbestand gezählt und eingetragen, Vanessa und Gabriel gewaschen und gefüttert.

Als die Männer kamen, erfassten sie die Lage schnell. Während Roland nach oben ging, um mehr zu erfahren, fuhr Arthur den Audi in den Stall, für den Fall, dass Werner Susie hier suchen würde.

Roland kam wieder in die Stube und sagte zu Benedikt: »Ihr müsst los, die Franzi suchen.« Susie habe Angst, Franzi werde ins Oberdorf zu Werner zurückkehren. Sie sei wahrscheinlich bei Freunden in Rengen. Wir sollten dorthin fahren und in den Kneipen herumfragen.

Schmale Straßen führten durch den finsteren Wald nach Rengen. Ich saß hinter Benedikt und Philipp auf dem Rücksitz und erkannte die Strecke, die ich einmal ein Stück weit mit Franzi gelaufen war. Im Ortskern war ich noch nie gewesen. Er bestand aus ein paar alten dunklen Holzhäusern, einer Kirche, von der fast der gesamte Putz abgefallen war, und einer Schule, deren Klinkersteinfassade mit den Gitterfenstern aussah, als regierte dahinter noch der Rohrstock. Gärten gab es nicht. Überall wucherten nur lange Gräser durcheinander.

Benedikt parkte den Wagen vor einem rostigen Gasthausschild. Wir liefen zu dritt hinein und durch dicken Qualm auf eine Bar zu. Eine fette Frau schob ein paar Gläser über den Tresen auf einzelne graue Gestalten zu. Ein blondes Mädchen aus Wiesenberg namens Franzi? Die Frau überlegte nicht lange. Die ziehe mit den Männern vom alten Bahnhof rum. Wir sollten einfach den Gleisen folgen, dann würden wir sie finden.

Die Gleise waren dunkel vom Rost und überwachsen. Wir mussten im Schritttempo und mit Aufblendlicht über den groben Schotter fahren, um sie auszumachen. Schließlich rollten wir auf die Ruine des Bahnhofsgebäudes zu. Unser grelles Licht fiel auf verrottete Autos und eine Armada von Motorrädern. Plastik- und Flaschenmüll kullerte dazwischen herum.

»Du bleibst hier«, sagte Benedikt, bevor er und Philipp aus dem Auto stiegen. Sie liefen durch eine zerschlagene Glastüre hinter die rohen Mauern.

Bis sie endlich mit Franzi wiederkamen, hatte ich zahllose Vaterunser gebetet: »… bitte für uns Sünder, jetzt und in der Stunde unseres Todes …«

Unter ihrer offenen schweren Lederjacke sah ich Franzis zerbrechlichen, dürren Oberkörper, an dem ein Trägershirt klebte. Auch ohne Make-up zeigte sich keine Regung in ihrem Gesicht. Sie huschte neben mich, sank tief in die Bank, verschränkte die Arme und schloss die Augen. In der ersten Kurve fiel sie wie ein Stock auf die Seite. Ihre Haare landeten auf meiner Hand, ein seidiges Andenken an die Wolke, die sie einmal gewesen war.

Da erreichte mich eine Erkenntnis aus ihrer Betäubung: Die ganze Franzi war eine einzige Antwort auf ihren Vater. Hier war es, das willenlose Geschöpf, das er aus ihr gemacht hatte. Das Objekt des Willens eines andern.

Es war ungewöhnlich, dass in der Sonnenhof-Stube Schnaps getrunken wurde, aber es half, um die Anspannung auszuhalten. Eine einzelne Kerze brannte auf dem Tisch. An der Wand lehnte das Gewehr, das Arthur aus dem Forsthaus geholt hatte.

Das Schweigen über Werners Gewalttaten hatte noch nie so viel Raum eingenommen. Es erfüllte jeden Zentimeter zwischen uns. In unseren zögerlichen Gesprächen versuchten wir, es zu umkreisen. Doch bald überließen wir die Geräuschkulisse dem Flackern der Kerze und dem rauschenden Wald ums Haus.

Philipp hatte sein Zimmer Susie und ihren Kindern überlassen. Er schlief mit uns in Benedikts Bett. Gerade waren wir eingeschlafen, da ging der Lärm los. Es begann mit einem Pochen an der Tür. Dann schrie Arthur vor dem Haus. Wir hörten Werner zurückschreien. Meine Mutter zeterte dazwischen. Ich hörte das Wort »Polizei« heraus. Wir hatten bereits besprochen, dass es sinnlos wäre, die Polizei zu rufen, wenn Werner auftauchen würde. Bis sie aus fünfzehn Kilometern Entfernung einträfe, wäre man selbst mit ihm fertiggeworden.

Die Angst, es könnte ein Schuss fallen, lähmte uns alle, die wir im ersten Stock in unseren Betten lagen. Doch zum Glück hörten wir stattdessen Autotüren knallen.

Wir liefen die Treppe hinunter. Meine Mutter kam uns entgegen und sagte: »Sie bringen ihn nach Hause, er war total betrunken.«

»Weiß er, dass wir hier sind?«, fragte Susie.

»Nein, aber er ahnt es wohl. Wieso hätten wir ihn sonst mit dem Gewehr erwartet?«

Am frühen Morgen versammelten wir uns in der Stube. Ich half meiner Mutter, Eier mit Speck für alle zu braten. Die Butter, das Schweinefett, das satte Weiß-Gelb der Eier, all das brutzelte wie eine Kraftparole in den zwei großen Pfannen.

Selbst Franzi ließ nichts auf ihrem Teller übrig. Sie saß mit angezogenen Beinen auf der Eckbank und schwamm in der Jogginghose und dem T-Shirt, die Philipp ihr gegeben hatte. Susie hatte eine Decke um ihre Schultern gezogen und hielt den schmatzenden Gabriel auf dem Schoß. Ein vorsichtiges Lächeln spielte um ihre Mundwinkel. Ihre Kinder essen zu sehen, verschaffte ihr eine Atempause in der Zersetzung ihrer Welt.

Das Gewehr stand griffbereit neben der Tür, eher wie ein Fragezeichen als eine Schutzmaßnahme. Was, wenn Werner plötzlich wieder dastünde?

Wir fingen an, die Zutaten für den Sonntagsbrunch herzurichten. Der klare Himmel kündigte einen Ausflugstag wie aus dem Bilderbuch an. Es schien ein Ding der Unmöglichkeit, für die Sonnenhof-Gäste da zu sein, mit all der Angst im Herzen.

Unter der leicht aufgekratzten Stimmung lag eine tiefschwarze Vorahnung. Ich sah sie in den Augen meiner Mutter, in ihren und meinen zittrigen Händen, als wir gemeinsam Kartoffeln schälten. Wie sehnte ich mich nach der Umarmung von Benedikt!

Als hätte er meine Gedanken gelesen, lief er an mir vorbei und gab mir ein verdecktes Zeichen, indem er mit dem Daumen nach oben deutete.

Die Männer und die zwei Kleinen waren draußen, um Tischdecken zu verteilen und Sonnenschirme aufzuspannen. Meine Mutter, Daniela, Susie und Franzi saßen in der Stube um den Tisch. Ich hörte kurz in ihr Gespräch hinein, bevor ich Benedikt nach oben folgte. Meine Mutter erzählte aus dem Münchner Frauenhaus, qualvolle Geschichten mit offenem Ende. Susie hörte aufmerksam zu.

Mit entschlossenem Schwung schloss Benedikt seine Zimmertür hinter uns ab. Wir hatten vorerst genug von dem, was da draußen vor sich ging. Unter seiner Bettdecke hielten wir uns aneinander fest. Doch als seine Hand unter mein Shirt schlüpfte und er routiniert meine Jeans öffnete, hielt ich ihn auf. Der übliche Weg von Benedikts Hand und die Franzi, die unter einem Dach mit uns war, das ging in meinem Kopf nicht zusammen.

Das Telefon unterhalb der Treppe läutete. Wir hörten, wie Daniela ranging. Sie geriet in eine längere Diskussion mit dem Anrufer und klang resolut wie immer. Schließlich rief sie nach Susie.

»Werner!«, stöhnte Benedikt.

Wir beide schlichen zur Tür, um besser hören zu können, was unten passierte. Mehrere Schritte näherten sich dem Telefon. Die Stimme, die folgte, war die meiner Mutter, die sich offenbar den Telefonhörer geschnappt hatte. »Bist du ganz von Sinnen, Susie? Was muss denn noch alles passieren, bis du begreifst, dass er sich nicht ändern wird?«

»Misch du dich nicht ein, Sabine! Die Susie kann ja wohl allein entscheiden, ob sie mit ihrem Mann sprechen will!« Danielas Schimpfen war geladen mit ihrer ziellosen Wut auf alles und jeden.

»Warum ermutigst du sie, sich und ihre Kinder wieder dieser Hölle auszusetzen, Daniela?«, schimpfte meine Mutter. Etwas Wildes in ihr hatte sich an der Mission festgebissen, Susies Schicksal in die Hand zu nehmen. »Wenn du eine wahre Freundin wärst, dann würdest du ihr helfen, da rauszukommen, anstatt sie immer wieder zurückgehen zu lassen!«

Wir hörten jetzt auch Franzis Stimme, die mit müdem Protest dem Gezeter der Frauen ein Ende setzen wollte.

Meine Mutter ging zurück in die Küche, um weiterzuarbeiten. Daniela folgte ihr. Benedikt und ich öffneten die Zimmertüre und schlichen hinunter.

Das Telefon klingelte wieder. Benedikt ging hin, nahm den Hörer ab und legte ihn wieder auf. Ich setzte mich auf die Treppe und traute mich nicht weiter.

Da hörten wir Daniela wieder wie eine Kreissäge loslärmen. »Ausgerechnet du willst Susie Ratschläge geben, die Frau, die keinen rechten Mann mehr abkriegt, weil sie es zu bunt getrieben hat!«

»Was soll das, Daniela?«, schrie meine Mutter zurück.

»Das geht dir wohl nicht runter, dass die Susie einen Mann mit Geld hat«, griff Daniela wieder an. »Der Zug ist abgefahren bei dir! Wer einen schwulen Taugenichts heiratet und sich von einem Schwarzen schwängern lässt, dem bleiben halt nur noch die Dorftrottel, die eh alles flachlegen, was nicht bei drei auf den Bäumen ist. Glaub mir, ich weiß, wovon ich rede.«

Das ganze Haus fiel in eine abgründige Stille. Benedikt sank neben mich auf die Treppe.

Als säße ich in ihrem Kopf, sah ich den Aha-Moment meiner Mutter. Was Daniela da über ihr Leben rausließ, das konnte sie nur von einem wissen. Dieser schamlose Verräter hatte sich schon wieder vor der aufkommenden Betriebsamkeit verzogen und saß im Schatten auf der Terrasse, eine Bierflasche an den Lippen.

»Das war's dann wohl«, sagte Benedikt.

Meine Mutter redete anhaltend. Vor dem Forsthaus beluden wir das Auto von August, Tante Friedas hilfsbereitem Nachbarn, den sie uns geschickt hatte. Ich solle aufpassen, nicht so hastig die Treppe rauf- und runterrennen, sonst würde ich noch fallen, womöglich in die Glastür meines Zimmers. Wir brauchten uns nicht beeilen, Arthur werde auf dem Sonnenhof bleiben müssen, solange dort Betrieb war. Trotzdem warf sie jedes Mal, wenn sie mit einer vollen Plastiktüte zum Auto lief, einen Blick auf das Stück Weg, auf dem der Jeep daherrollen würde, was sie wohl ebenso hoffte wie fürchtete.

Wieder passte das, was uns unmittelbar gehörte, in ein einziges Auto. Wir liefen noch mal von oben nach unten, bevor wir abfuhren, um sicherzugehen, dass wir nichts vergessen hatten. Wir sammelten Kleinigkeiten ein, die verstreut lagen: hier ein Haarband, da eine Socke, dort ein Fläschchen Nagellack.

Als wir vor dem Fernseher standen, war meine Mutter einen Augenblick lang ganz still. Dann sagte sie: »Ich wünsche mir nichts mehr, als dass du gescheiter bist als ich, Clara.« Sie ging hinter den Apparat, der auf einem vom Arthur selbst gezimmerten halbhohen Fernsehschrank stand, und schob ihn mit aller Kraft nach vorn, bis sich wie in Zeitlupe sein Gewicht verlagerte und er vornüberkippte, von seinen Kabeln riss und mit einem Riesenlärm auf den Holzboden krachte. Die Scheibe zersplitterte in tausend kleine Scherben, die über den Boden und unter die Sessel flitzten. Das Scheppern musste bis ins Dorf zu hören gewesen sein.

August kam uns entgegen, als wir aus dem Haus liefen, das blanke Entsetzen in den Augen. »Lass uns fahren, August«, rief meine Mutter mit panischem Unterton, als wäre jetzt endgültig Arthur hinter uns her.

Ich saß in Tante Friedas Wohnzimmer und war in einem Gedankenkäfig gefangen, in den nichts rein- und aus dem nichts rauskonnte: Die Sonnenhof-Terrasse und ihre Gäste, wer würde sich in dem heillosen Durcheinander um sie kümmern? Das Grab von Tobi hinterm Forsthaus, wer würde die Steinmännchen darauf wieder aufstellen, wenn der Wind oder ein Tier sie umstieß? Die Wühlmäuse unter meinem Zimmer, die Wesen im Wald, all das war doch meine Heimat.

Das, was in Scherben lag, wollte sich unbedingt wieder zusammenfügen, denn das Leben auf halber Höhe des Graskopfs konnte nicht ohne uns weitergehen.

Ich lauschte in die Küche hinein, wo meine Mutter mit Tante Frieda saß. »Fünf Jahre meines Lebens!«, hörte ich sie ausrufen. Niemand konnte sie ihr zurückgeben.

Als am Abend endlich Benedikt kam, saß meine Mutter auf dem Stuhl im Gang zwischen Küche und Wohnzimmer und hing am Telefonhörer. Am anderen Ende der Leitung versuchte Anni, ihr eine Welt zu erklären, in der man niemandem trauen kann, niemandem!

Mama hielt die Muschel eine Handbreit von ihrem Ohr entfernt, so hörten Benedikt und ich im Vorbeigehen, wie Anni sich aufregte: »Bist du jetzt wenigstens gescheiter, Sabine?«

»Ich wollte doch nur mit Clara irgendwo hingehören«, sagte meine Mutter leise. Doch wie sollte Anni das verstehen? Sie war im Großstadtkampf aufgewachsen, wo es im größten Getümmel diese Einsamkeit gab, die ich einst aus Mamas Gesicht in der Scheibe der Bahn gelesen hatte. Dieser traurige Zustand, in dem man niemandem traut, niemandem!

Ich schloss die Wohnzimmertüre von innen und klammerte mich an Benedikt, bis er meine Arme von seinem Brustkasten schälte und sich aufs Sofa setzte. Er schien ruhig und gefasst, als hätte er als Einziger den Durchblick in dem Dschungel der menschlichen Triebe, in dem wir uns alle verirrt hatten.

»Wir brauchen jetzt nur ein bisschen Geduld«, sagte er. »Sobald die Daniela ausgezogen ist, könnt ihr zurückkommen auf den Sonnenhof und dort wohnen. Noch hat mein Vater keine Ahnung, was heute los war und warum ihr weg seid. Aber morgen, wenn wir zur Arbeit fahren, kläre ich ihn auf. Er wird die Daniela davonjagen und mit dem Arthur brechen.«

»Und was wird aus der Susie?«, wollte ich wissen.

»Die muss sich endlich scheiden lassen vom Werner. Dann wird sie sich sowieso was viel Besseres leisten können als ein Zimmer auf dem Sonnenhof.«

Alle Prophezeiungen von Benedikt bewahrheiteten sich. Tante Frieda kam am Dienstag aus der Abendandacht und verkündete, das ganze Dorf rede davon, wer alles auseinander wäre: die Susie und der Werner, die Sabine und der Arthur, der Roland und die Daniela, die er mitsamt ihrem Sohn Philipp zu ihren Eltern zurückgeschickt hatte.

Eindringlich versuchte ich, meine Mutter für den Plan von Benedikt zu gewinnen. Sie nickte zwar, und manchmal glaubte ich, dass sie sich mit der Vorstellung, auf den Sonnenhof zurückzukehren, arrangierte, doch von einer heilenden Wirkung dieser Aussicht konnte keine Rede sein. Ihr Herz lag in tausend messerscharfen Splittern in ihrem Inneren, und nichts, was ich sagte, konnte ihre Qual lindern.

Selbst mein Versuch, an ihr Pflichtgefühl zu appellieren, scheiterte. Benedikt musste den Sonnenhof die Woche über schließen. Doch wir beide planten, den Wochenendbetrieb gemeinsam aufrechtzuerhalten. Wenn meine Mutter nicht mehr konnte, dann würde ich eben das Geld verdienen.

Am Donnerstagabend deckte ich gerade den Tisch und stellte meiner Mutter ein Glas Wein neben den Teller, Tante Frieda rührte in ihrem Gulasch auf dem Herd, da läutete es an der Tür. Meine

Mutter wollte aufspringen, doch ich sagte: »Ich geh schon, Mama!« Entschlossen, alle von ihr fernzuhalten, die in ihre Wunden stechen wollten.

Vor der Tür stand eine Frau von etwa Mitte vierzig mit einer feuerroten Mähne. Unter langen getuschten Wimpern tanzte ein großer blauer Blick. Eine wehende weiße Bluse umspielte ihre üppige Oberweite. Das Handtäschchen aus weißem Leder hing an einer goldenen Kette um ihre Schulter. »Meine Herren, Clara, du bist ja ein Bild von einer jungen Frau! Wo willst du denn noch hinwachsen?« Während sie das ausrief, drückte sie mich an ihren Busen, und wir fielen gemeinsam in ein freudiges Lachen.

Anni. Erinnerungen kamen zurück: fröhliche Spaziergänge am fließenden Wasser, lange Nachmittage mit Kartenspielen in ihrer kirchenartigen Wohnung und eine Küche, in der es so lecker roch wie später nur bei Tante Frieda.

»Komm rein!«, sagte ich. Mama stand schon hinter mir. Die beiden Frauen fielen sich in die Arme, während Annis Mundwerk nicht stillstand. »Das riecht ja so gut bei euch!«

Wir erfuhren, dass Anni mit dem Auto aus München gekommen war und sich in der Alten Post eingemietet hatte. Kopfschüttelnd malte sie aus, wie nachlässig dort gewirtschaftet wurde. Unfreundlich seien sie bis dorthinaus. Das ganze Haus rieche nach billigem Bratfett und Packerlsoße.

»Das war alles anders, als die Mama dort gearbeitet hat«, klärte ich sie auf.

»Das brauchst du mir nicht zu erzählen, Clara. Deine Mutter könnte aus jeder Spelunke eine Goldgrube machen.«

Anni war mit der Mission gekommen, meine Mutter wieder zu der Frau zusammenzusetzen, die in ihr steckte.

Als ich am Freitag nach der Schule auf dem Sonnenhof ankam, waren die Männer noch nicht von der Arbeit zurück. Das Haus war still, die Küche kalt und unaufgeräumt. Durch das Küchenfenster sah ich Vanessa und Gabriel im Sandkasten sitzen. Vanessa drückte Gabriel eine Plastikschaufel in die Hand und ließ ihn damit Förmchen füllen. Der befolgte freudlos, was ihm aufgetragen wurde.

Jetzt kam Franzi hinter dem Schuppen hervor. Obwohl die Sonne breit vom Himmel schien, war sie noch in den gleichen überweiten Trainingsanzug gehüllt wie am Sonntag. Sie setzte sich mit krummem Rücken auf die Schaukel, ließ ihre Arme um die Ketten baumeln und sah den beiden Kindern zu. Es schien sinnlos, sie zu fragen, ob sie mir helfen würde.

Als Benedikt kam und mir einen Kuss auf die Lippen drückte, hatte ich Berge von Salat gewaschen und geschleudert, Tomaten geschnitten, Erbsen und Mais aus Dosen zum Abtropfen in Siebe geschüttet und Pizzateig aufgetaut.

Benedikt und sein Vater waren beim Großmarkt gewesen und füllten die Bestände auf. Der Betrieb war wieder angeschmissen, und als wir draußen die Tischdecken verteilten, kam sogar Franzi um die Ecke und half uns. In seiner geduldigen Art beorderte Benedikt sie in die Küche und erklärte ihr, was zu tun war, während wir bedienen würden.

»Gibt's dafür dann einen Schnaps?«, fragte sie.

»Erst wenn die Gäste weg sind«, antwortete er.

Am nächsten Tag brachte ich Franzi Kleider mit, Jeans und T-Shirts, die mir zu klein waren, und auch ein paar von den kurzen engen Röcken, die ich letzten Sommer getragen hatte. Sie veranstaltete eine Modenschau in der Küche, die einer Stripshow gleichkam. Susie machte gerade Rühreier für die Kleinen und schüttelte den Kopf über ihre Tochter. Doch die allgemeine Erleichterung darüber, dass Franzis Schale aufgebrochen war, hellte auch ihre Züge auf.

Es war ein langer Samstag, und das Bier floss literweise aus den Fässern. Franzi verschwand alle halbe Stunde aus der Küche. Dann stapelte sich das Geschirr, es ging nicht voran mit den Salaten, und die Pizza verkohlte im Ofen.

»Jetzt bist du dran«, ließ Benedikt fallen, als er mit einem Tablett mit randvollen Gläsern an mir vorbeiwetzte. Er deutete mit dem Kinn in Richtung Schuppen. Ich lief hinüber und fand Franzi rauchend dahinter sitzen.

»Jaja, ich komm schon«, maulte sie und drückte ihre Kippe aus. »Pause ist wohl ein Fremdwort für euch!«

Gegen neun Uhr waren alle Gäste gegangen. Susie hatte die Sauerei in der Küche in Angriff genommen, und ich wusste, wo ich Franzi finden würde. Ein Berg von Zigarettenkippen hatte sich neben ihr angehäuft. Gegen die kühle Abendluft hatte sie sich eine von Vanessas Kinderdecken um die Schultern gelegt, die mit den rosafarbenen Einhörnern drauf.

Ich ließ mich neben sie in die Kieselsteine sinken und bat sie um eine Zigarette. Sie streckte mir ihre Packung hin, in der nur zwei übrig waren. »Das sind die letzten«, sagte sie. »Philipp hat sie mir gegeben. Jetzt, wo er weg ist, muss ich dich um Nachschub schicken. Benedikt weigert sich. Es würde ihm nicht gefallen, dich rauchen zu sehen«, warnte sie mich. »Das macht die Zellen kaputt, sagt er.«

Ich nahm Franzis vorletzte Zigarette. Sie gab mir Feuer, und obwohl ich nicht leiden konnte, wie das Nikotin mir das Leben aus den Adern zog, genoss ich jetzt den Geschmack der Zellzerstörung. Wenn ich an Franzi herankommen wollte, musste ich so tun, als gäbe es Benedikt nicht.

Wir hatten jetzt etwas gemeinsam: Unsere Mütter hatten ihren Alltag verloren, den Kleber, der ihr Leben zusammengehalten hatte. Wie es mit ihnen und uns weitergehen sollte, dafür gab es keine Vorlage weit und breit.

»Komm, ich weiß, wo wir hingehen«, sagte Franzi, von einer plötzlichen Unternehmungslust ergriffen.

»Jetzt?«, fragte ich.

»Ja, wann sonst«, sagte sie.

Sie lief voraus in den dämmrigen Wald, als hätte sie dort ein Ziel. »Komm, komm«, sagte sie immer wieder, wenn ich stehen blieb, weil ich das seltsame Zickzack, das sie vorlegte, nicht verstand.

Erst als sie glaubte, direkt davorzustehen, wusste ich, was sie finden wollte: die Stelle, an der wir vor Jahren den Proviant für unsere Flucht vergraben hatten. Wir suchten spitze Stöcke und stachen damit erfolglos in der Erde herum.

»Wir müssen aus der gleichen Richtung kommen wie damals«, sagte ich, »und so tun, als wäre Tobi dabei.« Also gingen wir den Wanderweg, der nach Rengen führte, ein Stück in Richtung Wiesenberg und drehten dann um.

Franzi war in Hochstimmung. »Die Sierra Clara wartet schon auf uns!«, rief sie und fiel in einen Hüpfschritt. Dabei wehte die Einhorndecke hinter ihr her wie das Cape von Superman. »Wenn wir nur unsere Vorräte finden, dann können wir die ganze Nacht durchlaufen! Mit unseren Messern hacken wir alle bösen Männer in Stücke! Und wenn wir erst mal dort sind in der Sierra Clara, dann finden wir Verbündete und werden zu Kriegerinnen! Dann erobern wir die ganze Welt!« Ich ließ sie spinnen und versuchte, mich zu konzentrieren.

Kurz bevor die Dunkelheit ganz hereinbrach, sah ich eine schmale Schneise vom Weg abgehen, deren Boden vom Wild festgetrampelt war. »Hier wäre der Tobi eingebogen«, sagte ich und lief vor Franzi her. Wir kamen auf eine kleine Anhöhe. Langsam und mit gesenktem Kopf lief ich von Baum zu Baum, so wie es Tobi gemacht hätte. Aus dem tiefen Gedankentunnel, der mich jetzt mit ihm verband, stieg die Erinnerung hoch. Ich umkreiste den Baum mit dem dicksten Stamm, bis ich vor zwei Wurzeln stand, die sich weit aus der Erde wölbten wie die Arme eines Oktopus. Dazwischen war der Boden besonders locker. Ich nahm meinen Stock und wühlte damit die Erde auf, dann steckte ich ihn tief hinein.

Tatsächlich stieß ich auf etwas Hartes. Franzi kam mir zu Hilfe. Wild mit Händen und Stöcken buddelnd bargen wir drei Plastiktüten. Darin fanden wir die Messer, von denen sie gesprochen hatte, Dosen mit Tomaten und Bohnen, drei Paar Wollsocken, Nudelpackungen und die Flasche selbst gebrannten Obstler, die Philipp aus den Vorräten von Roland gestohlen hatte.

Franzis letzte Zigarette wanderte zwischen unseren Fingern hin und her. Wir lagen gemeinsam unter der Einhorndecke und blickten in den Mond. Aus Nudeln und Socken hatten wir uns Kopfkissen gebaut, die Messer lagen griffbereit links und rechts von uns. Die Flasche war halb leer, und Franzi trank immer noch einen Schluck nach dem andern.

Es war warm in meinem Körper und in meinem Kopf. Die Baumkronen tanzten fröhlich wie freigelassene Fabelwesen vor dem klaren Nachthimmel. Als Franzi mir die Flasche reichte, setzte ich sie an, tat aber nur noch so, als würde ich trinken. Ich konnte beim besten Willen keinen Schnaps mehr schlucken. Franzi nahm die Flasche wieder und lehnte sie gegen den Baum neben ihr, drehte sich zu mir und legte ihren Kopf auf meine Schulter. »Du hast mich so verraten!«, sagte sie. »Du warst meine beste Freundin, und trotzdem hast du mich verlassen!«

»Du wolltest nichts mehr mit mir zu tun haben, Franzi!«, verteidigte ich mich.

»Du hast alles gehabt, und ich hatte nichts«, fuhr sie fort, als hätte sie mich gar nicht gehört. »Der Benedikt hat immer nur dich gesehen. Hättest du nicht bei ihm bleiben wollen, dann wären wir damals in die Schweiz gegangen, dann wären wir beide glücklich geworden, nicht nur du.«

»*Du* wolltest nicht mehr gehen, Franzi. Du hast gesagt, dass du nicht so werden wolltest wie ich!«

»Ich musste dir wehtun, damit du merkst, dass ich nicht egal bin.«

»Gehst du deshalb zu diesen schrecklichen Männern im alten Bahnhof, um allen wehzutun?«, wollte ich wissen.

Da blies sie mir ein kaltes Lachen ins Gesicht. »Nein, da bin ich drüber weg. Es interessiert mich nicht, was alle denken. Ich geh da hin, weil die immer was zum Trinken haben, und weil sich mit denen keiner anlegt. Ich spür nicht mal mehr, wenn einer mit mir schläft.«

Jetzt weinte sie, und ich drückte sie fest an mich.

»Schläfst du mit dem Benedikt?«, wollte sie wissen, und wartete gar nicht auf meine Antwort. »Warum ist es immer noch so, dass du alles hast und ich nichts?«

»Du kannst auch alles haben, Franzi!«

»Blödsinn!«, schluchzte sie. »So eine wie mich würde Benedikt nicht mal mit der Beißzange anfassen.«

»Du bist doch wunderschön, Franzi! *Du* warst immer diejenige, die alles hatte!«

»Ich hab mir nichts sehnlicher gewünscht, als mit meiner Mutter alleine zu sein, so wie du«, sagte sie. »Als ihr mich aus Rengen geholt habt, hab ich ihr gesagt, dass ich mich umbringe, wenn sie zu meinem Vater zurückgeht.«

»Spinnst du, Franzi? So etwas darf man doch nicht sagen!«

Da schnappte sie sich die Flasche wieder und lachte. »Es ist ganz einfach«, erklärte sie und nahm noch einen Schluck. »Ich brauch nur das hier leer zu trinken. Bis du Hilfe geholt hast, besoffen wie du bist, leb ich schon nicht mehr.«

Ich entriss ihr die Flasche und leerte den Rest des Inhalts auf den Waldboden. Franzi lachte immer noch. »Es gibt andere Methoden«, sagte sie.

Da wusste ich, dass wir zurückmussten. Doch der Wald drehte sich um mich in einer Geschwindigkeit, die mir jegliche Kontrolle über meine Glieder entriss. Ich versuchte, Franzis knochigen, schlappen Körper vom Boden hochzuziehen, doch sie hatte keinerlei Stehvermögen mehr, und ich fiel immer wieder neben sie.

Einen Moment lang wollte ich aufgeben. Da tauchte das Mädchen aus Rengen, das uns vor Jahren begegnet war, vor mir auf. Sie wandelte an uns vorbei in ihrem seltsamen Schongang, der den Schmerz lindern sollte, und lief hinein in das Dickicht. Sie hatte keine Angst mehr vor dem, was sie eh schon zerstört hatte. Alles war ihr egal.

»Franzi, wir müssen aufstehen!«, schrie ich.

»Du willst nur zurück zu deinem Liebhaber«, lallte sie. »Hast so große Pläne. Stewardess willst du werden, erzählen sie im Dorf. Aber alles, was du tun wirst, ist den Benedikt heiraten und ein Leben lang auf dem Sonnenhof bedienen.«

»Ich *werde* Stewardess!«

Wieder schwappte dieses hämische Lachen aus ihr heraus. »Als würde dich der Benedikt weglassen, damit du anderen Männern im Flugzeug das Essen bringst.«

»Der Benedikt würde mich nie davon abhalten, einen Beruf zu haben.«

»Du arme dumme Clara. Genieß deinen Rausch. Du wirst noch früh genug aufwachen. Glaubst du wirklich, dass dich jemand einstellt? Das Kind einer Frau, die sich an einen Amerikaner weggeschmissen hat, den sie nicht mal kannte?«

Obwohl ich schon lange weinte und sie anflehte, aufzuhören, quälte sie mich so lange, bis ich sie an den Schultern packte und ihre Bosheiten aus ihr herausschütteln wollte. Die Hitze meines Zorns verschaffte mir schließlich die Kraft, loszurennen.

»Lass mich ruhig hier liegen!«, schrie Franzi hinter mir her. »Vergiss mich! Vergesst mich alle!«

Benedikt konnte nur einen Schatten gesehen haben, der unterhalb vom Sonnenhof aus dem Wald wankte, doch er rannte mir entgegen. Im Schein der Außenbeleuchtung sah ich, wie sie alle aus dem Haus kamen, Roland, Susie und die zwei Kinder.

»Wo ist die Franzi?«, rief der Benedikt schon von Weitem. Dann schoss er an mir vorbei.

»Komm!«, schrie er zurück.

Wir rannten durch den stockdunklen Wald. Benedikt schickte mich vorneweg. Ich navigierte mit dem Richtungsinstinkt von Tobi. Meiner kann es nicht mehr gewesen sein, denn ich war bar aller meiner Sinne. Bald musste ich stehen bleiben und mich übergeben. Benedikt hielt mich von hinten fest, damit ich nicht vornüberkippte. Dann brachen wir weiter durchs Unterholz. Endlich sahen wir Franzi im Mondschein vor uns liegen. Um ihren Kopf lag der goldene Schein ihrer Haare. Sie rührte sich nicht mehr.

»Lauf ins Dorf, so schnell du kannst! Klingel beim ersten Haus und lass den Notarzt rufen. Ich trag sie runter«, schrie der Benedikt, der jetzt vor Franzis Körper kniete. Da erst erkannte ich das blutige Messer und die dunklen Schnitte an Franzis Arm. Die Einhorndecke war voll mit Blut. Benedikt zog sein T-Shirt aus. Ich sah ihn noch mit dem anderen Messer Streifen daraus schneiden, da war ich schon auf dem Weg und rannte um Franzis Leben.

Wir saßen zu viert im Auto, Benedikt und ich auf der Rückbank, Susie auf dem Beifahrersitz, und Roland raste hinter dem Krankenwagen her. Arthur war bei den Kindern geblieben. »Wir haben sie rechtzeitig gefunden«, versuchte Benedikt Susie zu beruhigen. »Sie hat noch nicht zu viel Blut verloren!«

Susies Schultern wurden von ihrem Weinen geschüttelt. Ihre Hände kneteten einander. Sie wollten sich um die Hände ihrer Tochter klammern, sie abhalten von dem Unheil, zu dem sie fähig gewesen waren. Wie hatten sie tun können, was sie getan hatten, diese zarten Hände ihrer Tochter?

Von all den Fragen, die auf mich einprasselten, quälte mich die eine, die nicht ausgesprochen wurde, am meisten: Wie hatte ich weglaufen und Franzi neben den Messern liegen lassen können?

»Lad dir keine Schuld auf, Clara«, sagte meine Mutter, als hätte sie meine Gedanken gelesen. »Es ist ja noch mal gut gegangen.« Nicht mal ihr würde ich jemals erzählen können, wie finster es in mir geworden war, bevor Franzi fast gestorben wäre. So finster, als hätte Franzi mich mit ihren spitzen Prophezeiungen in der Walderde verbuddelt und würde niemals jemandem verraten, wo sie mich gelassen hatte. Ich hatte ihr nichts als das endgültige Verderben an den Hals gewünscht.

Am Sonntagabend saßen wir in der Stube. Benedikt und ich hatten Schilder am Weg aufgestellt: »Sonnenhof wegen Notfalls geschlossen.«

Wir hatten Franzi im Krankenhaus besucht und ihre schneeweißen Hände gehalten. Dann war meine Mutter mit Anni auf den Sonnenhof gekommen, und die beiden hatten uns ein Abendessen gekocht. »Ich hatte Angst, dass Franzi den restlichen Schnaps trinken würde, also habe ich ihn ausgeleert«, erzählte ich. »Aber sie war schon so betrunken, dass ich sie nicht vom Boden hochgekriegt hab.« Meine Mutter streifte mir beruhigend über die Schulter.

Vor mir lagen all die Jahre, in denen Benedikt an meiner Seite gewesen war, schon lange bevor er angefangen hatte, mir jeden Tag zu sagen, dass er mich liebte, nur mich, keine andere. Es war, als blickte ich direkt in Franzis Hölle. Ich hatte alles, Franzi hatte nichts. Sie wollte alles, was ich hatte, und ich wollte manchmal nur frei davon sein.

Am Montagnachmittag brachte mich Anni mit ihrem Auto ins Krankenhaus. Die Ärzte wollten mit mir sprechen. Auf der Fahrt redeten wir über meine Mutter.

»Das Beste für Sabine wäre es, wieder mit nach München zu kommen. Die Hotels sprießen dort nur so aus der Erde, und mit ihrer Erfahrung würde sie einen gut bezahlten Job finden. Und du hast eine riesige Auswahl an Schulen. Von der anschließenden Berufswahl gar nicht zu sprechen. Aber Sabine hat Angst, dich hier herauszureißen. Sie glaubt, dass es traumatisch für dich wäre, wenn du dich auch noch von Benedikt trennen müsstest, nach allem, was passiert ist.«

»Um mich muss sie sich keine Sorgen machen«, versicherte ich Anni.

Als ich in das Gespräch mit den beiden Ärzten ging, schien das Licht einer möglichen neuen Zeit in meine verhangene Seele.

Zwei weiß gekleidete Doktoren saßen mir gegenüber. Ich sah am Namensschild, dass die Frau eine Psychiaterin war. Neben ihr saß der Arzt, der Franzi auf der Station behandelte. Auf ihren Gesichtern lag ein sorgenvolles Lächeln. Sie sprachen leise und liebevoll mit mir, als wäre ich die Patientin, nicht Franzi.

Ich schilderte, wie wir Franzi in Rengen gefunden hatten. »Diese Männer haben sie abgefüllt und vergewaltigt. Aber sie hat nicht gewirkt, als wäre ihr das so unrecht. Ihr Vater hat ihr immer eingeredet, dass das, was sie selbst will, nicht richtig ist. Es war, als würde sie ihre eigene Traurigkeit gar nicht mehr spüren. Aber gleichzeitig konnte sie den Gedanken nicht ertragen, dass ich einen Freund habe und wir uns lieben. Als wir miteinander im Wald waren, war sie so grausam zu mir, dass ich es nicht mehr ausgehalten habe und weggerannt bin.«

Beide Ärzte redeten mir zu, ich solle mir keine Vorwürfe machen. Die Frau Doktor sagte, Franzi sei seelisch sehr krank und brauche eine längere Behandlung. Schuld daran sei auch nicht allein ihr Vater, sondern eine Veranlagung. Die sei zwar nicht heilbar, aber Franzi werde mithilfe guter Therapeuten lernen, damit zu leben.

»Meine Mutter und ich gehen nach München zurück«, sagte ich auf Franzis regungsloses Gesicht zu, als ich bei ihr am Bett saß. Sie lag da so gleichförmig wie die Kruste eines Schneefelds im März. Doch was ich sagte, hatte genügend Gewicht, um unter ihre Oberfläche zu brechen.

»Warum?«, fragte sie.

»Meine Mutter muss Arbeit finden, und ich will auf eine Schule gehen, auf der ich mehr Sprachen lernen kann, damit sie mich in der Flugbegleiterschule aufnehmen.«

»Was wird dann aus dir und dem Benedikt?«

»Vielleicht kommt er nach.«

»Er wird niemals vom Sonnenhof weggehen«, sprach sie aus, was wir beide wussten.

»Du musst jedenfalls gesund werden, Franzi! Mach deinen Schulabschluss, geh aufs Gymnasium und werde Tierärztin. Davon hast du doch immer geträumt.«

Sie nickte und lächelte mich an. Ob sie dabei ihre neue Zukunft oder mein baldiges Weggehen vor Augen hatte, machte jetzt keinen Unterschied mehr.

Ich lief meinen alten Weg von Tante Friedas Haus zur Schule und weiter zum Kindergarten. Dabei versuchte ich, das Dorf so zu sehen, wie es sich als Kind für mich angefühlt hatte. Alle waren miteinander verbunden. Sie hatten uns eingewoben, und die Ansammlung der Bilderbuchhäuser hatte sich in unseren Heimatort verwandelt. Doch hinter so manchem weißen Vorhang hatte es immer Leute gegeben, die uns beobachteten, die darauf warteten, dass wir scheitern würden. Wir konnten uns noch so verbiegen, wir würden nie in ihre geordneten Verhältnisse passen. Was uns jetzt retten würde, war allein die Kraft, mit der meine Mutter mich aufgezogen hatte, der sture Widerstand gegen das, was man ihr als richtig und falsch verkaufen wollte.

Gestern waren wir Stellenangebote in der Süddeutschen Zeitung durchgegangen. War sie nicht zu alt für die Münchner Hotelszene, hatte sich Mama gefragt, zu verbraucht, zu viel Landei inzwischen? Da erinnerte ich sie an das, was sie mir beigebracht hatte: Denk nicht immer an das, was die anderen in dir sehen. Du selbst weißt am besten, wer du bist.

Gemeinsam mit Hanna half ich den Kindern in ihre Schuhe. Durch Hannas kurze schwarze Haare zogen sich silberne Fäden. Feine Fältchen rahmten ihre braunen Augen, doch ihr liebevoller Blick hatte sich kein bisschen verändert. Wer immer es war, dem sie sich zuwandte, den bewachte sie mit all ihren Sinnen.

Die Kinder stellten mir Fragen über das Land in Afrika, in dem meine Vorfahren lebten, und das ich bei meinen letzten Besuchen für sie erfunden hatte. Manche wussten mehr darüber als ich. »Es gibt dort Affen und Tiger! Die Menschen tanzen nachts um ein großes Feuer. So tanzen sie …« Damit war plötzlich ein wildes Hüftschwingen im Gange.

»Waren wir damals auch so frech?«, fragte ich Hanna. Sie lachte und sagte: »Nicht ganz so. Die Kleinen glauben jetzt schon, dass sie alles besser wissen. Ich weiß noch nicht, ob das gut oder schlecht ist.«

Als wir nach draußen liefen, hing mir an jeder Hand ein quirliges Mädchen, das mich in das Zentrum seiner Weltordnung zog. Ich sollte mit ihnen schaukeln und Verstecken spielen.

Irgendwann schüttelte ich sie ab und sagte, ich bräuchte jetzt ein bisschen Ruhe. »Wer rastet, der rostet«, wussten sie, ließen aber dann doch von mir ab, um mit den anderen um die Bäume zu flitzen.

»Wie haltet ihr das durch?«, fragte ich Hanna völlig außer Atem. »Diese Mädchen haben bestimmt keine Lust mehr, brav zu sein und Ringelreihen zu tanzen.« Wir saßen auf dem quer liegenden halben Baumstamm, von wo aus wir die Kinder im Auge behalten konnten.

»Du warst nicht viel anders, Clara. Du warst zwar still, aber sehr eigenwillig«, sagte Hanna.

»Ich erinnere mich, dass ich Angst hatte, nicht dazuzugehören.«

»Angst heißt ja nicht, dass man nicht stark ist. Du hast es nicht leicht gehabt. Aber du hattest immer diesen inneren Steuermann.«

Ich lachte. »Ja, und der hat Tante Frieda in den Wahnsinn getrieben.«

Schließlich verriet ich ihr: »Ich hab furchtbar Angst davor, dem Benedikt zu sagen, dass ich weggehe. Dabei wäre es schlimmer, wenn ich bleiben würde. Es ist, als könnte ich nichts mehr richtig machen. Was immer ich entscheide, tut weh, ihm und mir.«

Die Hanna legte ihren Arm um meine Schultern und drückte zu. »Manchmal muss man eben vom Ufer wegschwimmen, Clara. Sonst findet man nie neues Land.«

Die Sonne war schon hinterm Berg, als ich an diesem Abend zum Sonnenhof hochlief. Der Schatten des Graskopfs wuchs mit dem der Bäume zusammen. Ich sprang über den Bach und machte einen weiten Bogen ums Forsthaus, wobei ich trittsicher über die großen Matschlöcher in der Kuhwiese stieg. Ich kannte hier jedes Grasbüschel.

Als ich durch die Hintertüre schlich, empfing mich Benedikt dort und ging vor mir her die Treppe hoch in sein Zimmer.

Wir schliefen nicht in dieser Nacht. Ich fragte mich, ob ich mich jemals wieder irgendwo so zu Hause fühlen würde wie in seinem Bett und in seinen Armen.

Als er im Morgengrauen ins Bad ging, blieb ich in seiner Körperwärme liegen. Dann kam er noch mal zu mir, gab mir einen Kuss und sagte: »Man kann die Nomaden nicht an einem Ort festhalten. Sie müssen weiterziehen mit ihrer Karawane. An neuen Orten finden sie neue Lebensbedingungen. Bis ihnen wieder was fehlt, frisches Wasser oder Gras für ihre Tiere. Anstatt Leitungen zu legen und Tierfutter anzubauen, so wie die Bauern, ziehen sie weiter, um einen Ort zu finden, an dem anderes Gras wächst. In dir steckt eine Nomadin, Clara.«

Dann zog er seinen Schlüsselbund aus der Hosentasche, an dem der kleine Fußball mit der brasilianischen Flagge baumelte. »Aber wenn der Ronaldo bei der nächsten Weltmeisterschaft verliert, dann wirst du wiederkommen müssen. Dann werden wir die Nomadin in eine Farmersfrau verwandeln.«

»Die Wette gilt«, versprach ich ihm und hielt ihn so fest, dass er sich mit aller Kraft aus meinen Armen winden musste, weil sein Vater draußen auf die Hupe drückte.

In den wenigen Wochen zwischen der Flucht meiner Mutter und mir ins Tal und unserer Abfahrt nach München wurde das Unerklärliche, das wir erlebt hatten, in Tante Friedas Küche in begreifliche Einheiten zerredet. Doch wir konnten sie nicht mitnehmen, all die tröstenden Auslegungen, es waren einfach zu viele. Sie waren nicht zu behalten. Wir mussten all die halben Nächte zurücklassen, in denen der Kräutertee zu lange in der Kanne gezogen hatte. Er half eh nicht, weder mit der Verdauung noch mit dem Schlaf. Wir würden in München wieder von vorne anfangen müssen mit dem Verstehen der Vorfälle, falls das ohne Tante Frieda überhaupt möglich war.

Ich spürte wieder das Dunkle zwischen Mama und mir, das, was in unserer Geschichte noch nicht verwunden war. Als wir Annis Auto beluden, kämpfte meine Mutter gegen die Gesetze einer Erde, in der alles im Kreis läuft. Glaubt man etwas endlich hinter sich, kommt es von vorne wieder. München, ausgerechnet, das Pflaster ihres Niedergangs.

Ein paar Stichpunkte klangen dann aber doch aus den Küchensitzungen nach: Abstand, Zeit, die vergehen würde, während wir wieder Fuß fassen würden, den Kopf über Wasser haltend, bis

Wiesenberg Vergangenheit war. Wo, wenn nicht in München, wo uns Anni über die ersten Hürden helfen würde, sollten wir anfangen?

In bester Sendlinger Lage im obersten Stock eines sonnenbeigen Mehrfamilienhauses lag Annis Eigentumswohnung. Das Hauseck war einem viktorianischen Turm nachempfunden. Spitz und reich verziert stand er für die gehobene Kultur der Hausbewohner. Wie ein aufrechter Zeigefinger gebot er Anstand und Pflichtbewusstsein.

Schon als ich von außen daran hochblickte, fiel mir Annis Wohnung ein. Ihre Wände folgten der Turmidee von innen und formten einen Erker aus, in dem ein Teetischchen und zwei Ohrensessel standen. Ich sah Mama mit Anni dort sitzen, die Finger um edles Porzellan gelegt. Kännchen und Zuckerdose wurden festgehalten, wenn ich ihnen als wilde Fünfjährige zu nahe kam. Das hier war der Vorgänger von Tante Friedas Küchentisch. Hier war das Leben der beiden Frauen gelöst worden, bis es nicht mehr zu lösen war.

Der Geruch, der in den schweren Vorhängen hing, half meinem Gedächtnis weiter auf die Sprünge, eine Mischung aus Bodenwachs, Parfum, Sauerkraut und Staub, der sich im Stuck unter der Decke sammelte. An unserem letzten gemeinsamen Abend hier im Jahr 1990 hatten wir das Endspiel der Weltmeisterschaft angeschaut. Es war Deutschlands großer Sieg gewesen. Tante Anni hatte uns ein Taxi gerufen und uns ermahnt, dem Grölen und Feiern auf der Straße fernzubleiben.

Nach diesem Abend hatte ich noch mal alleine bei Tante Anni übernachtet. Danach war eine Eiszeit zwischen Anni und meiner Mutter angebrochen, die zehn Jahre währte. Erst als Mama im Forsthaus begonnen hatte, das schnurlose Telefon in ihrer Küchenschürze herumzutragen wie eine Geheimwaffe gegen die Untoten, waren die beiden wieder Freundinnen geworden.

Anni zog für uns die Schlafcouch in ihrem Nähzimmer zum Bett aus. Die Nähmaschine und zahlreiche Rollen fein gemusterten Stoffs, aus denen sie neue Moden entwarf, wurden in der antiken Kommode im Wohnzimmer verstaut, damit wir unsere Habseligkeiten ausbreiten konnten.

»Jetzt sind wir wieder da, wo wir angefangen haben«, sagte Mama und ihr grau-blonder Schopf wälzte sich auf dem Kissen neben mir. Als Kind hatte ich so lange mit ihr in einem Bett geschlafen, dass mich ihre Unruhe kaum störte. Fast war sie das, was mir am vertrautesten war. Ich entschlüpfte trotzdem in meine Träume.

Wenn ich aufwachte, dann wähnte ich mich noch ein paar Momente in Benedikts Armen, bis das kalte Licht, das durch die kleinen ovalen Öffnungen in den Rollläden fiel, die blanke Wirklichkeit entblößte: Ich war ohne ihn. Ich war niemand in dieser Stadt.

Die Geräusche von Anni, wie sie in der Küche die Kaffeemaschine befüllte, drangen durch die Zimmertür. Mama lag still. Sie musste irgendwann in den Morgenstunden eingeschlafen sein. Da schlich ich aus dem Zimmer.

»Schläft sie?«, fragte Anni leise und ich nickte.

Wir sprachen über Sabine wie über eine Kranke, deren Genesung unser gemeinsames Projekt war. Jedes Auflachen, jeden ihrer so erschreckend selten gewordenen Redeanfälle betrachteten wir als gutes Zeichen, dass sie bald wieder die Alte sein würde.

Bis um neun Uhr hatte Anni Zeit, um in aller Ruhe mit mir Kaffee zu trinken, dann begann ihr Telefon zu läuten. Sie machte Geschäfte, sprach mit Anlageberatern und Maklern. Sie wolle in einen Modesalon investieren, erklärte sie mir. Die richtige Gelegenheit sei aber noch nicht dagewesen.

Am Abend vor meinem sechzehnten Geburtstag saßen Mama und ich in der S-Bahn. Sie blickte in die Scheibe, ganz so wie in meiner Erinnerung. Es war, als würde sich ihr ganzes Leben zu der

Spiegelung unserer Gesichter zusammenfassen lassen. Doch ihr Blick landete immer wieder im Dunkel dahinter.

Wir kamen von der Besichtigung eines Hotels, das eine Stelle ausgeschrieben hatte. Mama hatte es erst mal begutachten wollen, bevor sie ihre Bewerbung abschickte.

Ich vermaß ihre Gefühlslage. Dort näherte sich eine weitere Nacht, die in einen weiteren Tag münden würde, in dem es gleichgültig war, ob man Arbeit fand oder nicht. Es gab sowieso keine Energie für Arbeit. Mamas Ausdruck war unaufgeregt, und fast meinte ich, eine erste Hoffnung auf eine neue Art von Tag darin zu sehen. Es war ein bisschen wie früher auf dem Graskopf. Wenn ich etwas wissen wollte, dann musste ich jetzt fragen.

»Sag mal, hat Anni eigentlich von einem reichen Onkel geerbt?«

Mama lachte auf. »Nein, sie hat nicht geerbt. Sie ist nur schlau.«

»Und wie schlau sie sein muss!«, staunte ich. »Sieht aus, als hätte sie alles richtig gemacht.«

»Das hat sie«, sagte Mama. »Aber ich hätte diesen Job nicht machen können.«

»Welchen Job?«

Sie formulierte ihre Antwort in vorsichtigen Häppchen: »Um es mal so zu sagen, auf rechtmäßigem Wege als Frau zu so viel Geld zu kommen wie Anni, ist heute noch schwierig. Vor zwanzig Jahren war es unmöglich. Also hat Anni einen Schleichweg genommen, um von den gigantischen Geldern, die in der Geschäftswelt fließen, etwas für sich abzuzweigen.«

»Drogen?«, fragte ich ungläubig.

»Die schönste Droge der Welt«, antwortete sie amüsiert.

Liebe. Sie ging wie ein Licht auf an meinem Horizont.

Anni und meine Mutter kannten sich aus dem Hotelgewerbe, das wusste ich schon. Doch warum die eine bettelarm geblieben war und die andere eine Wohnung abbezahlt hatte und sich mit Anlagen auskannte, das war eine ganz neue Erkenntnis. »Anni ist eine Prostituierte?« Ich konnte es mir nicht verkneifen, laut zu lachen.

Am nächsten Morgen stand ich ein bisschen früher auf und befüllte die Kaffeemaschine. Anni kam im seidenen Morgenmantel aus ihren Gemächern und schäumte Milch in einem Topf auf.

»Was geht dir im Kopf rum, Prinzessin?«, fragte sie, während sie die Milch in meiner Tasse zu einer Krone auftürmte. So hatte sie mich als kleines Mädchen genannt. Anni hatte meine Puppen mit rosaroten Mützen bestrickt und andere schöne Mädchendinge in mein Leben gebracht. Sie war eine richtige Tante gewesen, die half, mich zu versorgen. Gerade so, als wäre sie nicht ganz unbeteiligt gewesen an meinem Eintritt in die Welt.

Sabine

München 1984

Claras erstes Lebensjahr

Geschäfte

»Wie kann man so den Kopf verlieren? Schlimmer kann man's ja gar nicht verpatzen«, schimpfte Anni. Sie saß in dem eleganten Ohrensessel im Erker ihrer schicken Wohnung, Sabines Baby im Arm. Ohne rechten Zusammenhang fiel ihre Standpauke in ein verzücktes Säuseln: »Und süßer kann man gar nicht sein als du.« Dabei blickte sie in Claras große dunkle Augen, die sie aufmerksam beobachteten.

»Du hast doch immer gesagt, wir wären die Königinnen vom Schloss«, verteidigte sich Sabine, die Anni gegenübersaß, eine dampfende Tasse mit Brühe in der Hand. »Dürfen wir da nicht mal selbst unsere Regeln machen?« Dann nahm sie die Antwort gleich vorweg: »Ja, ich weiß. Die Hand, die uns füttert, in die dürfen wir nicht beißen. Wir sind halt doch nur Dienstmädchen.«

»Du scheinst nicht zu verstehen, Sabine. Du hattest das große Los gezogen an diesem Abend. Ein Escort-Job, bei dem ausdrücklich gewünscht wird, nicht intim zu werden. Alles, was von dir erwartet wurde, war, dass du nach dem Tanzen heim in dein Bett gehst. Wie schwer kann das sein?«

»Ich kann's nicht mehr hören, was alles von mir *erwartet* wird. Darf ich nicht auch mal was *erwarten*?«

»Wenn du einen von diesen Großkopfigen heiratest, dann darfst du Ansprüche stellen«, gingen die Belehrungen weiter. »Ansonsten bleibt dir nur, Geschäfte mit ihnen zu machen, so wie ich. Vorher solltest du aber lernen, dich an Abmachungen zu halten, und dich um Himmels willen nicht zu verlieben! Sag mal, kennst du deinen Zyklus nicht?«

»Den kannte ich in- und auswendig. Ich wollte ja schwanger werden. Nur nicht an diesem Tag, und nicht von ihm. Nach meiner Rechnung war es noch viel zu früh für den Eisprung.«

»Viel Stress, wenig Schlaf, da kommt leicht mal alles aus dem Takt. Solltest du eigentlich wissen«, erklärte Anni.

»Ist denn wenigstens Eberhards Deal zustande gekommen?«, fragte Sabine.

»Oh ja. Der ist dick im Geschäft in Kanada.«

»Na, immerhin. Was ein fruchtbarer Abend.« Sabine stöhnte müde. »Wär ich nur in Engeltal geblieben. Ihr Großstädter tut doch alle nur so fortschrittlich. Dabei funktioniert das Ganze hier auch nur, weil die Frauen brav hinhalten und dann wieder unsichtbar werden.«

»Jaja, schimpf dich ruhig aus. Dein Problem wird damit nicht kleiner«, entgegnete Anni und spielte zärtlich mit Claras Händchen. »Und auch nicht heller.«

Jetzt lachten sie beide, und Clara gluckste mit.

Sie trafen Eberhard am Viktualienmarkt in einem ländlich anmutenden Lokal zum Mittagessen. Galant gab er Sabine einen französischen Kuss auf die Wange.

Sabine holte ihr Kind aus dem Wagen, denn sobald der nicht mehr rollte, gab Clara darin keine Ruhe mehr. Sie wollte jetzt bei allem dabei sein.

»Die Ähnlichkeit mit Chris ist frappierend«, sagte Eberhard. »Wie könnte man der Mutter dieses süßen Mädchens böse sein?«

An der Art, wie er mit der rechten Hand sein Weinglas und mit der linken seine Krawatte festhielt, als wäre Claras Babyzappeln eine Bedrohung für beide, wurde deutlich, dass er nur Höflichkeiten vorwegschickte, wo Taktik folgen würde.

»Ich zögere, Chris zu unterrichten«, sagte er. »Ich habe seine Frau kennengelernt, als ich im Sommer das Brown-Werk in Winnipeg besucht habe. Helen ist eine der Enkelinnen des Gründers, genauso blond wie Sie, Sabine. Helen und Chris haben zwei Söhne.« Dieses Bild ließ er erst mal zum ehrfürchtigen Bestaunen im Raum stehen.

Dann fuhr er fort: »Chris ist ein Mann mit außergewöhnlichen Fähigkeiten, aber er kommt aus kleinsten Verhältnissen in Chicago. Er hat sich die Aufnahme in die Familie Brown hart verdienen müssen. Wenn diese kleine Abtrünnigkeit hier bekannt würde, könnte er alles verlieren.«

»Würden dann auch Ihre Motoren wieder heimgeschickt?« Für diese zynische Frage erntete Sabine einen Blick von Anni, der sie in ihre Schranken wies.

Vorsichtiger setzte sie wieder an: »Ich gebe zu, dass ich eine Anfängerin bin im Metier der Unterhaltungsdame. Ich weiß, ich hätte nicht so weit gehen dürfen. Trotzdem muss Ihnen klar sein, dass es nicht meine alleinige Entscheidung war. Ein sportlicher Mann von eins neunzig ist schwer zu vergewaltigen.«

Eberhard war so freundlich, über Sabines spitze Bemerkung zu lachen, während sich Annis angespannte Haltung verschärfte.

»In einem gebe ich Ihnen nicht recht, Sabine«, sagte Eberhard. »Sie haben sich ganz und gar nicht wie eine Anfängerin angestellt. Sie sind eine Meisterin des Smalltalks. Sie stellen Verbindungen zwischen Menschen her, allein mit Ihrer offenen Art. Ich schätze das sehr an Ihnen.«

Endlich entspannte sich Anni. Doch jetzt wurde Sabine nervös. Der Mann führte etwas im Schilde.

»Sie müssen sich jetzt erst mal um Ihren kleinen Schatz hier kümmern.« Eberhards Stimme schnellte beim Wort »Schatz« aufmunternd nach oben. »Wenn Ihre Tochter groß genug ist für eine Betreuungsstätte, dann können Sie wieder arbeiten gehen. Bis dahin können Sie sich auf meine Hilfe verlassen. Ich möchte allerdings, dass wir uns nächste Woche noch mal treffen. Wir werden einen Vertrag miteinander abschließen, damit jeder weiß, was er vom anderen erwarten kann, so wie unter Geschäftsleuten üblich.«

Sabine war jetzt also keine gescheiterte Existenz mehr, sondern eine Geschäftspartnerin. Ihr Kind war eine Einnahmequelle, seine

Herkunft ein Kavaliersdelikt, und dessen Geheimhaltung würde ein Gentlemen-Agreement sein mit Signatur.

Das Amt hatte Sabine eine Wohnung nördlich vom Olympiapark zugewiesen. Sie fuhr mit Clara zur Besichtigung. Der Wohnblock war nagelneu und verfolgte die Architektur der größtmöglichen Baukostenvermeidung. Ein Hausverwalter führte sie mehrere Stockwerke nach oben.

München sei in den letzten Jahren überbaut worden, erklärte er, und jetzt stünden Neubauten wie dieser teilweise leer. Vierhundert Mark plus Nebenkosten, so günstig habe man in dieser Stadt schon lange nicht mehr wohnen können. Sabine müsse sich allerdings damit abfinden, dass sie ihre neue Adresse mit den sogenannten A-Einwohnern teilen würde: Alte, Arme, Ausländer, Alkoholiker. »Da passe ich als Alleinerziehende ja bestens dazu«, sagte sie.

Die Wohnung hatte große Fenster, und man sah in der Ferne den Olympiaturm. Es gab zwei Zimmer, ein Bad mit Wanne und eine schmale schlauchartige Küche. Sabine projizierte im Geiste ein paar Möbel in die kahlen Räume. Dann wirbelte sie Clara durch die Luft und sang ihr ins Ohr: »Jetzt haben wir unser eigenes Reich, wir zwei.«

Clara
München 2002
17 Jahre

Das Spiel

Es dauerte nicht lange, bis ich dahinterkam: In München setzte man keinen Artikel vor die Namen. Man sprach von den Leuten in größeren Zusammenhängen, aus denen nicht auszubrechen war. Lange her waren die Zeiten, in denen ich einfach die Clara gewesen war oder die Kleine von der Sabine.

In Wiesenberg war ich anders gewesen, aber hier war ich *so*. Wie, das wurde in den ersten Sekunden einer Begegnung entschieden, je nach Horizont meines Gegenübers. So wie die Asylbewerber, so wie die Kinder derer, die sich mit Soldaten der amerikanischen Besatzung eingelassen hatten, so wie die, die's mit jedem treiben. Begegnet man in München einem Menschen, der *so* ist, dann überprüft man, ob das Portemonnaie zugriffssicher verstaut ist, und schaut sich nach Möglichkeiten um, weiträumig an dieser Person vorbeizukommen.

Meine Mutter, Anni und ich nahmen uns viel Zeit, um eine Schule für mich zu finden, auf der es unterschiedliche Hautfarben gab, und die eine anspruchsvolle Fächerauswahl anbot. Ich musste lernen, dass ein undeutsches Aussehen und höhere Bildung in manchen Köpfen nicht zusammengehören.

Nach ein paar Fehlstarts landete ich im traditionsreichsten Gymnasium der Stadt im Kern von München. Anschluss an Gleichaltrige fand ich auf dem Fußballplatz, und ich konnte Mama und Anni damit beruhigen. Beide befürchteten, meine verschlossene Art könnte meine Mitschüler abschrecken.

Mein höchstes Ziel war immer noch der Luftraum. Dort würde ich frei sein von den Grenzen, die mein Aussehen mir hier unten auferlegte. Ich würde für all die unterschiedlichen Menschen, die dort oben zusammengeworfen wurden, eine Ordnung schaffen und sie hüten wie Hanna das Kindergartenchaos.

Während ich mir die Zeit nahm, nach dem Unterricht meine Bücher und Arbeitsblätter sorgfältig in meinen Rucksack zu packen, behielt ich die Lage im Klassenzimmer im Auge. Ich wollte nicht die Letzte sein, sonst würde ich mit dem Lehrer reden müssen. Er würde mich loben für die eins Komma vier in meiner Französischarbeit und womöglich wieder mit mir über Universitäten sprechen wollen. Ich mit meinem Sprachtalent sollte unbedingt nach dem Abitur im Ausland studieren.

Mit meiner Mutter redete ich darüber gar nicht mehr. Sie war auf seiner Seite. »Dir steht alles offen, Clara! Du brauchst niemals Leute zu bedienen so wie ich.« Doch ein Studium kam nicht infrage für mich. Damit würde ich zwar aus München wegkommen, dafür aber in einer anderen Stadt festsitzen.

Als ich durch das gusseiserne Tor nach draußen lief, die monumentalen Steintreppen hinunter auf den Vorplatz der Schule, teilte die Frühlingssonne gerade ein Hallo aus. Ich freute mich darauf, später eine Laufrunde im Olympiapark zu drehen.

Am Straßenrand stand ein extravagantes Cabrio im Halteverbot und zog die Aufmerksamkeit einiger Jungs auf sich. Um mich herum wurde bewundernd gemunkelt und hingedeutet. An der Beifahrertür lehnte ein knochiger Mann, der ungeduldig von einem Fuß auf den anderen tappte. Dass er Blickkontakt mit mir suchte, überraschte mich nicht. Es passierte mir regelmäßig, dass diese Art von angegrautem Gigolo eine Einladung aus meinem Körper zu lesen schien, sich mir anzunähern. Ich vermied es, länger in seine Richtung zu schauen.

»Den kennt man doch«, sagte einer der beiden Jungs, die vor mir liefen. »Ist das nicht der Nazi aus *Devil's Keepers*?«

»Könntest recht haben«, sagte der andere. »Ich hab nur den Trailer gesehen. Hab aber gelesen, dass den Nazi wirklich ein Deutscher spielt. Der Typ sieht ihm sakrisch ähnlich.«

Als ich in einem großen Bogen um den Mann herumlaufen wollte, um über die Straße zur Bahnstation zu gelangen, sah ich aus dem Augenwinkel, dass er auf mich zukam und sich bemühte, mich einzuholen. Gerade wollte ich in einen Laufschritt fallen, da rief er: »Clara?«

Sein Ruf fuhr mir wie ein Elektroschock das Rückgrat hinunter. Noch bevor ich mich zu ihm umdrehte, erkannte ich, was seine harschen Gesichtszüge in mir aufwühlten: die Erinnerung an einen Fernsehabend im Forsthaus und einen Schrei meiner Mutter.

»Tut mir leid, wenn ich dich erschreckt habe.« Jetzt klang er sanft und freundlich. »Ich bin dein Vater. Zumindest auf dem Papier. Fritz König«, stellte er sich vor und streckte mir hastig die Hand entgegen. »Ich hab dich gesucht.« Es gab keinen Zweifel daran, dass er Fritz König war, ich kannte ja sein Gesicht.

»Darf ich dich heimfahren?«, fragte er, und deutete dabei auf seinen tiefgelegten Schlitten.

Ich schüttelte entschieden den Kopf. »Danke, ich bin ganz gut zu Fuß.«

»Ich bin dein Vater«, wiederholte er, und auf dem Klang seiner geschulten Stimme lag eine nicht uninteressante humorvolle Schwingung. Amtlich gesehen hatte er recht. Es stand in meiner Geburtsurkunde. »Und außerdem homosexuell«, fügte er an.

»Und was willst du noch mal von mir?«, fragte ich.

»Wir müssen reden«, sagte er. »Es wird Zeit.«

»Okay, aber ich muss um drei ins Fußballtraining«, log ich vorbeugend.

Wir fuhren in gemächlichem Tempo an der Isar entlang. Ich roch die Nähe des Wassers und die frischen Blätter an den Bäumen. Fritz König verbreitete eine weltläufige Aura um sich. Plötzlich gefiel es mir nicht schlecht, neben ihm zu fahren und seine Tochter zu sein.

»Wenn du homosexuell bist, warum hast du dann fünf Jahre lang mit meiner Mutter zusammengelebt?«, fragte ich ihn.

»Gute Frage«, sagte er. »Ich hab wohl jemanden gebraucht, der mir die einfachen Dinge des Lebens vorplappert, weil ich selber in meinem Kopf festgeklemmt war. Sabine war mein Mundwerk. Und ein bisschen meine Mutter.«

»Du brauchst also ein externes Mundwerk. Da bin ich leider nicht die richtige Gesellschaft für dich«, sagte ich.

Er blickte mich amüsiert an und erläuterte: »Über die Jahre musste ich an mir arbeiten. Ich hatte ja die redselige Sabine nicht mehr. Wie geht es ihr denn?«

»Es geht ihr sehr gut«, sagte ich. »Sie ist Servicemanagerin im Globe Hotel am Ring.«

»Ist sie verheiratet?«

»Mit dir, soviel ich weiß«, frischte ich seine Erinnerung auf.

»Stimmt«, sagte er und fragte nicht weiter nach einem Mann in Sabines Leben.

Während wir über die Schnellstraße aus München rausfuhren, rauchte Fritz eine Zigarette nach der anderen. Er erkundigte sich nach Anni. Er habe sie zwar nie kennengelernt, wisse aber, dass sie meiner Mutter immer eine große Hilfe gewesen sei.

»Anni hat sich ein Brautmodengeschäft in Schwabing gekauft«, berichtete ich. »Ich muss immer für ihren Katalog Modell stehen, weil das Weiß so toll rauskommt auf meiner Haut.«

Fritz lachte hämisch und blies im Stil des Filmganoven den Rauch aus seiner Lunge in den Fahrtwind. »Die Edelnutte verkauft Kleider der Unschuld. Das ist famos!«

Er nahm die Ausfahrt nach Freising. »Ich kenne einen ruhigen Ort, an dem wir uns unterhalten können«, sagte er. Ein paar Kurven weiter parkte er vor einem kleinen eingewachsenen Biergarten.

Wir bestellten jeder eine Salatplatte und ein Mineralwasser. Ich erfuhr, dass Fritz in Berlin lebte und dass er mit dem Auto nach

München gefahren war, nur um mich zu treffen. Er sei zunächst zum Meldeamt gegangen, erzählte er, und habe den Beamten erklärt, dass er den Kontakt zu mir verloren habe und Hilfe brauche, um mich zu finden. Nachdem er sich als mein Vater ausgewiesen habe, seien sie sehr kooperativ gewesen. Sie hätten zwar meine Adresse nicht rausgerückt, dafür aber meine Schule, wohl damit sie der Zusammenführung einer armen Trennungswaisen mit ihrem reumütigen Vater nicht im Wege stehen würden.

»Ich war bei deiner Geburt dabei«, ließ Fritz mich wissen, als gäbe ihm das eine höhere Bedeutung in meinem Leben. Auch wenn er seither gelebt hatte, als existierte ich nicht.

»Ich weiß, das war wohl ein Schreck.«

»Das war ein Schreck«, bestätigte er. »Es kam aus dem Nichts, das Ding mit deiner braunen Haut. Deine Mutter hätte mich vorbereiten müssen. Vielleicht hätte ich sogar Verständnis gehabt für ihren Fehltritt.«

Bei diesem letzten Wort fiel unser Plausch in ein Zeitloch, in dem es duster und unwohnlich war.

Der Salat wurde vor uns hingestellt. Ich hatte riesigen Hunger und aß sofort los. Fritz stocherte nur mit der Gabel auf seinem Teller herum. Dann ließ er die Gabel plötzlich fallen, zündete sich eine Zigarette an und beobachtete mich.

»Spricht deine Mutter jemals über mich?«, fragte er.

»Wir haben dich mal im Fernsehen gesehen. Da hat sie dich einen Scheißkerl genannt.«

Sein Lachen klang jetzt weniger filmreif, so als wäre er am Ende mit dem Einstudierten. »Es gibt so Beziehungen, da wird jeder zur schlimmsten Version seiner selbst«, sagte er.

»Meine Mutter sagt immer, dass ihr Leben ohne mich eine Lüge gewesen wäre.«

Da dachte Fritz kurz nach und sagte: »Bei deinem Vater ist das wohl genau andersherum. Sein Leben ist tatsächlich eine Lüge. Und das wegen dir.«

Voller Unverständnis blickte ich ihn an.

»Ich habe deinen Vater getroffen, Clara.«

Da fiel auch mir die Gabel aus der Hand.

»Letzten Herbst in Toronto«, fuhr er fort. »Ich hab jetzt all die Monate gebraucht, um an diesen Punkt zu kommen, an dem ich ins Auto steigen, nach München fahren und dich finden musste, um dir von dieser Sache zu erzählen.«

Fritz schilderte mir seine Begegnung mit Christopher Clark in lebhaften Bildern und unerträglichen Details.

Fast wäre die Premiere des Hollywoodfilms, in dem Fritz seine erste große Rolle auf internationalem Parkett spielte, abgesagt worden. Während des zehntägigen Filmfestivals in Toronto ereigneten sich die Anschläge des elften Septembers in New York und Washington. Zahlreiche Flüge wurden gestrichen, und kaum jemand konnte noch in Toronto landen. Doch die Filmcrew war bereits in der Stadt. So blieb die Premiere von *Devil's Keepers* auf dem Programm. Die Botschaft des Films passte in die apokalyptische Grundstimmung.

1945, kurz vor Kriegsende in Deutschland. Eine Gruppe afroamerikanischer Soldaten pickt drei deutsche Deserteure auf, die nur noch eines wollen: überleben. Die Amerikaner bieten ihnen Hilfe an, verstecken und bewachen sie. Doch es stellt sich partout kein Vertrauen ein zwischen den beiden Gruppen, nicht mal angesichts der gemeinsamen Sehnsucht nach Frieden. Während die große Schlacht endet, bleibt ihr Kern bestehen.

Auf dem Empfang nach der Vorführung rühmte sich der Regisseur in seiner Rede, Fritz König in der deutschen Krimiszene ausgespäht zu haben. Virtuos habe König in der Rolle des desertierten

Nazis Heinrich Kraus die weltumspannende Frontlinie verkörpert, die einfach nicht auszumerzen sei.

Fritz genoss den Applaus des Publikums. Nach den Ansprachen betrat einer der Organisatoren des Festivals das Podium und rief zu einer Schweigeminute im Gedenken an die Opfer der Anschläge auf. Danach war die Feierlaune dahin, und das Publikum löste sich auf. Nur vereinzelt wurde Fritz um ein Autogramm gebeten. Dazwischen hatte er viel Zeit, um sich einen Whiskey nach dem anderen von der Bar zu holen.

Gerade hatte er ein frisches Glas in der Hand, da kam ein großer schwarzer Mann mit einem leicht süffisanten Lächeln auf ihn zu. Er trug ein modisch gemustertes Hemd und Jeans, darüber ein schlichtes graues Sakko. Filmkritiker, war Fritz' erster Gedanke. Er blickte dem Mann entspannt entgegen.

»Christopher Clark«, stellte der Mann sich vor, reichte Fritz die Hand und fixierte ihn mit dunklen, exotisch geschnittenen Augen, die ein seltsames Déjà-vu in Fritz' Bewusstsein auslösten. Er sei ein Mitglied des Festivalkomitees, sagte der Mann. Fritz' schauspielerische Leistung habe ihn sehr beeindruckt. Er habe einige Situationen wieder durchlebt, mit denen er selbst schon konfrontiert worden war. Seine weiteren Worte verloren sich in Fritz' trübem Gedankenwirbel.

Erst als der Mann sagte, er habe vor vielen Jahren auf einer Geschäftsreise in München Fritz' wunderbare Frau getroffen, stutzte Fritz.

»You what? Met my *wife*?«

»Yes«, bekräftigte sein Gegenüber. Etwa achtzehn Jahre sei das her.

»Sorry, da verwechseln Sie was. Ich bin nicht verheiratet«, klärte Fritz ihn auf.

Christopher Clark entschuldigte sich und wollte schon weitergehen, da bildeten sich Schwaden der Erkenntnis an Fritz' vernebeltem Horizont.

»Wait!«, rief er und fasste Christopher am Arm. »Sie meinen, Sie haben Sabine getroffen?«

»An ihren Namen erinnere ich mich nicht. Aber als großer Filmliebhaber hab ich nicht vergessen, dass sie von ihrem Freund, dem Schauspieler Fritz König erzählte. Jahre später habe ich erfahren, dass Sie beide geheiratet und ein Kind bekommen haben. Aber wissen Sie was? Bestimmt verwechsele ich das. Tut mir leid.«

Inzwischen drehte sich der Saal um Fritz.

»Vor achtzehn Jahren in München?«, fragte er noch mal nach. Er hatte jetzt die Augen seines Gegenübers zugeordnet. »Das Kind war gar nicht meines. Es hat eher wie Sie ausgesehen!«

Der schwarze Mann blickte verstört.

»Ich hab Sabine nicht gesehen, seit das Baby ein paar Monate alt war«, sagte Fritz. »Wenn ein Kind so offensichtlich nicht deines ist, dann ist es schwer, ein Vater zu sein.«

»Das tut mir leid, Fritz ...«, stammelte Christopher. Seine Augen wurden schmal und unruhig. Einem Fluchtreflex folgend drehte er sich um. Da packte Fritz noch mal zu, diesmal etwas unsanfter.

»Hören Sie zu! Wenn Sie Claras Vater sind, dann bewegen Sie Ihren Arsch nach Deutschland und übernehmen Sie Verantwortung. Das wird höchste Zeit! Sie muss ja fast erwachsen sein.«

Kontrolliert nahm Chris Fritz' Hand von seinem Arm und sagte: »Ich bin nicht der Vater dieses Mädchens. Es tut mir wirklich leid, zu hören, dass Ihre Ehe nicht gehalten hat. Auf Wiedersehen, Fritz. Alles Gute!« Damit lief er davon, aufrecht und eine Idee moralisch überlegen, so wie er gekommen war. Ein Schauspieler wie Fritz selbst.

»Dass ich überhaupt eine Erinnerung an den Abend habe, ist ein Wunder. Irgendwann war ich komplett ausgeknockt, und meine Kollegen mussten mich in meinem Hotelbett ablegen«, berichtete Fritz. »Soll ich dir einen Schnaps bestellen?«

Ich schüttelte den Kopf.

»Ich würde jetzt selbst einen trinken, aber ich hab grad einen Entzug hinter mir. Meine letzten zwanzig Jahre waren eine einzige Flucht vorm Nüchternsein. Mein Freund hat mich vor ein paar Monaten bewusstlos in meiner Wohnung gefunden und eingeliefert. Teil meiner Therapie war es, zu meditieren. In einem dieser Zustände, wenn du irgendwie mit deinen inneren Geistern connectest, da ist es passiert. Der Therapeut hatte mir aufgetragen, jemanden um Verzeihung zu bitten, dem ich Unrecht getan hätte. Da schwebte plötzlich dein Babygesicht daher. Das Babygesicht wurde zum Männergesicht, das von dem Typen in Toronto. Da wusste ich, was ich zu tun hatte.«

Fritz berichtete von seinem tragischen Dasein als berühmter Schauspieler, in dem jeder den Übeltäter erkannte. So viel habe er dafür geopfert. Einschließlich mir, seiner einzigen Gelegenheit, ein Kind zu haben. Weiß Gott, er hätte damals nur das Beste für mich gewollt. Während er redete und redete, saß ich verloren vor dem Film, den er vor mir abgespielt hatte.

»Warte mal, Fritz«, unterbrach ich ihn. »Da ist etwas, das will ich gern verstehen.«

Fritz hielt inne.

»Es gibt da einen Vertrag«, erzählte ich ihm. »Der Mann, der meine Eltern zusammengebracht hat, Eberhard hieß er, hat meine Mutter eine Zeit lang unterstützt. Dafür musste sie aber unterschreiben, dass sie niemals versuchen würde, mit meinem Vater Kontakt aufzunehmen, sonst wären dessen Ehe und Karriere vorbei. Von den Geschäften zwischen den beiden gar nicht zu reden.

Meine Mutter hat mir den Vertrag neulich gezeigt, weil ich bald achtzehn werde, und weil dort drinsteht, dass ich dann entscheiden kann, ob ich meinen Vater kennenlernen möchte. Es muss diesem Eberhard klar gewesen sein, dass man eine erwachsene Frau nicht davon abhalten kann, ihren Erzeuger ausfindig zu machen. Ich werde ein Kuvert mit seiner Adresse bekommen und, wer weiß, wahrscheinlich sogar eine Telefonnummer, damit ich ihn anrufen kann und sagen: Hallo, Chris, ich bin deine Tochter, von der du noch nie gehört hast. Ich wurde totgeschwiegen, um dem Strom an Flugzeugmotoren nicht im Weg zu stehen, den Eberhard an die Firma deiner Schwiegereltern verkauft hat. Jetzt melde ich mich bei dir, um dein Leben zu zerstören.

Verstehst du, Fritz? Meine Mutter wurde bezahlt, um meine Existenz zu verheimlichen. Woher sollte Chris wissen, dass Sabine ein Kind hat?«

Fritz zuckte mit den Schultern: »Vermutlich von diesem Eberhard. Frag ihn doch einfach.«

»Der ist vor einem Jahr nach einem Herzinfarkt gestorben, ganz plötzlich, keiner hat es kommen sehen, nicht mal Anni, die so was wie seine Mätresse war. Wir haben von seinem Notar gehört, dass er sich am Tag meiner Volljährigkeit im August um die Herausgabe der Kontaktdaten meines Vaters kümmern wird. Aber es scheint nicht mehr nötig, dass ich ihn aufkläre. Nach dem, was du erzählst, weiß Chris seit über einem halben Jahr, dass er eine Tochter hat.«

Da nahm Fritz meine Hand und sagte: »Ich weiß, das ist nicht einfach für dich. Aber ich will, dass du weißt, dass ich ab jetzt für dich da bin. Wann immer du mich brauchst. Hörst du?«

»Danke, Fritz, das ist lieb.«

Ich bat ihn, mich am Olympiapark abzusetzen. Er sollte nicht wissen, wo wir wohnten, meine Mutter und ich.

Er gab mir eine Visitenkarte mit seiner Handynummer und sagte, er werde ein paar Tage in der Stadt bleiben, wir könnten doch noch mal einen Ausflug machen. Nach Berlin solle ich auch bald kommen. Diese Stadt müsse ich erleben. Dort herrsche eine Toleranz gegenüber Menschen, die außerhalb der Norm lebten, wie nirgendwo anders in Deutschland.

»Ich bin eigentlich furchtbar normal«, sagte ich. Da lachte er wieder: »Wie sollte das auch anders sein bei der Mutter.«

Fritz stieg aus, öffnete mir die Beifahrertür und zog mich an der Hand nach oben, so als traute er mir die Muskulatur nicht zu, um aus dem tiefen Rennsitz herauszukommen. Dann drückte er mich lange an sich und sagte: »Das war einer der besten Tage meines Lebens.«

Ich nahm meinen Rucksack von der Rückbank, winkte ihm kurz und lief in die falsche Richtung los. Als er mich nicht mehr sehen konnte, drehte ich zum Frankfurter Ring ab, wo unsere Wohnung lag.

Unsere frisch sanierte Altbauwohnung lag in einem noblen Haus und einer feinen Gegend in Milbertshofen. Meine Mutter hatte sie vor einem Jahr gekauft. Dem war allerdings eine aufreibende Geschichte vorangegangen.

Wir hatten einen Brief von ihrem Bruder Wolfram bekommen. Unsere Adresse hatte er offenbar über einen alten Freund meiner Mutter herausbekommen, dem sie einmal geschrieben hatte, um sich zu erkundigen, wie es ihm gehe. Jener Richard hatte das in Engelberg herumerzählt, meiner Mutter aber nie geantwortet. In dem Brief von Wolfram lag ein Sterbebildchen meines Großvaters und eine sehr offizielle Einladung zu dessen Beisetzung. Nicht ein einziges persönliches Wort war an uns gerichtet.

Albert Odenwald, pensionierter Schulrektor und mein mir völlig fremder Großvater, blickte uns selbstgerecht entgegen, so als hätte er nicht nur uns aus seinem Bildungsbürgertum verbannt, sondern die ganze unzivilisierte Bevölkerungsschicht mit uns. Mama diskutierte mindestens vier Nächte lang mit Anni, ob sie und ich auf diese Beerdigung gehen sollten oder nicht.

An einem windigen Sonntag im April kleideten wir uns jede in einen dunklen Hosenanzug und feine Stiefeletten und fuhren um fünf Uhr morgens mit unserem BMW in den Schwarzwald.

Wir kamen gerade rechtzeitig vor dem Gottesdienst in die Dorfkirche. Es war kein Platz mehr frei, daher stiegen wir die Treppe zur Empore hinauf. Kaum hatten wir uns dort an die Brüstung gegenüber der Kanzel gestellt, wo gleich die Predigt losgehen würde, drehte sich, einer nach dem anderen, die versammelte Gemeinde nach uns um, einschließlich der ersten Reihe, in der unsere Verwandten saßen. Mama lächelte seriös und hob kurz die Hand.

Als der Sarg in die Erde gelassen wurde, standen wir wieder abseits der Angehörigen. Gemeinsam traten wir ans Grab, warfen jede eine dunkelrote Rose hinunter in die erdige Tiefe und blickten Arm in Arm hinterher, bevor wir der seitlich am Grab aufgereihten Familie die Hände schüttelten. Mama umarmte ihre Mutter. Ich brachte das nicht über mich, blickte aber in die wässrigen Augen meiner Großmutter und schenkte ihr ein mitleidiges Lächeln.

Wolfram näherte sich uns, als wir gerade zurück zu unserem Auto laufen wollten. »Warum kommt ihr beiden nicht mit in den Schwarzwälder Hof?«, fragte er freundlich. »Wir haben euch eingeplant für den Leichenschmaus.«

Meine Mutter schaute mich an. »Was meinst du, Clara?«

Ich spielte das, was daraus werden würde, im Geiste durch. Mama würde zu viel reden. Sie würde vor diesen Leuten, die sie gedemütigt hatten, ausführen wollen, wie erfolgreich und gut gestellt sie war und wie wohlgeraten und gebildet ihre Tochter. Sie würde nicht merken, wie angreifbar sie uns dabei machte. Dann würde jemand sie provozieren mit irgendeinem Schnipsel aus ihrer Vergangenheit. Ich hörte sie schon wochenlang abends in der Küche wettern. Die Energie, die sie von sich und mir dabei verschwenden würde, die war mir zu schade. Und im Grunde wusste sie ja, wie sinnlos das alles wäre. »Lass uns heimfahren, Mama«, sagte ich. »Wir sind fast vier Stunden unterwegs und müssen morgen um sechs raus.«

Wolfram lächelte verständnisvoll.

»Sie haben Angst vor dir«, sagte Mama auf der Heimfahrt. »Sie glauben, dass du irgendwann mal ein Erbe einfordern wirst, das dir nicht zusteht, weil du aus einer unchristlichen Verbindung stammst. Als wärst du schon mit der Absicht geboren worden, anständige Leute um ihr Geld zu bringen.«

Ein paar Tage später kam eine Benachrichtigung, dass mein Großvater meiner Mutter einen krummen Geldbetrag von etwa hunderttausend Euro hinterlassen hatte. Die Auszahlung setze allerdings voraus, dass sie auf weiteres Erbe verzichten werde.

Meine Mutter nahm sich einen Anwalt, der die Besitztümer meines Großvaters in einem Gutachten zusammenfasste. Er stellte fest, dass Albert den Pflichtteil seiner jüngsten Tochter auf den Pfennig genau ausgerechnet hatte. Meine Mutter unterschrieb den Verzicht und nahm das Geld an, nicht mal ein Viertel von dem, was ihren beiden Geschwistern zukam. »Zum Glück sind wir nicht mehr zum Leichenschmaus gegangen«, sagte sie. »So hab ich den Kerl genauso abgefertigt wie er mich.«

Seit wir hier wohnten, hörte ich alle paar Tage von Mama, dass sie sich unsere eigenen vier Wände auch ohne ihren Vater hätte leisten können. Sie verdiene immerhin ein Managergehalt. Kein Problem wäre es gewesen, damit eine Hypothek abzubezahlen.

»Weiß ich doch, Mama«, sagte ich dann zu ihr. »Wir brauchen diese Leute nicht.«

Dem aufbrausenden Biest, das sich im Wesen meiner Mutter versteckt hielt, würde ich die Vorkommnisse des Nachmittags mit Fritz in vorsichtigen Dosen verabreichen müssen. Zum ersten Mal, seit ich von dem Vertrag mit Eberhard wusste, überlegte ich, Christopher Clark nicht zu kontaktieren, nachdem ich seine Daten bekommen hätte. Ich war für ihn nichts als ein Fleck auf seiner weißen Weste. Ich würde mich hüten, diesem Fleck ein Gesicht zu geben.

Unser Leben war angenehm vorhersehbar geworden. Wir hatten uns eine edle Einrichtung geleistet, eine modern ausgestattete Küche, einen Flachbildfernseher, einen Computer und einen Internetanschluss. Wir gingen samstags shoppen und trafen sonntags in unserem italienischen Lieblingscafé Mamas Freundinnen zum Brunch.

Generell war ich sehr bedacht mit den Dingen, die ich preisgab. So ließ ich Mama in dem Glauben, Benedikt und ich seien nicht mehr in Kontakt, als hätte sich unsere Liebe verwachsen wie die Ronaldo-Manie. In Wahrheit aber drehte sich mein Leben noch immer um diese beiden Männer.

Auch Benedikt hatte sich einen Computer gekauft. Wir schrieben uns über einen Chatroom, loggten uns sorgfältig ein und aus, sodass niemand jemals Zugang haben würde zu unseren Begegnungen.

Kurz nach meinem Weggehen hatte Benedikt seine Lehre bei der Mafog abgebrochen und eine Lehrstelle in einer kleinen Käserei angenommen. Er fuhr sommers wie winters mit dem Mountainbike zur Arbeit, weil er sich kein Auto leisten konnte. Er trainierte immer noch die Dorfjugend und hatte sogar mit Vanessa und ihren Freundinnen eine Mädchenmannschaft gegründet. Wenn ich Benedikts unermüdlichen Einsatz mit meinem komfortablen Stadtleben verglich, fühlte ich mich fast ein bisschen nutzlos.

Susie, Franzi und Gabriel waren noch einige Wochen auf dem Sonnenhof geblieben, so lange, bis Werner aus dem Haus im Oberdorf ausgezogen war, und sie dorthin zurückkehren konnten. Per richterlicher Verfügung hatte Werner die Schlüssel abgeben müssen.

Benedikt hatte die zehrende Aufgabe übernommen, sich um Franzi zu kümmern. Jetzt hing sie ganz und gar an ihm. Jeder ihrer

Stürze in den Abgrund ihrer Seele riss ihn ein Stück mit. Er sprach nicht viel von ihr, und ich war froh darüber. Unser Chat berührte zwar manchmal unsere Gefühle füreinander, aber niemals das Körperliche, das uns verbunden hatte. Benedikt brauchte Sex ebenso wie Fußball, daraus hatte er nie einen Hehl gemacht. Der Teil von mir, der immer Franzis Freundin sein würde, hoffte, dass er sie von ihrer Taubheit geheilt hatte. Doch das war ein vergleichsweise kleiner Teil von mir. Der Rest durfte daran nicht mal eine Sekunde lang denken, sonst wurde im nächsten Moment alles vom Schmerz verschluckt, mein gutes Leben mit Mama, meine Pläne vom Fliegen und sogar die glänzenden Aussichten von Ronaldo in der herannahenden Weltmeisterschaft. Einfach alles.

»Ronaldo hat ja einiges vor«, war bereits eine Nachricht von Benedikt in meinem Postfach, als ich den Computer hochfuhr. Dazu hatte er den Link zu einem Artikel in einer englischen Zeitung gesetzt. Ronaldo wurde darin zitiert:

»Ich habe meine Zukunft vor mir, ich will mich weiterentwickeln und der beste Fußballer der Welt werden.«

Ich nannte das einen mentalen Siegeszug, während Benedikt sich über Ronaldos Selbstherrlichkeit lustig machte.

»Wie geht's dir so?«, flocht er ein.

Daraufhin schilderte ich ihm die unglaubliche Begegnung mit Fritz und das, was ich über meinen Vater erfahren hatte.

Benedikt schrieb: »Das ist ja ein harter Brocken! Wenn der Ronaldo es ins Endspiel schafft, dann komm ich nach München, dann kannst du mir das ausführlicher erzählen.«

»Du kommst? Alleine?«

»Natürlich. Wir müssen doch unsere Wette austragen.«

»Das wäre fantastisch«, jubelte ich und ließ die schmerzende Frage unausgesprochen, wie Franzi das aufnehmen würde.

Es war nicht das erste Mal, dass ich den Namen meines Vaters in die Suchmaschine eingab. Ohne eine Zusatzinformation fand man ihn nicht, der Name war zu geläufig. Doch ich wusste jetzt etwas über ihn, das über seinen Beruf hinausging. Ich fand ihn auf einem Gruppenfoto der Gründungsmitglieder des Filmfestivals in Toronto. Seine Züge waren gut zu erkennen, wenn man reinzoomte.

Es wunderte mich nicht mehr, dass Fritz sich bei seinem Anblick an mich erinnert hatte, trotz des Zeitverzugs von siebzehn Jahren. Die Augen meines Vaters verliefen mandelförmig weit nach außen. Sie lachten, doch sie hielten auch etwas zurück hinter ihrem feuchten Glanz. Etwas, das sie nie ganz hergeben würden. Es waren erschreckend genau meine Augen.

Mir wurde das Atmen schwer bei seinem Anblick. Auf diesem Bild wusste er noch nicht, dass es mich gab. Wie gern würde ich ihn jetzt sehen und das Wissen um mich in seinen Zügen lesen, als Angst, als Neugierde, vielleicht sogar als Sehnsucht, die außer mir niemand durchschimmern sah. Doch dann riss ich mich selbst wieder aus meinem albernen Traum. Wer Flugzeuge baut, der kennt keine undichten Stellen. Er hat keine heimlichen Kinder, und wenn doch, dann packt er sie weg und versiegelt die Oberfläche.

Ich klickte in meine Browserdaten, um das Bild zu öffnen, das ich vor Monaten von ihm und seiner Frau gefunden hatte. Mindestens einmal täglich schaute ich es mir an. Eine karibische Kulisse, eine glanzvolle Gesellschaft mit Cocktailgläsern in den Händen. Sie in einem smaragdgrün schimmernden Trägerkleid mit blondem, sorgsam gestyltem Haarschopf und nüchternen Gesichtszügen. Alles an ihr wirkte prinzipientreu, bis auf das neckische Schmunzeln um ihre Mundwinkel, das mich an meine Mutter erinnerte. Eine selbstbewusste Frau von Stand und mit Partywert.

Er schräg hinter ihr, leider unscharf, leger, aber wachsam in seiner Haltung, trotz seiner Größe im Abseits. Fast schien er Teil der Peripherie zu sein, wie ein Bodyguard, loyal, unbestechlich, bereit, alles von ihr abzuhalten, was ihr schaden könnte. Wenn sie wüsste.

Als Mama nach Hause kam, saß ich auf unserer beigen Ledercouch mit den Hausaufgaben auf den Knien. Nebenher plapperte der Fernseher. Es war wenige Tage vor dem Auftakt zur WM. Spieler, Trainer und Experten wurden interviewt, die alle ihre Prognosen abgaben. Die deutsche Mannschaft sei in erstklassiger Form und habe durchaus Chancen auf den Titel, hieß es. Brasilien sei nur einer von vielen Angstgegnern. Das Wunder Ronaldo habe sich ja bereits als fehlbar erwiesen. Sein Potenzial wurde kategorisch heruntergespielt.

Währenddessen fluteten die brasilianischen Fans in Kostümen von Ärzten und Krankenschwestern die Spielorte in Südkorea und Japan, um über Ronaldos Gesundheit zu wachen. Sie vertrauten darauf, dass die tiefste Verletzlichkeit die Fähigkeit zum höchsten Triumph in sich trägt.

Meine Mutter beugte sich über die Lehne der Couch und drückte mir einen Kuss auf die Stirn. Ihr modern geschnittener, in verschiedenen Blondtönen gefärbter Strubbelkopf sah so frisch gestylt aus wie am Morgen, als wir gemeinsam das Haus verlassen hatten.

Sie stand kurz da und schien zu überlegen, dann kam ihr Kopf noch mal zurück zu mir. Sie roch an meinem Hals und sagte: »Du duftest aber nach einem teuren Aftershave. Wer ist denn der Glückliche?«

Ich schaltete den Fernseher aus und folgte ihr in die Küche. Dort starteten wir unsere abendliche Kochroutine. Meine Mutter legte eine Zwiebel, allerlei Gemüse und ein Küchenmesser vor mich hin. Ich begann mit dem Schnippeln, während sie den Reis aufsetzte. Dann kümmerte sie sich um das Schnetzeln einer Hühnerbrust.

»Also?«, fragte sie währenddessen. »Lass dir nicht wieder jeden Wurm einzeln aus der Nase ziehen. Gibt's einen Neuen?«

»Nein, Mama. Aber es ist ein Alter aufgetaucht. Dein Alter, um genau zu sein.«

Meine Mutter blickte immer noch unaufgeregt zu mir herüber, als könnte nichts, was in meinem Leben geschah, sie in Erstaunen versetzen.

»*Mein* Alter? Wer soll das denn sein?«

»Fritz.«

Da ließ sie ihr großes Messer in die Spüle fallen.

»Kannst dich gleich wieder beruhigen«, beschwichtigte ich sie. »Er hat mich von der Schule abgeholt, weil er mich kennenlernen wollte. Zum Abschied hat er mich väterlich gedrückt, daher der Duft. Weißt du übrigens, dass er jetzt in Hollywood spielt?«

»FRITZ?«, schrie sie auf, in einer Tonfrequenz, bei der sich meine Zellen zusammenzogen. Dabei streckte sie ihre vom Fleisch schmierigen Hände rechts und links von sich weg. Ich lief zu ihr hinüber und drehte den Wasserhahn auf, damit sie sich die Hände waschen konnte. Dann nahm ich sie an der Hand und führte sie ins Wohnzimmer.

»Setz dich erst mal«, sagte ich und tat dann, was ich seit Wiesenberg gelernt hatte. Ich brachte ihr schonend bei, dass eine Kleinigkeit außerhalb des Plans gelaufen war, den sie für uns hatte. Ich versicherte ihr, es sei keine große Sache.

»Was will der Mann nur von dir?« Ihr Unverständnis war groß und gründlich.

»Irgendwie seine Vergangenheit aufräumen, glaube ich.«

»Wie kommt er denn plötzlich auf dich?«

»Frag mich was Leichteres«, sagte ich. »Jetzt lass uns essen, ich verhungere.«

Meiner Mutter von der Begegnung mit Fritz zu erzählen, fiel mir nicht schwer. Nachdem sich ihr erster Gefühlsaufruhr gelegt hatte, nahm die Geschichte für uns beide sogar einen gewissen Unterhaltungswert an. Am Samstagabend gingen wir miteinander ins Kino und schauten uns *Devil's Keepers* an. Wir staunten, wie überzeugend

Fritz die im Menschen verankerte Ablehnung gegenüber allem Fremden darstellte, und kamen überein, dass man ihm sein Talent nicht absprechen konnte.

Nach unserem sonntäglichen Brunch rief ich Fritz an, um ihm zu sagen, dass ich am Nachmittag ein Spiel hatte. Ich schlug ihm vor, doch auf den Fußballplatz zu kommen, um meine Mannschaft anzufeuern. Hinterher könnten wir ja noch was essen gehen. Doch es stellte sich heraus, dass er nicht in München geblieben, sondern bereits nach Berlin zurückgefahren war. »Wichtiges Meeting mit meinem Agenten«, erklärte er. Ich solle einfach so bald wie möglich nach Berlin kommen.

Was die neuen Erkenntnisse über meinen tatsächlichen Vater anging, brachte ich es nicht über mich, Mama davon zu erzählen, sosehr ich mir das auch vornahm. So wie damals, als ich ihr die Wahrheit über Arthur verschwieg, war einfach meine Angst zu groß, ich könnte sie damit aus der Bahn werfen – und mich selbst dazu.

Es war die WM der überraschenden Helden und Opfer. Was für eine Genugtuung, Frankreich schon in der Vorrunde ausscheiden zu sehen, entthront von den Senegalesen, die wendig und elegant wie Gazellen ihre Tore erstürmten! Mein Herz hüpfte vor Freude, wenn diese schönen schwarzen Athleten sich nach einem Torerfolg die Trikots über den Kopf zogen, sie auf dem Rasen ausbreiteten, sich an den Händen hielten und ihren Glückstanz um das heilige Stück Stoff herum aufführten. Es war die pure Leidenschaft, die in dieser WM den Ton angab.

Unbeeindruckt davon kämpfte sich das deutsche Team mit Beharrlichkeit und analytischem Pessimismus nach vorn. Vor jedem Spiel wurden die Gefahren und die eigenen Schwächen heruntergebetet. Hatte das Team dann mit maximal einem Tor Vorsprung gewonnen, wartete statt eines Freudentanzes schon die nächste

Angstparade. Der nächste Gegner wurde herangezogen, um das Bild der drohenden Niederlage zu beschwören.

»Warum ist der deutsche Fußball eigentlich so spaßfrei?«, war die Frage, die ich an Benedikt schickte.

»Wo soll der Spaß denn herkommen?«, fragte er zurück. »Der wird uns Deutschen doch von klein auf ausgetrieben.«

Als Deutschland und Brasilien das Viertelfinale überstanden hatten und es klar war, dass sie im Halbfinale gegen zwei Außenseiter antreten würden, schrieb Benedikt: »Sieht so aus, als kriegten wir ein Finale Brasilien gegen Deutschland. Das wäre ja besser als in unseren kühnsten Träumen.«

Allein der Gedanke daran kratzte mich so auf, dass ich meine Laufschuhe anziehen und eine lange Runde durch den Olympiapark drehen musste. Das Sommergewimmel in München, die Deutschland-Euphorie, die an jeder Straßenecke mit frisch gezapftem Bier begossen wurde, all das drang nur im Ansatz in mein Bewusstsein vor. Ein Bild hatte von mir Besitz ergriffen: Benedikt und ich. Die Deutschen würden gewinnen, weil Strategie immer gewinnt. Wir würden uns an meinem achtzehnten Geburtstag verloben, so wie vereinbart. Er würde wieder mir gehören.

Kahn und Kalkül hatten die Deutschen so weit gebracht, da waren sich die Medien einig. Kahn war zweifellos der beste Torhüter der Welt. »Ein gutes Spiel wird aber im Feld entschieden«, schrieb ich an Benedikt.

Deutschland hielt den Atem an. Siebzehn Spiele hatte es in der deutschen Fußballgeschichte gegen Brasilien gegeben, nur drei davon konnten gewonnen werden. Die Analytiker verstanden es, den Fans keine falschen Hoffnungen zu machen.

»Brasilien ist im Grunde kein gutes Team«, schrieb Benedikt zurück, damit ich nicht zu siegessicher wurde. »Alles hängt an drei guten Stürmern, und die foulen, was geht.«

Mein erster Gedanke, als Benedikt auf dem Bahnsteig auf mich zukam, galt ihm und Franzi. Ich sah das perfekte Paar, das sie abgaben, er mit seinem dunklen, akkurat gestutzten Lockenkopf, der sonnengebräunten Haut des Bergbauern, der durchtrainierten Statur; sie die Porzellanpuppe, die mit jeder ihrer Bewegungen auf seinen Beistand aus war. Wer dachte noch daran, dass sie eine halbe Flasche Schnaps trinken konnte, ohne sich zu übergeben? Die Vorstellung von den beiden ließ mich erst los, als Benedikt die Arme um mich schlang.

Das Deutschlandfieber brodelte überall. Trauben von Fahnen schwenkenden Fußballfans bildeten rempelnde Zellen, in die man nicht hineingeraten durfte. Ich nahm Benedikt an der Hand und lief in Schlangenlinien voran zur S-Bahn-Station.

Als wir in die Bahn stiegen, hielt ich aus reiner Routine den Blick gesenkt, um nicht versehentlich jemanden anzuschauen und eine Reaktion auf mich zu provozieren. Ich suchte uns einen Stehplatz in der Mitte des Wagens, wo wir uns an den Schlaufen über unseren Köpfen festhalten konnten. Wir lehnten uns aneinander und ließen unsere freien Hände sich finden.

Um uns herum pöbelte ein aufgebrachtes Landvolk, das zum Spiel in die große Stadt gekommen war. »Schau mal, was der für eine aufgerissen hat«, hörten wir die trunkene Stimme eines jungen Mannes aus der Gruppe. »Fickt sicher gut.«

Benedikt drehte sich wütend nach allen Seiten um, bereit, Faustschläge auszuteilen, wenn er den Typen, der das losgelassen hatte, erwischen würde. Doch ich beruhigte ihn: »So was macht mir schon lange nichts mehr aus.«

Benedikt wollte nur noch raus aus dem Wahnsinn. Ich nahm ihn mit in die Wohnung. Dort würden wir eine Weile Ruhe haben. Meine Mutter war beim Brunchen.

Stolz zeigte ich ihm unser Reich, in dem sich das Berechenbare unseres Lebens widerspiegelte. Doch beim Betreten meines Zimmers und dem Anblick meines Betts konnten wir nicht anders, als der Vorstellung von uns beiden unter der Decke zu erliegen. Benedikt schloss die Tür mit dem Fuß, während er schon unter mein T-Shirt griff und mir den BH öffnete. Wie hatten wir es all die Monate ohne einander aushalten können?

Nach nur wenigen Atemzügen lagen wir erlöst von dem, was unkontrollierbar gewesen war, nebeneinander. Die Ruhe kehrte in Benedikts Körper zurück. Dann stieg etwas nach oben, das mich aus meinem Glückstaumel riss. Wie ein undurchdringlicher Film lag sie plötzlich auf seiner Haut, die Schuld.

»Ich wollte das wirklich nicht«, sagte er.

»Tut mir leid«, sagte ich und drehte mich weg von ihm.

»Du kannst es ja nicht wissen, aber die Franzi würde sterben, wenn sie wüsste, dass ich hier bei dir bin. Ich bin kein bisschen besser als der Arthur.«

»Und ich bin nicht besser als Daniela.«

Benedikt legte seinen Arm um meinen Rücken und drückte mich an sich. Da tauchte ein Bild vor mir auf, mein Vater. Er trug nur ein Feinripp-Unterhemd, das gleiche, das sich Benedikt vorhin in hastiger Vorfreude über den Kopf gezogen hatte. In seinen Augen lag Panik. Auf seine Schultern drückte schwer die Last des Menschseins. Etwas, das man sich nicht erlauben kann, wenn man zu den Requisiten des Lebens eines anderen gehört.

»Denk dran, Clara, wenn der Ronaldo ein Tor schießt, dann darfst du auf keinen Fall laut losjubeln, sonst kann ich für deine Sicherheit nicht mehr garantieren.« Ich spürte an Benedikts Anspannung, dass er keine weiteren Ausrutscher meines Temperaments mehr verkraften würde.

Ich tat mein Bestes, um nicht als Fan der Brasilianer aufzufallen, und freute mich sogar mit den Massen vor der großen Leinwand auf der Leopoldstraße über die Torchancen des deutschen Teams. Ihre Manöver waren gut eingefädelt und gefährlich. Die Brasilianer brauchten lange, um in ihr Spiel zu finden. Nach der ersten Halbzeit musste ich Benedikt recht geben, dass die Deutschen mehr Druck machten als ihre Gegner.

»Ich freue mich auf den Verlobungsring«, sagte ich augenzwinkernd zu ihm und zeigte ihm auf meiner Hand, wo er bald funkeln würde.

Die Brasilianer blieben auch in der zweiten Halbzeit in der Defensive, doch Ronaldo tauchte häufiger im gegnerischen Strafraum auf. Ein paar gelungene Angriffe gaben ihm Auftrieb. Als sich die Kamera kurz auf ihn richtete, erkannte ich den altbekannten blanken Willen in seinem Blick. Die Erinnerung an 1998 kam zurück. Nichts hatte ich mir mehr gewünscht, als dass Ronaldo es ihnen heimzahlen werde, den hellhäutigen Menschen, die sich stur an allen Fronten überlegen glaubten. Seine Niederlage war meine eigene gewesen. Ich blickte um mich und verabscheute ihn, den dummen Stolz auf die deutsche Normalität.

Als hätte er die Wellen meiner Kampfansage aufgefangen, startete Ronaldo im deutschen Strafraum einen Durchbruch, dessen Tempo und Schlagkraft nicht zu stoppen waren. Der Ball lag im Tor, bevor auch nur ein deutscher Fahnenschwenker die Gefahr ernst genommen hatte.

Der Sturm brach einfach aus mir heraus, mitten in das sinkende Herz des deutschen Volks. »Ronaldo«, schrie ich mit allem, was meine Lunge hergab, in die Szene seiner Ekstase hinein.

Benedikt packte meine Hand und zog mich aus der Menge. »Bist du verrückt?«, schrie er mich an, und als wäre jetzt der ganze Pöbel hinter uns her, rannten wir in die nächste Seitenstraße, bis wir uns in Sicherheit wussten.

»Das war fantastisch, hast du das gesehen?«, triumphierte ich. Benedikt wartete, bis ich mich beruhigt hatte, dann lief er zurück und ich hinterher.

Um uns klammerten sich die Fans verzweifelt an die Hoffnung, dass Schneider, der große Stratege, den Ausgleich herbeiführen werde. Doch stattdessen besiegelte Ronaldo schon wenige Minuten später mit einem zweiten Tor den Sieg der Brasilianer.

Ronaldo drückte und küsste immer wieder seine Kameraden. Dann warf er die Arme in den Himmel und sank auf die Knie. Der Sieg lag wie ein göttlicher Schein um seine gesamte, von Schmerz und wilder Entschlossenheit gezeichnete Geschichte. Doch die geschlagene Meute interessierte das nicht. Sie verteilte sich in den umliegenden Kneipen, um zu trinken.

Wir fanden einen türkischen Imbiss, in dem es ruhig war, setzten uns in den kahlen, überbeleuchteten Raum und bestellten süßen Tee und scharfe Pizza. Erst als wir gegessen hatten, begannen sich wieder Worte zwischen uns zu formen. Wir sprachen über das Spiel, auf das wir so lange hingefiebert hatten. Ein einziger Moment, der nicht mal logisch nachzuvollziehen war, hatte über einen monumentalen Sieg entschieden, und damit auch über uns.

»Jetzt bist du frei. Keine Verlobung«, sagte Benedikt.

»Stell dir vor, ich würde meine Freiheit nehmen und dir einen Heiratsantrag machen, was würdest du dann tun?«, fragte ich ihn.

Er blickte stumm aus dem Fenster. Seine Lebensgeister gaben keine Antwort her. Irgendwann sagte er: »Komm nicht mit zum Bahnhof, da sind die ganzen Verrückten.«

Angst war sein neues Motiv. Warum fand er nicht den Mut, auf meine Frage einzugehen? Warum war, was immer ihn mit Franzi verband, wichtiger als wir beide? Ich konnte meine Wut nicht mehr zügeln. »Du machst dir nur in die Hosen, weil die Proleten da draußen dir nachsagen, du hättest mich nur fürs Bett aufgerissen. Da liegen sie doch gar nicht so falsch. Steh wenigstens dazu«, fuhr ich ihn an.

Benedikt stand auf, ging an die Theke zum Bezahlen und nach draußen, ohne sich nach mir umzusehen. Ich holte ihn ein, und wir liefen still nebeneinander bis zum Bahngleis. Der Zug war noch nicht da. Da drehte Benedikt sich zu mir, immer noch wortlos, und ich spürte seinen Schmerz in meinem ganzen Körper. Ich drückte ihn und sagte: »Ich will nicht dein Verderben sein.« Auf meinem Weg nach Hause wollte jede Faser in mir heraus aus meiner Haut und zurück zu ihm.

Mama fand mich in meinem Zimmer, tief in meiner Dunkelheit vergraben, in einem verweinten Bett. Sie schlich vorsichtig zu mir und streichelte meine Haare und Schultern. Als ich mich trotzdem nicht rührte, legte sie sich neben mich, dorthin, wo vor wenigen Stunden noch Benedikt gelegen hatte, und nahm mich in die Arme.

»Süße, was ist nur los mit dir?«, fragte sie verwirrt. »Jetzt ist er doch der König der Welt, dein Ronaldo. Du solltest tanzen und jubeln mit ihm!«

Als alles nichts half, ging sie ins Wohnzimmer und schaltete den Fernseher ein. Dann kam sie zurück, zog mich an der Hand aus dem Bett und hinter sich her. Wir sanken auf die Couch und schauten Ronaldo zu, wie er in die brasilianische Flagge gehüllt durchs Stadion raste. Ich liebte das gelöste kindliche Lachen in seinen Augen, den immer noch ungläubigen Triumph.

In einem der vielen Interviews, die folgten, sagte Ronaldo den Satz, den ich anschließend an Benedikt schickte: »Ich glaube nicht, dass Sex jemals so aufregend sein könnte, wie ein Sieg beim World Cup!« »Du siehst, es gibt Wichtigeres«, schrieb ich. »Ich hoffe, du findest es.«

Natürlich gab meine Mutter an diesem Abend keine Ruhe, bis ich ihr einen Grund für meine Verzweiflung lieferte. Die Wahrheit wollte ich ihr nicht sagen, nämlich dass mein Herz gebrochen war, so wie ihres vor zwei Jahren. Also packte ich ihr die Geschichte von meinem Vater aus.

Mama hörte ungewöhnlich lange zu, ohne einen Mucks zu machen. Schließlich sagte sie: »Jede Wahrheit kommt irgendwann ans Licht, selbst wenn sie achtzehn Jahre braucht und einen Ozean überqueren muss.«

Auf meine Frage, woher Christopher wohl wüsste, dass sie eine Tochter hatte, hob sie ratlos die Handflächen in Richtung Decke und schaute hinterher, als müsse eine Klärung dieser Frage schon vom Himmel fallen, womöglich aus einem Flugzeugmotor.

»Was meinst du, soll ich Chris im August kontaktieren?«, fragte ich sie.

»Es ist deine Entscheidung, Clara. Ich hoffe nur, dass du dann nicht noch unglücklicher wirst, als du schon bist.«

Noch unglücklicher wollte ich niemals sein.

Dann erzählte mir Mama von Diego. Jetzt, wo sie ihn aus dem Sack ließ, wurde mir klar, dass ich schon seit einer Weile diese neue Energie an ihr wahrgenommen hatte, ein übermütiges Funkeln in ihrem Blick, ein fröhlicher Kick in ihrem Schritt, wenn sie morgens zur Arbeit ging.

Diego war der Chefkoch im Globe Hotel. Sie erzählte mir von seiner exotischen Schönheit, seinem unglaublichen Humor und seinem überbrodelnden südamerikanischen Temperament. Während sie von ihm sprach, schossen ihr von einem Moment auf den anderen die Tränen in die Augen.

Mit genau dieser Dynamik spülte es anschließend Diego in unser Leben, so gehaltvoll, scharf und süß wie das Essen, das er zauberte.

Benedikt schrieb mir nie zurück.

Clara
Wiesenberg 2008
24 Jahre

Auf halbem Weg

Auf dem ersten Stück unserer Fahrt nach Wiesenberg telefonierte meine Mutter in einem fort über ihre Freisprechanlage. Ich saß hinten neben Anni, und mir wurde schwindlig von ihrem Tempo auf der Autobahn, das sie fröhlich plappernd immer weiter steigerte.

Gerade hatte sie einer Freundin unser Vorhaben geschildert und zusammenhanglos nostalgische Geschichten vom Sonnenhof eingestreut, dem »Investitionsprojekt«, das sie gern ganz sachlich umrissen hätte. Doch die Gefühle flossen ungefiltert über ihre Zunge, daran hatten auch die Jahre im gehobenen Management nichts geändert.

Da drehte sich Diego, der auf dem Beifahrersitz saß, nach uns um, rollte mit seinen Kugelaugen und sagte: »Passt auf, jetzt kommt gleich Fritz dran.«

Fritz gehörte mittlerweile auch zu den Leuten, die meine Mutter mit Neuigkeiten versorgte. Die beiden waren sich im Sommer 2003 wiederbegegnet, als Fritz vor unserer gemeinsamen Abreise in die USA in unsere Wohnung kam. Mama hätte mich nicht mit ihm reisen lassen, ohne zu prüfen, ob er wirklich erwachsen geworden war.

Dass sie so zahm blieb, war einzig Diego zu verdanken, der sachte einschritt, wenn sie sich in irgendetwas hineinsteigerte. In zusammengebasteltem Deutsch erinnerte Diego sie dann an die wunderbare Vielschichtigkeit der Wahrheit dieser Welt. Danach gab es nichts mehr, an dem sich meine Mutter hätte aufreiben können. Dieses Lockerlassen à la Diego hatte sich inzwischen in ihrem Wesen verankert.

Als Fritz und meine Mutter die längst fällige Scheidung vollzogen, bestand Fritz darauf, von Amts wegen mein Vater zu bleiben. Er wolle nachholen, was er versäumt hatte, versprach er.

Nach meinem Abitur verschaffte er mir ein Praktikum in New York. Meine neu formierten Eltern waren sich einig, dass dies meine

Berufschancen verbessern werde. Ein Jahr lang arbeitete ich im internationalen Kundenkontakt bei einer Firma, die Produkte für die Maskenbildnerei vertrieb.

In meiner Zeit in New York ging ich durch die Tiefen des Lebens als »person of colour« in einer amerikanischen Metropole. Ich lernte Wege, mit den alltäglichen Diskriminierungen umzugehen, unter denen ich in München schon so gelitten hatte. Um das misstrauische Auge der fremden Menge nicht mit der eigenen Identität zu verwechseln, sucht man sich eine Gruppe von Menschen, öffnet sich ihnen und baut ein Support-System auf. Die Amerikaner nennen das auch Community. Eine klare Antwort auf die Frage, die mich seit meinen Kindertagen beschäftigte, fand ich allerdings nicht: Welche Clara bin ich? Diejenige, die schräg angeschaut wird, diejenige, die von ihrer Familie und ihrer Community geliebt wird, oder diejenige, die ich in mir spüre, und die sich permanent verändert?

Mit Fritz konnte ich über diese inneren Konflikte sprechen, viel besser als mit meiner Mutter. Doch Fritz war immer noch Fritz. Man wusste nie, wie relevant man gerade in seinem umtriebigen Leben war. Nur auf eines konnte ich mich verlassen: Wenn es ihm wirklich schlecht ging, dann meldete er sich bei mir und schauspielerte, dass es ihm gut ging. Dann traf er mich dort, wo ich gerade war auf der Welt, nahm mich mit dorthin, wo ihn Leute kannten, und fand wunderbare Worte, um seine Tochter vorzustellen. Gemeinsam praktizierten wir das Prinzip Community.

»Wähle Fritz!«, schickte meine Mutter kurz vor der Ausfahrt Lindau einen Befehl los. Tatsächlich erwischte sie ihn in seiner Berliner Wohnung.

»Na, du? Was macht die Kunst?«

Fritz müdes Gedankensammeln ließ durchblicken, dass sie ihn aus dem Schlaf geholt hatte.

»Die Kunst läuft mir hinterher«, sagte er. »Hab wieder ein Angebot aus Hollywood bekommen.«

»Oh, Gratulation! Darfst du diesmal der Gute sein?«

»Kind of«, antwortete er in seinem üblichen Kauderwelsch. »Ich soll einen Universitätsprofessor spielen, der ein Drogenproblem hat. Ein Guter also, aber Opfer eines bösen Systems. Was treibt dich denn so früh um, Sabine, bist du im Auto?«

»Ja, wir sind unterwegs nach Wiesenberg.«

»Wir? Hast du unser Kind dabei?«

»Hallo, Fritz«, rief ich von hinten in Richtung Freisprechanlage. »Ja, ich bin dabei. Diego und Anni auch.«

»Ah! Hallo, allerseits. Was wollt ihr denn in Wiesenberg? Ist das nicht das Kaff, in dem ihr früher gewohnt habt?«

»Genau«, sagte meine Mutter. »Dort ist ein flächendeckendes Funkloch, deshalb rufen wir dich jetzt an. Wir wollen einem alten Freund helfen. Der hat sich ein bisschen verkalkuliert mit seinem Berghof. Es kann sein, dass wir uns entscheiden, in ein Hotelprojekt einzusteigen, Clara und ich. Daher wollten wir fragen, ob man Teile der Investments, die du für sie gemacht hast, lockermachen könnte, nur im Fall des Falles.«

»Da muss ich Fahid anrufen«, sagte Fritz. »Aber macht mal langsam. Bevor Clara in so ein Alpen-Luftschloss einsteigt, möchte ich mir das anschauen.«

»Ich bin vierundzwanzig!«, protestierte ich.

»Gerade deshalb«, antwortete Fritz. »Das war das Alter, in dem ich am blauäugigsten war.«

»Du warst ein Schauspieler mit einem Drogenproblem«, erinnerte ihn meine Mutter. »Ruf mal deinen Geldanleger an. Wir melden uns auf dem Rückweg wieder. Wie lange bist du noch in Berlin?«

»Bis Mitte nächster Woche«, sagte Fritz, dann gähnte er laut. »Muss wieder rüber ins Land der sinnlosen Möglichkeiten.«

Von Tante Frieda hatten wir telefonisch erfahren, was der Dorftratsch über Benedikt und den Sonnenhof hergab. »Er verkriecht sich da oben und kommt nur runter, um die Fußballjugend zu trainieren.«

Benedikt hatte vergangenes Jahr seinen Vater und Onkel ausbezahlt, um den Hof allein zu übernehmen und wieder als Almgasthof zu etablieren, mit eigener Käserei und Fremdenzimmern. Das Bauamt hatte ihm die Genehmigung für einen Anbau und für einen großen Schotterparkplatz erteilt. Das steile Sträßchen zum Hof hinauf war für den allgemeinen Verkehr geöffnet worden. Dies bei den Behörden durchzusetzen, musste ein harter Kampf gewesen sein.

Roland war mit Vanessa näher zur Fabrik und zu ihren Großeltern gezogen, wohl in der Hoffnung, das Mädchen werde ab und zu auf ihre Mutter treffen. Doch die hatte bei einer Kur einen Mann aus Leipzig kennengelernt und ward seither nicht mehr gesehen.

Vom Arthur wusste man, dass er sich im Sommer auf einer Alpe weit oben in den Bergen um einen Stall voll Kühe kümmerte. Im Winter, so hieß es, sei er die meiste Zeit in Spanien. Das Forsthaus hatte er an einen anderen Einsiedler verkauft.

Franzi studierte Veterinärmedizin in der Schweiz. Mal sah man sie und Benedikt als Paar, dann galt Benedikt wieder als einsam und verlassen. Die Bauarbeiten am Sonnenhof lagen seit Monaten still. Benedikt verdiente seinen Lebensunterhalt als Schichtarbeiter bei der Mafog.

»Hoffentlich ist er nicht ausgerechnet zu Werner gegangen, um Geld aufzunehmen«, sprach meine Mutter aus, was zu befürchten war. Womöglich würden wir es mit unserem alten Widersacher zu tun kriegen, wenn wir uns die Finanzlage anschauten.

Schließlich riefen wir Benedikt selbst an. Er war sehr wortkarg. Als wir unseren Besuch ankündigten, sagte er: »Besser, ihr beeilt euch. Die Geier kreisen schon über mir.«

Auf der Fahrt hinauf zum Sonnenhof nahm Anni meine kalte Hand. Sie spürte wohl, dass es nicht die wunderbar grünen Wiesen waren, die meine Erinnerung an diesen Ort einfärbten, sondern der Blick in den dunklen Wald. Da war plötzlich der Geschmack von Schnaps, Wut und Tod. Da war auch ein junger Mann, der meine Leidenschaft als etwas Gutes in mir erweckt und später als etwas Unrechtes von sich abgeschüttelt hatte. Ich hatte Angst davor, ihm gegenüberzutreten, die gleiche Angst, die manche meiner Passagiere hatten, wenn wir den Boden verließen, ausgeliefert zu sein im Falle eines Absturzes.

Meine Mutter parkte das Auto auf dem neu angelegten Parkplatz schräg unterhalb der Terrasse. Als wir nach oben liefen, sahen wir dort, wo früher der Schuppen gestanden hatte, das Fundament des Anbaus. Ein großer Bagger stand daneben und ließ die Schaufel hängen. Auf den Weiden oberhalb vom Hof grasten Kühe. Es war Jungvieh dabei, das völlig aufgekratzt kreuz und quer über die Buckel hopste, als sähe es überall Zukunft, wo keine war.

Benedikt kam aus dem Haus und lief uns ein Stück entgegen, seine Statur muskulös wie früher, doch seine Glieder schienen schwer. Er hatte ein Schlurfen im Schritt, das mich an Roland erinnerte.

Erst umarmte er meine Mutter, dann mich. Sein Körper fühlte sich unverändert an, als wäre er ein Teil von mir geblieben. Doch der Druck seiner Arme war unentschlossen. Die dunkelbraunen Locken fielen auf sein strahlend weißes T-Shirt. Er roch nach Duschgel und war frisch rasiert. Vorsichtig lächelnd begrüßte er Diego und Anni per Handschlag. Dann ging er direkt in die Rolle des Hofeigentümers über und schlug uns eine Tour vor.

Zuerst führte er uns zum Stall, der jetzt einen eingezäunten Außenbereich hatte. Die Kühe würden dort nicht mehr angekettet, die Kälber von ihren Müttern aufgezogen, erklärte er. Seine Milchwirtschaft habe ein Biosiegel erhalten. Den hinteren Teil des früheren

Stalls hatte er zur Käserei umfunktioniert. Ein großer kupferfarbener Kessel stand in der Mitte des Raumes, daneben eine moderne Pressmaschine. In den Regalen stapelten sich die Käseräder und gaben den starken Geruch vollendeter Reife ab.

Schließlich standen wir draußen vor den abgebrochenen Baumaßnahmen. Als Benedikt uns seine Pläne vom Gästetrakt erläuterte, tanzten seine Arme endlich wieder mit ihrem früheren Schwung durch die Luft. Dann lief er voran in die Stube, wo er uns Kaffee kochte und Proben von seinem Käse servierte. Als er seinen Businessplan und das eingetretene Worst-Case-Szenario vor uns ausbreitete, erfuhren wir, dass nicht Werner und seine Bank seine Gläubiger waren. Es war ein Mann, den Franzi in der Schweiz kennengelernt hatte, der Kredite von Schweizer Banken an deutsche Staatsbürger vermittelte, ohne Bonitätsprüfung und zu schwindelerregend hohen Zinssätzen. Benedikt konnte mit seinem Einkommen von der Mafog gerade so die Zinsen bezahlen. Milch- und Käseabsatz reichten knapp, um den Hof zu halten. Doch jetzt war die weltweite Finanzkrise in der Schweiz angekommen. Es waren nicht nur die weiteren Gelder gestoppt worden, sondern die Banken bestanden auf der vertraglich festgelegten Tilgung, die sie bislang großzügig aufgeschoben hatten. Benedikt stand mit dem Rücken zur Wand.

»Und wo ist Franzi?«, fragte meine Mutter.

»Sie studiert in Zürich«, sagte Benedikt. »Nächstes Jahr ist sie fertig, dann will sie irgendwo in eine Praxis einsteigen, wo es sich ergibt.«

»Sie wollte dir gar nicht helfen mit dem Betrieb?«, fragte ich.

»Nein, das war nie der Plan.«

Meine Mutter und ich blickten uns an. Es wurde uns klar, wie allein er war.

»Wo wirst du leben, wenn der Hof verkauft ist?«, fragte ich ihn.

»Ich hoffe, dass ich mich und meine Arbeitskraft mit dem Hof verkaufen und hierbleiben kann«, antwortete er.

Diego, der in der Zwischenzeit die Küche inspiziert hatte, war schon mitten im Eingemachten und rief uns über den Tresen zu: »Todo bien, nur wenig Platz für Tische! Das Restaurant muss ganzes Jahr viele Gäste sitzen können, um zu laufen!«

»Es gibt eine Genehmigung für einen Wintergarten«, sagte Benedikt und ging mit Diego nach draußen, um ihm den geplanten Grundriss zu zeigen. Meine Mutter blickte von mir zu Anni. Die Flamme, die unüberhörbar in Diego entfacht war, war alles, was sie gebraucht hatte, um jetzt zu glühen. »Wisst ihr, was ich glaube? Wir stehen hier auf einer Goldader.«

Als meine Mutter Benedikt vorschlug, mit uns zu Tante Frieda zu kommen, die uns zum Mittagessen eingeladen hatte, lehnte er ab. Er habe Arbeit im Stall, sagte er. In Wahrheit, vermutete ich, wollte er nur nicht ins Dorf runter. Er wollte nicht mitleidig belächelt werden, denn wirklich helfen würde ihm ja doch keiner.

Mit ihren über achtzig Jahren hielt Tante Frieda immer noch ihren Garten in Schuss wie eh und je. In ihrer Küche dampfte es aus den Töpfen, und ein frisch gebackener Apfelkuchen verbreitete die mir so vertraute Duftmischung aus warmer Vanille, Butter und gekochten Äpfeln. Nichts hatte es gegeben in meiner Kindheit, was damit nicht zu verwinden gewesen wäre, nicht mal ein verschossenes Tor.

So wie früher geriet das Reden meiner Mutter mit dem Betreten von Tante Friedas heiligen Hallen in eine Endlosschleife. Alles, was sie beschäftigte, wollte raus und betrachtet werden, alles verlangte nach Tante Friedas sattelfester Frauenlogik. Ließe sich der Sonnenhof retten? Konnte ausgerechnet sie, die Sabine, ihn wieder in Schwung bringen, die sie vor achtzehn Jahren als arme Fremde mit nur zwei Wurstbroten im Rucksack und einer sechsjährigen Tochter an der Hand hier im Dorf angekommen war? Diego und Anni konnten nur staunen über das Wortaufgebot, in dem die Lage zwischen den Frauen erörtert wurde. Nur ich allein wusste, dass darin immer eine Lösung steckte.

»Ich hab schon immer gesagt, dass du was Eigenes brauchst, für das du arbeiten kannst«, schloss Tante Frieda.

Eine ihrer bewährtesten Weisheiten war, dass man über jede Entscheidung schlafen müsse. Also liefen wir rüber in die Alte Post, um nach zwei Doppelzimmern zu fragen.

Die Wirtin stand persönlich am Empfang und blickte uns ungastlich entgegen. Doch in dem Moment, als sie uns erkannte, verzerrte ein künstliches Lächeln ihr Gesicht.

Sie führte uns die Treppe nach oben und den dunklen, muffigen Gang entlang zu unseren Zimmern. Dabei war sie erstaunlich redefreudig.

»Fremdenzimmer da oben im Sonnenhof«, kopfschüttelnd drehte sie sich nach uns um, um sicherzugehen, dass wir gut zuhörten. »Wer will denn da hochfahren, um zu übernachten? Wiesenberg ist ein Durchfahrtsort geworden. Die beste Lage dafür hat die Alte Post. Ein eingeführter Gasthof mit einem Anbau, der nicht erst teuer errichtet werden muss. Eine einmalige Gelegenheit. Wir würden euch ein gutes Angebot machen.«

Ich blickte mich in den Zimmern um. Die Blümchen, die ich als Kind auf den Nachttischen arrangiert hatte, sparte man inzwischen ein. Es roch schimmlig, und mir graute schon davor, unter das schwere, feuchtkalte Federbett zu kriechen. Seit ich so viel in Hotels schlief, konnte ich die Qualität einer Matratze schon spüren, bevor ich drauflag. Diese hier hatte die Lebensdauer eines guten Federkerns deutlich überschritten.

Meine Mutter genoss ihre Rolle als Investorin und sagte: »Das ist eine interessante Überlegung. Wir werden sie in Betracht ziehen.«

Als die Wirtin auf dem Weg nach unten war und wir vier allein im Zimmer standen, presste sie ihre Hand auf den Mund, um nicht laut loszulachen.

»Alles, was man hier essen kann, ist die Nudelsuppe und vielleicht den gemischten Salat. Der Rest badet wahrscheinlich in modifizierter Stärke«, sagte Anni, als wir am Abend zu viert im spärlich besuchten Restaurant der Alten Post saßen. Diego ließ sich trotzdem nicht davon abhalten, die Haxe zu bestellen. Sein argentinischer Appetit verlangte nach einem großen Stück Fleisch. »Ich muss sehen, ob man mit dem Schwein aus der Region was anfangen kann«, erklärte er.

»Wenn's denn mal nicht aus Polen kommt«, warnte ihn Anni.

Ausgerechnet ich war es, die mit dem Blick zur Eingangstür saß und plötzlich in die schmalen Augen eines alten Stammgastes schaute. Sie lagen hinter einer randlosen Brille, und ich verfolgte, wie sie scharf stellten, um unsere Gruppe zu identifizieren. Während das Grauen meiner Kindertage auf unseren Tisch zukam, formte sich schon eine Begrüßung um seine Mundwinkel.

»Das gibt's doch nicht, die kleine Clara ist zur Frau geworden«, sagte er schmeichelnd und reichte mir seine Hand über den Tisch. Anschließend bedachte er auch meine Mutter mit einem Kompliment und schüttelte ihre Hand.

Dann, zu unser aller Erstaunen, wandte er sich an Anni und sagte besonders galant: »Anni, wenn ich mich nicht irre.« Sie blickte verdutzt. »Wir haben vor Jahren mal hier in der Post ein Bier miteinander getrunken.«

»Ja, richtig!«, flötete Anni. »Ihr Name ist mir aber leider entfallen«, gab sie zu.

»Werner.«

Anni sagte: »Sie haben ein gutes Gedächtnis, Werner.«

Meine Mutter und ich tauschten einen amüsierten Blick. Bei diesem ihrer zahlreichen Flirts hatte sich Anni dereinst aber mächtig vergriffen.

In den acht Jahren, in denen wir ihn nicht gesehen hatten, war Werner um Jahrzehnte gealtert. Sein ehemals drahtiger Körper war schwammig geworden. Der Anteil an modifizierter Stärke in seiner Ernährung war offensichtlich viel zu hoch. Bier und Schnaps taten ein Übriges.

Während Werner und Diego sich gegenseitig vorstellten, kam der Wirt aus der Küche, klopfte Werner auf die Schulter und sagte: »Setz dich, wo du willst. Ich bring dir gleich dein Pils.« Bevor eine von uns Frauen es verhindern konnte, hatte Diego schon einen Stuhl für Werner herangezogen. Der Südtiroler Rotwein, den er ausgewählt hatte, wurde serviert. Er bestellte gleich eine Flasche nach und ließ ein fünftes Glas bringen.

Mein Handy zeigte fünf Uhr vierzig. Mit stechenden Kopf- und Kreuzschmerzen erwachte ich aus einem unruhigen Schlaf, durchgeschwitzt unter der Decke, die erst kalt wie Stein gewesen und dann viel zu heiß geworden war. Neben mir lag Anni im Tiefschlaf. Während mir das Zuviel an Rotwein die Nachtruhe raubte, schien es bei ihr nur zur Erholung beizutragen.

Eigentlich sollte es doch das Wichtigste in meiner fünftägigen Flugpause sein, Schlaf nachzuholen. Wie hatte ich mich nur diesem Gelage hingeben können? Meine Güte, ja, auch ich hatte mit Werner angestoßen, auch meine Mutter, nicht nur Anni und Diego, die ja die Geschichten um ihn nur aus zweiter Hand kannten.

Werner hatte uns stolz von Franzi erzählt, ihren glänzenden Aussichten auf eine erfolgreiche Laufbahn als Veterinärin. Es hörte sich an, als stünden sich die beiden sehr nah.

Dann schnitt Diego das Thema Sonnenhof an. Er schien der Einzige zu sein, dessen Denkfähigkeit mit dem Alkoholpegel stieg und nicht schwand. Werner war immerhin ein erfolgreicher Bankmanager, seine Einschätzung würde wertvoll sein.

Geschmeichelt, um seine Meinung gebeten zu werden, klärte Werner uns zunächst einmal über die aktuelle Finanzkrise auf. Wenn wir Anlagen hätten, die nicht schon im Keller wären, dann wäre es mit Sicherheit das Beste, sie sofort aufzulösen und in Grundbesitz zu investieren, denn dieser ließe sich nicht nachdrucken, so wie das Geld.

Er habe nie verstanden, warum Benedikt so dumm gewesen sei, ihn nicht um Hilfe zu bitten. Sofort bot er an, am nächsten Tag mit nach oben zum Sonnenhof zu kommen, um gemeinsam mit uns und Benedikt einen Plan zur Umschuldung aufzustellen, damit man die Schweizer Kredithaie loswerde.

Er selbst habe schon überlegt, die Alte Post zu kaufen, fuhr Werner fort. Gemeinsam würde man ein ganz neues Fremdenverkehrskonzept für Wiesenberg auf die Beine stellen können, in dem jeder der beiden Gasthöfe seine Funktion hätte. Das wahre Potenzial von Wiesenberg als Touristendestination liege seit Jahren brach.

Während mir jetzt seine Worte durch den Kopf gingen, fühlte sich mein klammes, durchgelegenes Bett wie Philipps Flammensumpf an, und mir kamen die Drachenköpfe darin in den Sinn. War es möglich, dass sie friedlich den Flammen entstiegen, auf die Seite des Kriegers wechselten und mit ihm eine bessere Welt schufen?

Dann wurden meine Gedanken von einem anderen, verlockenderen Bild eingenommen, das mit Philipp zusammenhing, und dieses brachte meine schweren Glieder schließlich von der Matratze hoch. Ich lief ins Bad, drehte die Dusche kalt auf und stellte mich unter den Wasserstrahl. Das einzelne Handtuch, das auf dem Badewannenrand lag, roch nach altem Bratfett, doch mangels Alternativen rubbelte ich damit meinen Körper trocken. Dann zog ich mich an. Zum Glück hatte ich immer Yogahosen im Gepäck.

Die Rezeption war noch nicht besetzt, aber ich fand Schreibblock und Kugelschreiber. »Guten Morgen, Ihr Lieben«, schrieb ich. »Ich bin auf meiner eigenen kleinen Wiesenberg-Tour. Treffe Euch mittags auf dem Sonnenhof.« Den Zettel schob ich in das Schlüsselfach von Diego und meiner Mutter.

Das Blut pumpte mir durch den Körper. Der grüne Rasen und die ersten Sonnenstrahlen, die über die Hügel blitzten, befeuerten meine Beine. Die erkannten ihr angestammtes Habitat wieder und rasten über den Fußballplatz. Vergangenheit und Gegenwart verschmolzen zu einem Gefühl von Einsicht und Staunen, das mich ganz beherrschte.

Ich sah Franzi im Alter von elf Jahren, wie sie die Straße zum Oberdorf hinauflief. Erst hatte sie mir das Zerbrechen unserer Freundschaft, dann alles weitere Elend ihres Daseins in die Schuhe geschoben. Hatte ich ihr meinen Platz in Benedikts Leben überlassen, um mich von ihren Beschuldigungen freizukaufen? Oder nur, um mich von ihm loszubinden, weil Franzi mir weisgemacht hatte, dass ich nur ohne ihn frei wäre? Hatte ich Benedikt damit in sein Dilemma getrieben?

Ich rannte mindestens sieben Mal von Strafraum zu Strafraum und lehnte dann schwer schnaufend am Pfosten des Tors, in dem ich vor Jahren gegen die Emmenstädter drei Bälle nacheinander versenkt hatte. Ich hatte Unglaubliches geleistet und war doch nur meinem eigenen Willen gefolgt. War es möglich, dass mein innerer Kompass den Kontakt zu seinem Pol verloren hatte?

Die Sonne war ganz aufgegangen, und es wehte die vertraute Alpenbrise vom Graskopf, die mich daran erinnerte, dass der Himmel immer frei war, selbst wenn das Wetter ihn belagerte. Das Bild, das ich jetzt sehnsüchtig vor Augen hatte, war Tante Friedas Küche und in ihr ein duftender starker Kaffee.

Der kunterbunte Babyschuh, den ich vor unserem letzten Weihnachten in Wiesenberg gehäkelt hatte, lag immer noch in Tante Friedas Schublade, gemeinsam mit der Wolle für den zweiten Schuh. Der Morgen streckte sich gemächlich in den neuen Tag hinein und wir beide, Tante Frieda und ich, versanken in der Schneckenzeit.

Tante Frieda erzählte mir, dass Hanna weit fortgegangen war, bis nach Nepal. Dort hatte sie ein Waisenhaus gegründet. Mit Spendengeldern von den Leuten, deren Nachwuchs sie einst gehütet hatte, ließ sie derzeit eine Schule bauen. Ein Wiesenberger Bauunternehmer war sogar nach Nepal gereist, um ihr zu helfen. Ich staunte, wie engagiert sich das Dorf um die Menschen eines fernen Landes kümmerte, während es Benedikt nur ein paar Kilometer den Berg hinauf seiner verzweifelten Lage überließ.

Das schneelose Weihnachten sei zur Regel geworden, erzählte Tante Frieda. Der Schnee komme meist erst im Februar, manchmal aber auch gar nicht. »Alles verändert sich«, sagte sie. Doch im Frieden ihres Wohnzimmers schien alles beim Alten zu bleiben, bis auf die Kleinigkeit, dass sie jetzt auch den nepalesischen Babys Wärme und Borten an die Füße häkelte.

Der zweite fröhlich bunte Schuh war fertig, und ich steckte das Paar in meine Jackentasche. Während ich sie lange und dankbar umarmte, versprach ich Tante Frieda, in meiner nächsten Flugpause wieder vorbeizukommen. Dann machte mich auf in Richtung Graskopfgipfel.

Ich stieg in einem weiten Bogen um den Sonnenhof herum und sah ihn aus der Ferne solide im Hang stehen, gebaut für die Ewigkeit. Ich sah den Traum meiner Mutter dort wahr werden. Sie war immer ein Landkind geblieben. Der eigene Gasthof hatte an ihrem Horizont auf sie gewartet. Sie würde wieder ganz in ihr Element finden, mit Diego an ihrer Seite und Tante Frieda in ihrer Nähe.

Ich sah auch Benedikt in diesem Bild, wie die erstaunliche Kraft, die in ihm steckte, in sein Tagewerk und in sein Lebenswerk fließen würde. Doch sobald ich versuchte, mich selbst da zu sehen, war es, als müsste ich auf halbem Weg stehen bleiben.

Auf den schmalen, steilen Serpentinen unterhalb vom Gipfel dachte ich an meinen achtzehnten Geburtstag zurück. Mama und ich saßen vorm Notar, der uns eine unglaubliche Summe nannte, die in Form von Anteilen an Eberhards Firma auf meinen Namen angelegt war. Jetzt, als erwachsene Frau, hatte ich freien Zugriff darauf.

Mama war nicht ganz unvorbereitet. Sie wusste von den Aktien, die im Jahr 1990 für mich erworben worden waren, um mich für den fehlenden Vater zu entschädigen. Doch das Ausmaß, in dem Eberhards Firma gewachsen war, hatte bis zu diesem Tag außerhalb ihrer Vorstellungskraft gelegen. Wir kamen aus den ehrwürdigen Räumen des Notariats mit der schwer fassbaren Erkenntnis, dass ich reich war. Postwendend gingen wir mit Anni Champagner trinken.

Anni fragte, ob ich denn daran denken würde, meinen Vater zu kontaktieren. Zwei Adressen von Christopher Clark standen in getippter Form auf einem A4-Blatt, eine in Winnipeg, eine in Toronto. Nein, ich würde ihm nicht schreiben, beschloss ich. Seine Stille, seit er von mir erfahren hatte, klang wie eine Bitte, ihn in Ruhe zu lassen. Doch das änderte nichts an der Tatsache, dass sein Wissen von mir eine verborgene Macht über mich hatte. Sie reichte bis hierher auf den Graskopfgipfel.

Die Alpen funkelten in der senkrecht stehenden Sonne. Hier stand ich wieder vor meiner geliebten Ferne. Da fiel eine Erkenntnis aus dem Mittagsblau vor meine Füße: Das Geld, das teils immer noch in Eberhards Firma steckte, teils von Fritz' Finanzberater verwaltet wurde, war nicht meines. Es gehörte meiner Mutter. Sie hatte es all die Jahre entbehrt.

Ich selbst, das hatte ich vor zwei Tagen erfahren, hatte einen neuen Job auf der anderen Seite der Sierra Clara, in dem Land, das einen unergründlichen Sog auf mich ausübte. In seinen bunten Menschenströmen gab es etwas, das ich hochtauchen musste.

Clara

Vancouver 2010

25 Jahre

Am Boden

Der Ort, an dem ich mir das Umherziehen abgewöhnte, war einer, an dem alle Welt vorbeikam, und meine Aufgabe, das Bodenpersonal zu führen, ein Dauerlauf ohne Pause. Wie hatte meine Mutter es damals geschafft, so eingespannt zu sein, und obendrein noch mich zu haben? Wie hatte sie es in jeder ihrer freien Minuten mit meiner Wildheit, meinen Wünschen und meinem Wachsen aufnehmen können? Ihr ganzes Leben neben der Arbeit, das war ich gewesen. Vielleicht war mir deshalb, als hätte ich kein Anrecht auf Zeit für mich. Selbst zu Samees Yogastunden überwand ich mich nur selten. Ich lebte in einer Einzimmerwohnung in einem dünnwandigen Wohnblock zwei Bahnstationen vom Flughafen entfernt. Ich hätte mir eine bessere Wohnung leisten können, eine, von der ich mich nicht fragen musste, ob sie beim nächsten Regenschauer noch zusammenhielt.

Meine Mutter und ich waren voneinander befreit, und zwischen uns klaffte ein Abgrund von Schmerz. Wann immer ich Zeit zum Nachdenken hatte, verschwanden meine Lebensgeister in diesem von Trauer verhangenen Loch in meinem Herzen.

Philipp schickte mir regelmäßig ein paar Tage vor seiner Landung in Vancouver eine E-Mail, damit ich Zeit für unseren Espresso einplanen konnte. Dann zeigte er mir seine neueste Kollektion auf dem Laptop.

Auf seinem letzten T-Shirt-Entwurf war erstmals eine Sonne zu sehen gewesen, und das Flammenmeer war zum Ozean geworden. Die Wesen darin waren jetzt halb Monster, halb Fisch. Allerdings schwebten die düsteren Schwaden immer noch am Horizont und würden von dort wohl nie verschwinden.

»Das Dominanzstreben ist nicht auszumerzen«, erklärte er. »Wir alle, denen Frieden am Herzen liegt, müssen mit all unseren Mitteln dagegen steuern.« Das klang wie eine praktische Anleitung für ein

Leben, das nicht meines war. Was soll eine Flughafenangestellte gegen Machtgier tun?

Es war Fritz, der am häufigsten bei mir aufkreuzte. Wann immer er sich an der Westküste des Kontinents aufhielt, machte er einen Abstecher zu mir. Dann hielt ich mir den Abend frei, sodass er mich zum Essen ausführen konnte. Wir fuhren mit dem Taxi in ein Restaurant mit freier Sicht auf die Berge.

Fritz stand nach wie vor in Kontakt mit meiner Mutter. Sein Unverständnis über die Funkstille zwischen ihr und mir wollte nicht enden. »Eine von euch muss einfach den ersten Schritt machen«, drängte er seit nun fast zwei Jahren.

»Die Kluft ist zu groß«, versuchte ich, ihm zu erklären, was nicht zu begreifen war.

Was war nur mit uns geschehen?

Wir saßen in der Münchner Wohnung an unserem Esstisch zwischen Küche und Wohnzimmer. Es war nach Mitternacht. Diego war heimgegangen. Wir hatten alle drei zu viel Wein getrunken.

An jedem Tag seit unserem Ausflug nach Wiesenberg hatte es irgendeine Aufregung gegeben, ein Telefonat mit Benedikt oder Werner, Diskussionen über die Tragfähigkeit der Pläne, über das Risiko, das unumgänglich war und das auch nicht kleiner wurde mit all dem Gerede darum.

Die aufgedrehte Stimmung wurde mir langsam zu viel. Mir war, als spönnen sie mich ein in ihre Fäden, während sie aufgescheucht um mich herumliefen.

Mama und Diego hatten sich im Laufe des Abends tief in die Details ihrer Vision verkopft. Niemand hatte bisher die eingesaute Küche aufgeräumt. Ich war froh, am nächsten Tag wieder in den Himmel fliehen zu können.

Unsere Wohnung sollte zunächst vermietet werden. Mama rechnete mir vor, dass ich mit dem Zug aus dem Allgäu fast genauso schnell in Frankfurt wäre wie von München mit dem Flugzeug, wenn man die Wartezeiten einrechnete. Warum sollte ich hierbleiben? Es sei doch genügend Platz auf dem Sonnenhof.

»Ich bleibe nicht in München, Mama. Aber ich kann auch nicht mitkommen, bitte, versteh das.«

Sie verstand nicht. Sie hatte mich noch nie verstanden.

Jahre hatte ich gewartet, bis sie mir von meinem Vater erzählt hatte. Sie verstand nicht, dass sie all diese Jahre von mir erwartet hatte, eine Lücke in meinem Dasein zu umschiffen, um ihr eine unsinnige Scham zu ersparen. Sie verstand nicht, dass man einem verzweifelten Kind nicht sagen durfte, seine Gefühle wären nur Selbstmitleid, ein »Sich-selbst-zu-wichtig-Nehmen«, weil es seinen Gefühlen dann womöglich ein Leben lang auswich.

Sie verstand nicht, wie ich langsam gelernt hatte, meine Identität der ihren unterzuordnen, um sie zu schonen, und um ihr zu zeigen, dass sie alles in ihrem Leben richtig gemacht hatte, alles, mich eingeschlossen. Sie verstand nicht, dass ich mir deshalb einen Beruf gesucht hatte, der mir Pausen von ihr verschaffte.

Sie verstand nicht, dass man mich nicht einfach mit einpacken konnte wie ein hübsches Möbelstück.

Dieses ganze blanke Unverständnis meiner Mutter machte mich so rasend, dass ich es vor ihr auf den Tisch knallte. »Du hast noch nie irgendein Interesse daran gehabt, dass ich herausfinde, wer ich eigentlich bin!«, endete ich.

»Ich kann das nicht glauben«, sagte sie kopfschüttelnd. »Du schiebst mir deine Identitätskrise in die Schuhe? Nach allem …«

»Nach allem«, nahm ich ihren Satz auf. »Nach allem, was du für mich getan hast, obwohl ich mit dieser Hautfarbe auf die Welt gekommen bin. Stellt mich das denn auf ewig in deine Schuld?«

Mama stand vom Tisch auf und ging in ihr Schlafzimmer. Nach einer Weile kam sie wieder heraus und schrie mich an. Ich hätte nicht mal die leiseste Ahnung, was sie durchgemacht hätte. Ich sei genauso egozentrisch wie mein Vater.

»Wie kannst du ihm überhaupt einen Vorwurf machen?«, schrie ich zurück. »Du hast ihm ja nicht mal eine Chance gegeben, dir zu helfen! Du hast das Geld von Eberhard genommen, obwohl dir klar gewesen sein muss, was das aus mir machen würde. Ich bin das Abgründige im Leben meiner Eltern, das man mit Geld zugeschüttet hat, damit man nicht hinabsehen muss! Weißt du, wie schlimm das ist?«

»Weißt *du,* wie schlimm das ist, wenn dir alle Würde genommen wird?« Das, was jetzt ruhig an ihr war, war nicht gut. Es war leer, so leer wie ein Gasthof ohne Gäste, ein Leben ohne Würde, eine Zukunft ohne einander. »Du weißt nichts, Clara. Ich hab ja alle Realität schön von dir ferngehalten. Alleinerziehend mit einem farbigen Kind, mach du das erst mal nach, und dann reden wir weiter.«

Damit ließ sie mich sitzen und ging endgültig ins Bett, ohne die Küche aufzuräumen, und ich tat es ihr nach.

Als ich das nächste Mal in die Wohnung kam, waren die Möbel verkauft und die Schränke leer. Meine Sachen standen in zwei Koffer gepackt an der Tür.

Ich legte meinen Schlüssel in eine leere Ecke, zog ins Hotel und ging am nächsten Tag zum Notar. Dort ließ ich alle meine Anteile an Eberhards Firma auf meine Mutter überschreiben. Dann hinterließ ich ihr eine Nachricht:

»Liebe Mama, es tut mir leid, dass ich nicht die Tochter sein kann, die du dir immer gewünscht hast. Bitte leih kein Geld vom Werner. Wer einmal ein Trophäenjäger war, der wird immer einer sein.«

Es war Sonntagabend in Vancouver. Ich stand in der Empfangshalle des Flughafens. Die ersten Passagiere aus Los Angeles strömten um die Glaswände herum aus dem Zollbereich heraus, darunter Fritz.

Ich sah seine in Falten gelegte kantige Stirn aus der in meine Richtung wandernden Menschentraube ragen. Er hatte die Präsenz eines Mannes, der auf Schritt und Tritt von Bewunderung umgeben ist. Einige der Wartenden erkannten ihn und deuteten mit Kopfbewegungen munkelnd zu ihm hin. Dabei fiel der Name seines neuesten Films. Ich hatte meine Uniform bereits gegen Jeans und Kapuzenjacke getauscht und ging in der Menge auf wie ein versickerter Farbpartikel, so wie ich es mir als Kind gewünscht hatte. Erst als Fritz' Paradelaufen bei meinem Anblick in ein gelöstes Lächeln überging, er die Menge spaltete und direkt auf mich zulief, drehten sich die Köpfe nach mir um und blickten mir neugierig ins Gesicht. Da genoss ich es doch, mal aus dem Menschenmeer herauszuragen.

Fritz hatte schon vor seinem Abflug in L. A. unseren Tisch auf der Veranda unseres liebsten Lokals reserviert. Wir positionierten uns mit Blick über das von bunten Lichtern funkelnde Wasser.

Die Wirtschaft in Deutschland habe wieder Fahrt aufgenommen, berichtete Fritz. Man erwarte einen Rekordsommer auf dem Sonnenhof. Schon das Frühjahr laufe fantastisch. Ein Feinschmeckermagazin habe den Sonnenhof vorgestellt und Fotos gezeigt vom Whirlpool mit Talblick und von der modern-alpinen Innenarchitektur. Benedikts Käse sei die Grundlage für Diegos inzwischen legendäres Fondue, das man Wochen im Voraus buchen musste. Fritz sei vor Kurzem erst in den Genuss gekommen, dazu eingeladen zu werden.

»Es ist erstaunlich, wie Diego nicht nur den Inhalt seiner Töpfe, sondern auch deine Mutter auf Temperatur hält. Sie würde sonst Tag und Nacht überkochen vor Organisationswut.«

»Freut mich, zu hören, dass sie alle glücklich sind«, sagte ich und konnte eine gewisse Trauer nicht ganz überspielen. In dem fröhlichen Hotel- und Restaurantbetrieb auf dem Sonnenhof vermisste mich niemand.

Fritz griff über den Tisch nach meiner Hand und drückte sie. »Und was ist mit Clara und dem Glück? Gibt es da keinen jungen Mann? Bist du gänzlich abstinent?«

»Das könnte ich dich auch fragen«, wand ich mich heraus.

»Oh, du weißt ja, on and off«, winkte er ab. Fritz nahm in Liebesdingen alles mit, was des Weges kam. Festlegen lassen hatte er sich nur einmal, sagte er oft, und das auch nur, weil ich schon im Bauch meiner Mutter gewesen war. »Wirklich geliebt habe ich auch nur einmal«, fügte er manchmal an.

»Als ich neulich auf dem Sonnenhof zu Besuch war, konnte ich wegen des Jetlags nicht schlafen«, erzählte er. »Sabine und ich saßen so lange in der Stube, bis es sich für sie nicht mehr lohnte, ins Bett zu gehen.«

Ich lachte und schüttelte den Kopf über die beiden. »Worüber habt ihr geredet?«, fragte ich.

»Sie hat mir aus der Zeit in München erzählt, als du klein warst.« Deutlich platzierte er eine Einladung am Ende dieses Satzes, mich vorzufragen. Bisher hatten wir diese gesamte Münchner Episode, in der Fritz sich von uns ferngehalten hatte, allenfalls kurz berührt und dann die Unterhaltung wieder umgelenkt.

»Was denn zum Beispiel?«, fragte ich.

Anstatt zu antworten, legte Fritz ein paar alte Fotos vor mir auf den Tisch. Ich blickte in mein Kindergesicht, das hinter einem riesigen Sahneberg auf einem Eisbecher hervorkam. »Das hat Kai von dir gemacht«, sagte Fritz.

Das nächste Foto zeigte Kai, der mit nacktem Oberkörper im Schneidersitz auf einem Rasen saß. Alles an ihm war schmal und langgliedrig. Seine Haare lockten sich rötlich schimmernd um seine anmutigen Züge. Seine Augen waren von dunklen Wimpern und Sommersprossen gerahmt und spiegelten das grüne Gras. Ich saß im Badeanzug vor ihm, drei oder vier Jahre alt. Mein brauner Kinderkörper lehnte sich zurück in seine weißen Arme. Meine Augen blickten eilig und frech in die Kamera, die Augen eines Kindes, das nicht stillsitzen kann, weil immer irgendwo ein Abenteuer wartet. Ein Kind, das einen Hafen hat.

»Wenn irgendjemand verdient, dein Vater genannt zu werden, dann er«, sagte Fritz.

Wellen der Erinnerung schwappten über eine Schwelle in meinem Inneren, die sie bisher zurückgehalten hatte.

»Ich wusste nicht, dass du Kai kanntest«, sagte ich.

»Er war es, die Liebe meines Lebens.«

»War Kai der Mann, der mich schon als Baby gehütet hat?«

Fritz nickte. »Er hat nicht aufgehört, sich um dich zu kümmern, als Sabine und ich endgültig auseinander waren. Er und ich hatten eine schwierige Beziehung. Ich hab ihn genauso zur Weißglut getrieben wie vorher Sabine.«

Ich konnte meine Augen nicht von Kais Gesicht abwenden. Beim Anblick seiner Haare kam mir lustigerweise Tobi in den Sinn. Sein Fell hatte die gleiche Farbe von Herbstlaub gehabt. War es Kai gewesen, mit dem ich mich über Tobis Vergessen verbunden gefühlt hatte?

Kai musste gelitten haben unter der Aussichtslosigkeit seiner Liebe zu Fritz. Doch ich hatte ihn immer nur fröhlich erlebt. Er war immer ganz bei mir gewesen in unserer spannenden Welt. Seine Augen schienen zu sagen: »Es ist nur ein kleiner Schritt von hier nach da.«

Hier war er, der Mann, der mir beigebracht hatte, meinem Wesen freien Lauf zu lassen. Die Schwelle, an der ich mich in Gesprächen über die frühe Münchner Zeit nie vorbeigetraut hatte, war meine Sehnsucht nach ihm und gleichzeitig nach mir, der Clara, die ich zu oft zurückhielt.

»Wo ist er hin?«, fragte ich und ahnte es schon.

»Er war zu gut für diese Welt«, sagte Fritz. »Er ist in den Bergen geblieben, dem Ort, den er am meisten geliebt hat. Er war Kletterer.

Ich weiß bis heute nicht, wie viel von seinem Absturz gewollt war. Das war einige Monate bevor ihr nach Wiesenberg gegangen seid.«

»Hat Mama dir die Fotos gegeben?«

»Nein, die hab ich von Kai. Als ich von einem Dreh heimkam lagen sie auf dem Küchentisch, zusammen mit diesem Brief.« Damit legte Fritz ein zerfaltetes Blatt mit ein paar säuberlich von Hand geschriebenen Zeilen vor mich hin:

»Lieber Fritz,
das ist das Mädchen, das deine Tochter sein könnte. Sie ist noch so klein, und schon ist klar, was auf sie zukommt. Clara wird mit der Angst leben lernen, dass sie abgelehnt wird. Könnte sie nur so bleiben wie sie jetzt ist, immer träumend von einem Königreich, in dem es einen Zauberspruch gegen Verknotung und Bosheit gibt. Sollte es sich eines Tages mit deinem Filmstar-Image vereinbaren lassen, dann kümmere dich bitte um Clara.«

»Manchmal sehe ich ihn vor mir, wie er diesen Brief geschrieben hat. Dabei hat er seiner eigenen Angst ins Gesicht geschaut, abgewiesen zu werden. Er hat den gleichen Kampf gekämpft wie du, Clara. Daher wart ihr euch so nah.

Warum, weiß ich nicht, aber er hat daran geglaubt, dass ich über meinen Schatten springen und nach dir sehen werde. Es hat eine Weile gedauert … but here we are.«

Fritz schob Kais Brief und die Fotos weiter zu mir und griff sich selbst die Rechnung vom Tisch.

»Heb das gut auf«, sagte er.

Im Taxi zu meiner Wohnung saß ich an seine Schulter gelehnt und spürte den tiefen Wunsch, ihn zu trösten.

»Irgendwie müssen wir doch verwandt sein«, sagte ich. »Wir jagen das Glück um die halbe Welt und haben noch nicht mal uns selbst gefunden.«

Als ich an diesem Abend versuchte, einzuschlafen, hörte ich die schreiende Stimme meiner Mutter in meinem Kopf. Doch es war nicht das monotone Schreien, das sie mir bei unserer letzten Begegnung entgegengedonnert hatte, das kein Ufer findet auf der anderen Seite der Wut. Stattdessen war es das Schreien einer Mutter, die Angst hat um ihr Kind.

Szenen schälten sich aus der Nacht. Ich saß im dunklen Flur von Elviras Wohnung, der Frau, die mich immer vom Kindergarten abholte. Ich blickte nach oben zum Türriegel. Ich war zu klein, um ihn zu öffnen. Es gab nichts, auf das ich mich draufstellen konnte. Da kauerte ich mich in die Ecke unter die Mäntel, und Elvira kriegte mich da nicht raus. Wenn sie mich anfassen wollte, schrie ich wie am Spieß.

In einer anderen Szene kämmte ich meiner Gastschwester Bianca die Haare, so wie eine Zofe. Sie durfte heute die Prinzessin sein. Doch der Zauberspruch, der die Knoten löste, wirkte bei ihr nicht. Sie stellte sich blöd an und schrie.

Elvira kam rein und haute Bianca ins Gesicht. Die Arme konnte doch noch nicht mal sehen, was kam, denn sie war ja fast blind. Ich selbst konnte mich wenigstens wegducken. Doch Elvira erwischte mich am Arm und zerrte mich durchs Zimmer, bis es mir mit all meiner Kraft gelang, mich herauszuwinden.

Wenn ich mich im Flur so klein machen würde wie ein Kleiderhaufen, dann würde mich auch Elviras Mann nicht finden, wenn er vom Arbeiten kommen würde.

Er kam, und alle Kinder waren still. Nur Elvira redete ohne Unterlass mit der gleichen Wut, die sie tagsüber aus sich herausgehauen hatte. Am schrecklichsten war der Moment, wenn ich sie nicht mehr hören konnte. Dann wusste ich, dass der Vater die Rollläden runterließ. Sosehr ich meine Hände auch auf meine Ohren drückte, ich hörte trotzdem die Schreie der Buben, und das nicht nur mit meinen, sondern auch mit Biancas Ohren.

Als Mama mich abholen kam, rannte ich in ihre Arme und klammerte mich so fest an ihren Hals, dass sie mich alle Treppen hinuntertragen musste. In der Bahn wollte sie wissen, was passiert war. Ich sagte ihr, dass ich Elvira und ihren Mann nicht leiden konnte.

Jetzt hörte ich wieder ihr Schreien, und diesmal hörte ich Worte heraus: »Wie könnt ihr zulassen, dass meine Tochter diesen Leuten überlassen wird? Nie wieder gebe ich das Wohl meines Kindes in die Obhut einer Behörde!«

Wir standen in einem Raum voll mit Schreibtischen und strengen Gesichtern, die Mamas Ausbruch stumm anhörten. Es musste wohl das Jugendamt gewesen sein, das uns Elvira als Tagesmutter zugewiesen hatte.

Am Ende ihres Schreiens zog Mama mich an der Hand durch hohe hölzerne Türen hinaus auf die Straße. Wir stiegen in die Bahn, von der Bahn in den Zug und vom Zug in den Bus, der uns am Marktplatz von Wiesenberg ablud. Von dort liefen wir zu Tante Frieda, an Abgründen entlang, die nur meine Mutter sehen konnte.

Welch ein Glück wir gehabt hatten, dass Tante Frieda beim zweiten Mal Hinsehen nicht mehr die Verwegenheit in der Geschichte meiner Mutter gesehen hatte, sondern nur eine Frau und ein Kind, die ein neues Zuhause brauchten.

Die Szenen in Elviras Wohnung lebten als Dunkelheit in mir weiter, und ich las sie aus dem leeren Raum in Franzis Wohnzimmer, der zwischen dem Boden und dem glasigen Blick des toten Steinbocks lag. Mama musste all die Jahre gehofft haben, dass ich sie einfach vergessen hatte. Ebenso wie sie hoffte, ich würde Kai vergessen, und die Tatsache, dass er mich verlassen hatte.

An meinem nächsten freien Tag packte ich meine Yogatasche und fuhr nach Kitsilano. »Finde, was dich glücklich macht. Finde es jeden Tag.« War es nicht diese Einladung gewesen, der ich meine Existenz verdankte? Vielleicht sollte ich ihr öfters folgen. Vielleicht würde mein Herz dann wieder zu meiner Mutter finden.

Samee empfing mich mit einer langen Umarmung. Jetzt, wo ich nicht mehr ständig durch die Luft fliegen würde, sehe er mich ja noch seltener als früher, beschwerte er sich. »Du musst dir mehr Zeit für dich nehmen. Komm aus deinem Kopf raus und in deinen Körper.« Samee wusste genau, warum ich nicht mehr gekommen war. Die Clara, die auf Autopilot funktionierte, und ihre Natur unterdrückte, war die Clara, die mit aller Gewalt aus dem Bild ausbrechen wollte, das so mancher Durchreisende von ihr aufnahm: Kind aus ungeordneten Verhältnissen.

In der Meditation ließ Samee mich nicht los. Auf der Reise durch das Universum, in dem wir alle eins sind, spürte ich, wie er mir meine Dunkelheit und meine Stille als etwas Wertvolles präsentierte. Ich saß auf meinem Kissen und wurde mir, Atemzug um Atemzug, nicht nur jedes Zentimeters meines eigenen Körpers bewusst, sondern auch seines Körpers, der zwei Meter von mir weg saß und aus dem seine samtige, wissende Stimme kam.

Im Laufe der Übungssequenzen verlor ich mich im Anblick von Samees bronzefarben schimmernder Haut und dem langsamen Tanzen seiner Glieder und Muskeln durch die Stellungen des Kriegers, des Friedenskämpfers.

Anschließend lag ich auf meiner Matte, drehte und öffnete mich in den Haltungen, in die Samee seine Schüler dirigierte, und spürte seine heilenden Hände auf meinen Hüften und meinem unteren Rücken liegen, um mich tiefer in die Dehnung und die Entspannung zu führen.

Nach der Yogastunde liefen wir gemeinsam die Treppen hinunter auf die Straße. Samee schob sein Fahrrad, und ich lief neben ihm her am Wasser entlang, der sinkenden Sonne entgegen.

Wir sprachen über die Menschen, die nach einem langen Arbeitstag in Samees Yogastunden kamen, wie sie unter Zeitdruck ins Studio hetzten, wie schwierig es war, sie aus ihrem Hamsterrad herauszulösen und sie nach innen zu führen, dorthin, wo nichts linear verlief, wo es keine Mauern gab, errichtet von Generationen.

»Ich gebe ihnen nur den Schlüssel in die Hand, damit sie ihren Käfig aufschließen können«, sagte Samee.

Wir bogen in ein abgelegenes Viertel von Kitsilano ab, wo die Häuser kleiner und älter waren als in den Straßen näher am Strand. Samee schob sein Fahrrad um ein steiles Eck in einen Steinweg hinein. Hinter krumm gewachsenen Rhododendren und Wacholderbüschen duckte sich ein Haus. Er trug sein Rad ein paar brüchige Stufen hinunter und winkte mir, hinter ihm zu bleiben. Dort unten lag eine Tür, die er aufschloss und durch die er das Rad lenkte.

Ich folgte ihm in den engen Kellerraum. Die Tür fiel ins Schloss, und es war stockdunkel. Einen Moment lang war ich verloren, als hätte ich alle Berührungspunkte mit der Realität verloren. Dann spürte ich Samees Hände auf meinen Armen und um meine Hüften. Sie pulsierten wie eine Erlösung von der beklemmenden Leere meiner Zukunft. Sie streichelten mich und zogen mich weiter, hinaus aus meinem Käfig.

Eigentor

Meine Energie kam mit einer Wucht zurück, die mich überwältigte. Samee hatte mich ins Licht geholt. Keine seiner bisherigen Lektionen hatte so gründlich gewirkt wie das, was er in seiner Kellerwohnung in mir wiedererweckt hatte, das Staunen über mich selbst, über die Kostbarkeit meines Seins.

Fritz hatte mir ein Stück meiner Kindheit wieder zugänglich gemacht, das Wunder eines Mannes, der mich liebte wie sein eigen Fleisch und Blut. Es war, als wäre eine Schleuse aufgegangen und die Liebe spülte in all die dunklen Ecken meiner Geschichte. Für Kai war ich eine Seele gewesen, in der er sich spiegelte, und mit der er unberührte Sphären erkundete, manchmal rennend und tobend. Er hatte mir nicht nur von der Zauberformel für Schönheit und Frieden erzählt, sondern auch von den Bergen, von der Aussicht auf die Unendlichkeit da oben, sodass ich mich darin wiederfand, als ich das erste Mal auf dem Graskopf stand. Jetzt war er erwacht in meiner Erinnerung und mit ihm das Kind, das sich losbinden konnte aus dem Sorgengeflecht.

Ich fand auch wieder zu dem Kind, dessen Rettungsinsel die Kellerwohnung von Tante Frieda gewesen war. Stundenlang konnte ich in Samees Schlafzimmer liegen, das halb in die Erde eingegraben war, und durch den Lichtschacht in den Himmel schauen.

Der Frühling in Britisch-Kolumbien war ausgebrochen, und der Touristenstrom hatte eingesetzt. Wochenlang hatte ich mich bereits um Neueinstellungen bemüht, hatte jedoch von der deutschen Muttergesellschaft niemanden rekrutieren können. So stand jetzt ein viel zu unerfahrenes Team aus Quereinsteigern mit Highschool-Deutsch an den Check-in-Schaltern, und ich wagte es nicht, sie dort allein operieren zu lassen.

Gerade hatte ich eine Traube von rückreisenden Deutschen abgefertigt und zeigte der jungen Libanesin Nour auf dem Bildschirm, wie man das Übergepäck verbuchte, da sah ich aus dem Augenwinkel einen hochgewachsenen schwarzen Mann auf den Schalter zukommen. Ich trat ein paar Schritte zurück, um ihn meiner Mitarbeiterin zu überlassen, doch noch bevor er anfing zu sprechen, raste plötzlich mein Herz los. Der Mann blickte mir direkt ins Gesicht und wollte offenbar von mir persönlich bedient werden.

Von einem Moment auf den andern war es, als würde der Boden unter mir in alle Richtungen davonschwimmen. Meine Beine drohten nachzugeben, und die umstehenden Menschen mit ihren Rollkoffern drehten sich um mich wie ein absurdes Karussell. Ich hielt mich am Counter fest und versuchte, ruhig zu atmen, einigermaßen stabil zu stehen und zu hören, was der Mann zu sagen hatte. Doch es war, als wäre eine Sturzflut voll mit Philipps Monstern über mich hereingebrochen.

Von weit her kam die Stimme eines überaus freundlichen Passagiers, der ein bisschen spät dran war und nur schnell abgefertigt werden wollte. Doch da war etwas Unruhiges, Fragendes in seinem tiefschwarzen Blick, das mich durchbohrte.

Im Stil des eingefleischten Kanadiers, so locker und offen, als kenne man sich, wollte er wissen, wie lange man bis zum Gate brauche, wenn man einen Sprint einlege. Sein kanadischer Pass lag zwischen uns, griffbereit und dennoch unerreichbar. Meine zitternden Hände bewegten sich zur Tastatur, um ihm einen Sitzplatz zuzuweisen, doch die Tasten hüpften, wohin sie wollten.

Nour blickte mich verstört an, dann übernahm sie und prüfte seinen Pass. Der Mann hatte keine Platzreservierung. Er wolle gern am Gang sitzen wegen seiner langen Beine, bat er. Bevor er sich in die Richtung drehte, die zu den Gates führte, und in einen Laufschritt fiel, schenkte er mir schnell noch ein mitfühlendes Lächeln.

Ich blickte auf den Namen im System: Thomas Warren.

»Sorry, Nour, ich fühl mich nicht gut«, entschuldigte ich mich und lief, so schnell ich konnte, zu den nächstgelegenen Toiletten. In der Kabine sank ich gegen die Tür gelehnt in mich zusammen.

Ich sperrte das Tageslicht aus, indem ich alle Jalousien in meinem Apartment herunterließ, zog meinen engen Rock aus und sank mitsamt meiner Bluse ins Bett. Meine Tränen flossen, als gäbe es nichts als ein trübes Gewässer in mir, das nicht versiegen konnte. Mein Leben wurde immer belangloser, meine Aussichten, jemals wieder aus diesem Bett aufzustehen, immer vager.

Am nächsten Morgen war ich immer noch wacklig auf den Füßen. Ich zog meine Uniform wieder an und fuhr zum Flughafen. Dort steuerte ich in mein Büro.

Ein Film verfolgte mich, und das schon seit Jahren: Ein Mann erfährt, dass er ein Kind hat, das erwachsen geworden ist, ohne ihn zu kennen. Er sagt: »Das ist nicht mein Kind«, und läuft davon.

Wie konnte ein fühlender Mensch so etwas tun?

Wie konnte ein fremder Mann mich in eine Panik versetzen, die mich fast verschlang, nur weil er die Möglichkeit repräsentierte, dass ich eines Tages dem Menschen begegnen würde, der meine Existenz verleugnete? Wovor hatte ich solche Angst, was konnte er mir anhaben?

Der Schatten des Schweigens, der über meiner Herkunft lag, war nicht mehr zu ertragen. Ich sank in meinen Stuhl, griff nach einem Stück Papier und schrieb:

»Chris,
vielleicht werden wir beide eines Tages stark genug sein, um unseren tiefsten Ängsten ins Gesicht zu schauen. Vielleicht lernen wir uns dann kennen.
Clara«

Darunter setzte ich meine Kontaktdaten. Seine Anschrift fand ich mit nur einem Griff in mein Portemonnaie. Es war seine Firmenadresse mit dem Zusatz »vertraulich«. Ich nahm ein Kuvert und beschriftete es. Bevor ich weiter nachdenken konnte, lief ich zur Poststelle und warf den Brief in den Ausgangskorb.

Samee versuchte, mich zu einer Meditation zu überreden, damit ich Abstand gewinnen würde zu den Quälgeistern, die mich vor sich hertrieben. »Ich kann nicht«, wiederholte ich. Mich jetzt meinen Gedanken auszuliefern wäre wie auf einen Highway hinauszulaufen und meinen Körper dem Schwerverkehr zu überlassen.

Wir hatten nur noch wenige Wochen, dann würde Samee nach Ägypten fliegen, um seine zukünftige Frau kennenzulernen, ein Mädchen, das ihm seit vielen Jahren versprochen war. Ich hatte das von Anfang an gewusst, doch jetzt gehörte auch das zu meinem Scheitern.

»Lass nicht wieder deine kreisenden Gedanken das Steuer übernehmen, Clara«, hörte ich die geliebte Stimme meines Freundes.

»Ich habe meine Mutter verraten«, weinte ich.

Das versuchte Samee mir auszureden. Dass ich Kontakt zu meinem Vater aufgenommen hatte, sei doch kein Verrat an meiner Mutter. Außerdem sei noch gar nicht klar, ob er überhaupt reagieren werde. Doch da hatte ich keinerlei Zweifel. Christopher Clark mochte Angst haben, aber er war kein Feigling.

Als ich spät am Abend in der Bahn saß und zu meinem Apartment zurückfuhr, blickte mein Schmerz aus meinem einsamen Spiegelbild im Fenster. Mama und ich, wir würden niemals wieder zusammenfinden. Wie sollte ich ihr je erklären, dass ich hinter ihrem Rücken eine Rechnung aus ihrer Vergangenheit aufmachte? »Ich hab die Realität schön von dir ferngehalten«, hatte sie im Streit gesagt. Sie muss ihre Gründe gehabt haben, mich mit der Realität zu verschonen.

Doch wie konnte ich ohne sie sein? Der ständig aus ihr herausplätschernde Gedankenfluss, das Sich-Überschlagen ihrer Gefühle, ihr sturer Stolz und Fleiß, all das war mit meiner Substanz verwoben. Etwas davon steckte in allem, was ich war und tat.

Der Lärm der nächtlichen Großstadt lag um meine kleine Wohnung wie ein Mantra aus meinen Kindertagen. Draußen der Verkehr und die Menschen, die meiner Mutter und mir auswichen, und uns aus der Ferne verurteilten. Drinnen die Sicherheit und Stille hinter geschlossenen Türen.

Auf Schlaf war nicht zu hoffen.

Um vier Uhr dreißig am Morgen drehte sich mein leerer Magen um. Ich saß im Bad vor dem Klo. Mein Verstand puzzelte. Mein Körper schwächelte. Meine Eingeweide rebellierten, als würde etwas Ungewohntes in meinem Blut kreisen, eine Überdosis Ungewissheit, die sie nicht verdauen konnten.

Die tatsächliche Begegnung mit Christopher Clark war zunächst um einiges entspannter als die vermeintliche. Schon seine E-Mail versicherte mir, er wolle mich selbstverständlich kennenlernen. Er denke sehr viel an mich und hoffe sehr, dass es mir gut gehe. Er habe ja keine Ahnung gehabt, dass ich im gleichen Land lebe wie er. Dann schlug er einen Tag vor, an dem er nach Vancouver fliegen werde.

»Ich freue mich schon, dich kennenzulernen«, schloss er.

Durch und durch ein Nordamerikaner, so präsentierte er sich. Die deutsche Furcht, zu verbindlich, zu liebenswürdig zu sein, kannte man hier nicht. In meiner neuen Heimat hatte ich erst lernen müssen, mit demselben Überschwang zu reagieren, der mir entgegenkam. Ich hatte lernen müssen, dass die gute Absicht hier ein Wesen war wie im Disneyfilm, ein Phantom, das man kurz mal aus der Flasche lassen konnte, um andere zu bezirzen, das aber nicht für die Realität bestimmt war.

So schrieb ich mit der gleichen luftigen Begeisterung zurück und bestätigte den Termin. Es wäre kein Problem, schrieb ich, ihn schon am Flughafen zu treffen, da ich sowieso hier meine Tage verbrächte.

»Ich freue mich auch«, endete ich, unverkrampft und angepasst zugleich.

Sein Flug war früh dran. Ich war gerade an den Gates, als mein Pager piepte. Ein Herr am Eincheckschalter habe nach mir gefragt, es handle sich um eine Familienangelegenheit. Auf meinem Weg über die Laufbänder und bunten Teppichböden der internationalen Abflughalle folgte mir die Angst, es könnte mir wieder schwindlig werden. Wie sollte ich nicht in Ohnmacht fallen, wenn nach all den Jahren des Rätselns um seine Person mein Vater einfach dastehen würde?

Meine Mutter hatte mir nie sagen können, wie alt er zum Zeitpunkt ihrer Begegnung gewesen war. Doch er sah deutlich älter aus als in meiner Vorstellung. Sein Haar war schütter und ergraut. Er trug eine schwarz gerahmte Brille und war in Anzughosen und einen Cardigan gekleidet, was gar nicht in das Bild von dem sportlichen Mann passte, das ich mir nach den Erzählungen meiner Mutter gemacht hatte. Wir schüttelten Hände und blickten uns mit einem Lächeln in die Augen.

»Es ist nicht zu übersehen, dass du meine Tochter bist«, sagte er salopp und machte dabei eine Handbewegung, die von unten nach oben meine Größe vermaß. Einer seiner Söhne sehe mir sehr ähnlich, fügte er an. Doch eine junge Frau, die seine Züge trage, das sei ein neuer Anblick für ihn. Dann nannte er ein Restaurant, in das er mich später gerne ausführen würde.

Über uns funkelten Kronleuchter und um uns herum Diamanten an Damenhänden. Chris hatte das feinste Seafood-Restaurant in der Innenstadt ausgesucht. Er war gut vorbereitet auf unser Gespräch. Erst bestellte er Champagner, dann legte er die Landkarte seiner familiären und beruflichen Verpflichtungen vor mir aus. Schließlich stellte er Fragen über meine Kindheit und Jugend. Mein Aufwachsen in einem kleinen Dorf im südlichsten Winkel Deutschlands fand er besonders unterhaltsam. Wir mochten einen Genpool teilen, aber zwischen uns lagen Weltmeere.

Doch es gab eine entscheidende Gemeinsamkeit, auf die ich ihn hinwies: Wir beide gehörten mit unserer dunklen Haut in weiße Familien.

Ich erzählte von Fritz, wie wir uns gefunden hatten nach der Begegnung der beiden in Toronto. Wie er mir beigebracht hatte, dass das, was uns Menschen vermeintlich unterscheidet, unsere Eigenarten, uns eigentlich verbindet. Aber wir betrachteten einander durch einen Filter von Begriffen und konstruierten Schranken.

Chris hörte aufmerksam zu. Dann lachte er: »Du weißt, dass ich Ingenieur bin. Ich werde von Logik angetrieben.«

»I know. Aber die Unterschiede zwischen den Menschen sind gar nicht real. Sie sind nicht wie der Luftstrom, der das Flugzeug in der Luft hält. Eher wie die Flugangst, die glaubt, das Flugzeug könne jederzeit runterfallen, obwohl das nicht stimmt.«

Jetzt nahm unser Gespräch Fahrt auf. Die Austern, die serviert wurden, blickten lange unberührt aus ihren pompösen Behausungen in unsere debattierenden Gesichter. Der Ozean zwischen uns hatte große Augen bekommen.

Chris erklärte, er nehme die Unterschiede als gegeben hin und rechne sie in sein Handeln ein. Er erzählte von seiner Ehe mit Helen. Er sei seinen Schwiegereltern dankbar, dass sie ihm trotz seiner Hautfarbe und Herkunft eine Chance gegeben hätten, sich zu beweisen. Natürlich wäre es etwas anderes gewesen, hätte sein ethnischer Hintergrund besser ins Bild gepasst. Doch seine besondere Situation hätte ihn nur motiviert, noch härter zu arbeiten.

Dann kam der Moment, an dem er innehielt und mich anblickte, als wäre parallel zu seinem Ausweichmanöver ein Stück Wahrheit in ihn eingesunken: »In einem Punkt muss ich dir recht geben. Es ist immer, als ob nur ich dankbar sein müsste, niemals sie.« Er platzte auf wie zuvor die Champagnerflasche. Frust strömte aus ihm heraus, Wut und Rebellion. Was er alles für die Familie und ihr Vorwärtskommen erreicht hatte! Doch wenn es darum ging, die Firma zu repräsentieren, einen Preis entgegenzunehmen oder ein Interview zu geben, dann übernahm das seine Frau. Inzwischen holte man auch mal den älteren und helleren der beiden Söhne hervor. Er selbst wurde nur äußerst selten gebeten, als Gesicht des Unternehmens aufzutreten.

Der Deal, den er vor über einem Vierteljahrhundert in Deutschland eingefädelt hatte, als er einem bis dahin völlig unbekannten Fabrikanten Vertrauen geschenkt und dessen Antriebssystemen eine Chance gegeben hatte, hatte den kanadischen Flugzeugbau um Jahre nach vorne gebracht.

»Hat meine Mutter dem ein bisschen nachgeholfen?«, fragte ich mit einem Augenzwinkern.

Chris lachte und sagte, er empfände es noch immer als sonderbar, wie eng in Bayern die Weinlaune und die Wirtschaftsleistung zusammenhingen. Es habe ihm durchaus Spaß gemacht, mit einem quirligen blonden Mädchen zu flirten. »Kein Zweifel, deine Mutter war ein Profi.«

Von zwei Seiten kamen jetzt die strahlend weiß bekittelten Serviermeister. In einem dienstbeflissenen Tanz ihrer Hände drapierten sie unseren Hauptgang vor uns auf den Tisch. Einer wollte mir Champagner nachschenken, doch ich legte meine Hand auf mein Glas. Die Austern und das sprudelnde Getränk machten meinem Magen zu schaffen. Bei dem Gedanken, jetzt noch eine Seafood-Linguini zu essen, brach mir der Schweiß aus. Mir war, als hätte ich den Stachel verschluckt, der in Chris' letztem Satz steckte.

Ich wechselte das Thema und wollte von Chris mehr über seine Filmleidenschaft hören. Er berichtete von seiner Faszination für große Geschichten auf der Leinwand.

Das spreche nicht gerade dafür, dass er von Logik angetrieben werde, zog ich ihn auf.

»Tief im Inneren bin ich sehr emotional«, gab er zu.

Dann kam er noch mal zurück auf den Abend mit meiner Mutter. Sie habe seine Gefühle getriggert, erzählte er. Nicht nur mit ihrem Charme und ihrem Humor, sondern auch mit ihrer Verletzlichkeit. Sie sei unglücklich gewesen, und obwohl klar gewesen war, dass sie für den Abend bezahlt wurde, habe er gespürt, dass sie Trost und Zuwendung brauchte.

»Bin ich ein Kind deines Mitgefühls?«, fragte ich.

»Nein, du bist das Kind einer Geschäftstaktik«, erwiderte er ungeschönt. Eberhard habe Sabine angeheuert, um ihn auf persönlicher Ebene zu fassen zu kriegen. Und das habe funktioniert. Bis auf diesen kleinen Patzer. Dabei deutete er auf mich. Meine Mutter sei wohl doch eher unerfahren gewesen.

»Sorry«, schob er hinterher, als ich mein Besteck fallen ließ und Anstalten machte, vom Tisch aufzustehen. »Aber ich muss ehrlich mit dir sein. Ich weiß nicht, warum ich in dieser Nacht so eine leichte Beute war. Es war wie in einem schlechten Film. Eine kleine Schwäche, die zu einem großen Fehler wird. Das einzig Positive sehe ich erst jetzt, und das bist du. Eine sehr starke Frau.« Er ließ eine Pause und fügte an: »Aber ich kann mich einfach nicht als dein Vater sehen.«

»Ich hab dich nie als meinen Vater bezeichnet«, entgegnete ich und schob meinen unberührten Teller weit von mir weg.

Es folgte die Frage, ob ich finanzielle Hilfe bräuchte.

Ungläubig nahm ich meine Serviette vom Schoß und haute sie auf den Tisch. »Du erinnerst dich, dass ich einen Beruf habe und dass mein Vater ein Filmstar ist? Warum sollte ich Geld von dir brauchen?«

Daraufhin entschuldigte er sich wieder. »Hat dir deine Mutter je erzählt, dass wir uns ein zweites Mal getroffen haben, nach der Nacht, als sie meine Escort-Dame war?«

»Nenn sie bitte nicht so«, fuhr ich ihn an. »Sie hat an diesem Abend ihrer Freundin einen Gefallen getan und hatte nicht vor, mit einem Mann ins Bett zu gehen, den sie nicht kannte. Blöderweise hat sie sich in dich verliebt.«

Da blickte Chris mich lange an und sagte schließlich besänftigend, ja, so sei es gewesen. Auch er habe sich ein bisschen verliebt damals. Meine Mutter sei eine faszinierende Frau mit einer Lebensfreude, die so ansteckend sei, dass er sie nie vergessen werde.

»Du hast sie noch mal getroffen? Wann war das, und wo?«, hakte ich nach.

Im Hotel zum Schloss an der Rezeption sei das gewesen. Ein kurzes nettes Gespräch, mehr nicht.

Bis zu diesem Moment war er in der Defensive gewesen. Ich kannte sein dunkelstes Geheimnis, und er war hier, um herauszufinden, ob ich imstande war, mein Wissen gegen ihn zu verwenden. Doch das Blatt hatte sich gewendet, und er hielt den Joker in der Hand. Er ließ durchblicken, dass er etwas über meine Mutter wusste, was sie mir verschwiegen hatte.

Ich winkte einen Ober herbei und bat ihn, mir meinen Mantel zu bringen und ein Taxi zu rufen.

Draußen vor der Tür stand ich mitten im hell erleuchteten, hektisch hupenden Downtown Vancouver. Eine alkoholisierte Anhäufung junger englischer Touristen schnappte mir ein Taxi nach dem anderen weg. Ich wollte gerade loslaufen, aus dem Getümmel hinaus, da spürte ich eine Hand auf meiner Schulter. Chris hatte sich offenbar beeilt mit dem Bezahlen und war mir nachgegangen.

»Können wir noch mal in Ruhe reden?«, fragte er, während er um mich herumlief, um mir ins Gesicht zu sehen. »Das Letzte, was ich will, ist dir wehtun, Clara. Du kannst nichts für die Geschichte, die dich in die Welt gebracht hat. Ich möchte etwas für dich tun, nur deshalb habe ich dich gefragt, ob du Hilfe brauchst.«

»Ich wollte dich kennenlernen, du bist aufgetaucht. Das ist alles, was du für mich tun konntest. Danke dafür. Jetzt geh wieder zurück in dein großartiges Leben und lass dich unterdrücken«, forderte ich ihn auf. »Wir zwei mögen uns ähnlich sehen, aber sonst verbindet uns nichts.«

Keines meiner Worte schien ihn zu erreichen. Er legte seine Hände auf meine Oberarme und betrachtete mich mit einem Lächeln, so als würde ihm der Film, in den er geraten war, jetzt besser gefallen. »Magst du Fußball?«, fragte er.

»Ich bin Fußballerin und ja, ich liebe Fußball, warum?«

»Siehst du! Wir haben doch etwas gemeinsam«, stellte er fest, nahm meinen Arm und lief mit mir quer über den Gehsteig in Richtung Straßenrand, um mir ein Taxi zu rufen. »Was glaubst du, wer gewinnt die Weltmeisterschaft diesen Sommer?«

»Brasilien oder Spanien«, antwortete ich. »Was tippst du?«

»Germany of course«, sagte er. Dabei funkelten seine Augen, ein beseeltes Lächeln kam über seine Lippen, und er federte sportlich im Schritt. Ich nahm dieses Bild von ihm auf, wie er ein Stück weit neben mir lief, wie eine Erinnerung in meinem Erbgut, die endlich ihr Erleben fand.

»Willst du wetten?«, fragte er.

In diesem Moment fuhr ein Taxi vor uns hin. Ich gab dem Fahrer ein Zeichen und bat ihn, zwei Minuten zu warten. Denn ich war noch nicht ganz fertig. »Es ist keine gute Idee mit mir zu wetten, Chris. Erinnerst du dich an Ronaldo? Auf ihn hab ich im Jahr 2002 gewettet, obwohl er Jahre des Scheiterns hinter sich hatte und die ganze Welt auf seine Niederlage setzte. Doch ich spürte in mir, was passieren würde. Weißt du, warum? Meine Mutter hat ihren größten Fehler, nämlich mich, immer als ihr größtes Glück bezeichnet. Nur deswegen bin ich die starke Frau, die du siehst. Und deswegen weiß ich, dass ein Kampf nicht mit logischem Denken entschieden wird, sondern mit dem Glauben an das Wunder des Zufalls. Meine Intuition hat mich noch nie verlassen, also tu dir selbst einen Gefallen und wette nicht mit mir.«

Ohne mich noch mal nach ihm umzusehen, stieg ich ins Taxi. Das Gewimmel auf den Straßen rollte an mir vorbei, chaotisch und planlos. Die idealen Bedingungen, um einen Ball im Netz zu platzieren.

Mit einer lähmenden Müdigkeit, die auf meinem ganzen Körper lag, starrte ich von meinem Bett aus an die Zimmerdecke. Mein Kopf wägte sich noch mitten auf einem Gewaltmarsch zwischen zwei Gipfeln und hielt mich hellwach.

Um Mitternacht stand ich auf und holte das Handy aus meiner Jacke. Ich schrieb an Philipp: »Heute hab ich mich ins Flammenmeer gestürzt. Ich hab die Schlangenköpfe nicht besiegt, aber ich lebe!!« Er antwortete nicht. Er saß wohl gerade in einem Flugzeug.

Mir kam die Szene in den Sinn nach der WM 2002, als meine Mutter mich vor den Fernseher gezogen hatte. Der jubelnde Ronaldo sollte mir zeigen, dass man jedem Kampf ein Wunder abgewinnen kann. Aber nur dann, wenn man sich nicht hineinsinken lässt in das Versagen, das die Menschen sich für einen ausrechnen. Man muss wieder aufstehen.

Taste für Taste wählte ich die Nummer, die mir seit Wochen schon in den Fingern juckte. Seit Fritz' letztem Besuch hatte ich sie immer wieder gewählt, doch kurz vor dem Durchläuten hatte sich mein Herz angefühlt, als würde es an seinem wilden Schlagen zerspringen. Diesmal ließ ich es schlagen und klingeln.

»Clara!«, hörte ich Mamas melodiöse Stimme, die ich so sehr vermisst hatte, dass sie mir die Tränen in die Augen trieb. Atemlos war sie, mitten aus ihrem hektischen Morgen gerissen.

»Mama.«

Minutenlang weinten wir beide in die unglaubliche Distanz hinein, die zwischen uns lag.

»Was ist los, meine Süße?«, fragte sie.

»Ich hab Christopher Clark getroffen.«

»Das musste ja kommen. Wie war's?«

»Seltsam.«

»Lass mich schnell ein paar Sachen organisieren, Clara. Wir haben Frühstücksgäste. Ich muss Benedikt aus dem Stall holen, damit er hier übernimmt. Ich ruf dich zurück.«

Ich sah sie vor mir, wie sie mit der ihr eigenen Drastik Benedikt und Diego mit Anweisungen eindeckte.

Ob Franzi sich irgendwo dazwischen aufhielt?

Der Gedanke an Franzi stach doppelt so scharf in meinen Brustraum wie sonst. Ich hatte eine neue Ahnung von ihren Qualen. Jahrelang hatte sie mit angeschaut, wie ihr Vater ihre Mutter zusammenstauchte, bis sie nur noch ein Häufchen Elend war. Jahrelang hatte sie sich selbst aus dem Kreuzfeuer gehalten, um nicht noch mehr Leid zu verursachen. Mir war all das erspart geblieben. Doch heute hatte ich erlebt, wie es schmerzt, wenn der eigene Vater die Frau erniedrigt, der man von der ersten Lebensminute an so viel Glück verdankt.

Mama meldete sich aus ihrem Schlafzimmer wieder: »Okay, ich sitze. Erzähl.« Doch ich hatte keine Lust mehr, zu berichten, wie Chris mich fast in genau den Sumpf gerissen hätte, vor dem sie mich immer hatte bewahren wollen. Diese Geschichte musste warten, bis wir wieder beieinander waren. Stattdessen sagte ich: »Mama, ich glaube, ich bin schwanger.«

Sabine

München 1990

Claras sechstes Lebensjahr

Der Sumpf

Das war ein etwas zu aufdringlicher Blick. Sabine hatte das Gefühl, dass ihr Dekolleté verrutscht war. Womöglich schaute zu viel hervor. Der Gast aus Brasilien mit der schweren goldenen Uhr am Handgelenk konnte seine Augen nicht von ihrer Oberweite lassen. Sie händigte ihm seine Rechnung aus und nutzte die Pause, bevor die nächsten Gäste vor ihr stehen würden, um im Personalraum einen Spiegel-Check zu machen.

Während sie ihr Korsett am Spitzensaum fester zuzog, kam ihr der Gedanke, dass alles hier mehr Schein als Sein war, genau wie ihre Brust. Sie wurde zusammengepresst, um eine Fülle vorzugeben, die es nicht gab. Warum? War es einem Gast wie dem hochrangigen Diplomaten aus Brasilien tatsächlich angenehmer, den horrenden Zimmerpreis zu bezahlen, nur weil man ihm einen ausgiebigen Blick auf die weiblichen Qualitäten der Rezeptionistin gewährte? War das womöglich der einzige Grund, warum sie noch ihren Job hatte, obwohl sie nicht mehr über ihren Feierabend hinaus arbeiten konnte? Das gab Anlass von Ärger seitens ihres Chefs. Sie war offen mit ihm gewesen, hatte ihm gesagt, dass der Ersatzvater ihrer Tochter verstorben war und dass sie jetzt ein Betreuungsproblem hatte. Seither wusste sich ihr Manager in einer starken Position und nahm sich Griffe um ihre Hüften heraus, wenn er hinter ihr vorbeiging, die deutlich zu weit nach unten abrutschten.

Wie erklärt man einem Kind den Tod? Wie erklärt man einem vaterlosen Mädchen, dass der einzige Mann, auf den sie sich verlassen konnte, nicht mehr für sie da sein konnte? Dass er sie nicht mehr abholen würde, bevor sie in eine fremde Wohnung gesteckt wurde, in der keine Zuneigung für ein einsames Kind übrig war.

Die vom Jugendamt zugewiesene Tagesmutter wurde von ihr bezahlt, allein dafür, dass ihr Kind über die Schwelle ihrer Wohnung trat. Mehr, als Claras Kindsein auszuhalten, musste sie nicht tun.

Sabine hatte den Verdacht, dass Elvira nicht mal das schaffte. Doch für eine bessere Kinderfrau fehlten Sabine mindestens vierhundert Mark im Monat.

Anni hatte jetzt tagsüber ein Geschäftsleben und musste sich auf das Mehren ihres Vermögens konzentrieren. Das ging nicht mit einer Sechsjährigen, die ungeduldig alles erforschen wollte, was außerhalb der Hausmauern stattfand.

So drehten sich Sabines Gedanken unruhig im Kreis, als sie aus dem Personalraum in den Glanz und Glimmer der Lobby des Hotels zum Schloss zurückkehrte. Zwei Gäste warteten an der Rezeption, ein Ehepaar. Zum Glück war die Frau in einem reiferen Alter. Am schlimmsten waren die blutjungen Dinger. Sie warteten nur auf einen Patzer ihrerseits, um sich an die Geschäftsleitung zu wenden. Sie teilten aus, was sie selbst erlitten hatten, bevor sie den Jackpot in Form eines schwerreichen Greises geknackt hatten.

Von der blondierten Frau wanderte Sabines Blick zu dem stattlichen Mann, der von ihr abgedreht stand, um einen Pagen herbeizurufen. Das war eine ungewöhnliche Paarung, sie so hell und er so dunkel. Interessant war auch, dass sie es sich erlauben konnte, alt zu werden.

Sabine war es müde, sich diese illustre Gesellschaft mit ihren ungeschriebenen Spielregeln anzuschauen. Fast schien ihr Annis Funktion darin noch die ehrlichste.

Während die Frau ihren Namen nannte, damit Sabine ihre Buchung aus dem Register fischen konnte, drehte sich der Mann zu Sabine und schenkte ihr ein Lächeln. Sabine wusste sofort, wer er war. Diese schräg gestellten, weit geschnittenen Augen bewunderte sie jeden Tag. Die männliche Version davon verfolgte sie nachts in ihren Träumen.

Helen Brown-Clark. Sie hatte den Namen heute schon mal gelesen, auf der Liste ankommender Gäste. »Mit Bindestrich«, erklärte die Frau mit dem schnippischen Unterton höherer Bildung. Ihrem Mann war das Lächeln vergangen.

»Welcome back«, sagte Sabine und imitierte dabei den amerikanischen Schwung im Ton, den sie täglich hörte. Sie reichte der Frau das Registrierungsformular über die Theke.

»Wir sind noch nie hier gewesen«, stellte Helen Brown-Clark klar. »Wir wollten mal was Neues probieren.«

»Das hört man gerne«, sagte Sabine. »Sorry, ich dachte, wir hätten uns schon mal …«, weiter kam sie nicht, da meldete sich Helens Mann zu Wort, Christopher H. stand als Vorname auf der Reservierung. »Es könnte sein, dass Sie *mich* schon mal gesehen haben.«

Helen drehte sich mit einem langen erstaunten »Oh« zu ihm, dann widmete sie sich wieder dem Ausfüllen des Formulars.

Das angebrachte Quantum an Smalltalk war erreicht, und Sabine nahm sich zurück. Sie widerstand dem Impuls, dem Mann noch mal ins Gesicht zu schauen. Helen war die Art von Frau, der nichts entging. Sie hatte ihre Antennen in alle Richtungen ausgefahren.

»Weißt du, wer heute vor mir stand?« Sabine war auf dem Weg von der Bahnstation zu Elviras Wohnung in eine Telefonzelle abgebogen. Sie musste Anni schnell das Unglaubliche erzählen.

Anni tippte auf Fritz.

»Ach, was!«, sagte Sabine. »Der hält sich schön fern von mir, seit ich ihn um Hilfe angehauen hab. Claras echter Vater! Der hat heute eingecheckt mit seiner feinen Frau!«

Anni war verblüfft: »Der wohnt doch immer in der Klostersteige. Was macht der denn im Schloss? Hat er dich erkannt?«

»Natürlich«, sagte Sabine.

»Wie lange bleiben die beiden?«, wollte Anni wissen.

»Fünf Nächte.«

»Bleib immer schön neutral, Sabine«, mahnte Anni.

»Wenn ich ehrlich bin, Anni, hab ich mir gerade vorgestellt, wie ich ihn mir vornehme. Der Mann hat ja auch eine Verantwortung seinem Kind gegenüber.«

»Du hast einen Vertrag unterschrieben.«

»Ich hab ein Kind, das ein Recht auf einen Vater hat.«

Anni setzte wieder an, aber Sabine sagte schnell: »Ich muss los.«

Am nächsten Morgen stand Anni vor Sabine an der Rezeption. »Zigarette?«, fragte sie.

Sabine winkte einen Lehrling herbei und ging dann vor Anni her in den Personalraum. Dort setzten sich die Frauen auf die ausrangierten Barhocker. Anni nahm zwei Zigaretten aus ihrem Etui, zündete die erste an und streckte sie Sabine hin. Von der zweiten nahm sie selbst einen tiefen Zug. Mit dem Rauch blies sie aus: »Hör zu …«

Sabine bemühte sich.

Sie hatte die ganze Nacht in ihrem Schweiß gelegen, hatte im künstlichen Schein der Nacht, der vom Stadthimmel durch die Fenster fiel, die zarte Silhouette ihrer Tochter betrachtet, die nach langem Ringen endlich schlief. Was sollte aus dem Mädchen werden ohne Familie, ohne Sicherheit, mit nichts als einer Mutter, die immer müde war und leer, so leer, dass ihr abends nicht mal eine Gutenachtgeschichte einfiel? Wo hatte Kai nur all das Zauberhafte hergenommen, das seine Prinzessinnen und Prinzen erlebt hatten? Sein Leben war doch genauso kahl gewesen wie ihres. Sein Erzählen hatte Wunder gewirkt, um Clara zu beruhigen. Ohne Kai kickten Claras Beine in die Luft über dem Bett, weil sie den ganzen langen Tag über nicht genügend Raum gefunden hatten. Die Arme schlugen um sich, als wollten sie die dicke Luft, den Verkehrslärm, das Gewimmel und Gebrüll, die Bauten und die geschlossenen Türen dieser Stadt verscheuchen.

Anni schilderte den Ernst der Lage. Die Beziehung zwischen Eberhards Firma und den Brown-Werken stand vor einem neuen

Vertragsabschluss. Es ging mal wieder um viel Geld. Sollte es zu einem Gespräch zwischen Sabine und Chris kommen, werde sie dichthalten müssen, sagte Anni eindringlich. Inzwischen handle es sich ja nicht mehr nur darum, dass Sabine ein Kind von Chris hatte, sondern auch um die Tatsache, dass das Kind bislang verschwiegen worden war. Es war das denkbar ungünstigste Timing, um all das ans Licht zu holen. Chris würde sich hintergangen fühlen.

»Eberhard will dich entschädigen, und zwar nicht einfach mit einer Zahlung, sondern mit regelmäßigen Engagements, sodass du für dein Geld etwas Wertvolles beitragen kannst. Ich hab ihm gesagt, dass du nicht der Typ bist, der einfach nur die Hand aufhält.«

»Soso«, sagte Sabine unbeeindruckt.

»Er wird dir Jobs geben für mindestens fünfhundert Mark im Monat, tendenziell sogar mehr, und ich kümmere mich solange um Clara.«

»Handelt es sich dabei wieder ums Dolmetschen, so wie kürzlich mit dem Franzosen und seinem *venez chez moi!*, als wäre das im Honorar inbegriffen?«

»Es wird ums Dolmetschen gehen, aber auch um reinen Begleitservice, je nach Anlass. Du bestimmst, wie weit du gehst. Gutes Geld, schnell verdient. Dir wird's guttun, öfter mal rauszukommen. Und wenn dir mal wieder nach einem Liebesabenteuer zumute ist, dann schau, dass du einen Knopf reinkriegst. Einen größeren Gefallen kannst du deiner Tochter nicht tun.«

»Von wegen«, winkte Sabine ab. »Das tu ich ihr nicht an.«

»Wie willst du es sonst machen auf Dauer?«

Da hatte Sabine einen kühnen Moment und stellte eine Forderung. Sie wolle, dass ein Geldbetrag für Clara angelegt werde, damit sie als erwachsene Frau von Männern unabhängig sei. Zehntausend Mark. Angesichts dessen, was Chris als leiblicher Vater für Clara bezahlen müsste, sei das wohl nicht zu viel verlangt. Von der Summe, die Eberhard mit seinem neuen Vertrag verdienen werde, ganz zu schweigen. Die Gelegenheit des Zuverdienstes werde sie trotzdem annehmen, fügte Sabine an.

Auf gerauchte Zigaretten folgten ein Handschlag und eine Umarmung. Sabine solle all das getrost in Annis Hände geben. Es erfordere zwar einiges an weiblicher Methodik, aber sie werde das schon durchboxen.

Am Nachmittag sah Sabine schon von Weitem, wie Christopher Clark von den Aufzügen her auf sie zukam. Sie gab sich mit dem Hängeregister beschäftigt und ordnete darin die Unterlagen. Erst als er unmittelbar vor ihr stand, blickte sie auf und lächelte, als wäre er ein Gast wie jeder andere. Sie hoffte, er werde sich entsprechend verhalten und nach einem zweiten Zimmerschlüssel fragen. Stattdessen wollte er wissen: »Hat die Schauspielkarriere deines Freundes schon Fahrt aufgenommen?«

»Fahrt aufgenommen, na ja. Vielleicht wie eine Hummel, aber sicher nicht wie ein Rennwagen.«

Christopher lachte eine Spur zu laut für die Lobby-Etikette, sichtlich erleichtert, dass Sabine zu Scherzen aufgelegt war. »Und wie geht es *dir*?«

»Fine, thank you.«

»Hat sich eure Beziehung verbessert?«

»Wir probieren's«, log Sabine. »Wir haben geheiratet.«

»Glückwunsch! Habt ihr Kinder?«

»Ein kleines Mädchen.«

»Das ist fantastisch!«, rief Chris aus. »Ich bin sicher, ich werde deinen Mann bald in einem Film sehen. Wie war noch mal sein Name?«

»Fritz König.«

»Richtig. Ich wünsche euch beiden und der kleinen Lady alles Gute.«

Sabine bedankte sich und erwiderte die guten Wünsche.

Chris klopfte lässig auf die Theke, wandte sich zum Ausgang und lief in seinem honigweichen Gang zur Drehtür, um vor dem Hotel in ein Taxi zu steigen. Sabine beobachtete, wie er seine Beine bewusst zu kontrollieren schien, damit sie nicht davonlaufen würden, ganz so wie Clara das hatte lernen müssen. Sie wusste, dass ihre Tochter eines Tages ihren Vater finden würde.

»Du hast diese rustikale, ehrliche Art. Das müssen wir unterstreichen. Landhausmode, diskret unkeusch. Ich kenne schon die richtigen Läden«, versicherte Anni.

Mit einem satten Vorschuss von Eberhard gingen die beiden Frauen zum Shoppen nach Schwabing. Anni wurde in jeder Boutique mit Vornamen begrüßt. Konzentriert zupfte sie die Stoffe an Sabine zurecht, lief um sie herum und ließ ihre geschulten Augen auf- und abwandern. Wenn sich an der falschen Stelle eine Rundung auf Sabines Körper zeigte, richtete Anni ihren Zeigefinger darauf und schüttelte entschieden den Kopf. »In diesem Rock sehen mir deine Schenkel ein bisschen zu sehr nach Schwarzwald aus.« Sabine musste sich wieder ausziehen. Anni streckte ihr eine neue Variante von »rustikal, ehrlich, sexy« durch den Kabinenvorhang. Sabine stöhnte, doch Anni sagte, sie machten ja hier keine halben Sachen. Professionalität zeige sich im Detail.

Als es ums Bezahlen ging, verhandelte Anni wie auf dem Bazar. Sabine pfiffen die Ohren bei den Beträgen. Doch die Aussicht darauf, diese feinen, glänzenden Stoffe mit den neckischen Spitzen zu tragen und darin den Männern den Kopf zu verdrehen, hatte eine elektrisierende Wirkung. Sabine spürte, dass etwas Neues beginnen würde. Eine Zeit, in der sie mit den besseren Hälften ihrer Hotelgäste auf einer Ebene sein würde. Den ganzen Abend schwelgte sie in ihren teuren Kleidern durch die Wohnung. Endlich konnte sie Clara ein Märchen vorführen. Clara wirbelte begeistert mit und rief: »Du bist eine Königin! Bald leben wir im Schloss!«

Sabine lag Claras Ausruf in den Ohren, als sie zwei Tage später im Fürstenhof saß. Der Mann, den sie für diesen Abend unterhalten sollte, hatte seine Augen über ihren Körper wandern lassen, ganz wie Anni, genauso unverblümt. Sein Urteil hatte er allerdings für sich behalten. Seither hatte Sabine das Gefühl, dass ihm irgendeine Ausformung an ihr missfiel.

Er war attraktiv für Anfang sechzig, groß mit schwarzen Haaren, die von den Schläfen her ergrauten. Er kam aus Wien und war von nahöstlicher Abstammung. Alter Industrie-Adel, wusste Sabine von Anni. Fast war es, als hätte Eberhard den Mann nach dem Muster ausgesucht, auf das sie schon mal angesprungen war: exotisch, groß, intelligent. Gerade war er »sich frisch machen« gegangen.

Es war sein erster Abend in München. Genau wie Christopher und seine Frau würde er hier Geschäftspartner treffen und dann weiterreisen zu einer Fachmesse in Frankfurt.

Raoul möge angeregte Unterhaltungen, hatte Anni Sabine angewiesen. Sie solle aber nicht zu viel fragen. Ein Mann mit Raouls Verantwortung wolle sich bei einem Dinner in schöner Begleitung von seinem Alltag erholen. Sabine solle neutrale Themen anbieten und Familiäres wie Geschäftliches außen vorlassen. Das bereitete Sabine Kopfzerbrechen.

Eine Königin ist weder neugierig noch naseweis, führte sie im Geiste eine Unterhaltung mit Clara. Sie ist nichts als eine schöne Figur, geschult im kopflosen Charmeversprühen. Gutes Geld, schnell verdient.

Ausgerechnet jetzt fiel ihr Albert ein, ihr Vater.

Er hatte in seiner Grundschule Mädchen geschlagen. Sabine hatte es häufig mit anschauen müssen. In der dritten und vierten Klasse hatte sie ihn als Klassenlehrer gehabt. Es waren die stolzen Mädchen, die Alberts Unmut auf sich zogen, diejenigen, die nicht still wie die Mäuschen hinter ihren Tischen zusammensanken, wenn er in ihre Nähe kam. Es waren diejenigen, die schlau waren, die den

Finger hochstreckten, wenn sie etwas wussten. Ihnen schaute er in die Hefte auf der Suche nach einer verschlampten Aufgabe.

Bilder stiegen auf, die Sabine zwanzig Jahre lang verdrängt hatte. Er schlug die Mädchen ins Gesicht. Immer wieder holte er aus und zielte mitten hinein in die blanke Angst. Die Mädchen sanken zusammen und schlangen die Arme schützend um ihren Kopf. Albert wartete und zog die furchtgeladene Stille im Klassenzimmer genussvoll in die Länge. Wenn das Ziel seiner Erziehungsmaßnahme zum Atmen die Nase herausstreckte, dann schlug er ein letztes Mal zu.

Manche Kinder erzählten zu Hause, was geschehen war, doch ihre Eltern erklärten ihnen, dass der Schulrektor nur das Beste für die Dorfkinder im Sinn hätte. So eine Ohrfeige müsse eben manchmal sein. Nicht mal untereinander sprachen die Mädchen darüber.

Sabine und ihre Mutter Rosemarie waren alles andere als stille Mäuschen. Doch sie beide beherrschten die Kunst, Stimmungen mit Wortreichtum zu gestalten, an manchen Dingen vorbeizureden und zu anderen hin, schön ihre Rollen wahrend. So hatten sie Albert im Griff gehabt. Wolfram, ihr Bruder, hatte Prügel bekommen. Doch das Kleinschlagen von Mädchen hatte Albert nur abseits seiner Rolle als Vater praktiziert.

Als Raoul zum Tisch zurückkam, sah Sabine dieses gespaltene Wesen, das ihr von Kindesbeinen an vertraut war, in seinem erhabenen Schreiten. Er war ein guter Ehemann und Vater. Er suchte etwas bei ihr, was zu Hause keinen Platz hatte.

Bei der ersten Flasche Champagner stellte sich heraus, dass Raoul sehr gerne auf Fragen nach seiner Familie einging. Er sprach mit Begeisterung über seine Frau und seine vier Kinder. Die Söhne waren im Management seiner Firmen tätig, die Töchter trugen große Titel in der akademischen Elite Wiens. Sabine hakte immer wieder nach und begegnete Raouls mächtigem Familienstolz mit regem Interesse.

Bei ihrem dritten Glas genügte eine einzige Rückfrage von Raoul, und Sabine geriet ins Schwärmen von ihrer eigenen Tochter. So ein schlaues Mädchen sei sie, auf eine sehr intuitive Art. Sie lerne gerne und schnell, aber ihre wahre Intelligenz liege tiefer. Sie erlebe die Welt durch all ihre Sinne, einschließlich ihres Körpers, der immer nach Erfahrungen suche, die ihn forderten.

»Das wird ihr sehr helfen im Leben«, sagte Raoul. »Frauen müssen ein breiteres Verständnis von ihrer Umwelt entwickeln als Männer, vor allem wenn sie in schwierige Umstände geboren wurden. Gut, wenn Ihre Tochter weiß, wie sie sich mit Körpereinsatz einen Vorteil verschafft. Sie sollte nur aufpassen, dass ihr nicht irgendwann der gleiche Betriebsunfall passiert wie ihrer Mutter.« Dabei zwinkerte er ihr zu.

»Es käme mir nie in den Sinn, meine Tochter so zu bezeichnen«, erwiderte Sabine scharf.

Raoul tätschelte beruhigend ihre Hand.

Es wurde der zweite Gang serviert. Große Teller wurden von behandschuhten Händen vor sie beide hingestellt. Die mickrigen Häppchen darauf schienen jedes einen eigenen Planeten mit großer Umlaufbahn darzustellen. Sie zerstreuten sich auf einem weißen Porzellanuniversum.

Raoul bedachte Sabine wieder mit diesem süffisanten Blick. »Ich nehme an, Sie sind eher deftige Speisen gewöhnt, Sabine. Seien Sie ruhig ehrlich. Wir können auch noch eine Haxe essen gehen.«

Obwohl sie inzwischen verstanden hatte, dass ihre Verteidigungshaltung nur den nächsten Messerstich auslösen würde, konnte Sabine sich nicht zurückhalten zu bemerken: »In meinem Job esse ich nichts anderes als diese lustigen Bissen. Erstaunlich, was die Gäste davon übrig lassen.«

Das Erwähnen ihrer Stellung im Hotel nahm Raoul zum Anlass, darüber zu reflektieren, wie eine Rezeptionistin immer knackig auszusehen habe. »Überlegen Sie sich am besten jetzt schon, womit Sie ab Mitte dreißig Ihren Lebensunterhalt bestreiten«, riet er ihr. Blonde Frauen würden im Allgemeinen schneller altern als Brünette, fügte er fachmännisch an. »Meine Frau ist ein exotischer Typ. Sie galt einmal als eine der schönsten Frauen Wiens. Selbst heute mit fast sechzig kann man sich noch gut mit ihr sehen lassen.«

Dann berichtete Raoul, dass er auf der Suche nach einer Eigentumswohnung sei. Jeden Monat müsse er ein paar Tage in München verbringen, und er sei es müde, in Hotels zu schlafen. »Eine schöne große Altbauwohnung stelle ich mir vor«, sagte er. »Aber es muss natürlich auch jemand zu Hause sein, wenn ich anreise. Ich suche etwas Bodenständiges. Die Frau, die meine Wohnung hütet und mir abends einen schönen Empfang bereitet, muss nicht alle Blicke auf sich ziehen. Sie darf ruhig ihre Schwächen haben.«

Bei dem Wort »Schwächen« griff seine Hand unter dem Tisch am knielangen Taft ihres Rocks vorbei und umfasste mit schmerzhaftem Druck ihren Innenschenkel. Sabine ließ vor Schreck den Löffel fallen, mit dem sie gerade ins Dessert stechen wollte.

Im selben Moment spürte sie einen Blick vom Restauranteingang her auf sich liegen. Sie drehte den Kopf und schaute in die tiefschwarzen Augen von Christopher Clark, die achtsam und wissend in ihren Höhlen schwammen. In ihrer Bestürzung fiel Sabine nichts Besseres ein, als ihm zuzulächeln. Da drehte er sich schnell ab und folgte seiner Frau, die auf hohen Pfennigabsätzen hinter dem Platzanweiser her zum Tisch nebenan lief.

Den Häkelüberwurf, der mehr Löcher hatte als Maschen, hatte Sabine an ihrem Stuhl hängen lassen. Raoul sollte ruhig glauben, sie wäre nur zur Toilette gegangen. Doch sie war draußen an der sommerfeuchten Nachtluft, und sie konnte nicht aufhören zu laufen. Tränen der Wut rannen mitsamt der teuren Schminke von Anni über ihr Gesicht.

Sie wusste nicht, wohin ihre wild klappernden Schritte sie führten oder warum sie weinte. Doch sie hatte keinerlei Geduld für das, was ihr Tempo bremste. Unmittelbar vor der quietschenden Straßenbahn flitzte sie über die Schienen. Der Fahrer fuchtelte entsetzt mit beiden Armen und stellte in einer cholerischen Pantomime ihre Hirnlosigkeit nach. Als sie die Bayerstraße überquerte, streckte sie ihre Handfläche aus und stoppte den Verkehr. »Bleibt mir alle vom Hals!«, rief sie in die Autoschlange hinein, die sie erzeugte. Wäre sie nicht so fein gekleidet gewesen, so als gehöre sie zu denen, die über die Straße gehen, wann es ihnen passt, dann hätte wahrscheinlich einer die Polizei gerufen.

Sabine rannte in den Bahnhof und zum erstbesten Kiosk. Von der Auslage nahm sie alle erhältlichen Provinzzeitungen. Jeder Griff, jeder Schritt fühlte sich an, als wäre er eigentlich schon passiert, als wäre der Plan schon lange gereift. Sie bezahlte den Stapel Papier, setzte sich in die nächste Bahn und fuhr nach Hause. Hier fand sie in eine erstaunliche Gleichmut. Alle Zweifel waren fort. Wenn sie aus dieser Stadt nicht bald rauskäme, dann wäre das ihr Untergang, und Claras auch.

Am nächsten Morgen meldete Sabine sich krank. Das war in über zehn Jahren ihrer Anstellung das erste Mal. Sie nahm sich all die Stellenanzeigen vor, die sie in der Nacht in den Zeitungen mit Kugelschreiber markiert hatte. Eine Nummer nach der anderen rief sie an. Anschließend packte sie ihre albernen Kleider in die Plastiktüten zurück und fuhr damit zu Anni. Die war gerade mit Clara unterwegs zum Kindergarten. Sabine platzierte die Tüten vor Annis Wohnungstür.

Sie kündigte auf Monatsende im Hotel, noch bevor sie ihre Bewerbungen abgeschickt hatte. Ihre wenigen Tage Resturlaub verbrachte sie mit Clara an der Isar beim Baden. Auch Clara durfte Urlaub vom Kindergarten machen. Ein Geburtstagsgeschenk, erklärte Sabine ihr, denn sie war gerade sechs geworden.

Am letzten Abend der Geburtstagsferien setzte Sabine Clara in die Badewanne, um ihr den Sand aus den Körperritzen zu waschen. Sie müsse am nächsten Tag aufs Land fahren, erklärte sie ihr, und sich in einem Gasthof vorstellen, damit sie beide bald schon aus München fortziehen könnten. Clara werde in den Kindergarten gehen müssen und danach zu Elvira. Vielleicht sei das aber das allerletzte Mal.

Clara protestierte, schrie und weinte, sie könne doch mitkommen zum Vorstellen! Wütend warf sie den Schwamm gegen das Fenster. Von dort fiel er hinter den Heizkörper. Sabine musste das grelle Licht über dem Spiegel anschalten, um ihn wiederzufinden.

Als sie sich mit dem Schwamm in der Hand wieder neben die Badewanne setzte, sah sie die dunklen Stellen auf Claras Oberarm. Sie waren ihr vorher schon aufgefallen, ihr aber nicht ungewöhnlich erschienen. Ein wildes Kind hat öfter mal blaue Flecken. Jetzt aber sah Sabine, dass sie rundherum liefen, so wie ein Griff.

Am nächsten Tag stellte Sabine die Wirtin der Alten Post in Wiesenberg telefonisch vor die Wahl: Entweder man würde sie gleich ab Mitte September beschäftigen, ungesehen, oder sie würde anderswo anfangen. Das Wirtspaar stand unter Druck, die Wandersaison rückte heran, die Zimmer waren ausgebucht, die Kräfte aufgebraucht, zu viel unqualifiziertes Personal bereits verschlissen.

Als Sabines Schlüssel im Briefkasten der Hausverwaltung landeten, schepperte darin der Abgrund der Heimatlosigkeit. Doch sie hatte einen Zettel in der Tasche, auf dem die Adresse einer Wohnung in Wiesenberg stand. Wie günstig die Mieten waren auf dem Land! Obwohl ihr Gehalt geringer ausfallen würde, bliebe ihr nicht weniger zum Leben als bisher.

Nach einem Ausflug zum Jugendamt, wo Sabine den unfähigen Beamten ihr Versagen ins Gesicht schrie, saßen sie endlich mit ihren beiden Rucksäcken im Zug. Sie hielt Clara auf dem Schoß. Die Anspannung des Mädchens wich ihrer Nachdenklichkeit. Sabine konnte nur die Arme darumlegen. Sie rollten durch Wiesen, die hoffnungsfroh leuchteten.

Die Reise an einen neuen Ort, an dem in diesen Stunden noch niemand über sie urteilte, fühlte sich an wie Urlaub von ihrem Schicksal. Warum war sie nicht schon längst aufgebrochen? Warum hatte sie so lange warten müssen, bis ein einziger Moment die Zukunft umgeschrieben hatte?

Die Szene, in der Clara ihren Vater treffen würde, war nicht mehr vorstellbar. Denn dann würde sie erfahren, dass ihre Mutter ihre Ehre verkauft hatte. Womöglich würde ihre Tochter dann glauben, ein Betriebsunfall zu sein. Dabei hatte Sabine doch nur sehnsüchtig durch ein Fenster in eine Freiheit geschaut, die es nicht gab, und sollte es sie doch geben, dann war Clara selbst der Anfang davon.

Clara
Luftraum 2017
33 Jahre

Sierra

Sie fliegt genauso gern wie ich. Von klein auf ist der Himmel eine Heimat für sie gewesen. Sechs Jahre lang haben Sierra und ich wie Vagabunden auf zwei Kontinenten gelebt.

Sobald wir auf Reiseflughöhe sind, wird sie ruhig. Sie blickt aus dem Fenster in eine Ferne, die kein Ende hat, und denkt über die Menschen nach, die unter der Wolkendecke bleiben mussten, und den wahren Horizont nicht sehen.

Nach einer Weile möchte Sierra auf meinem Smartphone die Bilder anschauen, die Onkel Philipp ihr geschickt hat. Philipp schreibt mit Sierra ein Kinderbuch. Die Kriegerin darin ist ein Mädchen mit orientalischen Zügen und wilden lockigen Haaren wie Sierra. Sie kämpft gegen die bösen Mächte.

Die Frauen in unserer Familie ziehen mutig in jede Schlacht und lassen sich nicht unterkriegen, das weiß Sierra aus den Geschichten, die ich ihr über ihre Oma Sabine erzähle. Außerdem lernt Sierra von ihrem Vater Samee, was ich von ihm gelernt habe, nämlich dass alles auf dieser Welt miteinander verbunden ist. Sierra ist der Beweis, dass alles, was lebt und liebt, zusammenfließt. Sie kennt keine Scham für ihre bunte Familie, zu der auch Samees Frau Tahira und ihre beiden jüngeren Halbschwestern zählen, die das gleiche bezaubernde ägyptische Profil haben wie sie.

Von mir soll Sierra jetzt lernen, dass man nicht umherziehen muss, um frei zu sein. Genauso gut kann man an einen Fleck gehören. Denn egal wo man ist, und ob man dort heraussticht oder nicht, ist man immer Teil des Ganzen. Die Dunkelheit ist nicht in ihr oder in mir, sie ist in den Menschen, die Unterschiede sehen in unserem Anspruch auf Glück. Diese Menschen gibt es überall.

Vor ein paar Monaten wurde im »Land der sinnlosen Möglichkeiten«, wie der geliebte Opa Fritz immer so treffend sagt, ein neuer Präsident gewählt, der die gemeinsamen Ziele aller Menschen in ein düsteres Gegenteil verwandelt. Die Welt wird schwarz-weiß gemalt, das Grauen reckt seine Köpfe aus dem brennenden Sumpf. Das Kinderbuch von Philipp und Sierra könnte nicht aktueller sein.

Meine Fluggesellschaft hat mich auf meinen Wunsch hin nach München versetzt. Ich habe eine Wohnung am Flughafen gefunden. Sierra wird tageweise ohne mich bei ihren Großeltern, Sabine und Diego, leben und in Wiesenberg zur Schule gehen. Wann immer ich kann, werde ich bei ihr sein.

Sierra kann es kaum erwarten, rund ums Jahr auf dem Sonnenhof zu bleiben, denn dort leben auch ihr bester Freund Ben, der ein Jahr jünger ist als sie, und Ronaldo, eine strubbelige Mischung aus mindestens sieben Hunderassen. Sierra hat Ronaldo Englisch beigebracht, damit er in Kanada leben kann, wenn er mal woanders hinmöchte. Aber er bleibt am liebsten auf der Wiese hinterm Hof, denn dort ist die Wahrscheinlichkeit am höchsten, dass irgendwann ein Ball fliegt, dem er hinterherrasen kann. Er steht seinem berühmten Namensgeber nicht nach, wenn es darum geht, mit eleganten Beinschwüngen den Ball zu stoppen und zu übernehmen.

Sierra liebt auch Tante Frieda, die mit ihren über neunzig Jahren im Anbau lebt. Als sie gebrechlich wurde, wollte meine Mutter sie näher bei sich haben. Tante Frieda hält die Gemüsebeete in Schuss. Benedikt betont gerne, dass man sich damit auf dem Sonnenhof über Jahrzehnte versorgen könnte, sollte einmal eine weltweite Katastrophe ausbrechen. Wenn er diese heraufbeschwört, zitiere ich, was er mir einmal beigebracht hat: Männer machen Frauen Angst, damit sie dann bei ihnen Schutz suchen.

Franzi hat Benedikt vor zwei Jahren mit Ben zurückgelassen. Er ist das ganze Glück seines Vaters, ein schlauer, stiller Junge, der am liebsten in den felsigen Gegenden des Graskopfs nach Fossilien forscht. Es gab einen unschönen Scheidungskrieg zwischen seinen Eltern. Wäre der Sonnenhof auch nur zu einem Teil in Werners

Hand gewesen, dann hätten Benedikt und meine Mutter nur verlieren können.

Von Werner gibt es nur noch eine schwer gezähmte Version. Er hat jetzt eine Frau, die darauf trainiert ist, überschüssiges Testosteron unter Kontrolle zu halten. Die beiden haben gemeinsam die Alte Post übernommen. Das Herzstück von Wiesenbergs Fremdenverkehrswirtschaft floriert wieder. Ob Anni ihrem Mann je verraten hat, wie sie den Grundstein für ihr Vermögen gelegt hat, weiß keiner. Aber alle wissen, dass sie seine erste Trophäe ist, die zurückschießen würde, sollte es nötig sein.

Wir alle hatten gute Zeiten mit Franzi. Doch sie waren immer nur ein Ausprobieren von Heilung vor der nächsten Krise. Oft habe ich das Bild unserer Wanderung in die Schweiz vor Augen, und ich sehe Franzi im Kreis um den Graskopf laufen, auf der Flucht und gleichzeitig auf der Suche nach etwas, das nie näher kommt. Benedikt hat irgendwann verstanden, dass alle Energie, die er in Franzis inneren Gruben versenkt, verloren ist. Sie hat sich ihren Dämonen längst ergeben.

Manchmal, wenn mich die Erinnerungen an die Begegnung mit meinem leiblichen Vater einholen, sehe ich mich selbst neben Franzi um den Graskopf kreisen. Doch ich lasse mich nicht hineinsinken in den Sumpf seiner Erniedrigungen. Ich weiß ja, dass er in einem Käfig sitzt. Er wird in seinem eigenen Film zur Hauptfigur werden müssen, um aus dem Schatten der weißen Geldmaschine zu treten.

Zwischen ihm und mir ruht ein Spielfeld, und alle paar Jahre rollt ein Ball von einem Tor ins andere. Spanien gewann im Jahr 2010 die Weltmeisterschaft. Ein kostbarer Rotwein kam bei mir an, dazu eine Karte mit den Worten: »Great shot, Clara!«

Als im Juli 2014 die brasilianische Mannschaft in einer historischen Niederlage mit 7:1 gegen das deutsche Team verlor, und die Deutschen im nächsten Spiel gegen Argentinien den Titel holten, war es an mir, ihm eine Flasche an seine Geschäftsadresse zu schicken und ihm zu gratulieren. Er schrieb mir eine besorgte E-Mail zurück und wünschte mir baldige Erholung von diesem Tiefschlag.

Der Schnee kam im vergangenen Winter am zweiten Januar, genau wie vor siebzehn Jahren, als Benedikt und ich weit oben in den Bergen übernachtet hatten. Wir beide saßen bis spät nachts in der Stube und sahen zu, wie der Sonnenhof langsam in einer weißen, pulvrigen Wolke versank, einer unberührten Schutzschicht zwischen uns und dem Rest der Welt. Da stand Benedikt auf, nahm mich an der Hand und zog mich mit, die Treppe hoch und in sein Zimmer.

»Bleib doch einfach hier«, sagte er, als wir am nächsten Morgen in der so lange herbeigesehnten Umarmung aufwachten.

»Meinst du, Sierra kommt mit ihrem exotischen Aussehen hier im Dorf zurecht?«, fragte ich ihn.

»Warum sollte sie nicht? Denk nur an die kleine Clara, was sie damals geschafft hat«, erinnerte er mich.

Er hat recht. Nicht umsonst habe ich meine Tochter nach dem Horizont benannt, nach der Offenheit, die das wahre Wesen der Dinge ist.

Im letzten Bild, das Sierra und ich auf meinem Handy anschauen, steht das Kriegermädchen zwischen zwei Frauen auf einem Berggipfel. Alle drei tragen eine voluminöse Haarpracht und weite Gewänder. Hand in Hand blicken sie in den Sonnenuntergang.

Epilog

Die Gemeinde Wiesenberg ist zwar ein erfundenes, aber dennoch typisches Dorf im Allgäu. Meine Oma Marianne lebte an einem solchen idyllischen Ort, in dem es mehr Kühe und zu bestimmten Jahreszeiten mehr Touristen als Einwohner gab. Als Kind liebte ich die Skihänge im Winter, aber so tief in der Provinz zu leben konnte ich mir nicht vorstellen. Bis ich sechzehn war und meine Eltern mich unter Protest von Karlsruhe ins Allgäu umzogen.

Mein Mann Michael und ich lebten für ein paar Jahre im Westallgäu in einem ebenso traumhaft schönen Dorf wie das meiner Oma. Ein Jahr lang hatten wir ein Au-Pair, um unsere kleinen Kinder zu betreuen, einen jungen Mann mit dunklerer Hautfarbe. Ich staunte, wie schnell unser Dorf ihn in das soziale Geschehen einlud. Der Faschingsball, auf dem er als Allgäuer in Lederhosen mit allen feierte, bleibt unvergessen. Leider gab es auch rassistische Äußerungen, aber laut unserem Gast erlebte er bei uns nicht mehr davon als in der großen Stadt in den USA, aus der er kam. Überlegenheitsdenken gibt es wohl selbst in der buntesten Gesellschaft. Auch dort, wo ich heute lebe, im Westen von Kanada, ist das nicht anders.

Die Gemeinde Wiesenberg spiegelt die weltweiten Strukturen der Diskriminierung wider. Aber an den Bewohnern von Wiesenberg kann man auch die Neugierde der Menschen auf die Welt jenseits ihres Horizonts beobachten. Wenn es uns gelingt, die Mentalität eines Kindes zu bewahren, so wie die Erzieherin Hanna oder Benedikt, der als Fußballfan keine Grenzen und Hautfarben sieht, dann erhalten wir uns damit unsere naturgegebene Wärme gegenüber Lebewesen jeder Schattierung. In Claras Kindheit wird deutlich, wie wir uns mit Worten und erdachten Geschichten diese Klarsicht verbauen. Apropos Fußball: Die Ronaldo-Story habe ich Anfang der 2000er selbst verfolgt und für den Roman noch mal nachrecherchiert. Die ist also nicht erfunden.

In meinen jungen Jahren erzählte mir meine Oma einmal von einer alleinstehenden Frau mit Kind, die von weiter her ins Dorf gezogen war, weil es dort mit dem regen Fremdenverkehr viel Frauenarbeit gab. Wo hatte die Frau den Vater ihres Kindes gelassen? Was hatte sie hinter sich? Vielleicht fand man es heraus, aber für mich endete die Geschichte mit den Fragezeichen. Dann gab es noch eine zweite Anekdote aus einem nahen Dorf jenseits der österreichischen Grenze. Dort wuchs ein adoptierter schwarzer Junge auf. Die Skitouristen deuteten in der Liftschlange auf ihn und riefen sich zu: »Schau mal da, ein ...«; damit verpassten sie ihm einen Begriff. Die Freunde des Jungen riefen zurück: »Das ist kein ...«, und wiederholten den Begriff, den sie mit ihrem Freund noch nie in Zusammenhang gebracht hatten. »Das ist doch der Robert!« Diese Weisheit aus Kindermund war so erschlagend, dass mir mein Vater, der als junger Mann in eben dieser Liftschlange stand, noch Jahrzehnte später davon erzählte. Diese bruchstückhaften Überlieferungen flossen für meinen Roman zusammen. Dazu kamen weitere Erzählungen und Begegnungen, doch die Geschichte *Sierra Clara* ist fiktiv, und alle Ähnlichkeiten mit lebenden Personen wären rein zufällig.

Da gab es eine junge Flugbegleiterin, die sich auf dem Luftweg von Frankfurt nach Vancouver mit großer Hingabe um mich und meine Mitpassagiere kümmerte. Sie hatte einen charmanten bayerischen Akzent, und ihre Schönheit war bestimmt das Ergebnis einer Liebe zwischen zwei Menschen unterschiedlicher Hautfarbe. Ich sinnierte über die wunderbare Vielfalt, mit der die Menschheit gesegnet ist, und den Widerstand, den wir dagegen hegen. Er wird früh in uns genährt, als Schutz gegen den Übergriff des »Fremden« auf unser Terrain. Dabei kommen die meisten Angriffe auf unsere Autonomie aus unserem unmittelbaren Umfeld.

Es gab Zeiten, da flog ich bis zu sechsmal im Jahr zwischen meiner alten Heimat in Deutschland und meiner neuen in Kanada hin und her. Ich rühme mich nicht mit meiner CO_2-Bilanz, kann aber nicht leugnen, dass ich das Fliegen immer genossen habe. Der Himmel ist immer frei. Dort, wo wir landen, müssen wir uns einer anderen Kultur anpassen und uns selbst in neuem Kontext sehen. Ich hoffe sehr für folgende Generationen, dass unsere Flugzeugingenieure einen Weg finden werden, uns schonender über die Weltmeere zu bringen (kleiner Aufruf an meinen lieben alten Freund Wilhelm).

Vor zehn Jahren blieb ich hier in Kanada, wo ein Großteil meiner Familie lebt. Damit legte ich ein Stück weit den großen beruflichen Druck ab, unter dem ich in Deutschland stand. Jetzt hatte ich Zeit für Dinge, die nicht unmittelbar dem Einkommen dienen. So wie das Schreiben von Romanen, die ein melancholisches Licht auf den großen Veränderungsbedarf werfen, den diese Gesellschaft hat. Außerdem gründete ich eine Stiftung für die psychische Gesundheit von jungen Menschen. Das geschah im Andenken an meinen jüngeren Bruder, der sich im Alter von fünfzehn Jahren das Leben nahm. Unsere Stiftung investiert in Forschung und Therapien. Doch es ist klar, dass das nicht reicht, und dass wir einen Systemumbau brauchen. Wie können wir unseren Kindern mehr Raum für ihre mentale und emotionale Entwicklung geben? Wie können wir ihnen den Druck nehmen, zwischen all den Grenzen, die wir ihnen vorführen, zu funktionieren? Könnte das die Pandemie der Depression heilen? In der Geschichte *Sierra Clara* hat das Thema den Namen Franzi. Ähnlichkeiten mit dem Leben meines Bruders gibt es aber kaum.

Das Erste, was es von diesem Roman gab, war die Stimme eines Mädchens, das um sein Selbstwertgefühl ringt. In sie habe ich mein eigenes kindliches Erleben hineingeschrieben, nicht aus mir herausgehen zu wollen, aus Angst, nicht hineinzupassen, und irgendwie im falschen Film zu sein. Dabei stach ich optisch gar nicht aus meinem Umfeld heraus so wie Clara. Um mich Claras Erleben zu nähern, hörte ich Menschen in meinem Bekanntenkreis zu und las einen Berg von Biografien und Romanen.

Frauen wie die Hotelfachkraft Sabine König haben mit ihrem Arbeitseinsatz und ihrer Selbstaufgabe den Wirtschaftswahnsinn der westlichen Welt mit aufgebaut. Sie wurden dabei in Armut gehalten, denn die sichert die Machtverhältnisse. Zu viele Frauen zahlreicher Berufsgruppen leiden bis heute unter subtiler Beschämung und sexueller Ausbeutung. Auch in der Figur Sabine versteckt sich eine autobiografische Komponente, das Gefühl, das ich als junge Frau hatte, instrumentalisiert und fremdgesteuert zu werden von einer unsinnigen, testosterongeladenen Arbeitsmoral.

Die Figur Tante Frieda ist meinen Großmüttern Theresia und Marianne nachempfunden. Mit ihrer Selbstfürsorge, ihren Lebensrhythmen und ihrer wortreichen Frauenlogik haben sie mir beigebracht, meine eigenen Bedürfnisse wahrzunehmen. Zudem wurden sämtliche Freunde, die ich meinen Omas in ihre immer dampfenden Küchen brachte, bekocht, bewirtet und gesegnet, auch wenn ihnen der christliche Glaube noch so fern lag. Reine Menschenliebe war hier das Natürlichste der Welt.

Das Vorbild der Alpe Sonnenhof findet sich in ihrem ganzen Idyll in der Alpwirtschaft Butterblume im Westallgäu. Wer in der Gegend vorbeikommt, sollte dieses verträumte Fleckchen finden und den wunderbaren Käse genießen, der dort hergestellt wird, direkt von der Biomilch der Kühe, die um die Alm herumbimmeln.

So vielen lieben Menschen möchte ich danken, vorneweg Michael. Keiner hat so viel mit mir mitgemacht und so viel von mir gelesen. Keiner kann mich besser motivieren, zu tun, was eben nicht in meiner »DNA« steckt und deshalb so befreiend ist. Michael Eger ist der Designer und Fotograf, der meinen Büchern und Inhalten Gesicht verleiht, und er ist Mitgründer von Skyhouse Publishers.

Liebe und Dankbarkeit auch unseren Kindern und Schwiegerkindern, insbesondere Johanna, die sich sogar mein Rohmaterial vorgenommen hat, und Lucie, die meine Website gestaltet und pflegt.

Meiner Mama Maria danke ich für ihren Glauben an mich und das Gefühl, von Liebe gehalten zu sein, egal welche Richtung mein Leben nimmt. Sie hat mit der Mutterfigur in meinem Roman nur eines gemeinsam, nämlich dass ihre Mutterliebe unverhandelbar ist.

Vielen lieben Dank, Sameya, für das Gegenlesen aus der Sicht eines in Bayern aufgewachsenen schwarzen Mädchens, wenn auch in einer anderen, glücklicherweise offeneren Zeit. Vielen Dank all denen, die ihr Talent und ihre Energie in mein Projekt investiert haben: Marion und Axel Voigt von folio agentur & print, Susanne Zeyse, Anne Paulsen, das Romanlektorat Unker und die NovaMD GmbH. Verrückt, wie viel Zeit und Erfahrung zusammenfließen, bis so ein Buch mal daliegt. All das, weil eine Geschichte in die Welt will.

Liebe Leserinnen, liebe Leser, Euch gilt das große Finale meiner Danksagung! Ich hoffe wir bleiben in Verbindung. Wie habt Ihr das Buch erlebt? Hat es Spaß gemacht, Gefühle aufgewühlt, Parallelen aufgezeigt? Rezensionen sind Gold wert, vor allem für mich als unabhängige Autorin. Sie helfen dort, wo sie publik sind, auf Shop-Plattformen oder Social Media, aber auch als persönliche Nachricht.

karineger.com
chat@karineger.com

Die Deutsche Nationalbibliothek verzeichnet diese Publikation in der Deutschen Nationalbibliografie; detaillierte bibliografische Daten sind im Internet über http://dnb.dnb.de abrufbar

Skyhouse Publishers
Kelowna, BC
114 Skyland Drive
Canada

Paperback: ISBN 978-3-98595-105-5
Printed in Germany
eBook: ISBN 978-3-98510-571-7

Bestellung und Vertrieb:
Nova MD GmbH, Vachendorf

Printed matter
5041-0856